格兰芬多

勇气

胆量

"哈利·波特"系列作品

哈利·波特与魔法石

哈利·波特与密室

哈利·波特与阿兹卡班囚徒

哈利·波特与火焰杯

哈利·波特与凤凰社

哈利·波特与"混血王子"

哈利·波特与死亡圣器

哈利·波特与被诅咒的孩子

"哈利·波特"衍生作品

(霍格沃茨图书馆系列)

神奇的魁地奇球

神奇动物在哪里

诗翁彼豆故事集

J.K. ROWLING

哈利·波特
与阿兹卡班囚徒

〔英〕J.K. 罗琳 / 著　　马爱农　马爱新 / 译

人民文学出版社
PEOPLE'S LITERATURE PUBLISHING HOUSE

著作权合同登记号　图字　01-2018-5448

Harry Potter and the Prisoner of Azkaban
First published in Great Britain in 1999 by Bloomsbury Publishing Plc
Copyright © 1999 by J.K. Rowling
Cover and interior illustrations by Levi Pinfold © Bloomsbury Publishing Plc 2019
Chapter illustrations by Mary GrandPré © 1999 by Warner Bros
Wizarding World, Publishing and Theatrical Rights © J.K. Rowling
Wizarding World characters, names and related indicia are TM and © Warner Bros. Entertainment Inc
Wizarding World TM & © Warner Bros. Entertainment Inc

图书在版编目（CIP）数据

哈利·波特与阿兹卡班囚徒：格兰芬多/（英）J.K.罗琳著；马爱农，马爱新译.—北京：人民文学出版社，2020
ISBN 978-7-02-016153-9

Ⅰ.①哈…　Ⅱ.①J…②马…③马…　Ⅲ.①儿童小说—长篇小说—英国—现代　Ⅳ.①I561.84

中国版本图书馆CIP数据核字（2020）第040183号

策划编辑	王瑞琴
责任编辑	马　博
美术编辑	刘　静
责任印制	苏文强

出版发行	人民文学出版社
社　　址	北京市朝内大街166号
邮政编码	100705
网　　址	http://www.rw-cn.com
印　　刷	北京雅昌艺术印刷有限公司
经　　销	全国新华书店等
字　　数	305千字
开　　本	830毫米×1092毫米　1/32
印　　张	14
印　　数	1—20000
版　　次	2020年6月北京第1版
印　　次	2020年6月第1次印刷
书　　号	978-7-02-016153-9
定　　价	68.00元

如有印装质量问题，请与本社图书销售中心调换。电话：010-65233595

献 给

斯汶的教母

吉尔·普威特和艾妮·基利

GODRIC GRYFFINDOR

戈德里克·格兰芬多

目 录

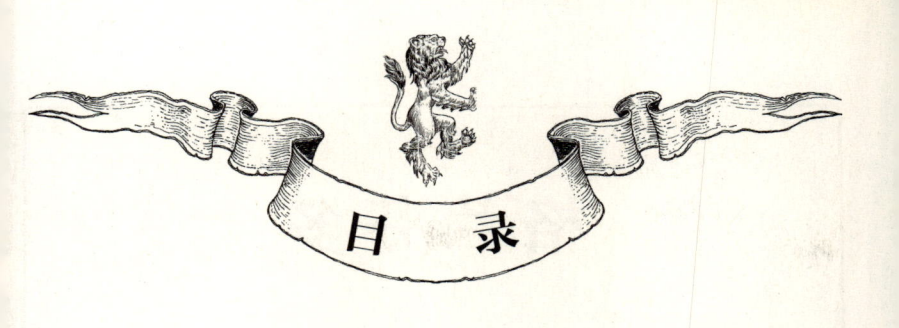

格兰芬多学院简介	viii
霍格沃茨魔法学校地图	x

哈利·波特与阿兹卡班囚徒	1
第一章至第二十二章	

守护神	432

格兰芬多

♦ 学院简介 ♦

你也许属于格兰芬多，

那里有埋藏在心底的勇敢，

他们的胆识、气魄和侠义，

使格兰芬多出类拔萃。

—— 分院帽

一位真正的格兰芬多的标志是不仅有勇气逾越规矩，而且敢于打破规矩，无怪乎这个学院有特别多的捣乱分子。活点地图是哈利在霍格沃茨上三年级时得到的，送给他地图的是两个出了名的调皮大王 —— 韦斯莱双胞胎兄弟。哈利因为没有签字许可表而不能去霍格莫德村，他们当然不能看着不管。

这张精妙的魔法地图，是四个预谋搞恶作剧的格兰芬多前辈制作的，他们是月亮脸、虫尾巴、大脚板和尖头叉子。其实在他们调皮捣蛋的背后，有一个很高尚的动机：他们决意不让月亮脸在满月时变成狼人的可怕过程中孤独一人。为了这个目的，另外三人努力让自己成为阿尼马格斯，而这种魔法技能需要在魔法部登记注册（几位好友对这个手续置之不理，这也是典型的格兰芬多做派）。

勇敢而具有冒险精神的人在格兰芬多如鱼得水——正因如此，珀西·韦斯莱被分到这个学院似乎令人感到意外。珀西循规蹈矩的思维方式也许受到兄弟们的嘲笑，但是，在校最后一年担任男生学生会主席的他，证明了自己也能临危不乱，处变不惊。

阿不思·邓布利多从来就不是一个受传统束缚的人，他今年在任命霍格沃茨的两名教员时打破了常规。海格担任新的保护神奇动物课教师，这门原本就很危险的课注定会变得更加危险。事实上，光是对付课本就成了一个艰巨的任务！而莱姆斯·卢平也许很擅长黑魔法防御术，但是学生家长——无论是巫师还是麻瓜——很少会愿意让自己心爱的孩子接受一个狼人的教育！

邓布利多教授把一个时间转换器交到赫敏和哈利手中，可以说是冒了更大的风险——他宁愿违反最基本的魔法法则，也不愿看到小天狼星·布莱克的灵魂被阿兹卡班的摄魂怪吞噬。所有的格兰芬多人都知道，有时候除了撕毁法规没有别的选择……

时间转换器

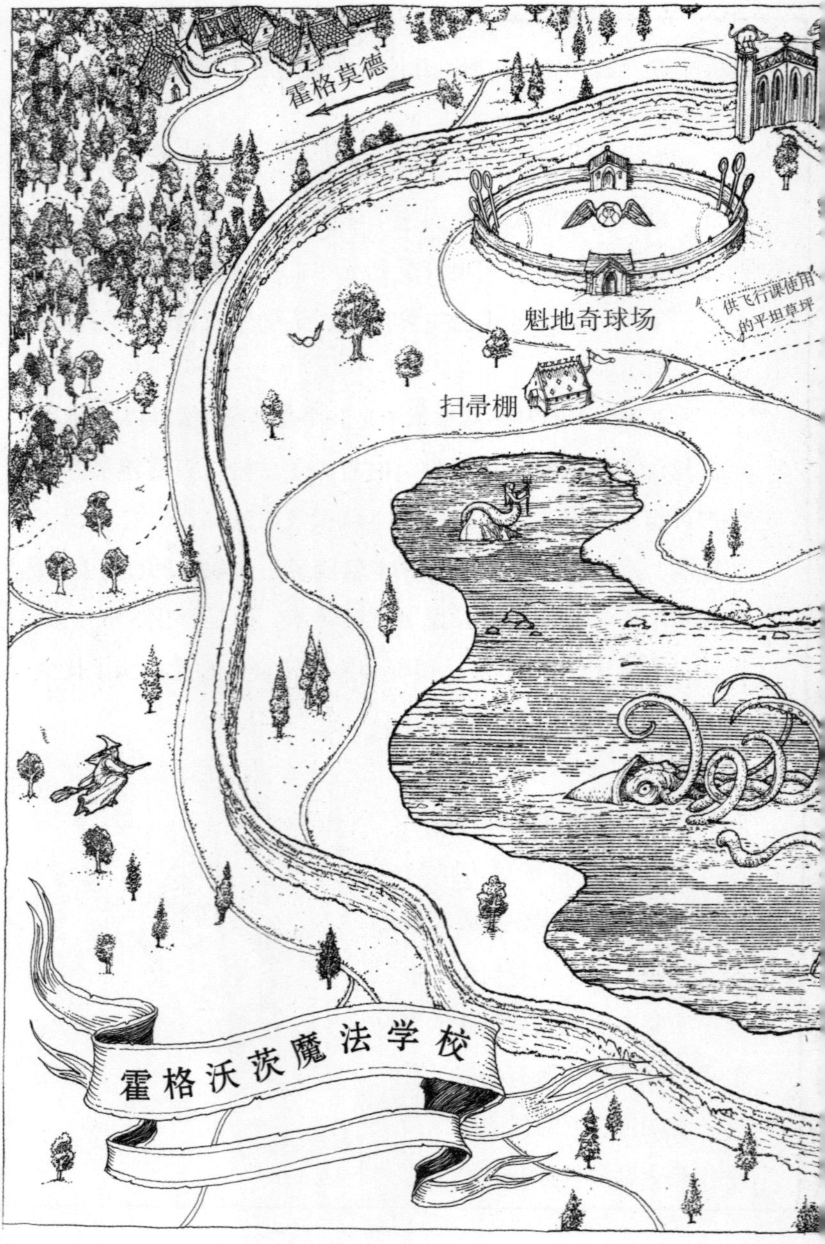
霍格莫德
魁地奇球场
供飞行课使用的平坦草坪
扫帚棚
霍格沃茨魔法学校

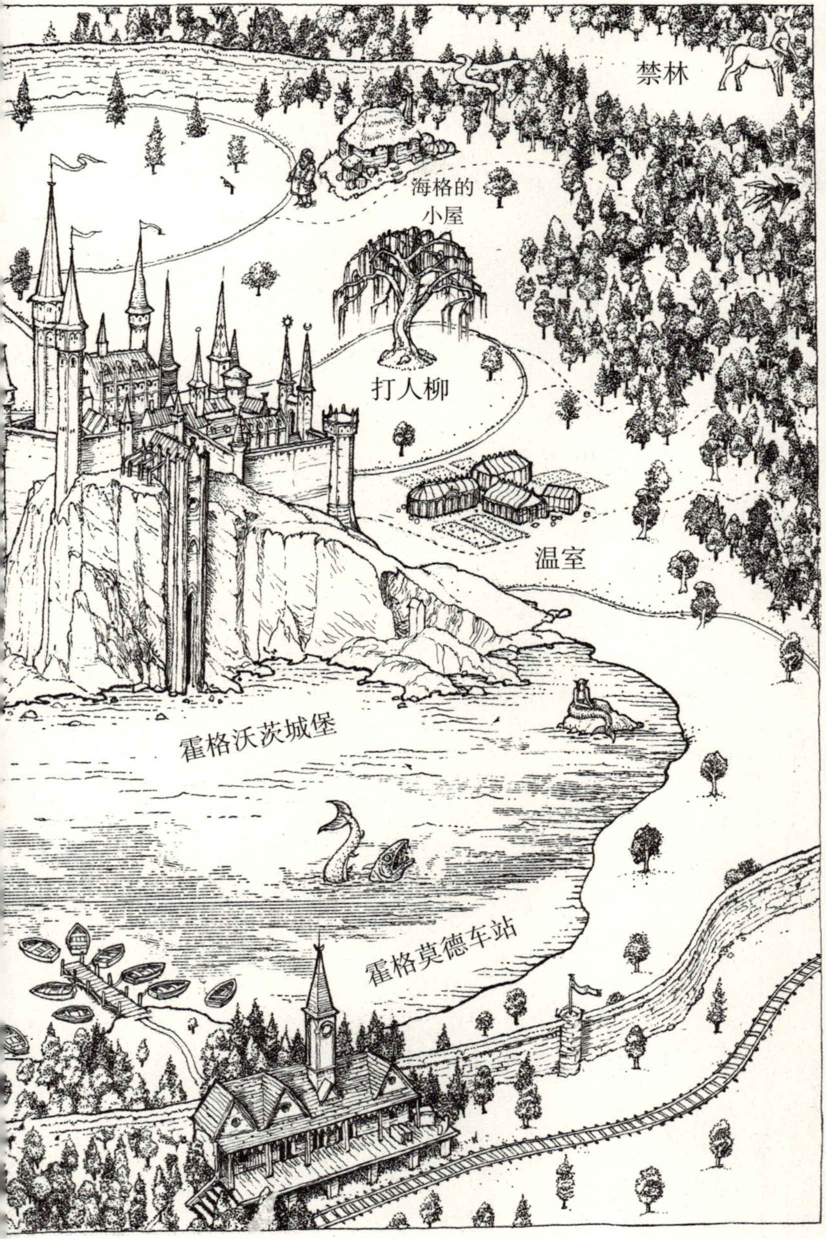
禁林
海格的
小屋
打人柳
温室
霍格沃茨城堡
霍格莫德车站

第 1 章

猫头鹰传书

哈利·波特在许多方面都是个很不寻常的男孩。比如，他在一年里最讨厌暑假。再比如，他其实很想做家庭作业，却不得不在半夜三更偷偷地做。还有，他碰巧是一名巫师。

差不多午夜了，他俯身躺在床上，毯子拉上来盖过头顶，像支起一顶帐篷，一只手拿着手电筒，一本皮封面的大部头书（巴希达·巴沙特的《魔法史》）摊开了靠在枕头上。鹰羽毛笔在纸上移动，哈利皱着眉头，查找对他写论文有帮助的东西，论文题目是"十四世纪烧死女巫的做法完全是无稽之谈"。

羽毛笔停在一段看上去有点价值的内容上。哈利把圆框眼镜往鼻梁上推了推，让手电筒凑近书页，读道：

在中世纪，不会魔法的人（一般被称为麻瓜）特别害怕魔法，却对魔法缺乏足够的认识。偶尔，他们抓住一个真正的女巫或男巫，焚烧是根本没有用的。巫师只要施一个最基本的凝火咒，就可以一边假装痛苦地尖叫，一边美美地享受那麻酥酥的快感。怪人温德林太喜欢被焚烧的感觉了，她故意化装成各种样子，让人家把她抓住了至少四十七次。

哈利用牙齿咬住羽毛笔，伸手到枕头底下掏出墨水瓶和一卷羊皮纸。他慢慢地、小心翼翼地扭开墨水瓶盖，把羽毛笔放进去蘸了蘸，开始写了起来，并不时地停下来侧耳细听，因为如果德思礼家的谁起来上厕所时听见了他羽毛笔的沙沙声，恐怕他整个暑假都会被关在楼梯底下的储物间里了。

就是因为女贞路4号的德思礼一家，哈利从来没有好好享受过暑假的日子。弗农姨父、佩妮姨妈，还有他们的儿子达力，是哈利在世界上仅有的亲人。作为麻瓜，他们对魔法的态度很像中世纪的人。哈利已故的父母都是巫师，多少年来，从没有人在德思礼家提起过他们的名字。佩妮姨妈和弗农姨父曾经希望，只要尽量对哈利严加控制，就能把他身上的魔法挤压掉。然而他们没有成功，这使他们十分恼怒。这些日子，他们整天提心吊胆，生怕有人发现哈利最近两年是在霍格沃茨魔法学校读书。但他们所能做的，也就是在暑假一开始就把哈利的魔法书、魔杖、坩埚和飞天扫帚锁起来，并且不准哈利跟邻居说话。

对哈利来说，拿不到魔法书确实很成问题，因为霍格沃茨的老师们布置了一大堆假期作业。其中有一篇论文特别令人

第1章 猫头鹰传书

头疼,是关于缩身药水的,那是哈利最不喜欢的老师斯内普教授布置的。斯内普教授肯定巴不得哈利完不成,好有个借口来关他一个月的禁闭。因此,在暑假的第一个星期里,哈利抓住机会,趁弗农姨父、佩妮姨妈和达力到前面的花园里欣赏弗农姨父的公司给他新买的汽车(嚷嚷的声音很大,好让街上的人都能听到),哈利偷偷溜到楼下,撬开楼梯底下储物间的锁,抓出几本教科书,藏在了自己的卧室里。只要他不把墨水滴在床单上,德思礼一家就不会知道他在夜里偷学魔法。

眼下,哈利特别当心避免跟姨妈、姨父闹矛盾,他们已经对他的态度特别恶劣了,这都是因为在暑假的第一个星期他们接到了哈利巫师同伴的一个电话。

罗恩·韦斯莱是哈利在霍格沃茨最好的朋友之一,他家里的人全是巫师。也就是说,他知道许多哈利不知道的事情,但他以前从来没打过电话。最倒霉的是,那个电话偏偏是弗农姨父接的。

"我是弗农·德思礼。"

哈利当时正好在房间里,听见电话那头传来罗恩的声音,顿时呆住了。

"**喂?喂?你听得见吗?我——要——找——哈利——波特!**"

罗恩嚷嚷的声音太响了,弗农姨父吓了一跳,把听筒举得离耳朵一尺远,又愤怒又惊恐地瞪着它。

"**是谁?**"他冲着话筒吼道,"**你是谁?**"

"**罗恩——韦斯莱!**"罗恩大声嚷着回答,就好像他和弗农姨父是隔着足球场在喊话，"我是 —— 哈利 —— 学校里的 —— 朋友 ——"

弗农姨父的小眼睛转过来瞪着僵在原地的哈利。

"这里没有哈利·波特！"他咆哮道，伸直手臂举着话筒，好像生怕它会爆炸，"我不知道你说的是什么学校！别再跟我联系！不许接近我的家人！"

他把听筒扔回电话上，好像甩掉了一只有毒的蜘蛛。

随之而来的争吵空前激烈。

"你竟敢把这个号码告诉 —— 告诉跟你一样的人！"弗农姨父吼道，喷了哈利一脸唾沫。

罗恩显然意识到自己给哈利惹了祸，没再打过电话来。哈利在霍格沃茨的另一个好朋友赫敏·格兰杰也没有跟他联系。哈利怀疑是罗恩警告过赫敏别打电话，这真可惜，因为赫敏是哈利这个年级最聪明的女巫，父母都是麻瓜，她完全知道怎么打电话，而且大概也不会糊涂到说自己是霍格沃茨的学生。

所以，漫长的五个星期过去了，哈利没有得到巫师朋友的一丁点消息，看来这个暑假差不多跟去年暑假一样糟糕了，只有一点小小的改善 —— 在哈利发誓不给朋友送信之后，弗农姨父总算允许他在夜里把猫头鹰海德薇放出去了。弗农姨父之所以让步，是因为海德薇一直被关在笼子里就会吵闹不休。

哈利写完怪人温德林的内容，又停下来听了听。漆黑的房子里静悄悄的，只有远处传来大块头表哥达力粗重的呼噜

第 1 章　猫头鹰传书

声。时间一定很晚了，哈利想。他的眼睛累得发痒。要不，还是明天夜里再把论文写完吧……

他把墨水瓶盖上，从床底下拖出一个旧枕头套，把手电筒、《魔法史》、他的论文、羽毛笔和墨水放了进去。他从床上下来，把那些东西藏在床底下一块松动的地板下。然后起身伸了个懒腰，看了看床头柜上的夜光闹钟。

深夜一点。哈利的心异样地跳了一下。不知不觉，他满十三岁已经整整一个小时了。

哈利还有一个与别的孩子不一样的地方，就是他不太盼着自己的生日。他从生下来到现在没有收到过一张生日贺卡。前两年他过生日的时候，德思礼一家根本不闻不问，他没有理由指望他们能记得今年的生日。

哈利穿过黑乎乎的屋子，经过海德薇空空的大鸟笼，来到敞开的窗口。他靠在窗台上，刚才在被子下待了那么久，此刻清凉的晚风拂在脸上真是舒服。海德薇已经两个晚上没有回来了。哈利并不为它担心。它以前也曾出去过这么久。但是哈利希望它能很快回来，这个家里的所有活物，只有海德薇看见哈利不会皱眉头。

相对同龄人来说，哈利长得又瘦又小，但这一年里他也长高了几英寸。不过，漆黑的头发还和以前一样——不管他怎么鼓捣，都乱糟糟的不肯服帖；镜片后面的眼睛绿莹莹的，额头上的头发间，一道细细的伤疤清晰可见，形状像一道闪电。

在哈利所有的不寻常中，这道伤疤是最不同凡响的。它不像德思礼一家十年来所声称的那样，是那场导致哈利父母丧生的车祸留下的纪念，因为莉莉和詹姆·波特并不是死于车祸。他们是被杀害的，是被一百年来最可怕的黑巫师伏地魔杀害的。哈利从那次袭击中死里逃生，只在额头上留下一道伤疤。伏地魔的咒语没有杀死哈利，而是反弹到自己身上。伏地魔不死不活，逃跑了……

可是，哈利在霍格沃茨又跟伏地魔碰上了。哈利站在黑黢黢的窗口，回忆着他们的上一次交锋，不得不承认他能活到十三岁生日真算是幸运了。

他扫视着群星璀璨的天空，寻找海德薇的身影，也许海德薇会嘴里叼着一只死老鼠朝他飞来，期待他的表扬。哈利漫不经心地扫视着那些屋顶，过了几秒钟才意识到自己看见了什么。

在金黄色月亮的衬托下，有个大活物奇怪地歪着身子、扇动着翅膀朝哈利这边飞来，越来越大。哈利一动不动地站着，注视着它渐渐降落。哈利的手放在窗户插销上，有过片刻的迟疑，不知道是否要把窗户关上。接着，那个怪家伙从女贞路的一盏路灯上方掠过。哈利认出来了，赶紧闪到一旁。

三只猫头鹰从窗口飞了进来，其中两只托着第三只，它看上去已经失去了知觉。它们扑嗒一声落在哈利床上，中间那只灰色的大猫头鹰立刻倒了下去，一动不动，它的腿上绑着一个大包裹。

哈利一眼认出了那只昏迷不醒的猫头鹰——它名叫埃罗尔，是韦斯莱家的。哈利冲到床边，解开埃罗尔腿上的绳子，

第 1 章 猫头鹰传书

拿下包裹，把埃罗尔抱到了海德薇的笼子里。埃罗尔睁开一只视线模糊的眼睛，无力地叫了一声表示感谢，便大口喝起水来。

哈利转向另外两只猫头鹰。那只又大又白的母猫头鹰正是他的海德薇。它也带着一个包裹，露出一副扬扬自得的神情。哈利去解包裹的时候，海德薇亲热地用嘴啄了他一下，然后就飞到屋子那头找埃罗尔去了。

哈利没有认出第三只猫头鹰，这是一只挺漂亮的黄褐色猫头鹰，不过哈利立刻就知道它是从哪儿来的了。除了第三个包裹外，它还带着一封盖有霍格沃茨饰章的信。哈利取下这只猫头鹰身上的东西，它煞有介事地抖抖羽毛，展开翅膀，从窗口飞到了外面的夜色中。

哈利坐在床边，抓起埃罗尔的那个包裹，撕开包装纸，发现里面是一个金纸包着的礼物，还有他平生收到的第一张生日贺卡。他手指微微颤抖着打开信封，从里面掉出两张纸——一封信和一张剪报。

剪报显然来自巫师报纸《预言家日报》，因为黑白照片上的人都在动。哈利拿起剪报，展开来读道：

魔法部职员赢得巨奖

魔法部禁止滥用麻瓜物品办公室主任亚瑟·韦斯莱赢得了一年一度的《预言家日报》大奖金加隆奖。

韦斯莱先生高兴地对《预言家日报》说："我们准备用这笔钱到埃及去过暑假，我们的大儿子比尔在那里的古灵阁巫师银行当解咒员。"

韦斯莱一家将在埃及待一个月,于霍格沃茨新学年开始时返回,韦斯莱家的五个孩子目前正在该校就读。

哈利看了一眼活动照片,看见韦斯莱一家九个人站在一座巨大的金字塔前,正使劲地朝他挥手,他脸上不禁绽开了笑容。矮矮胖胖的韦斯莱夫人,高大、秃顶的韦斯莱先生,六个儿子和一个女儿,全都是(虽然黑白照片上显示不出来)一头火红的头发。瘦瘦高高、笨手笨脚的罗恩站在正中间,肩膀上趴着他的宠物老鼠斑斑,一只胳膊搂着他的妹妹金妮。

哈利觉得,没有谁比韦斯莱一家更有资格赢得一大堆金币了,他们非常善良,又十分贫穷。哈利捡起罗恩的信打开。

亲爱的哈利:

生日快乐!

唉,真对不起我打了那个电话。希望那些麻瓜没有为难你。我问过爸爸了,他认为我不应该大喊大叫。

埃及真是太神奇了。比尔带我们看了所有的古墓,古埃及巫师给古墓施的那些魔法,我说出来你也不会相信。妈妈不愿意让金妮进最后一个古墓。那里面许多奇形怪状的尸骨,都是闯进来的麻瓜,还长出了好几个脑袋什么的。

我真不敢相信爸爸赢得了《预言家日报》的大奖。

第1章　猫头鹰传书

七百个金加隆啊！大都花在这趟旅行上了，不过他们要给我买一根新魔杖开学用。

哈利清楚地记得罗恩那根旧魔杖折断的情景。当时他们俩开着汽车飞向霍格沃茨，结果撞到了学校场地的一棵树上。

我们将在开学前大概一星期回来，然后去伦敦买我的新魔杖和我们的新课本。有希望在那里碰到你吗？

别让那些麻瓜弄得你不开心！

争取到伦敦来。

罗　恩

又及：珀西当上男生学生会主席了。他上星期接到了信。

哈利又看了一眼照片。在霍格沃茨七年级毕业班就读的珀西看上去特别踌躇满志。他一丝不乱的头发上戴着一顶漂亮的土耳其帽，学生会主席的徽章就别在帽子上，角质镜架的眼镜在埃及的阳光下闪闪发亮。

哈利转向他的礼物。他把礼物打开，里面是一个类似小玻璃陀螺的东西。它的下面又是一张罗恩的字条。

哈利——这是一个袖珍窥镜。如果周围有可疑的人，它就会发亮、旋转。比尔说这是卖给巫师游客的伪劣商品，不可靠，因为昨天吃晚饭的时候它一直亮个不停。

比尔竟然没有发现弗雷德和乔治在他的汤里放了甲虫。

再见——

罗恩

哈利把袖珍窥镜放在床头柜上，它安安静静地倒立着，映出闹钟上的夜光指针。哈利喜滋滋地看了几秒钟，又拿起海德薇带来的那个包裹。

里面也是一份包好的礼物，一张贺卡和一封信，是赫敏寄来的。

亲爱的哈利：

罗恩写信跟我说了他给你弗农姨父打电话的事。希望你一切都好。

目前我在法国度假，正发愁怎么把这东西寄给你——如果海关打开检查怎么办呢？——没想到海德薇出现了！我认为它是为了确保你生日能收到点东西换换心情才来的。我是通过猫头鹰邮购给你买的礼物，《预言家日报》上登了广告（报纸每天都送来，能了解巫师界的最新情况真是太好了）。你看见一星期前罗恩和他家人的照片了吗？我猜他肯定学到了不少东西。我真嫉妒他啊——古埃及巫师是非常神奇的。

这里也有一些有趣的巫术地方史。我已经完成了魔法史的论文，把我在这里发现的东西都写了进去，希望不是太长——比宾斯教授要求的多了两卷羊皮纸。

第 1 章　猫头鹰传书

　　罗恩说暑假最后一星期要去伦敦。你能去吗？你的姨妈和姨父会让你去吗？真希望你能去。如果不能，我们就九月一日在霍格沃茨特快列车上见吧！

　　赫敏致以问候

　　又及：罗恩说珀西当上了男生学生会主席。我猜珀西肯定特别开心。罗恩好像对此不太高兴。

　　哈利笑着把赫敏的信放到一旁，拿起她的礼物。很重。以他对赫敏的了解，他以为肯定是一本大厚书，里面全是艰深的咒语——没想到竟然不是。他撕开包装纸，心猛地跳了一下，看见了一个漂亮的黑皮匣子，上面印着银色的字：飞天扫帚护理工具箱。

　　"哇，赫敏！"哈利小声说，拉开匣子的拉链往里面看。

　　一大罐弗利特伍德速洁把手增光剂，一把亮闪闪的银质扫帚尾枝修剪刀，一个长途旅行时挂在扫帚上的黄铜小指南针，还有一本《飞天扫帚护理手册》。

　　除了几位朋友，霍格沃茨最让哈利牵肠挂肚的就是魁地奇，这是魔法界最受人喜爱的一项运动——高度危险，极为刺激，是骑在飞天扫帚上的运动。哈利碰巧是个非常优秀的魁地奇球员；他是一个世纪以来被选入霍格沃茨学院队的年龄最小的队员。哈利最珍爱的东西之一就是他那把光轮2000飞天扫帚。

　　哈利把皮匣子放到一边，拿起最后一个包裹。他一眼就认出了包装纸上歪歪斜斜的笔迹，是霍格沃茨猎场看守海格写的。哈利撕开最上面一层纸，看见了一个绿莹莹的、类似皮革的东西。没等他完全拆开，包裹就开始异样地颤抖起来，且不管里面是什么，反正发出了响亮的咬东西的声音——就好像它有嘴巴似的。

哈利呆住了。他知道海格绝不会故意把危险的东西寄给他，但是，在什么东西危险的问题上，海格的看法同一般人不一样。大家都知道海格跟巨大的毒蜘蛛交朋友，在酒吧里从别人手里买下三个脑袋的恶狗，还把非法的火龙蛋偷偷弄进了他的小屋。

哈利战战兢兢地捅了捅包裹。它又发出咔咔咬东西的声音。哈利伸手拿过床头柜上的台灯，用一只手紧紧攥住，举过头顶，做好进攻的准备，然后用另一只手抓住剩下的包装纸，用力一扯。

掉出来了——是一本书。哈利刚来得及看清漂亮的绿封面上印着的金灿灿的书名"妖怪们的妖怪书"，书就腾的一下立了起来，像某种古怪的螃蟹一样，横着身子在床上快速地爬行。

"啊呀。"哈利轻叫了一声。

砰！书重重地从床上摔下，又匆匆地朝房间那头爬去。哈利轻轻跟了过去。书躲在黑洞洞的书桌底下。哈利一边祈祷德思礼一家仍然睡得死死的，一边趴在地上，伸手去够书。

"哎哟！"

书猛地合在哈利手上，然后扑啦啦从他身旁飞过，仍然

第1章　猫头鹰传书

靠着封皮在地上匆匆走来走去。哈利赶紧转身，向前一扑，总算把它压住了。弗农姨父在隔壁房间里睡意蒙眬地大声咕哝了一句什么。

海德薇和埃罗尔饶有兴趣地看着哈利把拼命挣扎的书紧紧夹在怀里，快步走到五斗橱前，抽出一条皮带，把书牢牢地捆住了。《妖怪书》愤怒地颤抖着，却再也不能扑闪和咬人了。哈利把它扔在床上，去拿海格的贺卡。

亲爱的哈利：

　　生日快乐！

　　我想你会发现下学期要用到这本书。这里不多说了，见面再谈。希望那些麻瓜待你不错。

　　祝一切好。

海　格

海格居然认为要用到一本会咬人的书，这使哈利有一种不祥的预感，他把海格的贺卡放在罗恩和赫敏的贺卡旁边，脸上的笑意更浓了。现在只剩下霍格沃茨的来信了。

哈利发现这封信比平常厚得多，他撕开信封，从里面抽出第一张羊皮纸，读道：

亲爱的波特先生：

　　请注意新学期是九月一日开学。霍格沃茨特快列车将于十一点钟从国王十字车站 $9\frac{3}{4}$ 站台出发。

三年级学生可允许在某些周末前往霍格莫德村。请把随信所附的许可表交给你的父母或监护人签字。

随信附上下学期的书单。

>   你忠实的
>
>   副校长麦格教授

哈利抽出霍格莫德许可表看着,脸上的笑容消失了。周末去霍格莫德多奇妙啊,他知道那个村子里全都是巫师,他还从来没有去过呢。但怎么可能说服弗农姨父或佩妮姨妈在表上签字呢?

他看了看闹钟。已经是深夜两点了。

哈利决定等睡醒了再为霍格莫德许可表发愁,他回到床上,伸手在图表上又划掉了一天——这个图表是他自己做的,一天天倒数着回霍格沃茨的日子。然后,他摘掉眼镜,躺了下来,眼睛却还睁着,看着他的三张生日贺卡。

哈利·波特虽然十分不寻常,但这个时候,他的感觉跟别人一样——他平生第一次为自己的生日而高兴。

第 2 章

玛姬姑妈的大错误

第二天早晨，哈利下楼去吃早饭，发现德思礼一家三口已经围坐在厨房的餐桌旁。他们在看电视。这台崭新的电视机是欢迎达力回来过暑假送给他的礼物，因为他一直抱怨从冰箱走到客厅电视机前的距离太远。暑假里，达力大部分时间都待在厨房，一双小眼睛一动不动地盯着电视屏幕，嘴里吃个不停，五层厚的下巴一直在颤动。

哈利在达力和弗农姨父中间坐了下来。弗农姨父是个身材高大、粗壮的男人，脖子很短，留着一撮浓密的小胡子。德思礼家的人谁也没有祝哈利生日快乐，像是根本没有看见哈利进屋似的，好在哈利对此早已习惯，不在乎了。他自己动手拿了一片面包，抬头看着电视上的新闻广播员，那人正在念一篇报道，是关于某个在逃罪犯的。

"……提醒公众，布莱克持有武器，极端危险。现已开通一条专用热线，不管有谁看见布莱克都应立即报告。"

"不用说，他肯定是个坏蛋，"弗农姨父从报纸上方盯着那个罪犯，粗声粗气地说，"你看看他那副样子，十足一个下三烂！看看他的头发！"

他恶狠狠地扫了哈利一眼，哈利乱糟糟的头发一向令弗农姨父很恼火。电视上那个男人枯瘦憔悴的面孔周围是又脏又乱、纠结在一起的长发，哈利跟那个男人一比，觉得自己还算蛮整洁的。

新闻广播员又出现了。

"农业渔业部今天宣布——"

"慢着！"弗农姨父气愤地盯着新闻广播员，咆哮起来，"你还没告诉我们那个疯子是从哪儿逃出来的！那有什么用？如今疯子随时都会跑到大街上来！"

佩妮姨妈骨瘦如柴，长着一张马脸。这时她快步走来，热切地盯着厨房的窗户外面。哈利知道佩妮姨妈巴不得成为那个打热线电话的人。她是世界上最爱管闲事的女人，一辈子大部分时间都在刺探那些乏味的、遵纪守法的邻居们。

"他们什么时候才会懂得，"弗农姨父用紫色的大拳头捶着桌子，说道，"对付那些人的唯一办法就是把他们吊死！"

"太对了。"佩妮姨妈说，仍然眯着眼睛打量着隔壁人家的红花四季豆。

弗农姨父一口喝干杯里的茶，看了看表，又说："佩妮，我最好马上动身，玛姬的火车十点钟进站。"

哈利一直想着楼上的飞天扫帚护理工具箱，这时像是被猛击了一下，突然回到了现实中。

第2章 玛姬姑妈的大错误

"玛姬姑妈?"他脱口而出,"她——她该不是要来这儿吧?"

玛姬姑妈是弗农姨父的姐姐。尽管她跟哈利没有血缘关系(哈利的妈妈是佩妮姨妈的妹妹),但哈利一直被迫叫她"姑妈"。玛姬姑妈住在乡下一座带大花园的房子里,养了许多条牛头犬。她并不经常住在女贞路,因为舍不得离开她那些宝贝狗,但每次来访都给哈利留下了恐怖的印象,至今记忆犹新。

在达力五岁生日的宴会上,玛姬姑妈用她的拐杖狠敲哈利的小腿,不让他在音乐定格游戏中胜过达力。几年后,她在圣诞节时出现,给达力带来一个电脑控制的机器人,送给哈利的却是一盒狗粮饼干。最后一次是哈利去霍格沃茨的前一年,哈利不小心踩了她那条宝贝狗利皮的爪子,被那狗追得跑到外面的花园里,爬上了一棵树,玛姬姑妈过了半夜才把狗叫回去。直到今天,达力一想起这件事,仍然笑得眼泪都要流出来。

"玛姬要在这里待一个星期。"弗农姨父咆哮着说,"既然我们谈到这个话题,"他恶狠狠地用一根肥胖的手指戳着哈利,"在我去接她之前,有几件事我们需要先说清楚。"

达力得意地傻笑起来,把目光从电视机上收了回来。看着爸爸教训哈利,是达力最喜欢的一项娱乐。

"第一,"弗农姨父吼道,"你对玛姬说话时,必须记住使用礼貌用语。"

"没问题,"哈利没好气地说,"只要她对我说话能做到这点。"

"第二，"弗农姨父就像没听见哈利的回答似的，继续说道，"玛姬对你的那些怪异之处一无所知，我不希望她在这里时出现任何——任何奇怪的事情。你必须规规矩矩，明白吗？"

"只要她能做到，我就能。"哈利从紧咬的牙缝里说。

"第三，"弗农姨父难看的小眼睛在紫色大脸膛上眯成了一道缝，"我们已经告诉玛姬，你进了圣布鲁斯安全中心少年犯学校。"

"什么？"哈利嚷了起来。

"小子，你也要咬住这种说法，不然有你好看。"弗农姨父厉声吼道。

哈利坐在那里，脸色煞白，怒火中烧。他盯着弗农姨父，简直不敢相信他说的话。玛姬姑妈要来住一个星期——这是德思礼一家送给他的最糟糕的生日礼物，就连弗农姨父的那双旧袜子也没这么糟糕。

"好了，佩妮，"弗农姨父说着，笨重地站了起来，"我去车站了。达达，想不想跟我一起出去兜兜风？"

"不想。"达力说，看到爸爸已经教训完哈利，他的注意力又转回到电视上。

"达达要把自己打扮得漂漂亮亮，迎接他的姑妈呢。"佩妮姨妈用手梳理着达力浓密的金黄色头发，说道，"妈妈给你新买了一个漂亮的领结。"

弗农姨父拍了拍达力肉乎乎的肩膀。

"那就过会儿见。"他说完就离开了厨房。

第 2 章　玛姬姑妈的大错误

哈利像是被吓傻了似的，呆呆地坐在那里。突然他灵机一动，想出了一个主意。他扔下面包，迅速站起来，跟着弗农姨父走到前门。

弗农姨父正在穿便装短大衣。

"我不带你去。"他一转身，看见哈利正注视着他，便没好气地吼道。

"我才不想去呢。"哈利冷冷地说，"我想问你点事。"

弗农姨父怀疑地打量着他。

"在霍格……在我们学校，三年级学生可以偶尔到村子里去。"哈利说。

"那又怎么样？"弗农姨父厉声问，一边从门边的挂钩上取下汽车钥匙。

"我需要你在许可表上签字。"哈利一口气说道。

"我凭什么那么做？"弗农姨父冷笑着说。

"这样的话，"哈利小心地斟词酌句，"那就难了，我是说骗玛姬姑妈我上的是那所圣什么什么……"

"圣布鲁斯安全中心少年犯学校！"弗农姨父吼道，哈利高兴地听见弗农姨父语气里透出明显的紧张。

"对极了，"哈利平静地抬头望着弗农姨父那张酱紫色的大脸，"记起来挺费劲儿的。我还要让它听起来真像那么回事儿似的，对吗？万一我不小心说漏了嘴呢？"

"我会把你的肠子都揍出来，知道吗？"弗农姨父吼道，举起拳头朝哈利逼来。但是哈利没有退缩。

"把我的肠子揍出来，玛姬姑妈也不会忘记我想告诉她的话。"他一字一顿地说。

弗农姨父怔住了,拳头仍然举着,脸变成了一种难堪的紫褐色。

"不过,如果你肯在我的许可表上签字的话,"哈利一口气接着往下说,"我发誓我会记住我应该在哪里上学,我会表现得像个麻……像个正常人一样。"

哈利看得出来,弗农姨父脑子里在盘算,尽管他龇着牙,太阳穴上的血管在突突跳动。

"好吧,"最后他气冲冲地说,"在玛姬来访期间,我要好好监视你的一举一动。如果最后证明你一直循规蹈矩,没有把话说漏,我就给你签那张该死的许可表。"

他一转身,拉开前门走了出去,重重地把门关上。他使的劲儿太大,门顶上的一小块玻璃被震得掉了下来。

哈利没有再回厨房。他上楼走进自己的卧室。既然要装成一个真正的麻瓜,最好现在就开始行动。他闷闷不乐地把所有的礼物和生日贺卡慢慢收拢起来,跟他的家庭作业一起,藏在那块松动的地板下。然后走向海德薇的笼子。埃罗尔看上去已经恢复了,和海德薇一起睡得正香,脑袋埋在翅膀里。哈利叹了口气,用指头把它俩都捅醒了。

"海德薇,"他愁眉苦脸地说,"你必须出去避一个星期。跟埃罗尔一起去,罗恩会照顾你的。我给罗恩写一封短信,把事情跟他说清楚。别用那种眼光看着我,"——海德薇那双大大的琥珀色眼睛里满是责怪,"这不能怪我。只有这样,我才能跟罗恩和赫敏一起去霍格莫德村。"

第2章 玛姬姑妈的大错误

十分钟后，埃罗尔和海德薇（腿上已经绑着一封给罗恩的短信）飞出窗外，消失不见了。哈利觉得心情低落到了极点，他把空鸟笼藏在了衣柜里。

不过哈利并没有多少时间独自郁闷，很快，佩妮姨妈就朝楼上尖声嚷嚷起来，叫哈利下楼做好准备，迎接他们的客人。

"想办法收拾一下你的头发！"佩妮姨妈看见哈利走进大厅，气冲冲地说。

哈利看不出把头发弄平整有什么好处。玛姬姑妈最喜欢对他评头论足，他的模样越邋遢，玛姬姑妈就越高兴。

一眨眼工夫，外面就传来砾石被碾轧的嘎吱声，弗农姨父的汽车慢慢拐进了车道，然后车门砰砰关上，脚步踏着花园的小径走来。

"快到门口去！"佩妮姨妈压低声音对哈利说。

哈利垂头丧气地过去把门打开。

门口站着玛姬姑妈。她长得很像弗农姨父，身材高大、粗壮，酱紫色的脸膛，甚至也有一撮小胡子，只是不如弗农姨父的那么浓密。她一只手提着一个巨大的箱子，另一只手搂着一条坏脾气的老牛头犬。

"我的达达呢？"玛姬姑妈粗声大气地问，"我的乖侄儿呢？"

达力摇摇摆摆地走进门厅，金黄色的头发平塌塌地贴在胖脑袋上，一个蝴蝶形领结几乎被他那么多层下巴遮得看不见了。玛姬姑妈一把将箱子杵到哈利的肚子上，杵得哈利喘不过气来。然后她伸出一只胳膊紧紧搂住达力，在他面颊上使劲亲了一口。

哈利知道得很清楚，达力能够忍受玛姬姑妈的搂抱，只是因为他能得到丰厚的报偿。果然，他们分开时，达力的胖拳头里捏着一张崭新的二十英镑钞票。

"佩妮！"玛姬姑妈大声嚷嚷着，大步走过哈利身边，似乎只当他是个衣帽架。玛姬姑妈和佩妮姨妈互相亲吻，其实，是玛姬姑妈用她的大下巴重重地撞了一下佩妮姨妈干巴巴的瘦颧骨。

弗农姨父也进来了，脸上堆着愉快的笑容，把门关上了。

"喝点茶吧，玛姬？"他问，"利皮喝什么呢？"

"利皮就从我的茶碟里喝点茶好了。"玛姬姑妈说。他们鱼贯走进厨房，只留下哈利抱着箱子独自在门厅里。哈利正巴不得这样呢，只要有借口不跟玛姬姑妈待在一起就谢天谢地了。他开始慢慢地把箱子搬到楼上的客房，尽量拖延着时间。

等他回到厨房，玛姬姑妈面前已经摆上了茶和水果蛋糕，利皮正在墙角稀里呼噜地舔喝茶水。哈利看见佩妮姨妈微微皱起眉头，因为狗把茶水和口水溅到了她干净的地板上。佩妮姨妈不喜欢动物。

"别的那些狗由谁照料呢，玛姬？"弗农姨父问。

"噢，我请了法布斯特上校照看它们呢。"玛姬姑妈粗声大气地说，"他退休了，有点事情做做有好处。但我舍不得撇下可怜的老利皮。它离开我会憔悴的。"

哈利刚坐下，利皮又开始吼叫。这使玛姬姑妈的注意力第一次转向了哈利。

第 2 章　玛姬姑妈的大错误

"怎么！"她吼了起来，"你还在这儿？"

"是啊。"哈利说。

"别用那种不知好歹的口气说'是啊'，"玛姬姑妈咆哮起来，"弗农和佩妮能收留你就够好的了。换了我才不会这么做呢。当初如果他们把你扔在我家门口，你直接就去孤儿院了。"

哈利忍不住想说，他宁可住在孤儿院，也不愿跟德思礼家一起生活，但是想到去霍格莫德的许可表，他没有说话，脸上勉强挤出一丝苦笑。

"不许对我傻笑！"玛姬姑妈嚷道，"看得出来，从我上回看见你之后，你没有丝毫长进。我本来还指望上学能让你懂点规矩呢。"她喝了一大口茶，擦擦小胡子，接着说道："弗农，你再说一遍，你把他送到哪儿去了？"

"圣布鲁斯，"弗农姨父马上接口，"是一流的少年犯学校。"

"知道了。"玛姬姑妈说，"圣布鲁斯那里用鞭子吗，小子？"她隔着桌子吼道。

"嗯——"

弗农姨父在玛姬姑妈身后微微点了点头。

"用的。"哈利说。接着，他觉得应该把事情做得到位一些，又补充道，"一直用的。"

"太好了，"玛姬姑妈说，"我可不愿听那一套磨磨唧唧的无聊的废话，什么不能体罚之类，有些人就是该打。在百分之九十九的情况下，一顿臭揍就能解决问题。你经常挨打吗？"

"是啊，"哈利说，"挨过许多次呢。"

玛姬姑妈眯起了眼睛。

"我还是不喜欢你这副口气，小子。"她说，"你能这样轻描淡写地谈到你挨打的事，显然他们打你打得还不够狠。佩妮，如果我是你就会给他们写信，表明你赞成对这个男孩使用绝对的暴力。"

弗农姨父大概担心哈利会忘记他们之间的协定，他匆忙改变了话题。

"听了今天早晨的新闻吗，玛姬？那个在逃犯是怎么回事，嗯？"

玛姬姑妈舒舒服服地住了下来，就像在自己家里一样，哈利发现自己几乎怀念起了女贞路4号没有玛姬姑妈时的生活。弗农姨父和佩妮姨妈一般都想方设法不让哈利跟他们在一起，哈利也巴不得这样。可是，玛姬姑妈却希望哈利每时每刻都在她眼皮底下，这样她就能粗声恶气地给哈利提出改进的建议。她喜欢拿哈利跟达力作比较，最大的乐趣就是一边给达力买一些贵重的礼物，一边恶狠狠地瞪着哈利，似乎是在看哈利敢不敢问怎么没有他的份。她还经常含沙射影地暗示哈利为什么会成为这样一个没出息的人。

"弗农，这孩子变成这样，你千万别自责。"她在第三天吃午饭的时候这样说，"如果骨子里的东西坏了，谁也拿这没办法。"

哈利使劲把注意力集中在吃饭上，但还是忍不住双手发抖，怒火直往脸上烧。别忘了许可表，他对自己说，想想霍格莫德。什么也别说。别起身——

玛姬姑妈伸手去拿她的酒杯。

第 2 章　玛姬姑妈的大错误

"这是遗传的一个基本法则，"她说，"在狗的身上经常能看到。如果母狗有毛病，狗崽子肯定也好不到哪儿去——"

就在这时，玛姬姑妈手里的酒杯突然爆炸了，玻璃碎片四下迸溅。玛姬姑妈结结巴巴说不出话来，呆呆地眨巴着眼睛，酒从她肥胖的红脸膛上滴下来。

"玛姬！"佩妮姨妈尖叫道，"玛姬，你没事吧？"

"别担心，"玛姬姑妈嘟哝道，用餐巾擦了擦脸，"准是捏得太使劲了。那天在法布斯特上校家也出过这种事。不用大惊小怪，佩妮，我的手劲儿很大……"

但佩妮姨妈和弗农姨父都怀疑地看着哈利，于是，哈利决定不吃布丁了，尽可能赶快离开餐桌。

他来到外面的门厅里，靠在墙上，大口做着深呼吸。他已经很长时间没有失去自控，让东西爆炸了。再也不能让这种事情发生了。如果继续这样行事，泡汤的可不只是去霍格莫德的许可表，到时候恐怕魔法部都会来找他的麻烦。

哈利还是个未成年的巫师，根据巫师法的规定，他不得在校外使用魔法。况且，他的记录不够清白。就在去年夏天，他得到一个正式警告，明确指出如果魔法部再得知女贞路有人使用魔法，哈利就将被霍格沃茨学校开除。

他听见德思礼一家离开饭桌的声音，便赶紧上楼躲开了。

接下来的三天，每当玛姬姑妈开始向哈利发难，哈利就强迫自己去想那本《飞天扫帚护理手册》。这一招还挺管用，但似乎会使他眼神发呆，因为玛姬姑妈开始大声谈论他智力低下了。

　　谢天谢地，终于熬到了玛姬姑妈在这里的最后一个夜晚。佩妮姨妈精心准备了一顿丰盛的晚餐，弗农姨父开了几瓶红酒。大家吃吃喝喝，汤上来了，鲑鱼肉也上来了，还一直没有谁来挑哈利的毛病。在吃柠檬蛋白甜饼时，弗农姨父长篇大论地谈起了他那家制造钻头的公司——格朗宁公司，听得大家不胜其烦。之后，佩妮姨妈去煮咖啡，弗农姨父拿出了一瓶白兰地。

　　"喝一点吧，玛姬？"

　　玛姬姑妈已经喝了很多红酒，一张大脸膛涨得通红。

　　"那就只来一小杯吧，"她轻笑着说，"再加一点……再加一点……好。"

　　达力在吃他的第四块甜饼。佩妮姨妈翘着兰花指，一小口一小口地啜着咖啡。哈利真想赶紧离开这里，钻进自己的卧室，可是他撞上了弗农姨父小眼睛里射出的愤怒眼神，知道必须捺着性子熬到最后。

　　"啊哈，"玛姬姑妈说着，咂咂嘴唇，把喝空的白兰地酒杯放了下来，"真是一顿美餐，佩妮。平常我晚饭只吃一盘简单的油煎快菜，没办法，有十二条狗要照料呢……"她响亮地打了个饱嗝，拍拍穿着花呢衣服的大肚子，"请原谅。不过我真高兴看见一个健健康康的男孩子，"她朝达力眨眨眼睛，继续说道，"你会成为一个体格健壮的男子汉，达达，就像你爸爸一样。好吧，再来一点儿白兰地，弗农……"

　　"再看看这位——"

第 2 章　玛姬姑妈的大错误

她把脑袋朝哈利一偏，哈利顿时觉得心里一紧。手册，他赶紧提醒自己。

"这位就是一副獐头鼠目的窝囊样儿。有些狗就是这样。我去年就让法布斯特上校淹死过一条。那条狗活像一只小老鼠，病病歪歪，发育不良。"

哈利拼命回忆书上的第十二页：治疗不愿倒转的扫帚的咒语。

"就像我那天说的，这都是遗传。坏的遗传迟早都会冒头。哎哟，佩妮，我可不是在说你们家人的坏话——"她用铁铲般的手拍了拍佩妮姨妈瘦骨嶙峋的手，"不过你那个妹妹真是个败类。有时候好人家也会出现这样的人。后来她又跟一个无赖私奔，其结果现在就坐在我们面前。"

哈利眼睛盯着盘子，耳朵里嗡嗡作响。紧紧抓住扫帚尾巴，他想。可下面是什么呢？他想不起来了。玛姬姑妈的声音就像弗农姨父的电钻一样，直往他的脑袋里钻。

"那个叫波特的家伙，"玛姬姑妈大声说，一边抓起白兰地酒瓶，哗哗地往她的酒杯里倒，许多酒都泼洒在桌布上，"你们从来没有跟我说过他是做什么的。"

弗农姨父和佩妮姨妈显得紧张极了，就连在一旁忙着吃甜饼的达力也抬起眼来，呆呆地望着他的父母。

"他——他没有工作，"弗农姨父说着，偷偷扫了哈利一眼，"失业呢。"

"我早就料到了！"玛姬姑妈说完，喝了一大口白兰地，用袖子擦了擦下巴，"一个废物、懒汉、骗子、一无是处的家伙，他——"

"他不是！"哈利突然说话了。饭桌上顿时一片寂静。哈利气得浑身发抖。他从来没这么生气过。

"再来点儿白兰地！"弗农姨父嚷道，脸色变得煞白。他把瓶里的酒都倒进了玛姬姑妈的杯子里。"你，小子，"他朝哈利咆哮道，"快睡觉去，快去——"

"不，弗农。"玛姬姑妈打着饱嗝，举起一只手，一双充血的小眼睛死死地盯住哈利的眼睛，"说下去，小子，说下去。你很为你的父母感到骄傲，是吗？他们在一起车祸中送了命（我猜准是喝醉了）——"

"他们不是死于车祸！"哈利说，发现自己站了起来。

"就是死于车祸，你这个谎话连篇的小坏蛋，他们撇下你，成为这些体面的、辛勤工作的亲戚们的累赘！"玛姬姑妈尖叫道，胸脯气得一鼓一鼓的，"你是个粗野无礼、忘恩负义的小——"

玛姬姑妈突然停住了。一时间，她似乎不会说话了。难以形容的怒气使她全身膨胀起来——而且这膨胀并没有停止。她红通通的大脸膛铺展开来，一双小眼睛往外凸起，嘴唇向两边伸长，绷得紧紧的说不出话来。接着，花呢衣服上的几粒纽扣绷开了，砰砰砸在墙上——她像一只巨大的气球在不断膨胀，肚子撑断了花呢衣服的腰带，每根手指都像吹了气似的，肿得像意大利蒜肠……

"**玛姬！**"弗农姨父和佩妮姨妈异口同声地喊。玛姬姑妈的身体从椅子上升了起来，朝天花板飘去。她在空中越升越

第 2 章　玛姬姑妈的大错误

高，身体已经变得滚圆，活像一个长着猪眼睛的救生圈，一双手脚怪里怪气地支棱出来，嘴里发出中风一般的噗噗声。利皮一溜小跑进了房间，疯狂地叫个不停。

"不——！"

弗农姨父抓住玛姬的一只脚，想把她拉下来，不料他自己也差点儿双脚离地被拖了起来。接着，利皮扑上前去，一口咬住了弗农姨父的腿。

没人来得及阻拦，哈利就飞快地离开餐厅，奔向楼梯下的储物间。刚到那里，储物间的门就神奇地自动打开了。他在几秒钟内把箱子搬到大门口，然后迅速奔到楼上，一头钻进床底下，撬开那块松动的地板，拽出装满课本和生日礼物的枕头套。他从床底下钻出来，抓起海德薇的空笼子，噔噔噔地冲下楼梯，朝箱子跑去。就在这时，弗农姨父从餐厅里冲了出来，一条裤腿被扯得稀烂，上面血迹斑斑。

"**快回来！**"他吼道，"**回来把她弄好！**"

然而哈利气得什么也顾不上了，他一脚把箱子盖踢开，抽出魔杖，指着弗农姨父。

"她活该，"哈利急促地喘着粗气说，"她这是自作自受。你给我闪开！"

他用手在背后摸索着门闩。

"我走了，"哈利说，"我受够了。"

转眼间，他就来到外面漆黑、静谧的街道上，身后拖着沉重的箱子，胳膊底下夹着海德薇的鸟笼。

第3章

骑士公共汽车

哈利拖着箱子走过几条街,瘫倒在木兰花新月街的一堵矮墙上,累得上气不接下气。他一动不动地坐在那里,听着自己的心嗵嗵狂跳,心里仍然腾腾地冒着怒火。

在漆黑的街道上独自待了十分钟后,一种新的情绪抓住了他:恐慌。不管从哪一方面来看,现在的情况都是前所未有的糟糕。他孤身一人流落在黑暗的麻瓜世界里,没有任何地方可去。最糟糕的是,他刚才使用了厉害的魔法,这意味着他几乎肯定要被霍格沃茨开除了。哈利甚至感到很吃惊:他如此严重地违反了《对未成年巫师加以合理约束法》,魔法部代表竟然没有扑过来抓他。

哈利浑身颤抖,朝木兰花新月街的两边看了看。会碰上什么情况呢?是会被抓起来,还是会被巫师世界驱逐?他想起了罗恩和赫敏,心情更加沉重了。哈利可以肯定,不管他

第3章　骑士公共汽车

有没有犯法，罗恩和赫敏都会愿意帮助他，可是他们俩此刻都在国外，而且海德薇也走了，他没有办法跟他们取得联系。

他身上也没有带着麻瓜钱。箱子底部的钱袋里倒有一些巫师金币，但父母留给他的其余财产都存在伦敦古灵阁巫师银行的地下金库里。他不可能拖着箱子一路走到伦敦。除非……

他低头看看仍然攥在手里的魔杖。既然已经要被开除（此刻他的心嘣嘣狂跳，令他难受），再多使用一点魔法也没什么关系了。他还有从父亲那里继承来的隐形衣——是不是可以给箱子施个魔法，把它变得像羽毛那么轻，拴在飞天扫帚上，然后他穿上隐形衣，一路飞到伦敦呢？这样，他就能把其余的钱都从地下金库里取出来……从此开始浪迹天涯。未来的日子令他恐惧，但是他不能永远呆坐在这堵墙上，弄得不好，他还得向麻瓜警察解释为什么半夜三更流落街头，还带着一箱子魔法书和一把飞天扫帚。

哈利又打开箱子，把里面的东西扒拉到一边，寻找那件隐形衣——衣服还没找到，他突然直起身子，又一次打量四周。

哈利感到脖颈上有一种异样的刺痛，似乎有人在盯他的梢，可是放眼望去，街道上空荡荡的，那些四四方方的大房子里也没有透出一丝灯光。

他又埋头在箱子里翻找，但紧接着再一次纵身跃起，把手里的魔杖攥得紧紧的。与其说他是听见，不如说他是感觉到有个什么人或什么东西，就在他身后车库和栅栏之间的窄巷里。哈利眯起眼睛盯着黑黢黢的小巷。只要那玩意儿动一动，他就能知道它是一只流浪猫还是 —— 别的什么。

"荧光闪烁。"哈利低声说，他的魔杖头上立刻冒出一道亮光，刺得他几乎睁不开眼睛。他把魔杖高高地举过头顶，木兰花新月街2号的鹅卵石外墙一下子被照得亮闪闪的。车库的门反射着亮光。而在墙和车库之间，哈利清清楚楚地看见一个黑乎乎的大家伙，闪着一双贼亮的大眼睛。

哈利朝后退去，两条腿撞在箱子上，被绊了一下。他伸出一只胳膊稳住身体，魔杖从手里飞了出去。他重重地摔在了排水沟里。

随着震耳欲聋的一声巨响，一道强光突然射了过来，哈利赶忙用双手挡住眼睛……

他尖叫一声，一骨碌滚到人行道上。幸亏躲得及时，一秒钟后，嘎吱一声，一对巨大的车轮和车灯就停在了哈利刚才躺着的地方。哈利抬头一看，这些车轮和车灯属于一辆艳紫色的三层公共汽车。它像是凭空冒出来的，挡风玻璃上用金色的字母写着骑士公共汽车。

一时间，哈利以为刚才那一跤把自己摔糊涂了。接着，一位穿紫色制服的售票员从公共汽车上跳出来，对着黑夜大声说起话来。

"欢迎乘坐骑士公共汽车 —— 用于运送陷入困境的巫师的紧急交通工具。你只要伸出拿魔杖的手，登上车来，我们就能把你送到你想去的任何地方。我叫斯坦·桑帕克，今晚我是你的售票员 ——"

售票员突然停住话头。他这才看见仍然坐在地上的哈利。

第3章 骑士公共汽车

哈利重新抓起魔杖,挣扎着从地上站了起来。离近了看,他发现斯坦·桑帕克比他大不了多少,最多也就十八九岁,长着一对大大的招风耳,脸上还点缀着几颗粉刺。

"你坐在那地上干啥?"斯坦放下那副公事公办的派头,问道。

"摔了一跤。"哈利说。

"为啥摔跤?"斯坦轻轻笑着问。

"我又不是故意摔的。"哈利恼火地说。他的牛仔裤一条裤腿的膝盖处撕破了,刚才挥出去保持身体平衡的那只手在流血。他突然想起刚才为什么会摔倒了,赶紧转身朝车库和栅栏之间的小巷望去。骑士公共汽车的车灯把那里照得通明,小巷里空无一人。

"你在看啥?"斯坦问。

"刚才那儿有个黑乎乎的大家伙,"哈利不能确定地朝小巷里指着,"像是一条狗 …… 但是大得吓人 ……"

他转过身来看着斯坦,斯坦的嘴巴微微张着。哈利看见斯坦的目光挪向了他的额头,顿时感到心里一阵不安。

"你脑门上是啥?"斯坦突然问道。

"没什么。"哈利赶紧说,一边把头发抹下来盖住伤疤。如果魔法部在找他,他可不想让他们轻易发现他的踪迹。

"你叫啥名字?"斯坦不依不饶地问。

"纳威·隆巴顿。"哈利脑子里想到什么名字就不假思索地说了出来,"那么——那么这辆公共汽车,"他急急忙忙地往下说,希望转移斯坦的注意力,"你刚才说它哪儿都能去?"

"没错，"斯坦得意地说，"你想去哪儿都行，只要是在陆地上。到水底下就不成了。对了，"他脸上又显出怀疑的神色，说，"刚才是你招呼我们停车的，是不？你伸出了你的魔杖，是不？"

"是啊，"哈利立刻回答，"那么，去伦敦要多少钱？"

"十一个西可，"斯坦说，"付十四个就能喝到热巧克力，付十五个能拿到一个热水袋和一把牙刷，颜色随便挑。"

哈利又在箱子里翻找一通，拽出钱袋，把几个银币塞进斯坦手里。他和斯坦抬起箱子，登上了公共汽车，海德薇的鸟笼就放在箱子顶上。

车里没有座位，在拉着窗帘的窗边，摆着六七张黄铜架子床。每张床旁边的托架上都点着蜡烛，照亮了木板车壁。车尾附近一位戴睡帽的小个子巫师咕哝着："谢谢你，现在不行，我在腌一些鼻涕虫。"在睡梦里翻了个身。

"你睡这张床。"斯坦小声说，把哈利的箱子推进司机身后那张床铺底下，司机坐在方向盘前的一把扶手椅上，"这是我们的司机，厄恩·普兰。厄恩，这位是纳威·隆巴顿。"

厄恩·普兰是一位上了年纪的巫师，戴着一副厚厚的眼镜。他朝哈利点点头，哈利又紧张地抹了抹刘海，在自己的床上坐了下来。

"开车吧，厄恩。"斯坦说着，坐在了厄恩身边的扶手椅上。

又是**砰**的一声巨响，紧接着哈利就发现自己仰面躺在了床上。骑士公共汽车速度太快了，把他向后抛去。哈利挣扎

第3章 骑士公共汽车

着坐起来,朝漆黑的窗外望去,看见他们正飞速行驶在另外一条完全不同的街道上。斯坦饶有兴趣地望着哈利惊愕的脸。

"刚才你招呼我们停车前,我们就在这里。"他说,"是在哪儿来着,厄恩?威尔士的某个地方?"

"嗯。"厄恩说。

"麻瓜们怎么听不见汽车的声音?"哈利问。

"他们!"斯坦轻蔑地说,"根本就不会好好地听,是不?也不会好好地看。他们啥都注意不到。"

"最好去把马什女士叫醒,斯坦,"厄恩说,"马上就到阿伯加文尼了。"

斯坦从哈利的床旁走过,顺着一道狭窄的木头楼梯去了上层。哈利仍然望着窗外,心里越来越紧张不安。厄恩似乎并没有掌握如何使用方向盘。骑士公共汽车不断地冲上人行道,好在并没有撞上什么东西;那些路灯、邮箱和垃圾桶,都在汽车开过去时自动跳开了,等汽车开过又回到原来的位置。

斯坦又下楼来了,后面跟着一个身穿旅行斗篷、脸色有点发青的女巫。

"您这边走,马什女士。"斯坦愉快地说,厄恩一踩刹车,那些床都朝汽车前面滑出一尺左右。马什女士用手帕捂住嘴,跌跌撞撞地走下台阶。斯坦跟着把她的包扔了出去,重重地关上车门。又是砰的一声巨响,他们风驰电掣地驶过一条狭窄的乡村小路,树木纷纷闪开给他们让道。

即使坐的是一辆普通公共汽车,不像这样动不动就发出砰砰巨响,一步跳出一百英里,哈利也不可能入睡。他仰面躺倒，胃里一阵阵翻腾，心想不知道接下来会发生什么事，也不知道德思礼一家有没有把玛姬姑妈从天花板上弄下来。

斯坦展开一份《预言家日报》，牙齿咬着舌头，读得津津有味。第一版的一张大照片上，一个满脸憔悴、头发又长又乱的男人朝哈利慢慢地眨了眨眼睛。真是奇怪，他看着竟有点眼熟呢。

"就是那个人！"哈利说，暂时忘记了自己的烦恼，"麻瓜的新闻里也有他！"

斯坦重新翻到第一版，轻声笑了笑。

"小天狼星布莱克，"他点点头说，"麻瓜新闻里当然会有他，纳威，你待在哪儿来着啊？"

看到哈利脸上一片茫然，斯坦发出居高临下的笑声，扯下报纸的第一版，递给了哈利。

"你应该多读读报纸，纳威。"

哈利把报纸举到烛光下，读了起来：

布莱克仍然在逃

魔法部今天证实，小天狼星布莱克仍然逍遥法外，他大概是阿兹卡班监狱关押过的最臭名昭著的囚徒。

"我们正竭尽全力将布莱克重新捉拿归案，"魔法部部长康奈利·福吉今天早晨说，"恳请魔法界保持镇静。"

国际巫师联合会的一些成员指责福吉将这场危机通报给了麻瓜首相。

"说实在的，你们也知道，我这是没有办法，"福吉恼

第3章 骑士公共汽车

怒地说,"布莱克是个亡命徒。不管是魔法师还是麻瓜,谁碰到他都会有危险。我要求首相保证,决不把布莱克的真实身份透露给任何人。说句实话——即使他透露出去,又有谁会相信呢?"

麻瓜们被告知,布莱克携带一把枪(麻瓜们用来互相残杀的一种金属魔杖),而魔法界知道布莱克十二年前曾用一个咒语杀死了十三人,因此担心那样的大屠杀会再度出现。

哈利望着小天狼星布莱克阴郁的眼睛,那似乎是他憔悴不堪的脸上唯一有活力的地方。哈利从来没碰见过吸血鬼,但在黑魔法防御术课上看过吸血鬼的照片。布莱克的皮肤白森森的,看上去活像一个吸血鬼。

"看着怪吓人的,是不?"斯坦一直在注视着哈利读报,这时候问道。

"他杀死了十三个人?"哈利说着,把报纸递还给斯坦,"只用一个咒语?"

"没错,"斯坦说,"在光天化日、众目睽睽之下。惹出了大麻烦,是不,厄恩?"

"嗯。"厄恩沉着脸说。

斯坦在扶手椅里转了个圈,双手背在后面,仔细看着哈利。

"布莱克是神秘人的有力支持者。"他说。

"什么? 伏地魔?"哈利不假思索地说。

斯坦脸上的粉刺都变白了，厄恩猛地一打方向盘，整个一座农宅跳到一边，躲开了疾驰而来的汽车。

"你脑子出毛病啦？"斯坦嚷道，"你干吗说他的名字？"

"对不起，"哈利赶紧说，"对不起，我……我忘记了——"

"忘记了！"斯坦有气无力地说，"天哪，我的心跳得那么快……"

"那么……那么，布莱克是支持神秘人的？"哈利带着歉意问道。

"没错，"斯坦仍然揉着胸脯，说，"没错，没错。他们说，他跟神秘人走得很近……反正，当年小哈利·波特干掉了神秘人，"——哈利紧张地又把刘海往下抹了抹——"神秘人的所有支持者都被逮捕了，是不，厄恩？神秘人逃走后，他们大多数人都知道大势已去，不再兴风作浪。只有小天狼星布莱克例外。我听说，他认为一旦神秘人东山再起，他就能坐上第二把交椅。

"反正，他们在一条满是麻瓜的街上把布莱克堵住了，布莱克掏出魔杖把半条街都炸烂了，击中了一个巫师，还有十几个碰巧在那儿的麻瓜。真可怕，是不？你知道布莱克接着做了啥？"斯坦继续用一种夸张的语气低声说。

"什么？"哈利问。

"放声大笑，"斯坦说，"站在那里放声大笑。后来魔法部的增援赶到，他乖乖地跟着他们走了，一边仍然不停地狂笑。他准是疯了。是不，厄恩？是不是疯了？"

第3章 骑士公共汽车

"即使他去阿兹卡班的时候没疯,到这会儿肯定也疯了。"厄恩用低沉的声音说,"我宁可把自己炸死,也不愿踏进那个鬼地方。这是他应得的惩罚……竟然做出了那样的事……"

"他们好不容易才把事情抹平,是不,厄恩?"斯坦说,"街道炸飞了,那么多麻瓜送了命。他们是怎么解释的,厄恩?"

"煤气爆炸。"厄恩咕哝道。

"现在他又跑出来了。"斯坦说着,又仔细端详着报纸照片上布莱克那张瘦削的脸,"阿兹卡班还从来没发生过越狱的事呢,是不,厄恩?真不明白他是怎么得手的。怪吓人的,是不?说实在的,想象不出他居然对付得了阿兹卡班的那些看守。是不,厄恩?"

厄恩突然打了个寒战。

"说点别的吧,斯坦,有个本分的小伙子在车上呢。我一听到那些阿兹卡班的看守就会闹肚子。"

斯坦满不情愿地把报纸放到一边。哈利靠在骑士公共汽车的窗户上,心情从来没有这么糟过。他忍不住想象,几天后的某个夜晚,斯坦说不定会这样告诉他的乘客:

"听说过那个哈利·波特吗?他把他的姑妈吹胀了。后来还上了我们的骑士公共汽车呢。是不,厄恩?他当时拼命想逃跑……"

他,哈利,也像小天狼星布莱克一样违反了巫师法。吹胀了玛姬姑妈,是不是够到阿兹卡班坐牢呢?哈利对巫师监狱一无所知,不过他听每个人说起那个地方,用的都是同样畏惧的口吻。霍格沃茨猎场看守海格去年还在那里蹲了两个月。当海格得知要被关在那里时，脸上恐惧的神情令哈利很难忘记，而海格还是哈利知道的最勇敢的人之一呢。

骑士公共汽车在黑暗中摇摇晃晃地行驶着，冲散了灌木和垃圾桶、电话亭和树木。哈利躺在羽毛床垫上，心烦意乱，忧虑重重。过了一会儿，斯坦想起哈利付了热巧克力的钱，可是汽车突然从安格尔西岛跳到了阿伯丁，斯坦把巧克力都洒在了哈利的枕头上。那些穿着晨衣和便鞋的巫师一个个从上层走了下来，离开了汽车。他们似乎都巴不得赶紧下车。

最后，车上只剩下了哈利一名乘客。

"好了，纳威，"斯坦拍了拍手，说，"去伦敦什么地方？"

"对角巷。"哈利说。

"好嘞，"斯坦说，"抓紧了，走……"

砰！

他们闪电般地驶过查令十字街。哈利坐起身子，注视着窗外那些楼房和长椅全部挤到一边，给骑士公共汽车让路。天空有点放亮了。他可以找个地方躲两个小时，等古灵阁一开门就进去，然后就出发 —— 去哪儿呢，他不知道。

厄恩重重地一踩刹车，骑士公共汽车停在了一家破破烂烂的小酒吧门前 —— 破釜酒吧，它的后面就是通往对角巷的神秘入口。

"谢谢。"哈利对厄恩说。

他跳下台阶，帮着斯坦把他的箱子和海德薇的鸟笼搬到人行道上。

第 3 章　骑士公共汽车

"好了,"哈利说,"再见了!"

但是斯坦没有理会哈利。他仍然站在车门处,瞪大眼睛看着破釜酒吧的阴暗入口。

"原来你在这里呢,哈利。"一个声音说。

哈利还没来得及转身,就感到一只手搭在了他的肩膀上。与此同时,斯坦喊道:"天哪! 厄恩,快来! 快来!"

哈利抬头朝他肩膀上那只手的主人望去,顿时感到一桶冰水倒进了他肚子里 —— 他正好撞上了魔法部部长康奈利·福吉本人。

斯坦一步跳到人行道上,站在他们身边。

"你管纳威叫什么,部长?"他兴奋地问。

福吉是个小矮胖子,穿着一件长长的条纹斗篷,看上去又冷又累。

"纳威?"他皱起眉头说,"这是哈利·波特。"

"我就知道!"斯坦欢喜地叫了起来,"厄恩! 厄恩! 你猜纳威是谁,厄恩? 是哈利·波特! 我看见了他的伤疤!"

"是的,"福吉不耐烦地说,"我很高兴骑士公共汽车把哈利捎来了,但是现在我和他需要进破釜酒吧……"

福吉搭在哈利肩膀上的那只手加大了力度,哈利发现自己被推着进了酒吧。酒吧后面的门里闪出一个驼背的身影,手里提着一盏灯。正是那位消瘦干瘪、牙齿掉光的酒吧老板汤姆。

"您找到他了,部长!"汤姆说,"您需要点什么? 啤酒? 白兰地?"

"就来一壶茶吧。"福吉说，仍然抓住哈利不放。

身后传来响亮的摩擦声和粗重的喘息声，斯坦和厄恩抬着哈利的箱子和海德薇的鸟笼出现了，一边兴奋地东张西望着。

"你怎么不告诉我们你是谁呢，嗯，纳威？"斯坦笑嘻嘻地对哈利说，厄恩那张猫头鹰般的脸饶有兴趣地从斯坦肩膀上探了出来。

"请来一个单间，汤姆。"福吉毫不客气地说。

"再见。"哈利无奈地对斯坦和厄恩说，这时汤姆领着福吉朝吧台旁的通道走去。

"再见，纳威！"斯坦喊道。

福吉推着哈利，跟随汤姆的提灯走过狭窄的通道，进了一个小单间。汤姆打了个响指，炉栅里腾地冒起了火焰，他鞠着躬退出了房间。

"坐下吧，哈利。"福吉指着火炉旁的一把椅子说。

哈利坐了下来，尽管有火烘烤着，他还是感到胳膊上起了一层鸡皮疙瘩。福吉脱掉条纹斗篷扔到一边，把深绿色的西服裤子往上提了提，坐在了哈利对面。

"哈利，我是魔法部部长康奈利·福吉。"

哈利当然知道他是谁。他见过福吉一次，但当时他穿着父亲的那件隐形衣，福吉并不知道。

酒吧老板汤姆又出现了，他在衬衫式长睡衣外面系了一条围裙，手里端着一个托盘，上面放着茶和烤面饼。他把托盘放在福吉和哈利中间，便离开单间，关上了房门。

第 3 章　骑士公共汽车

"唉，哈利，"福吉一边倒茶一边说道，"实话跟你说吧，你真是把我们弄得手忙脚乱啊。竟然那样从你姨妈姨父家里逃了出来！我本来以为……不过你现在安全了，这是最重要的。"

福吉拿了一块烤面饼，往上面抹了点黄油，然后把盘子推给了哈利。

"吃吧，哈利，你看上去都快垮了。不过……我们已经把吹胀玛姬·德思礼小姐的不幸事件给摆平了，我想你听了肯定会高兴的。几个小时前，偶发事件逆转部的两位成员被派到女贞路。德思礼小姐已被放了气，她的记忆也被修改了。她对这件事一点儿印象也没有了。就是这样，没捅出什么大娄子。"

福吉从茶杯边上朝哈利微笑着，像是一位叔叔在端详他最喜欢的侄子。哈利简直不敢相信自己的耳朵，张嘴想说话，却不知道说什么才好，便又把嘴巴闭上了。

"啊，你是在担心你姨妈姨父的反应吧？"福吉说，"唉，不能否认，他们确实气到了极点，哈利，但他们还是准备明年让你回去过暑假，只要你能在霍格沃茨过圣诞节和复活节。"

哈利这才说得出话来。

"我一向是在霍格沃茨过圣诞节和复活节的，"他说，"而且我再也不想回女贞路了。"

"好了，好了，我相信等你平静下来，就不会这么想了，"福吉用担忧的口吻说，"他们毕竟是你的亲人嘛，我敢肯定你们实际上还是喜欢对方的——呃——在内心最深处。"

哈利根本就没想去纠正福吉的话。他仍然等着听他们打算怎么发落他。

"现在剩下来的,"福吉说着,又拿了第二块烤面饼给自己,抹上黄油,"就是要决定你在哪里度过暑假最后的这三个星期了。我建议你在破釜酒吧这里租一间房子——"

"等等,"哈利突然问道,"怎么惩罚我呢?"

福吉眨了眨眼睛。

"惩罚?"

"我犯了法!"哈利说,"《对未成年巫师加以合理约束法》!"

"噢,亲爱的孩子,我们不会为这样一件小事惩罚你的!"福吉不耐烦地挥着他的烤面饼,大声说道,"这是一起意外事故!我们不会因为谁吹胀了姑妈就把他送进阿兹卡班的!"

这可跟哈利过去跟魔法部打交道的情形大不一样。

"去年,就因为一个家养小精灵在我姨父家打烂了一块布丁,我就收到了正式警告!"哈利皱起眉头说,"魔法部说,如果那里再有人使用魔法,就把我从霍格沃茨开除!"

不知是不是哈利的眼睛看错了,福吉突然显得很尴尬。

"情况是在变化的嘛,哈利……我们必须考虑到……在目前的情况下……不用说,你肯定不愿意被开除吧?"

"当然不愿意。"哈利说。

"就是嘛,那你还纠缠这件事干什么?"福吉轻快地笑着说,"好了,吃一块烤甜饼吧。哈利,我去看看汤姆有没有房间可以给你住。"

第3章　骑士公共汽车

福吉大步走出了单间,哈利盯着他的背影。这事儿真是蹊跷。福吉既然不想惩罚他的所作所为,为什么还要在破釜酒吧等他呢?哈利再仔细一想,魔法部部长本人亲自处理未成年巫师滥用魔法的事,这本身就很反常,不是吗?

福吉和酒吧老板汤姆一起回来了。

"11号房间空着,哈利,"福吉说,"我想你会住得很舒服的。只有一点,我相信你一定能理解:我不希望你擅自跑到伦敦的麻瓜世界去,明白吗?别离开对角巷。每天晚上天黑之前必须回到这里。你肯定能理解。汤姆会替我看住你的。"

"好的,"哈利慢吞吞地说,"可是为什么——"

"我们不想再把你给丢了,不是吗?"福吉开怀大笑着说,"不,不……我是说……我们最好知道你在哪儿……"

福吉大声清了清喉咙,拿起他的条纹斗篷。

"好了,我得走了,还有一大堆事要做呢。"

"布莱克有下落吗?"哈利问。

福吉的手指在斗篷的银扣子上滑了一下。

"你说什么?噢,你也听说了——唉,没有,还没有消息,但这只是早晚的问题。阿兹卡班的看守从来都不是吃干饭的……而且我从来没见过他们这么恼火。"

福吉微微打了个寒战。

"好了,再见吧。"

他伸出一只手,哈利握了握,脑子里突然冒出一个念头。

"嗯——部长?我可以求你一件事吗?"

"当然。"福吉笑着说。

"嗯，霍格沃茨三年级的学生可以去霍格莫德村，可是我姨妈和姨父没有在许可表上签字。你是不是能帮我签一下呢？"

福吉显得很不自然。

"啊，"他说，"不行，不行，很抱歉，哈利，我不是你的家长或监护人——"

"但你是魔法部部长啊，"哈利急切地说，"如果你批准了——"

"不，很抱歉，哈利，规矩就是规矩。"福吉一口拒绝了，"也许你明年就能去霍格莫德村了。实际上，我认为你最好别去……是啊……好了，我要走了。祝你在这里住得愉快，哈利。"

福吉最后又笑了笑，跟哈利握握手，离开了房间。这时汤姆走上前，笑眯眯地看着哈利。

"请跟我来，波特先生，"他说，"我已经把你的东西搬上去了……"

哈利跟着汤姆走上一道漂亮的木头楼梯，来到一扇门前，门上贴着黄铜数字11号。汤姆开了锁，替哈利把门打开了。

里面是一张看上去非常舒适的床，几件锃光瓦亮的橡木家具，壁炉里燃着一蓬噼啪作响、令人喜悦的旺火，而在那衣柜顶上——

"海德薇！"哈利激动地喊。

雪白的猫头鹰敲了敲它的喙，呼扇着翅膀飞到哈利手臂上。

第3章 骑士公共汽车

"你这只猫头鹰可真聪明,"汤姆轻声笑着说,"你刚来五分钟它就到了。波特先生,如果你有什么需要请尽管提。"

他又鞠了一躬,离开了。

哈利在床上坐了很长时间,心不在焉地抚摸着海德薇的羽毛。窗外天色迅速变化,从天鹅绒般的深蓝色变成阴冷的灰色,再慢慢变成夹着道道金光的粉红色。哈利简直不敢相信就在几个小时前他离开了女贞路,而且没有被开除,面前是三个星期彻底摆脱德思礼一家的日子。

"这个晚上真是太古怪了,海德薇。"他打了个哈欠。

他连眼镜都没有摘,一头倒在枕头上,进入了梦乡。

第 4 章

破釜酒吧

过了几天，哈利才习惯了这种从未体验过的奇特的自由。以前，他从来不能想什么时候起床就什么时候起床，喜欢吃什么就吃什么。现在，他甚至可以想去哪儿就去哪儿，只要是在对角巷内，而这条长长的卵石街道上全是世界上最诱人的巫师商店。哈利一点儿也不想违反他对福吉的承诺，重新回到麻瓜世界里去。

哈利每天早晨在破釜酒吧吃早饭，他喜欢打量其他的顾客：从乡下来的怪模怪样的小个子女巫，大清早出来买东西；看上去弱不禁风的男巫，为《今日变形术》上的最新文章展开辩论；不修边幅的巫师；吵吵闹闹的小矮人……一次，还有一个活像老巫婆的人，戴着一顶厚厚的巴拉克拉瓦盔式羊毛帽，要了一盘生肝。

吃过早饭，哈利便走进后院，他掏出魔杖，敲敲垃圾箱上边从左边数的第三块砖，然后退后一步，看着对角巷的大

第4章 破釜酒吧

门在墙上缓缓洞开。

那些漫长的阳光灿烂的白天，哈利就在商店里逛进逛出，在咖啡屋外色彩鲜艳的太阳伞下吃饭。和他一起用餐的顾客互相拿出购买的东西给对方看（"老伙计，这是一台望月镜——再也用不着摆弄月亮图表了，是不是？"），或者谈论小天狼星布莱克的案子（"从我个人来说，他没有回到阿兹卡班以前，我是不会让我的孩子单独出门的"）。哈利再也不用躲在毯子底下，打着手电筒做家庭作业了。现在他可以坐在福洛林·福斯科冰淇淋店外面明亮的阳光里，完成他的那些论文。福洛林·福斯科有时还会帮他的忙，他不仅知道许多中世纪焚烧女巫的事，还每过半小时就给哈利一份免费的冰淇淋。

哈利从古灵阁的地下金库里取出金加隆、银西可和铜纳特，把钱袋重新装满之后，就需要用很大的毅力克制自己，不要把钱一下子花光。他必须不断提醒自己还要在霍格沃茨上五年学，提醒自己向德思礼夫妇要钱买魔法书会是什么滋味。他忍住了没买那套漂亮的纯金高布石（一种很像弹子游戏的巫师玩具，那些石子会朝输了分数的人脸上喷射一种难闻的液体）。一个大玻璃球里的精美星系活动模型也让他非常动心，如果买下来，就用不着再去上天文课了。但是对哈利意志的最严峻考验，出现在他来到破釜酒吧一星期后，在他最喜欢的商店——魁地奇精品店里。

哈利想知道店里围了那么多人在看什么，便侧身钻了进去，挤过那些兴奋的男女巫师，好不容易看见一个刚搭起来的台子，上面放着一把他有生以来见过的最气派的扫帚。

"刚出来的……样品……"一位方下巴的男巫告诉他的同伴。

"这是世界上飞得最快的扫帚。是吗,爸爸?"一个比哈利年幼的男孩摇晃着父亲的胳膊,尖声问道。

"爱尔兰国际俱乐部刚下了订单,要买七把这样的精品!"店主告诉大家,"它们可是本届世界杯的抢手货啊!"

哈利前面一个大块头女巫挪开了,哈利终于看见了扫帚旁边的标牌:

火 弩 箭

  本款最新高速飞天扫帚采用流线型设计,优质白蜡木柄,钻石打磨,注册号码手工镌写。扫帚尾部每根精心挑选的白桦树枝都磨成流线型,使扫帚具有无与伦比的平衡性和精妙的准确性。火弩箭能在十秒钟内从静止加速到每小时一百五十英里,并能体现魔力般的制动功效。

  价格面议。

价格面议……哈利不愿意去想火弩箭要卖多少钱。他一生中从没有这样渴望得到某件东西——但是,他用他的那把光轮2000没有输过一场比赛。既然已经有了一把很好的扫帚,有什么必要把他的古灵阁地下金库搬空,来买这把火弩箭呢?哈利没有去问价钱,可从那以后,他几乎每天都到店里去,

第 4 章　破釜酒吧

只为了看看火弩箭。

不过，有些东西是哈利必须买的。他到药店去添置了魔药课所需的配料，而且校服的裤腿和袖子都短了几寸，他便到摩金夫人长袍专卖店买了新的。最重要的是，他要购买新课本，其中包括两门新课：保护神奇动物课和占卜课。

哈利朝书店的窗户里一看，不禁大吃一惊。店里平常都陈列着铺路石板那么厚的烫金魔法书，可现在玻璃后面放着的是一个很大的铁笼子，里面关着大约一百本《妖怪们的妖怪书》。这些书全都纠缠在一起，气势汹汹地互相厮打，像在进行激烈的摔跤比赛，破碎的纸片到处飞舞。

哈利从口袋里掏出书单，第一次好好看了看。《妖怪们的妖怪书》被列为保护神奇动物课的课本。哈利这才明白海格为什么说它会派上用场。他觉得松了口气；他一直担心海格要他帮着对付某种吓人的新宠物呢。

哈利走进了丽痕书店，经理三步两步走上前来。

"霍格沃茨的？"他唐突地问，"来买新课本？"

"是啊，"哈利说，"我需要——"

"闪开。"经理不耐烦地说，把哈利揉到一边。他戴上一副很厚的手套，操起一根布满节疤的大拐棍，朝着《妖怪们的妖怪书》的笼门走去。

"等等，"哈利赶紧说道，"那种书我已经有了。"

"是吗？"经理顿时显出如释重负的表情，"谢天谢地，今天上午我已经被咬了五次——"

一声响亮的哧啦划破了空气，两本《妖怪们的妖怪书》揪住第三本，把它扯成了两半。

"住手！住手！"经理喊道，把拐棍捅进铁笼，敲打着那些书，使它们分开，"我再也不进这些货了，再也不了！真是闹得一团糟！那次我们买了两百本《隐形术的隐形书》——花了一大笔钱，后来连个影子都没找到……我还以为不会有比那更糟糕的呢……那么，你想要些别的什么吗？"

"是的，"哈利低头看着书单说，"我需要卡桑德拉·瓦布拉斯基写的《拨开迷雾看未来》。"

"啊，开始上占卜课了，是不是？"经理说着，脱掉手套，领着哈利走进商店后面，那里有个角落专门放着占卜方面的书。一个小桌子上堆满了《预言无法预言的：使自己免受惊吓》《破碎的球：当厄运来临时》之类的大部头书。

"给，"经理爬上楼梯，取下一本黑封面的大厚书，"《拨开迷雾看未来》。很好的指南，教你学会所有最基本的占卜方法 —— 看手相、水晶球、鸟类内脏……"

但是哈利没有听经理说话。他的目光落在小桌上陈列的另一本书上：《死亡预兆：当你知道厄运即将到来时该怎么办》。

"噢，换了我可不会读那本书。"经理看看哈利盯着的书，轻描淡写地说，"读完以后，你不管在哪儿都能看到死亡预兆，足以把你吓死。"

可是哈利还是盯着那本书的封面：上面是一条像熊那么大的黑狗，瞪着一双发亮的眼睛。奇怪，它看上去那么眼熟……

经理把《拨开迷雾看未来》塞进了哈利手里。

"还要些什么吗？"他问。

第4章 破釜酒吧

"哦,"哈利这才把目光从黑狗身上挪开,茫然地看了看手里的书单,"呃——我还需要《中级变形术》和《标准咒语,三级》。"

十分钟后,哈利胳膊底下夹着新课本从丽痕书店出来了。他心不在焉地往破釜酒吧走去,眼睛也不注意看路,一连撞了好几个人。

他脚步沉重地爬上楼走进房间,把课本一股脑儿都扔在床上。房间里有人进来打扫过了,窗户开着,阳光洒了进来。哈利可以听见身后那条看不见的麻瓜街道上的车水马龙声,还有楼下对角巷里那些看不见的人群的嘈杂声。他突然瞥见了洗手池上方镜子里的自己。

"那不可能是死亡预兆,"他不服气地对镜子里的自己说,"我在木兰花新月街看见那东西时,心里太紧张了。那大概就是一条流浪狗……"

他下意识地举起手,想把头发抹平。

"你这是白费工夫,亲爱的。"镜子用呼哧带喘的声音说。

日子一天天过去,现在哈利不管走到哪儿,都留意着寻找罗恩和赫敏的身影。很快就要开学了,大批霍格沃茨的学生都拥进了对角巷。在魁地奇精品店里,哈利遇见了他在格兰芬多的同学西莫·斐尼甘和迪安·托马斯,他们也在那里眼馋地盯着火弩箭。在丽痕书店外面,他还碰到了真正的纳威·隆巴顿,一位特别爱忘事的团团脸男孩。哈利没有停下来跟他闲聊。纳威似乎忘记把他的书单放在什么地方了,他那位模样怪吓人的奶奶正在训他。哈利但愿她老人家永远不要发现他为了逃避魔法部的追捕，曾经冒充过纳威。

暑假的最后一天，哈利从梦中醒来，心想，明天在霍格沃茨特快列车上终于可以见到罗恩和赫敏了。他起床穿好衣服，又最后去看了一眼火弩箭。他正在考虑去哪儿吃午饭，突然听见有人喊他的名字，他转过身。

"哈利！**哈利！**"

嘿，他们俩都在那儿，坐在福洛林·福斯科冰淇淋店外面，罗恩脸上的雀斑那么显眼，赫敏晒得很黑，两人都在拼命朝他挥手。

"终于见到你了！"罗恩朝哈利笑着说，哈利坐了下来，"我们去了破釜酒吧，但他们说你走了，后来我们又去了丽痕书店、摩金夫人长袍店和……"

"我上个星期就把上学用的东西都买齐了。"哈利解释道，"你们怎么知道我住在破釜酒吧？"

"我爸说的。"罗恩淡淡地说了一句。

韦斯莱先生在魔法部工作，自然已经听说了玛姬姑妈那件事的前因后果。

"哈利，你真的把你姑妈吹胀了？"赫敏语气非常严肃地问。

"我不是故意的。"哈利说，罗恩在一旁哈哈大笑起来，"我只是——一时控制不住。"

"这可不是闹着玩的事儿，罗恩！"赫敏严厉地说，"说实在的，哈利居然没给开除，真让我感到吃惊。"

第4章 破釜酒吧

"我也纳闷儿呢,"哈利承认道,"别说开除了,我还以为会被抓起来呢。"他看着罗恩,"你爸爸也不知道福吉为什么放我一马,是吗?"

"也许就因为是你吧?"罗恩耸了耸肩,仍然轻声笑着说,"大名鼎鼎的哈利·波特什么的。我可不敢想象,如果我把一个姑妈给吹胀了,魔法部会怎么收拾我。告诉你吧,他们首先要把我从地里刨出来,因为妈妈肯定已经把我弄死了。得,反正你今天晚上可以自己去问问我爸爸。我们今晚也住在破釜酒吧!这样你明天可以跟我们一起去国王十字车站!赫敏也住在那儿!"

赫敏开心地点点头。"爸爸妈妈今天早晨把我送到这里的,还有我在霍格沃茨要用的所有东西。"

"太棒了!"哈利高兴地说,"那,你们的新课本和用具买齐了吗?"

"看看这个,"罗恩说着,从袋子里抽出一个细细长长的盒子,打了开来,"新崭崭的魔杖。柳木,十四英寸长,里面是一根独角兽的尾毛。课本我们也都买了,"他指了指他椅子底下的一个大袋子,"那些《妖怪们的妖怪书》是怎么回事,啊?我们说要买两本,店员差点哭出来。"

"那些东西是什么,赫敏?"哈利指着赫敏旁边那张椅子上的三个鼓鼓囊囊的袋子问道。

"噢,我选的新课比你们多,不是吗?"赫敏说,"那些都是我的课本,天文占卜、保护神奇动物、占卜学、古代如尼文、麻瓜研究……"

"你学麻瓜研究干什么?"罗恩说,朝哈利翻了翻眼睛,"你本来就是麻瓜出身!你爸爸妈妈都是麻瓜!你对麻瓜的事已经全知道啦!"

"可是,从巫师的角度去研究他们肯定会很有趣的。"赫敏兴致勃勃地说。

"你这一年还打算吃饭和睡觉吗,赫敏?"哈利问,罗恩在一旁坏笑。赫敏没理他们。

"我还有十个金加隆,"她看了看她的钱包,说,"九月份是我的生日,爸爸妈妈给了我一些钱,让我提前给自己买一份生日礼物。"

"买一本好书怎么样?"罗恩假装好心地说。

"不,我不想买书,"赫敏不动声色地说,"我特别想要一只猫头鹰。你看,哈利有海德薇,你有埃罗尔——"

"我没有,"罗恩说,"埃罗尔是全家的猫头鹰。我只有斑斑。"罗恩从口袋里掏出他的宠物老鼠。"我想带它去检查一下,"说着,他把斑斑放在他们面前的桌子上,"它在埃及好像有点水土不服。"

斑斑看上去比以前更瘦了,胡须也明显耷拉着。

"那边就有一家神奇动物商店。"哈利说,他已经把对角巷摸得很熟了,"你可以看看他们对斑斑有什么办法,赫敏也可以买到她的猫头鹰。"

于是,他们付了冰淇淋的钱,穿过马路朝神奇动物商店走去。

商店里面地方很小,墙上密密麻麻地挂满了笼子,空气

第4章 破釜酒吧

里有一股臭味,而且声音嘈杂,因为关在笼子里的家伙都在吱吱哇哇、叽叽喳喳地尖叫,或者发出嘶嘶的声音。柜台后面的女巫正在告诉一位巫师怎么照料双尾水蝾,哈利、罗恩和赫敏便在一旁等着,一边仔细端详着那些笼子。

两只巨大的紫色蟾蜍坐在那里狼吞虎咽地大吃死丽蝇,吃得口水滴答滴答直流。一只大得吓人的乌龟待在窗户旁边,背上的壳像宝石一样闪闪发亮。有毒的橘色蜗牛在玻璃缸的壁上慢慢蠕动。一只胖乎乎的白兔子啪的一声变成一顶绸缎高帽,又啪的一声变回来,就这样不停地变来变去。此外还有各种颜色的猫,一笼子吵吵闹闹的渡鸦,一筐蛋奶糕颜色的滑稽的绒毛球正发出嗡嗡的响声。柜台上有一只大笼子,里面那些油光水滑的黑老鼠正用光秃秃的长尾巴支着身体,玩一种跳跃的游戏。

买双尾水蝾的巫师走了,罗恩走近柜台。

"我的老鼠,"他对女巫说,"自从我把它从埃及带回来以后,它的颜色就有点不对劲儿。"

"把它放在柜台上。"女巫说着,从口袋里抽出一副厚厚的黑眼镜。

罗恩从衣服内侧的口袋里把斑斑掏了出来,放在那一大笼老鼠旁边。那些老鼠不再玩跳跃的把戏,全都挤过来凑到铁丝笼边,仔细打量着斑斑。

老鼠斑斑和罗恩拥有的每件东西一样,也是二手货(本来属于罗恩的哥哥珀西)。它一副饱受虐待的样子,跟笼子里那些毛色光鲜的老鼠比起来,显得特别寒酸。

"哦,"女巫抓起斑斑说,"这只老鼠多大了?"

"不知道,"罗恩说,"很老了,以前是我哥哥的。"

"它有什么本事?"女巫仔细端详着斑斑问。

"呃——"罗恩支吾着。实际上,斑斑从没有表现出一丝一毫有趣的本事。女巫的目光从斑斑破损的左耳朵移向它的前爪,那里缺了一个脚趾,她大声咂了咂嘴。

"这只老鼠可吃了不少苦。"她说。

"珀西把它给我的时候就是这样的。"罗恩委屈地说。

"像这样一只普通老鼠或花园老鼠最多只能活三年左右。"女巫说,"我说,如果你想要一个活得时间长一点的东西,也许愿意从这里面挑一只……"

她指指那些黑老鼠,它们立刻又开始玩起了跳跃游戏。罗恩咕哝道:"喜欢卖弄的家伙。"

"好吧,如果你不想换一只,不妨试试这种老鼠强身剂。"女巫说着,俯身从柜台底下拿出一只红色的小瓶子。

"好吧,"罗恩说,"多少钱——哎哟!"

一只姜黄色的大家伙突然从最高的笼子顶上蹿了出来,落在罗恩脑袋上,差点把他给砸趴下。那大家伙竖起身子,气势汹汹地朝斑斑龇牙咧嘴。

"别,克鲁克山,别!"女巫喊道,可是斑斑已经像一块肥皂似的从她手里蹿了出去,四脚朝天地落在地板上,然后跳起来夺门而逃。

"斑斑!"罗恩大喊,跟着追出了商店,哈利也跟了出去。花了将近十分钟,他们才找到斑斑,原来它躲到了魁地

第4章 破釜酒吧

奇精品店外面的一个废纸箱底下。罗恩把瑟瑟发抖的老鼠重新塞进口袋，直起身子，揉着自己的脑袋。

"刚才那是什么玩意儿？"

"要么是只大猫，要么是只小老虎。"哈利说。

"赫敏呢？"

"大概在买她的猫头鹰吧。"

他们顺着拥挤的街道返回神奇动物商店。刚走到门口，赫敏出来了，但是并没有抱着什么猫头鹰。她怀里紧紧搂着那只姜黄色的大猫。

"你把这怪物买下来了？"罗恩嘴巴张得老大，问道。

"它多漂亮啊，是不是？"赫敏说，高兴得满脸放光。

哈利想，这就见仁见智了。这只猫姜黄色的毛蓬松柔软，但它的脚明显有点儿内八字，而且表情阴沉，长着一张古怪的柿饼脸，好像曾经一头撞在砖墙上。这会儿看不见斑斑了，猫心满意足地在赫敏的怀里打起了呼噜。

"赫敏，这玩意儿差点把我的头皮剥掉！"罗恩说。

"它不是故意的，是不是，克鲁克山？"赫敏说。

"斑斑怎么办？"罗恩指着胸前口袋里鼓出来的那个小包，"它需要静养，需要放松！有这东西在旁边，它怎么可能放松呢？"

"这倒提醒了我，你把你的老鼠强身剂给忘了。"赫敏说着，把那个小红瓶塞进罗恩手里，"别担心了，克鲁克山睡在我的宿舍，斑斑睡在你们宿舍。有什么问题呢？可怜的克鲁克山，那个女巫说它在那里待了好久好久，没有一个人要它。"

"这可真是怪了。"罗恩讽刺地说。他们出发朝破釜酒吧走去。

进了酒吧,他们发现韦斯莱先生正坐在吧台边看《预言家日报》。

"哈利!"他抬头一看,笑着说道,"你好吗?"

"很好,谢谢。"哈利说,他和罗恩、赫敏带着他们买的东西,坐到了韦斯莱先生身边。

韦斯莱先生放下报纸,哈利看见那张他已熟悉的小天狼星布莱克的照片正朝他瞪着眼睛。

"他们还没有抓到他吗?"他问。

"没有,"韦斯莱先生神色十分严峻,"部里把我们都调离了正常岗位,全力以赴地去抓捕他,可是到目前为止毫无进展。"

"如果我们抓住了他,有奖金吗?"罗恩问,"再有些钱该多好——"

"别胡说八道,罗恩。"韦斯莱先生说,离近了看,他的神情显得非常紧张,"布莱克不可能被一个十三岁的小巫师抓住的。记住我的话吧,最后把他抓回去的肯定还是那些阿兹卡班的看守。"

就在这时,韦斯莱夫人走进了酒吧,手里大包小包地提着买的东西,后面跟着双胞胎兄弟弗雷德和乔治——他们将在霍格沃茨开始上五年级,还有刚被选为男生学生会主席的珀西,以及韦斯莱家最小的孩子,也是唯一的女孩——金妮。

金妮一向很喜欢哈利,现在看到哈利,似乎比平常更害

第 4 章 破釜酒吧

羞了,这大概是因为上学期在霍格沃茨哈利曾经救过她的命。她脸涨得通红,低声说了句"你好",眼睛都不敢看哈利。珀西则煞有介事地伸出手,就好像他和哈利不认识似的:"哈利,见到你很高兴。"

"你好,珀西。"哈利忍着笑说。

"你一切都好吧?"珀西一边跟哈利握手,一边装模作样地说。这感觉像是被介绍给了市长。

"很好,谢谢——"

"哈利!"弗雷德说着,用胳膊肘把珀西推到一边,深深地鞠了一躬,"老伙计,见到你真是太美妙了——"

"绝妙无比,"乔治说,一把推开弗雷德,抢着抓住哈利的手,"绝对妙不可言。"

珀西皱起了眉头。

"行啦,够了。"韦斯莱夫人说。

"妈妈!"弗雷德好像刚看见她似的,也一把抓住她的手,说道,"看见你真是心花怒放——"

"听见没有,够了。"韦斯莱夫人说着,把买的东西放在一把空椅子上,"你好,哈利,亲爱的。我想你一定听说了我们的特大新闻吧?"她指着珀西胸前崭新的银徽章,"家里的第二个男生学生会主席!"她说,骄傲之情溢于言表。

"也是最后一位。"弗雷德压低声音咕哝道。

"这一点我毫不怀疑。"韦斯莱夫人突然皱起了眉头,"我注意到他们没有选你们俩当级长。"

"我们要当级长干什么?"乔治说,似乎一想到这个念头就令他作呕,"它会使生活变得好没乐趣的。"

金妮咯咯地笑出声来。

"你们必须给妹妹树立一个好榜样!"韦斯莱夫人厉声说。

"金妮有别的哥哥给她树立榜样呢,妈妈。"珀西高傲地说,"我上楼换衣服,准备吃饭……"

他走了,乔治舒了口气。

"我们本来想把他关在一座金字塔里的,"他对哈利说,"可是被妈妈发现了。"

那天晚上的聚餐令人非常愉快。酒吧老板汤姆在大厅里把三张桌子拼在一起,韦斯莱一家七口、哈利和赫敏津津有味地品尝着五道鲜美的菜肴。

"爸爸,明天我们怎么去国王十字车站呢?"弗雷德问,这时他们正在大口地吃一块无比美味的巧克力布丁。

"部里派了两辆车。"韦斯莱先生说。

大家都抬起头来看着他。

"为什么?"珀西好奇地问。

"是因为你啊,珀西,"乔治一本正经地说,"引擎罩上还插着小旗子,上面写着 HB——"

"—— 奇大无比的脑袋①。"弗雷德说。

除了珀西和韦斯莱夫人,桌上每个人都对着蛋糕笑出

---

① 男生学会主席或男生头儿的英文是 Head Boy,"奇大无比的脑袋"的英文(Humungous Bighead)首字母缩写也是 HB。这里弗雷德在故意取笑珀西。

第4章 破釜酒吧

声来。

"爸爸,部里为什么要给我们派车?"珀西端着架子又问了一遍。

"噢,因为我们自己没有汽车了,"韦斯莱先生说,"而且我又在部里工作,他们就给我行了一个方便……"

韦斯莱先生的语气轻描淡写,但哈利注意到他的耳朵红了,就像罗恩内心承受压力时那样。

"这样太好了。"韦斯莱夫人轻快地说,"知道你们一共带了多少行李吗? 在麻瓜地铁里肯定会引人注目……你们的东西都收拾好了吗?"

"罗恩还没有把他新买的东西都收进箱子,"珀西用一种忍耐了很久的口吻说,"他把它们都扔在了我的床上。"

"你最好赶紧去收拾利索,罗恩,明天早上我们不会有多少时间的。"韦斯莱夫人朝桌子这头大声说。罗恩不满地瞪着珀西。

晚饭后,每个人都觉得饱饱的,昏昏欲睡。他们一个接一个地上楼回到自己的房间,检查第二天的东西是否收拾好了。罗恩和珀西住在哈利的隔壁。哈利刚关上门,锁好自己的箱子,就听见隔墙传来愤怒的说话声,于是出门去看个究竟。

12号房间的门开着一道缝,珀西正在大声叫嚷。

"它本来就在这儿,放在床头柜上的,我摘下来擦一擦——"

"我连碰都没碰一下,知道吗?"罗恩吼着回答。

"怎么啦？"哈利问。

"我的学生会主席徽章不见了。"珀西转向哈利说道。

"斑斑的老鼠强身剂也不见了。"罗恩把他箱子里的东西都扔出来寻找，"我想大概是忘在吧台上了——"

"不把徽章给我找到，你哪儿也别想去！"珀西嚷道。

"我去拿斑斑的药吧，我的东西已经收拾好了。"哈利对罗恩说，然后便下楼去了。

哈利朝现已漆黑一片的吧台走去，刚走到一半，突然听见一个单间里传来另外两个人愤怒的说话声，随即听出那是韦斯莱先生和韦斯莱夫人。他迟疑了，不想让他们知道他听见他们在吵架，可是，他突然听到了自己的名字，便停了下来，凑近单间的门。

"……不告诉他是不对的。"韦斯莱先生情绪激烈地说，"哈利有权知道。我本来想说服福吉，可他坚持要把哈利当小孩子看待。哈利已经十三岁了，他——"

"亚瑟，真相会把他吓坏的！"韦斯莱夫人尖叫着说，"那个危险随时存在，你真的想让哈利心里带着那样的阴影回学校吗？看在老天的分儿上，他蒙在鼓里倒会开心一些。"

"我不想让他难过，只想让他提高警惕！"韦斯莱先生厉声反驳，"你知道哈利和罗恩是个什么德行，他们经常自己到处乱逛——甚至跑到禁林里去！哈利这学期千万不能这么做了！我真不敢想象那天晚上他从家里逃出来会遭遇什么危险！如果骑士公共汽车没有把他接走，我敢肯定没等部里找到他，他就已经死了。"

第 4 章　破釜酒吧

"可是他没有死，他很好，有什么必要——"

"莫丽，他们说小天狼星布莱克疯了，没准他真是疯了，但他居然有本事从阿兹卡班逃出来，大家都认为那是不可能的事。现在已经一个月了，还没有任何人看见过他的影子。我不管福吉每天都在跟《预言家日报》说些什么，反正我们在逮捕布莱克的事情上，就像发明自动施咒魔杖一样毫无进展。只有一点可以肯定：布莱克在找——"

"可是哈利待在霍格沃茨是绝对安全的。"

"我们还以为阿兹卡班是绝对安全的呢。既然布莱克能从阿兹卡班越狱逃跑，肯定也有本事闯进霍格沃茨。"

"可是谁也不能真的肯定布莱克是在找哈利——"

咚，什么东西砸在木头上的声音，哈利猜想肯定是韦斯莱先生用拳头敲了一下桌子。

"莫丽，我还要告诉你多少遍呢？报纸上没有报道，因为福吉想捂盖子，可是布莱克逃跑的那天夜里福吉就去了阿兹卡班。看守们告诉福吉，很长时间以来，布莱克一直在说梦话，翻来覆去总是那一句话：'他在霍格沃茨……他在霍格沃茨。'布莱克精神错乱了，莫丽，他想要哈利的命。要我说，他以为杀死哈利就能使神秘人东山再起。哈利阻止神秘人的那天夜里，布莱克失去了一切，他独自在阿兹卡班待了十二年，整天都在琢磨这件事……"

沉默。哈利往门上贴得更紧了，努力想多听到一些。

"好吧，亚瑟，你肯定是认为合适才这样做的。但是你忘记了阿不思·邓布利多。我认为，只要是邓布利多当校长，霍格沃茨就没有什么能够伤害到哈利。我想，这些情况邓布利多都知道吧？"

"他当然知道。我们得去问他是否同意阿兹卡班的看守在学校门口驻防。他对此不太高兴，但还是同意了。"

"不高兴？他们不是被派去抓布莱克的吗，他为什么不高兴？"

"邓布利多不喜欢阿兹卡班的看守。"韦斯莱先生语气沉重地说，"要说起来，其实我也不喜欢……但是要对付一个像布莱克那样的巫师，有时候不得不跟你本来避之唯恐不及的人联起手来。"

"如果他们救了哈利——"

"——那我再也不会说他们一个字的坏话。"韦斯莱先生疲倦地说，"太晚了，莫丽，我们最好上楼……"

哈利听见椅子挪动的声音，赶紧蹑手蹑脚地顺着过道跑到吧台后面躲了起来。单间的门开了，几秒钟后传来了脚步声，他知道韦斯莱夫妇上楼去了。

那瓶老鼠强身剂就在他们刚才坐过的桌子底下。哈利一直等到韦斯莱夫妇房间的门关上了，才拿着瓶子回到楼上。

弗雷德和乔治蹲在楼梯平台的暗处，笑得喘不过气来。他们听着珀西为了找他那枚徽章，正把他和罗恩的房间翻个底朝天。

"是我们拿的，"弗雷德小声对哈利说，"我们对它进行了改造。"

徽章上的字变成了大头鬼。

第4章　破釜酒吧

哈利忍住笑，过去把老鼠强身剂给了罗恩，然后便回屋关上门，躺在了床上。

这么说小天狼星布莱克是在找他。这下子就全明白了。福吉对他这么宽宏大量，是因为他看到哈利还活着大松了一口气。福吉叫哈利保证不离开对角巷，是因为这儿有这么多巫师可以照看他。福吉还从部里派了两辆车，明天送他们大家去车站，这样韦斯莱一家就可以照应哈利，一直到他安全坐上火车。

哈利躺在那里，听着隔壁传来的沉闷的叫嚷声，奇怪自己怎么并不觉得很害怕。小天狼星布莱克曾经用一个咒语杀害了十三个人，韦斯莱夫妇显然以为，哈利一旦知道真相肯定会十分恐慌。但哈利碰巧从心底里赞成韦斯莱夫人的观点，认为阿不思·邓布利多在哪里，哪里便是世界上最安全的地方。人们不是总说，伏地魔这辈子只害怕过邓布利多一个人吗？布莱克是伏地魔最得力的助手，肯定也同样害怕邓布利多。

还有人人都在谈论的那些阿兹卡班看守。他们似乎令大多数人闻风丧胆，有他们驻守在学校周围，布莱克闯进来的可能性似乎微乎其微。

不过，最让哈利烦恼的，是他去霍格莫德村的希望现在看来完全破灭了。布莱克没有抓住，谁也不会让哈利离开安全的城堡的。事实上，哈利怀疑他的一举一动都会受到严密监视，直到危险过去。

他瞪眼望着漆黑的天花板。难道他们认为他不能照顾自己？他曾经三次逃脱了伏地魔的魔爪,他并不是一个毫无本事的废物……

突然,他脑海里浮现出木兰花新月街暗处那个兽类的身影。当你知道厄运即将到来时该怎么办……

"我不会被杀死的。"哈利大声说。

"这才是好样的,亲爱的。"他的镜子睡意蒙眬地说。

第 5 章

摄 魂 怪

第二天早晨，汤姆像往常一样端来一杯茶，咧开没牙的嘴笑着，唤醒了哈利。哈利穿好衣服，把正在闹脾气的海德薇劝回了它的笼子，这时罗恩一头冲进了房间。他正在把一件无领长袖运动衫往脑袋上套，脸上是一副恼怒的样子。

"我巴不得赶紧上火车，"他说，"至少在霍格沃茨可以摆脱珀西。他这会儿又骂我把茶水滴在他那张佩内洛·克里瓦特的照片上了。你知道，"罗恩做了个鬼脸，"那是珀西的女朋友。她把脸藏到了镜框后面，因为鼻子上全是斑……"

"我有件事要告诉你……"哈利话没说完，就被弗雷德和乔治打断了，他们进来祝贺罗恩又一次惹恼了珀西。

下楼吃早饭时，韦斯莱先生皱着眉头在看《预言家日报》第一版，韦斯莱夫人在跟赫敏和金妮讲她年轻时制作的一种迷情剂，三个人不停地咯咯笑着。

"你刚才想说什么?"他们坐下来时,罗恩问哈利。

"待会儿再说吧。"哈利低声说,这时珀西气势汹汹地进来了。

出发前一片混乱,哈利没有机会跟罗恩或赫敏说话。他们都忙着把所有的箱子从破釜酒吧狭窄的楼梯上搬下来,堆在大门口,海德薇和赫梅斯——珀西的那只长耳猫头鹰——的笼子放在箱子顶上。箱子旁边有一只小小的柳条篮,里面传出很响的呼噜声。

"没关系的,克鲁克山,"赫敏隔着柳条篮轻声安慰道,"一上火车我就放你出来。"

"不行,"罗恩厉声地说,"可怜的斑斑怎么办,嗯?"

他指着自己的胸口,一个大鼓包显示斑斑正蜷着身子待在他口袋里。

韦斯莱先生一直在门外等候魔法部的车子,这时探进头来。

"他们来了,"他说,"哈利,快走吧。"

韦斯莱先生领着哈利大步走过那段短短的人行道,走向第一辆车。共有两辆老式的墨绿色汽车,司机都是神情诡秘的巫师,穿着鲜绿色的天鹅绒西服套装。

"你进去吧,哈利。"韦斯莱先生说着,望了望人来人往的街道两边。

哈利钻进了汽车后面,很快,赫敏、罗恩和珀西——令罗恩大倒胃口——也进来了。

跟哈利乘骑士公共汽车的经历相比,他们去国王十字车

第5章 摄魂怪

站的一路上真是风平浪静。魔法部的汽车看上去没什么特别，但是哈利注意到，它们可以毫不费力地穿过狭窄的缝隙，弗农姨夫公司的新车肯定是做不到的。到了国王十字车站，离开车还有二十分钟的时间。魔法部的司机给他们找来小推车，搬出那些箱子，朝韦斯莱先生行了个触帽礼，便把车开走了，不知怎的，他们居然还蹿到了因红灯等在那里的一排汽车的前头。

韦斯莱先生贴着哈利的身子走进车站。

"好了。"他望望四周说，"我们人太多，两个两个地来。我和哈利先过去。"

韦斯莱先生推着哈利的小推车，慢悠悠地朝第9和第10站台之间的隔墙走去，装出对刚刚停靠在第9站台的那辆城际125号列车非常感兴趣的样子。随即，他意味深长地看了哈利一眼，貌似随意地往隔墙上一靠。哈利也学着他的样子。

一眨眼，他们就穿过了坚固的金属墙壁，来到了$9\frac{3}{4}$站台。他们抬头看见了霍格沃茨特快列车——一辆深红色的蒸汽机车，正在那里喷吐着烟雾，站台上挤满了来送孩子上车的男女巫师。

珀西和金妮突然出现在哈利身后。他们气喘吁吁，显然是跑着穿过隔墙的。

"啊，佩内洛！"珀西说着，捋了捋头发，脸又涨成了粉红色。金妮和哈利对了一下目光，两人都转过身去偷笑。珀西大踏步地朝一个留着长长鬈发的姑娘走去，故意把胸脯挺得老高，好让姑娘看清那枚闪闪发亮的徽章。

韦斯莱家的其他人和赫敏也过来了，哈利和韦斯莱先生领头走过一个个拥挤的车厢，来到火车尾部一节看着还比较空的包厢。他们把箱子搬上车，把海德薇和克鲁克山放在行李架上，然后出来跟韦斯莱夫妇告别。

韦斯莱夫人挨个儿亲吻她的孩子，接着是赫敏，最后是哈利。她格外多搂抱了哈利一会儿，哈利觉得有点不好意思，但心里还是很高兴的。

"一定要保重，知道吗，哈利？"她直起身子说，眼睛里闪烁着奇异的光。她打开那只巨大的手提包，说："我给你们大家都做了三明治。给，罗恩……不，不是咸牛肉的……弗雷德？弗雷德上哪儿去了？给，亲爱的……"

"哈利，"韦斯莱先生小声说，"你到这边来一下。"

他把头朝一个柱子偏了偏，哈利跟他走到柱子后面，其他人都还围在韦斯莱夫人身边。

"在你离开前，有件事我必须告诉你——"韦斯莱先生紧张地说。

"不用了，韦斯莱先生，"哈利说，"我已经知道了。"

"你知道了？怎么知道的？"

"我——呃——我昨晚听见了您和韦斯莱夫人的谈话。我忍不住听了，"哈利赶紧又说了句，"对不起——"

"我可不愿意你以那种方式知道这件事。"韦斯莱先生显得很担忧。

"没事——真的没事。这样，您没有违反对福吉的承诺，我也知道了是怎么回事。"

第5章 摄魂怪

"哈利,你肯定吓坏了——"

"没有。"哈利认真地说。"真的,"他看到韦斯莱先生露出不相信的神情,便又补充道,"我不是想充好汉,但是说实在的,小天狼星布莱克不可能比伏地魔更可怕,对吗?"

韦斯莱先生听见这个名字,吓得缩了一下,但他未予理会。

"哈利,我知道你,嗯,比福吉所想的更勇敢坚强。看到你没有被吓着,我当然很高兴,可是——"

"亚瑟!"韦斯莱夫人喊道,她已经在照顾其他人上火车了,"亚瑟,你在干什么? 车要开了!"

"这就来,莫丽!"韦斯莱先生说,接着又转向哈利,用更低、更急促的声音说,"听着,我要你向我保证——"

"——保证做一个好孩子,不离开城堡?"哈利闷闷不乐地说。

"不完全是。"韦斯莱先生说,哈利从来没有见他这么严肃过,"哈利,你向我保证,你绝对不去找布莱克。"

哈利惊呆了。"什么?"

一声响亮的汽笛。警卫沿着列车走过来,把车门一扇扇关上。

"答应我,哈利,"韦斯莱先生的语速更快了,"不管发生什么——"

"我为什么要去找一个我明知会杀死我的人呢?"哈利不解地问。

"你向我发誓,不管你听到什么——"

"亚瑟,快点儿!"韦斯莱夫人喊道。

机车喷出蒸气,慢慢开动了。哈利跑向那节车厢的门,罗恩把门打开,闪开身让他上去。他们扑到窗口朝韦斯莱夫妇挥手,最后,火车拐了个弯,就再也看不见他们了。

"我需要跟你们单独谈谈。"哈利小声对罗恩和赫敏说,火车正在逐渐加速。

"金妮,你走开。"罗恩说。

"行,没问题。"金妮气鼓鼓地说,昂着脑袋走了。

哈利、罗恩和赫敏顺着过道往前走,想找一个没人的包厢,但是所有的包厢里都坐满了人,除了车尾的那个。

那个包厢里只有一个人,一个坐在窗边熟睡的男人。哈利、罗恩和赫敏站在门口看了看。霍格沃茨特快列车一般是学生专车,除了那个推着小车卖食品的女巫,他们以前从没在车上看见过别的成年人。

这个陌生人穿着一件破烂不堪的巫师长袍,长袍上好几个地方都是补过的。他看上去病恹恹的,一点儿力气也没有。虽说他的样子还很年轻,但浅棕色的头发已经有点花白了。

"你们说他是谁呀?"罗恩压低声音问,这时他们关上滑门,挑选离窗户最远的座位坐了下来。

"R.J. 卢平教授。"赫敏立刻小声说。

"你怎么知道的?"

"他的箱子上写着呢。"赫敏指着男人头顶上的行李架回答。那儿有一个破破烂烂的小箱子,用许多绳子绑着,绳子整整齐齐地打着结,R.J. 卢平教授的名字就印在箱子的一角,

第 5 章　摄 魂 怪

字母已经有点剥落了。

"不知道他教哪门课？"罗恩皱起眉头望着卢平教授毫无生气的身影，问道。

"那还用问，"赫敏小声说，"只有一个位置空缺，不是吗？黑魔法防御术。"

哈利、罗恩和赫敏已经有过两位黑魔法防御术的老师了，都只教了一年。有传言说，这份工作被施了恶咒。

"好吧，我希望他能胜任。"罗恩怀疑地说，"瞧他这副样子，一个厉害的巫婆就能把他干掉，不是吗？不管他了……"他转向哈利，"你想跟我们说什么？"

哈利把韦斯莱夫妇争吵的内容，以及刚才韦斯莱先生警告他的话原原本本地说了一遍。他说完，罗恩惊得目瞪口呆，赫敏用双手捂住了嘴。最后她放下手，说："小天狼星布莱克逃出来是为了找你？哦，哈利……你一定要特别特别小心。不要去找麻烦，哈利……"

"我没有找麻烦，"哈利恼火地说，"总是麻烦来找我。"

"去找一个想要杀死他的疯子，哈利不是傻到家了吗？"罗恩发着抖说。

哈利没有想到他们会把这个消息看得这么严重。罗恩和赫敏似乎都比他更害怕布莱克。

"谁也不知道他是怎么从阿兹卡班逃出来的，"罗恩不安地说，"以前从来没有人这么干过。而且他还是个被重点看守的犯人呢。"

"不过他们会抓住他的，不是吗？"赫敏认真地说，"我是说，他们让所有的麻瓜也都留意找他……"

"什么声音？"罗恩突然问。

从什么地方传来了一种微弱的、若有若无的口哨声。他们在包厢里四下张望。

"是从你箱子里发出来的，哈利。"罗恩说着就站起来去够行李架。片刻之后，他从哈利的袍子里把那个袖珍窥镜拽了出来。窥镜在罗恩手心里转得飞快，发出耀眼的光芒。

"那是窥镜吗？"赫敏一边饶有兴趣地问，一边站起来想看个仔细。

"是啊……不瞒你说，是个便宜货。"罗恩说，"我把它拴在埃罗尔的脚上准备寄给哈利时，它突然出了毛病。"

"你当时不是在做什么离谱的事吧？"赫敏尖锐地问。

"没有！唉……我不应该用埃罗尔的。你们知道，它其实没有能力长途飞行……可是我还有什么办法把礼物送给哈利呢？"

"快把它塞回箱子里，"哈利听见窥镜发出刺耳的口哨声便建议道，"不然会把他吵醒的。"

他朝卢平教授点点头。罗恩把窥镜塞进了弗农姨夫的一双特别难看的旧袜子里，声音立刻平息了，然后他把箱子盖上了。

"我们可以把它拿到霍格莫德去修修。"罗恩重新坐了下来，说道，"专卖魔法用品的德维斯－班斯店也有这玩意儿，弗雷德和乔治告诉我的。"

"你们对霍格莫德了解多吗？"赫敏兴致勃勃地问，"我在

第5章 摄魂怪

书里读到，它是英国唯一一个完全没有麻瓜的地方——"

"是啊，我想是吧，"罗恩用一种满不在乎的口气说，"但我想去那儿可不是为了这个。我只想到蜂蜜公爵去看看！"

"那是什么？"赫敏问。

"就是那家糖果店，"罗恩说，脸上浮现出一种梦幻般的表情，"那里什么都有……胡椒小顽童——会让你嘴里冒出烟来——还有胖嘟嘟的大巧克力球，里面全是草莓冻和奶油块，还有特别美妙的糖棒羽毛笔，可以在课堂上吮着吃，别人还以为你在琢磨下一句该写什么呢——"

"霍格莫德是一个非常有趣的地方，是不是？"赫敏热切地追问，"《魔法名胜古迹》里说，那家小酒馆是一六一二年妖精叛乱的指挥部；还有尖叫棚屋，据说是英国闹鬼闹得最厉害的一座房子——"

"——还有那么大的果汁奶冻球，你吸的时候，双脚会从地面升起几英寸呢。"罗恩说，显然一个字也没听赫敏在说什么。

赫敏转过脸来看着哈利。

"偶尔离开学校，到霍格莫德去逛逛肯定很开心，是不是？"

"应该是吧，"哈利闷闷不乐地说，"只好等你们弄清楚再告诉我了。"

"你这话是什么意思？"罗恩说。

"我去不了。德思礼家没有在我的许可表上签字，福吉也不肯签。"

罗恩像是吓坏了。

"不让你去？可是——不可能——麦格或其他什么人会批准你——"

哈利干笑了一声。麦格教授是格兰芬多学院的院长，是个非常严厉的老师。

"——或者我们去问问弗雷德和乔治，他们知道通到城堡外面的每一条秘密通道——"

"罗恩！"赫敏厉声地说，"眼下布莱克还没有抓住，我认为哈利不应该偷偷溜出学校——"

"是啊，我想，如果我去请求麦格教授批准，她肯定也会这么说。"哈利郁闷地说。

"如果我们跟他在一起，"罗恩兴致勃勃地对赫敏说，"布莱克就不敢——"

"拜托，罗恩，别说蠢话了。"赫敏没好气地说，"布莱克曾经在拥挤的大街上杀死了一大群人，你真的以为就因为有我们在，他就不敢对哈利下手吗？"

她一边说话，一边摆弄着克鲁克山柳条篮的带子。

"别把那东西放出来！"罗恩说，可是已经晚了。克鲁克山敏捷地从篮子里跳出来，伸了个懒腰，打了个哈欠，纵身跳到罗恩膝头。罗恩口袋里的那个鼓包瑟瑟发抖，罗恩气愤地把克鲁克山推了下去。

"滚开！"

"罗恩，别这样！"赫敏生气地说。

罗恩刚要回话，卢平教授突然动了动。他们担心地看着

第5章 摄魂怪

他,却见他只是把脑袋转向了另一边,微微张着嘴巴,继续沉睡。

霍格沃茨特快列车一路向北行驶,窗外的景致变得越来越荒凉。随着高空云层的变厚,天色也暗了下来。人们匆匆跑跑地从他们包厢的门口经过。克鲁克山这会儿在一个空位子上安顿下来,那张柿饼脸朝着罗恩,一双黄眼睛盯着罗恩胸前的口袋。

一点钟的时候,推着食品车的胖女巫来到他们包厢的门口。

"你说我们是不是应该叫醒他?"罗恩冲卢平教授点点头,有点不知所措地问,"他看样子需要吃点东西。"

赫敏小心翼翼地走近卢平教授。

"呃——教授?"她说,"对不起——教授?"

他没有动。

"别担心,亲爱的,"女巫一边说,一边把一大摞坩埚形蛋糕递给哈利,"如果他醒来后感到肚子饿,我就在前面,跟司机在一起。"

"我想他是睡着了吧?"女巫把包厢的滑门关上后,罗恩轻声说,"我的意思是——他没死吧?"

"没有,没有,他还在呼吸呢。"赫敏小声说,接过哈利递给她的坩埚形蛋糕。

卢平教授虽说不是一个很好的旅伴,但有他在他们的包厢里,还是很有用的。下午三四点钟时,天开始下起雨来,窗外起伏的山峦变得模糊不清。就在这时,他们听见过道里又传来了脚步声，随即门口出现了三个他们最不喜欢的人。德拉科·马尔福，一左一右跟着他的两个死党：文森特·克拉布和格雷戈里·高尔。

在第一次去霍格沃茨的列车上，德拉科·马尔福和哈利一见面就成了死对头。马尔福长着一张苍白的、老带着讥笑的尖脸，在斯莱特林学院。他在斯莱特林魁地奇球队担任找球手，而哈利在格兰芬多球队里也是同样的位置。克拉布和高尔似乎只知道对马尔福言听计从。他们俩都体格粗壮，一身的腱子肉。克拉布略高一些，头发剪成布丁盆的形状，脖子很粗。高尔的头发又短又硬，两条胳膊跟大猩猩的一样长。

"嘿，看看这是谁。"马尔福拉开包厢的门，用他那懒洋洋的、拖着长腔的口吻说，"鼻涕和喂死鸡①。"

克拉布和高尔像巨怪一样粗声大笑。

"我听说你爸爸今年夏天终于弄到了点儿金子，"马尔福说，"你妈妈是不是吃惊死了？"

罗恩腾地站起来，把克鲁克山的篮子碰翻在地。卢平哼了一声。

"那是谁？"马尔福说，他看见卢平，本能地向后退了一步。

"新来的老师。"哈利说着也站了起来，以便在需要的时候把罗恩拉回来，"你刚才说什么，马尔福？"

马尔福灰色的眼睛眯了起来。他不是傻瓜，不会在一位

---

① 马尔福故意拿"波特"和"韦斯莱"的谐音开玩笑。

第5章 摄魂怪

老师的眼皮底下惹是生非。

"走吧。"他懊丧地对克拉布和高尔说。三个人消失了。

哈利和罗恩重新坐了下来，罗恩揉着他的指关节。

"这学期我再也不会忍受马尔福的胡说八道。"他怒冲冲地说，"我说到做到，他要是再敢挖苦我们家人，我就揪住他的脑袋——"

罗恩在空中做了个猛烈的手势。

"罗恩，"赫敏指着卢平教授，压低声音说，"当心……"

可是卢平教授仍然睡得很沉。

火车继续朝北疾驰，雨越下越大，车窗外成了一片水汪汪的灰色，并且逐渐黑了下来。最后，过道里和行李架上的灯一下子都亮了。火车哐当哐当地响，雨点啪啪地敲，窗外狂风呼啸，但卢平教授仍然在睡觉。

"我们肯定快到了。"罗恩说着，探过身子，隔着卢平教授看看此刻已漆黑一片的车窗。

话音刚落，火车开始减速。

"太棒了！"罗恩说。他站起身，小心地走过卢平教授身边，想看清窗外的情况。"我饿坏了，真想参加宴会……"

"还不可能到呢。"赫敏看着手表说。

"那为什么停下了？"

火车越来越慢。车轮的声音逐渐听不见了，风声和雨声比以前更响地撞击着车窗。

哈利离门最近，他起身朝过道望去。整个车厢里，无数颗好奇的脑袋从包厢里探了出来。

火车咯噔一下停住了,远处传来乒乒乓乓的声音,准是行李从架子上掉了下来。接着,没来由地,所有的灯都灭了,他们陷入彻底的黑暗之中。

"怎么回事?"罗恩的声音在哈利身后响起。

"哎哟!"赫敏倒抽了一口冷气,"罗恩,这是我的脚!"

哈利摸索着回到位子上。

"你们说是不是车坏了?"

"不知道……"

黑暗中传来刺耳的吱吱声,哈利看见了罗恩黑乎乎的模糊身影。他正在车窗上擦出一块干净的地方,往外面张望。

"外面有什么东西在动,"罗恩说,"好像有人在上车……"

包厢的门突然开了,有人被哈利的双腿绊住,痛苦地摔倒了。

"对不起!你知道是怎么回事吗?哎哟!对不起——"

"你好,纳威。"哈利在黑暗中摸索,提着纳威的袍子把他拉了起来。

"哈利?是你吗?出什么事了?"

"不知道!坐下吧——"

响亮的嘶嘶声,伴随着一声痛苦的尖叫,纳威差点儿坐到克鲁克山身上。

"我去问问司机是怎么回事。"赫敏的声音说。哈利感觉到赫敏从他面前经过,听见滑门又一次打开,接着砰的一声,又是两声痛苦的尖叫。

"是谁?"

第5章 摄魂怪

"是谁?"

"金妮?"

"赫敏?"

"你在做什么?"

"我在找罗恩——"

"进来坐下——"

"别坐这儿!"哈利赶紧说,"这儿有我呢!"

"哎哟!"纳威说。

"安静!"一个沙哑的声音突然响起。

卢平教授似乎终于醒了。哈利听见他那个角落里有了动静。他们谁也没有说话。

随着一记轻微的爆裂声,一道颤巍巍的亮光照亮了包厢。卢平教授手里似乎攥着一把火焰,它们照亮了他疲倦的灰色脸庞,而他的眼睛显得十分警觉。

"待着别动。"他还是用那种沙哑的声音说,然后举着那把火焰,慢慢站起身来。

可是没等卢平走到门口,滑门慢慢打开了。

在卢平手里的颤巍巍的火苗映照下,可以看见门口站着一个穿斗篷的身影。这身影又高又大,差点儿碰着天花板,他的脸完全藏在兜帽下。哈利的目光往下一扫,看见的东西使他的胃揪成了一团。斗篷下伸出一只手,灰白色的,阴森森的闪着光,似乎布满了黏液和斑点,就像某种死了以后在水里腐烂的东西……

那只手随即就不见了。穿斗篷的家伙似乎意识到了哈利的目光，突然把手缩进了黑色斗篷的褶缝里。

接着，穿斗篷的家伙——不管是什么东西——慢慢地吸了一口长气，喉咙里发出咯咯的声音，似乎它吸进去的不只是周围的空气。

一股刺骨的寒意席卷了他们。哈利觉得喘不过气来。那寒意渗进他的皮肤，侵入他的胸膛，进入他的心脏……

哈利的眼睛往上一翻，什么也看不见了。他被寒意淹没，耳朵里呼呼作响，像在水里一样。什么东西在把他往下拽，呼呼声越来越响……

这时，他听见从很远的地方传来尖叫声，可怕的、惊惶的、哀求的尖叫声。他想去帮帮那个人，他想挪动一下胳膊，可是怎么也动不了……一团浓浓的白雾在他周围旋转，在他内心旋转——

"哈利！哈利！你没事吧？"

有人在拍打他的脸。

"什……什么？"

哈利睁开眼睛。头顶上灯光闪亮，地板在颤动——霍格沃茨特快列车又开动了，灯也重新亮了起来。他似乎从座位滑到了地板上。罗恩和赫敏跪在他身边，他看见纳威和卢平教授站在他们身后，都注视着他。哈利觉得非常难受，他抬起手把眼镜推上鼻梁时，摸到脸上满是冷汗。

罗恩和赫敏把他扶回座位上。

"你没事吧？"罗恩紧张地问。

"没事。"哈利说着，迅速朝门口望去。穿斗篷的家伙已经

第5章 摄 魂 怪

不见了。"出什么事了？那个……那个东西到哪儿去了？谁在尖叫？"

"没有人尖叫啊。"罗恩说，显得更紧张了。

哈利在明亮的包厢里四下望了望。金妮和纳威朝他看着，两人脸色都很苍白。

"可是我听见了尖叫声——"

咔吧一声，把他们都吓了一跳。卢平教授把一大块巧克力掰成了好几片。

"给，"他把特别大的一片递给哈利，对他说道，"吃吧，会有帮助的。"

哈利接过巧克力，但没有吃。

"那东西是什么？"他问卢平。

"摄魂怪，"卢平一边把巧克力分给每个人，一边回答，"阿兹卡班的摄魂怪。"

大家都吃惊地瞪着他。卢平教授把空了的巧克力包装纸揉成一团，塞进了口袋。

"吃吧，"他又说道，"会有帮助的。请原谅，我需要跟司机谈谈……"

他从哈利身边走过，消失在过道里。

"你真的没事吗，哈利？"赫敏担忧地望着哈利说。

"我不明白……刚才是怎么回事？"哈利擦去脸上更多的冷汗，说道。

"嗯……那个家伙……那个摄魂怪……就站在那儿左右张望，我是说它似乎在左右张望，我看不见它的脸……然后你……你——"

"我还以为你发病了呢。"罗恩说，他看上去惊魂未定，"你好像变得僵硬了，从座位上摔了下去，开始抽搐——"

"然后卢平教授从你身上跨了过去，走到摄魂怪面前，掏出他的魔杖。"赫敏说，"他说：'我们谁也没有把小天狼星布莱克藏在袍子底下。快走。'可是摄魂怪没有动弹，卢平低声说了句什么，魔杖里就冒出一道银色的东西朝摄魂怪射去，摄魂怪转过身，飘飘悠悠地走了……"

"太可怕了。"纳威说，声音比平日要高，"你们有没有感觉到它进来时有多冷？"

"我感觉怪怪的，"罗恩说，不安地动了动肩膀，"就好像我再也快活不起来了……"

金妮蜷缩在角落里，看上去差不多跟哈利感觉一样糟糕。她发出一声轻轻的抽泣，赫敏过去用胳膊搂住了她。

"但是你们谁也没有——从座位上摔下来？"哈利尴尬地说。

"没有。"罗恩说，又忧心忡忡地看着哈利，"不过金妮抖得跟疯了似的……"

哈利真不明白。他觉得没有力气，全身都在发抖，好像患了一场重感冒刚刚恢复似的。他还隐约感到有点不好意思，为什么只有他那样失态，而别人都没呢？

卢平教授回来了。他进门时停了一下，望望大家，微微笑着说："我可没有在那块巧克力里下毒呀……"

哈利咬了一口，非常吃惊地感到突然有一股热流涌向了

第 5 章 摄魂怪

他的脚趾尖和手指尖。

"再有十分钟就到霍格沃茨了。"卢平教授说,"你没事吧,哈利?"

哈利没有问卢平教授怎么知道他的名字。

"没事。"他不好意思地低声说。

在剩下来的旅程中,他们没有怎么说话。终于,火车在霍格莫德站停下了,大家纷纷下车,场面一片混乱。猫头鹰在叫,猫在叫,纳威的宠物蟾蜍也在他的帽子下边呱呱大叫。小小的站台上寒气逼人,冷入骨髓的大雨倾盆而下。

"一年级新生,这边走!"一个熟悉的声音喊道。哈利、罗恩和赫敏转身看见海格巨大的身影在站台那头,招呼那些惊慌失措的一年级新生过去,按传统的方式渡过湖水。

"你们三个还好吧?"海格从众人的脑袋上方嚷道。他们朝他挥挥手,可是没有机会跟他说话,因为周围的人群推挤着他们朝站台另一边走去。哈利、罗恩和赫敏跟着其他同学来到外面一条粗糙的泥泞小路上,那里至少有一百辆马车等着剩下来的同学,但是看不见马。哈利只能猜测每辆马车是由一匹隐形的马拉着,因为当他们钻进一辆马车、关上车门时,马车就自己移动起来,在队伍里颠簸摇晃着向前行进。

马车里有一股淡淡的霉味和稻草味。哈利吃过巧克力后感觉好一些了,但仍然浑身乏力。罗恩和赫敏不时地侧眼看着他,似乎担心他再次瘫倒。

马车驶向两扇气派非凡的锻铁大门,门两侧有石柱,柱子顶上是带翅膀的野猪。这时哈利又看见两个戴兜帽的阴森可怖的摄魂怪,一边一个在门口站岗。顿时,又有一种寒丝丝的难受感觉向他袭来,他赶紧缩进高低不平的座位里,闭上眼睛,直到从大门中间穿过。马车加速行驶在通向城堡的长长的上坡车道上。赫敏从小小的车窗探出头去,注视着那许多角楼和塔楼离他们越来越近。终于,马车摇摇晃晃地停下了,赫敏和罗恩下了车。

哈利从车上下来时,耳边传来一个拖着长腔的幸灾乐祸的声音。

"你晕倒了,波特?隆巴顿说的是真的吗?你果真晕倒了?"

马尔福用胳膊肘搡开赫敏,在通向城堡的石阶上挡住哈利,脸上乐开了花,一双灰色的眼睛里闪着恶毒的光。

"闪开,马尔福。"罗恩说,他牙关咬得紧紧的。

"你也晕倒了吗,韦斯莱?"马尔福大声说,"那个可怕的老摄魂怪也把你吓坏了吧,韦斯莱?"

"有麻烦吗?"一个温和的声音说。卢平教授刚从下一辆马车里出来。

马尔福傲慢无礼地瞪着卢平教授,把他长袍上的补丁和破烂不堪的箱子都看在了眼里。马尔福说:"噢,没有……呃……教授。"他声音里隐约透着一丝讽刺。说罢,他朝克拉布和高尔假笑了一声,领着他们踏上石阶,进入了城堡。

赫敏捅了捅罗恩的后背,催他赶紧往前走,于是他们三人跟着人群走上石阶,穿过雄伟的橡木大门,进入宽敞幽深的门厅。那里点着燃烧的火把,有一道富丽堂皇的大理石楼

第 5 章 摄 魂 怪

梯通向楼上。

右边，礼堂的门开着，哈利跟着人群朝那里走去，刚看了一眼被施了魔法的天花板——今晚是黑沉沉的乌云密布的天空，就听见一个声音喊道："波特！格兰杰！我要见你们俩！"

哈利和赫敏吃惊地转过身。变形课老师、格兰芬多学院的院长麦格教授，正隔着众人的脑袋朝他们大喊。她是一位表情严肃的女巫，头发盘成一个紧紧的发髻，锐利的眼睛上戴着一副方形眼镜。哈利挤过人群朝她走去，内心有一种不祥的预感。麦格教授总是让他觉得自己做错了什么事情。

"没必要这么紧张——我只想在办公室里跟你们谈谈。"她对他们说，"到那边去吧，韦斯莱。"

罗恩瞪大眼睛，望着麦格教授领着哈利和赫敏离开了说说笑笑的人群。他们和麦格教授一起穿过门厅，上了大理石楼梯，然后顺着一条走廊往前走去。

麦格教授的办公室很小，却生着暖意融融的炉火。哈利和赫敏刚走进去，麦格教授就示意他们坐下，她自己也在办公桌后面落座，然后很突然地说："卢平教授提前派了一只猫头鹰来，说你在火车上不舒服了，波特。"

哈利还没来得及回答，便听见轻轻的敲门声，接着校医庞弗雷女士匆匆走了进来。

哈利觉得自己脸红了。他在火车上晕过去也好，还是别的什么也好，已经够糟糕的了，现在看到大家这样大惊小怪，他更觉得不好意思了。

"我挺好的。"他说,"我什么也不需要——"

"噢,是你啊!"庞弗雷女士像是没听见他的话,俯身仔细地打量着他,"我想你准是又在做什么危险的事情吧?"

"是摄魂怪,波比。"麦格教授说。

她们交换了一个凝重的目光,庞弗雷女士像母鸡一样不满地咯咯叫了起来。

"把摄魂怪派到学校周围。"她一边嘟囔,一边把哈利的头发往后一捋,摸了摸他的额头,"他不会是第一个晕倒的人。是啊,他身上又冷又湿。真是些可怕的家伙,它们对那些本身就很脆弱的人造成的影响——"

"我不脆弱!"哈利恼火地说。

"你当然不脆弱。"庞弗雷女士心不在焉地说,又开始摸他的脉搏。

"他需要什么?"麦格教授干脆利落地问,"卧床休息?也许他应该在校医院住一晚?"

"我挺好的!"哈利说着站了起来。一想到如果他不得不住院,德拉科·马尔福会说什么,他就觉得无法忍受。

"嗯,至少,他应该吃些巧克力。"庞弗雷女士说,这会儿她又在观察哈利的眼睛了。

"我已经吃了点儿,"哈利说,"卢平教授给了我一些。他把巧克力分给了我们大家。"

"是吗?"庞弗雷女士赞许地说,"我们终于有了一位知道对症下药的黑魔法防御术课老师了。"

"你真的感觉没事了吗,波特?"麦格教授严厉地问。

第5章 摄 魂 怪

"是啊。"哈利说。

"很好。请到外面等一会儿,我跟格兰杰小姐说说她课程表的事,然后我们一起下楼参加宴会。"

哈利跟庞弗雷女士一起回到走廊上。庞弗雷女士一路嘟囔着回校医院去了。哈利只等了几分钟,赫敏就喜形于色地出来了,后面跟着麦格教授。他们三个从大理石楼梯下来,回到了礼堂。

礼堂里是一片尖顶黑帽的海洋,每一张长长的学院桌旁都坐满了学生,浮在桌子上空的几千支蜡烛把他们的脸庞映得闪闪发亮。弗立维教授,一个满头白发的小个子巫师,拿着一顶古色古香的帽子和一个三条腿的凳子走出了礼堂。

"哦,"赫敏轻声说,"我们没赶上分院仪式。"

霍格沃茨的新生都要戴一戴分院帽才被分到不同的学院,分院帽大声喊出学生最适合去哪个学院(格兰芬多、拉文克劳、赫奇帕奇和斯莱特林)。麦格教授大步流星地走向教工餐桌上她的空座位,哈利和赫敏则转向另一边,尽量蹑手蹑脚地朝格兰芬多餐桌走去。他们走过礼堂后面时,人们都转过脸来看他们,有几个人还对哈利指指点点。难道他在摄魂怪面前晕倒的事这么快就传开了?

罗恩给他们留了座位,他们分别坐在了罗恩两边。

"怎么回事?"罗恩轻声问哈利。

哈利刚想小声说给他听,这时校长站起来说话了,哈利便打住了话头。

邓布利多教授虽然年事已高,但总是给人一种精力充沛的感觉。他银白色的头发和胡子足有好几英尺长，戴着半月形眼镜，长着一个特别歪扭的鼻子。人们常说他是当今最伟大的巫师，但哈利并不是因为这个才尊敬他的。阿不思·邓布利多总是使人不由自主地产生信任，此刻，哈利看着校长笑眯眯地面对全体同学，感到自从摄魂怪进入火车包厢后，他第一次真正镇静下来。

"欢迎！"邓布利多说，烛光照在他的胡子上闪闪发亮，"欢迎又回到霍格沃茨上学！我有几件事情要跟你们大家说说，其中一件非常重要，所以我想，最好在你们享受美味大餐、脑子变得糊涂之前就把它说清楚……"

邓布利多清了清嗓子，继续说道："我们学校目前迎来了几位阿兹卡班的摄魂怪，它们是魔法部派来执行公务的，这想必你们都已经知道了，因为它们对霍格沃茨特快列车进行了搜查。"

他停了停，哈利想起韦斯莱先生曾经说过，邓布利多对于派摄魂怪来看守学校不太高兴。

"它们驻守在学校的每个入口处，"邓布利多继续说，"我必须说清楚，它们在的时候，谁也不许擅自离开学校。任何诡计、花招和伪装都是骗不了摄魂怪的——甚至包括隐形衣。"他面无表情地补充道，哈利和罗恩对视了一下，"摄魂怪的本性不会理解辩解和求饶。因此我提醒在座的各位，不要让它们有理由伤害你们。我希望级长和我们新当选的男女学生会主席能确保不让一个学生与摄魂怪发生冲突。"

珀西与哈利隔着几个座位，他又挺起胸脯，神气活现地

第5章 摄魂怪

东张西望。邓布利多又停了停,表情非常严肃地环顾着礼堂,没有一个人动弹或发出声音。

"换个愉快一点的话题吧。"他继续说,"我很高兴欢迎两位新老师这学期加入我们的阵容。

"首先,是卢平教授,他欣然同意填补黑魔法防御术课的空缺。"

礼堂里响起几声冷淡的、稀稀拉拉的掌声。只有在火车上跟卢平教授同在一个车厢的同学拍手拍得比较起劲,哈利也是其中的一个。别的老师都穿着自己最好的长袍,卢平教授坐在他们身边更显得衣衫褴褛。

"快看斯内普!"罗恩贴着哈利的耳朵小声说。

斯内普教授是魔药课老师,此刻他正盯着教工餐桌那头的卢平教授。大家都知道斯内普一直想得到黑魔法防御术课的教职,可是就连一向讨厌斯内普的哈利,看到斯内普枯黄的瘦脸上那副抽搐的表情,也感到很吃惊。那表情不只是愤怒,简直是憎恨。哈利太熟悉那副表情了,斯内普每次把目光落在哈利身上时,脸上都是这样的表情。

"至于我们的第二位新老师,"邓布利多等欢迎卢平教授的稀稀拉拉的掌声平静下来后,继续说道,"我很遗憾地告诉你们,我们的保护神奇动物课老师凯特尔伯恩教授,为了能有更多的时间享受他剩余的老胳膊老腿,上个学期末退休了。不过,我高兴地宣布,即将填补他的职位的不是别人,正是鲁伯·海格,他同意在承担猎场看守的职责之外,再接受这份教职。"

哈利、罗恩和赫敏惊讶得面面相觑。接着他们也和大家一起鼓起掌来，格兰芬多餐桌上的掌声格外热烈。哈利凑身向前，看见海格的脸涨得通红，低垂眼睛望着自己的一双大手，大大的笑容隐藏在那把蓬乱纠结的黑胡子后面。

"我们早该知道的！"罗恩捶着桌子大声嚷道，"还有谁会让我们准备一本会咬人的书呢？"

哈利、罗恩和赫敏是最后停止鼓掌的，这时邓布利多教授又开始说话了，他们看见海格正用桌布擦着眼睛。

"好了，重要的事情就这么多。"邓布利多说，"我们开宴吧！"

他们面前的金盘子和高脚酒杯里突然出现了满满的食物和饮料。哈利顿时胃口大开，把够得到的每样东西都取了一份，开始大吃起来。

这真是一场美味的盛宴。礼堂里回荡着欢声笑语，回荡着刀叉的碰撞声。不过，哈利、罗恩和赫敏急着赶紧吃完，好去跟海格说话。他们知道对海格来说，成为一名教师有多么重要。海格不是一个完全够资格的巫师，他在三年级时为了一桩莫须有的罪名，被霍格沃茨开除了。是哈利、罗恩和赫敏在上个学期为海格洗清了罪名。

终于，金色大浅盘子里的最后几块南瓜馅饼也消失了，邓布利多宣布大家可以上床睡觉了，他们这才有了机会。

"祝贺你，海格！"他们走到教工餐桌前，赫敏大声尖叫道。

"多亏了你们三个。"海格说着，用餐巾擦了擦油亮的面

第 5 章 摄 魂 怪

颊，抬起头看着他们，"真不敢相信……真是了不起的人，邓布利多……凯特尔伯恩教授说他受够了，邓布利多就直接来找我了……这正是我一直想得到的啊……"

他激动得难以自已，把脸埋在了餐巾里，麦格教授把他们赶走了。

哈利、罗恩和赫敏与格兰芬多的同学们一起走上大理石楼梯。他们已经很累了，走过一条又一条走廊，爬上一道又一道楼梯，终于来到格兰芬多塔楼隐蔽的入口处。一个穿着粉红色裙子的胖夫人的大肖像问他们："口令？"

"快过去，快过去！"珀西在人群后面喊道，"新的口令是吉星高照！"

"哦，倒霉。"纳威·隆巴顿垂头丧气地说。他总是记不住口令。

穿过肖像洞口，走过公共休息室，男生女生分别朝不同的楼梯走去。哈利走上旋转楼梯，脑子里没有别的念头，只想着回到学校有多么高兴。他们来到熟悉的、摆着五张四柱床的圆形宿舍，哈利环顾四周，觉得自己终于到家了。

第6章

鹰爪和茶叶

第二天早晨,哈利、罗恩和赫敏走进礼堂吃早饭时,一眼就看见了德拉科·马尔福,他似乎在给一大群斯莱特林同学讲一个特别滑稽的故事。他们经过时,马尔福故意拿腔作势地假装突然晕倒,引得大家一阵哄笑。

"别理他,"走在哈利身后的赫敏说,"别理他就是了,犯不着……"

"喂,波特!"斯莱特林的女生潘西·帕金森尖叫起来,她的脸长得像狮子狗一样,"波特!摄魂怪来了,波特!呜呜呜!"

哈利一屁股坐在格兰芬多餐桌旁的一个座位上,紧挨着乔治·韦斯莱。

"三年级的新课表。"乔治把课表递过来,说道,"你怎么啦,哈利?"

"马尔福。"罗恩说着,坐在了乔治的另一边,气冲冲地瞪

第6章 鹰爪和茶叶

着斯莱特林餐桌。

乔治抬起头,正好看见马尔福又在假装吓得晕死过去。

"那个小饭桶,"他心平气和地说,"昨晚摄魂怪来到车上时,他可没有这么趾高气扬。他一头钻进了我们的包厢,是不是,弗雷德?"

"差点儿尿湿了裤子。"弗雷德说着,轻蔑地扫了马尔福一眼。

"我自己也不太开心,"乔治说,"那些摄魂怪真是些可怕的家伙……"

"简直把你的五脏六腑都冻住了,是不是?"

"可是你们并没有晕过去,不是吗?"哈利低声说。

"别想它了,哈利。"乔治给他鼓劲儿,"爸爸有一次不得不去阿兹卡班,你还记得吗,弗雷德?他说他从来没见过那么可怕的地方。他回来时浑身瘫软,抖个不停……摄魂怪把欢乐都吸走了。那里的大多数犯人最后都疯了。"

"好吧,等我们打完第一场魁地奇比赛,看马尔福还会有多开心。"弗雷德说,"格兰芬多对斯莱特林,是本赛季的第一场比赛,记得吗?"

哈利和马尔福在魁地奇比赛中只交过一次手,那次马尔福无疑打得很糟糕。想到这点,哈利才觉得心情好了些,给自己拿了一些香肠和煎番茄。

赫敏正端详着她的新课程表。

"噢,太好了,我们今天要开始上几门新课了。"她高兴地说。

"赫敏,"罗恩从她肩膀后面看过来,皱着眉头说,"他们把你的课程表排得乱七八糟。看——你一天差不多要上十门课呢。哪有那么多时间啊。"

"我会有办法的。我已经跟麦格教授商量好了。"

"可是你看,"罗恩大笑着说,"看见今天上午的课了吗?九点,占卜课。下面,九点,麻瓜研究。还有……"罗恩凑近了那张课程表,似乎不相信自己的眼睛,"看——下面,算术占卜,九点。我知道你很优秀,赫敏,可是没人能优秀到那个份儿上。你怎么可能同时在三个教室里呢?"

"别说傻话了,"赫敏简短地说,"我当然不会同时在三个教室里。"

"那你……"

"把橘子酱递过来。"赫敏说。

"可是——"

"拜托,罗恩,即使我的课程表有点满,又关你什么事呢?"赫敏凶巴巴地说,"我告诉过你,我已经跟麦格教授商量好了。"

就在这时,海格走进了礼堂。他穿着那件长长的鼹鼠皮大衣,心不在焉地用一只大手甩着一只死鸡貂。

"怎么样?"他停住正往教工餐桌走去的脚步,兴致勃勃地说,"你们来上我的第一节课!一吃过午饭就上!我早晨五点就起来了,把所有的东西都准备好了……希望课上得顺利……我,终于当上老师了……真是……"

他朝他们开心地笑着,继续朝教工餐桌走去,手里仍然

第6章 鹰爪和茶叶

甩着那只死鸡貂。

"不知道他都在准备些什么？"罗恩说，声音里透着一丝担忧。

同学们都赶着去上他们的第一节课了，礼堂里的人渐渐少了。罗恩看了看他的课程表。"我们最好走吧，看，占卜课在北塔楼顶上呢。要十分钟才能赶到那儿……"

他们三口两口吃完早饭，跟弗雷德和乔治告了别，往礼堂外面走去。经过斯莱特林餐桌时，马尔福又在那里夸张地假装晕倒，哄笑声一直追着哈利传到了门厅。

穿过城堡到北塔楼去的路很长。他们虽说在霍格沃茨待了两年，却并没有对城堡了如指掌，北塔楼更是从来没有去过。

"肯定——有——一条——近路。"罗恩气喘吁吁地说，这时他们爬上第七段长长的楼梯，来到一个陌生的平台上。平台上什么也没有，只是石墙上挂着一幅很大的图画，画面上是一片空荡荡的草地。

"我想就是这条路。"赫敏望着右边空空的走廊说。

"不可能，"罗恩说，"那是南面。看，窗外能看见一点湖面……"

哈利注视着那幅画。一匹胖胖的小灰斑马慢慢地走到草地上，正在漫不经心地吃草。哈利已经习惯了霍格沃茨画像里的人物会活动，还会离开各自的相框，互相串门，但他总是很喜欢观察它们。片刻之后，一位穿盔甲的矮胖骑士追着他的小马，哐啷哐啷地走进了画面。从他金属盔甲膝盖处的青草污渍看，他刚才准是从马上摔了下来。

"啊哈！"骑士看见哈利、罗恩和赫敏便喊道，"什么坏蛋，竟敢擅自闯入我的私人领地？或许是来笑话我摔倒的吧？拔剑吧，你们这些无赖，你们这些狗！"

他们惊愕地注视着小个子骑士把剑拔出了剑鞘，一边疯狂地挥舞着，一边怒气冲冲地上蹿下跳。可是，这把剑对他来说太长了，他一下用力过猛，身体失去平衡，脸朝下摔倒在草地上。

"你没事吧？"哈利凑近图画问道。

"滚开，你这讨厌的爱吹牛的家伙！滚开，你这恶棍！"

骑士又抓住他的剑，支撑着站了起来。可是剑刃在草地里陷得太深，他使出吃奶的力气拔呀拔呀，还是没能把它拔出来。最后他只好扑通倒在草地上，推开面罩，擦擦汗湿的脸。

"听我说，"哈利趁骑士累得没劲儿了，赶紧说道，"我们在找北塔楼。你不知道路吧？"

"一次远征！"骑士的怒气似乎顿时烟消云散。他哐啷哐啷地站起来，喊道："跟我来，亲爱的朋友们，我们一定要找到目标，不然就在冲锋中英勇地死去！"

他又用力拔了一下那把剑，还是没拔出来，再试着骑上那匹胖胖的小马，也没能成功，于是他叫道："那就步行吧，尊贵的先生和文雅的女士！前进！前进！"

他哐啷哐啷地跑进相框的左边，不见了。

他们循着他盔甲的声音，在走廊上追着他跑。时不时地，看见他在前面一幅画里一跑而过。

第6章 鹰爪和茶叶

"要有一颗顽强的心,最艰难的还在后头呢!"骑士嚷道,他们看见他出现在一群穿着圈环裙的惊慌失措的妇女们前面,她们的那幅画挂在一道狭窄的旋转楼梯的墙上。

哈利、罗恩和赫敏呼哧呼哧地喘着粗气,爬上一道道急速旋转的楼梯,感到越来越头晕眼花。最后,终于听见头顶上传来模模糊糊的说话声,这才知道教室到了。

"别了!"骑士喊道,一头扎进一幅画着几位阴险僧侣的图画里,"别了,我的战友!如果你们需要高贵的心灵和强健的体魄,就召唤卡多根爵士吧!"

"是啊,我们会召唤你的,"罗恩在骑士消失后低声说道,"如果我们需要一个疯子。"

他们爬上最后几级楼梯,来到一个小小的平台上,班上大部分同学已经聚集在这里了。平台上一扇门也没有。罗恩用胳膊肘捅捅哈利,指了指天花板,那儿有个圆形的活板门,上面嵌着一个黄铜牌子。

"西比尔·特里劳尼,占卜课教师。"哈利读道,"可是怎么上去呢?"

似乎为了回答他的问题,活板门突然开了,一把银色的梯子放下来,正好落在哈利脚边。大家都安静下来。

"你先上。"罗恩笑嘻嘻地说,于是哈利率先登上了梯子。

他来到一间他所见过的最最奇怪的教室。实际上,它看上去根本不像教室,倒更像是阁楼和老式茶馆的混合物,里面至少挤放着二十张小圆桌,桌子周围放着印花布扶手椅和鼓鼓囊囊的小蒲团。房间里的一切都被一种朦朦胧胧的红光照着，窗帘拉得紧紧的，许多盏灯上都蒙着深红色的大围巾。这里热得让人透不过气来，在摆放得满满当当的壁炉台下面，火熊熊地烧着，上面放着一把很大的铜茶壶，散发出一股浓烈的、让人恶心的香味。圆形墙壁上一溜儿摆着许多架子，上面挤满了脏兮兮的羽毛笔、蜡烛头、许多破破烂烂的扑克牌、数不清的银光闪闪的水晶球和一大堆茶杯。

罗恩来到哈利身边，班上其他同学也都聚在他们周围窃窃私语。

"她在哪儿？"罗恩说。

阴影里突然响起一个声音，一个软绵绵的、含混不清的声音。

"欢迎，"那声音说，"终于在物质世界见到你们，真是太好了。"

哈利的第一感觉是见到了一只巨大的、闪闪发亮的昆虫。特里劳尼教授走到火光里，他们发现她体形很瘦，一副大眼镜把她的眼睛放大成原来的好几倍，她披着一条轻薄透明、缀着许多闪光金属片的披肩。又细又长的脖子上挂着数不清的珠子、链子，胳膊和手上也戴着许多镯子和戒指。

"坐下吧，我的孩子们，坐下吧。"她说，于是同学们局促不安地爬上了扶手椅，或跌坐在蒲团上。哈利、罗恩和赫敏围坐在同一张桌子旁。

"欢迎来上占卜课，"特里劳尼教授坐在炉火前的一把安乐椅上，对大家说，"我是特里劳尼教授。你们以前大概没有见过我。我发现，经常下到纷乱和嘈杂的校区生活中，会使我

第6章 鹰爪和茶叶

的天目变得模糊。"

听了这番奇谈怪论,谁也没有说什么。特里劳尼教授优雅地整了整她的披肩,继续说道:"这么说,你们选修了占卜课,这是所有魔法艺术中最高深的一门学问。我必须把话说在前头,如果你们没有洞察力,我是无能为力的。在这个领域,书本能教给你们的也就这么一点点……"

听了这话,哈利和罗恩都笑着看了一眼赫敏。赫敏听到书本对这门学科没有多少帮助,显得非常惊愕。

"许多男女巫师尽管很有才能,弄出砰砰巨响、变出气味、让自己突然消失等,但却不能看透未来的神秘面纱。"特里劳尼教授继续说,一双大得吓人、闪闪发亮的眼睛,从一个紧张的面孔望向另一个紧张的面孔,"这是少数人具有的天赋。你,孩子,"她突然对纳威发话了,纳威吓得差点从蒲团上栽下去,"你奶奶好吗?"

"我想还好吧。"纳威战战兢兢地说。

"如果我是你,就不会这么肯定,亲爱的。"特里劳尼教授说,火光照得她长长的绿宝石耳坠熠熠发光。纳威倒抽了一口冷气。特里劳尼教授继续平静地说:"今年我们将学习占卜的基本方法。第一学期集中学习解读茶叶。第二学期开始学习看手相。顺便说一句,我亲爱的,"她突然朝帕瓦蒂·佩蒂尔扔过去一句,"要警惕一个红头发男人。"

帕瓦蒂惊惶地看了看坐在她身后的罗恩,赶紧把椅子挪得离他远一点儿。

"在夏季学期,"特里劳尼教授接着往下说,"我们开始学习水晶球——我的意思是，如果学完了火焰预兆的话。不幸的是，二月份会因一场严重流感而停课。我自己会失音。复活节前后，我们中间的一位将会永远离开我们。"

这句话过后，是一片提心吊胆的沉默，但特里劳尼教授似乎没有意识到。

"亲爱的，"她对离她最近、吓得蜷缩在椅子上的拉文德·布朗说，"你能不能把那只最大的银色茶杯递给我？"

拉文德似乎松了口气，她站起身，从架子上取下一只巨大的茶杯，放在特里劳尼教授面前的桌子上。

"谢谢你，亲爱的。顺便说一句，你最害怕的那件事——会在十月十六日星期五发生。"

拉文德顿时发起抖来。

"现在，我要求你们分成两个人一组。每人从架子上拿一个茶杯，到我这里来，我给杯子里倒满茶。然后你们坐下去喝茶，喝到只剩下茶叶渣。用左手把茶叶渣在杯子里晃荡三下，再把杯子倒扣在托盘上，等最后一滴茶水都渗出来后，就把杯子递给你的搭档去解读。你们可以对照《拨开迷雾看未来》的第五、第六页来解读茶叶形状。我在你们中间巡视，帮助你们，指导你们。哦，亲爱的……"她一把拉住正要站起来的纳威的胳膊，"在你打坏第一个茶杯之后，能不能麻烦你挑选一个蓝色图案的？我太喜欢那个粉红色的了。"

果然，纳威刚走到茶杯架子前，就传来了瓷器被打碎的脆响。特里劳尼教授拿着簸箕和扫帚快步走了过去，说道："亲爱的，如果你不介意的话，拿一个蓝色的吧……谢谢……"

第6章 鹰爪和茶叶

哈利和罗恩的茶杯灌满了,他们回到桌旁,三口两口喝掉滚烫的茶水。然后按照特里劳尼教授的指示,把茶叶渣晃荡了几下,沥干茶水,互相交换了杯子。

"好了,"罗恩说,这时他们都把课本翻到了第五和第六页,"你在我的杯子里能看到什么?"

"一堆湿乎乎的咖啡色的东西。"哈利说。房间里散发着的浓郁香味使他感到头脑发木,昏昏欲睡。

"开拓你们的思路,亲爱的,让你们的目光超越世俗的界限!"特里劳尼教授的声音在昏暗的教室里响起。

哈利强打起精神。

"对了,你杯子里有一个歪歪斜斜的十字架……"他对照着《拨开迷雾看未来》说,"那就是说,你将会有'磨难和痛苦'——真是抱歉——不过还有一个像是太阳的东西。等等……那意思是'巨大的欢乐'……所以,你将要受苦,但感到非常快乐……"

"要我说,你需要测试一下你的天目。"罗恩说,特里劳尼教授的目光朝这边瞪了过来,他们只好拼命忍住笑。

"该我了……"罗恩端详着哈利的茶杯,因为太用心,额头上都起了皱纹,"这一块有点像个圆顶高帽,"他说,"说不定你要去魔法部工作了……"

他把茶杯掉了个方向。

"可是这样一看,又更像是一颗橡实……那是什么呢?"他看了看他那本《拨开迷雾看未来》,"'一笔意外收入,一笔横财。'太棒了,你可以借给我一些。这里还有个东西,"他又把杯子转了转,"看上去像一只动物。没错,如果那是它的脑袋……就像一头河马……不,一只绵羊……"

哈利讥讽地笑了一声,特里劳尼教授忽地转过身来。

"亲爱的,让我看看。"她不满地对罗恩说,一边快步走了过来,从他手里夺走了哈利的茶杯。同学们都安静下来注视着。

特里劳尼教授盯着茶杯,并按逆时针的方向转动着它。

"老鹰……亲爱的,你有一个死对头。"

"这是大家都知道的事。"赫敏故意说得让大家都听见。特里劳尼教授瞪着她。

"没错呀,"赫敏说,"每个人都知道哈利和神秘人的事。"

哈利和罗恩又吃惊又敬佩地望着赫敏。他们以前从没有听过赫敏对一位老师这么说话。特里劳尼教授没有回答。她垂下那双大得吓人的眼睛,再次打量哈利的茶杯,继续把茶杯转来转去。

"大头棒……一次袭击。天哪,天哪,这可不是一个令人愉快的杯子……"

"我还以为是一个圆顶高帽呢。"罗恩局促不安地说。

"骷髅……你的路上有危险,我亲爱的……"

每个人都呆呆地瞪着特里劳尼教授,她最后又把杯子转动了一下,大吸一口冷气,尖叫起来。

又传来一声瓷器打碎的脆响。纳威把他的第二个杯子也摔碎了。特里劳尼教授一屁股坐在一把空扶手椅上,用一只亮闪闪的手捂住胸口,闭上了眼睛。

第6章 鹰爪和茶叶

"我亲爱的孩子——我可怜的亲爱的孩子——不——最好不要说出来——别来问我……"

"是什么呀,教授?"迪安·托马斯立刻问道。大家都站了起来,慢慢围拢在哈利和罗恩的桌旁,凑近特里劳尼教授的椅子,仔细看着哈利的茶杯。

"我亲爱的,"特里劳尼教授猛地睁开一双巨大的眼睛,"你有'不祥'。"

"什么?"哈利问。

他看得出来,听不懂的不止他一个人。迪安·托马斯冲他耸了耸肩膀,拉文德·布朗一脸迷惑,但其他人几乎都惊恐地用手捂住了嘴。

"不祥,亲爱的,不祥!"特里劳尼教授喊道,看到哈利竟然没有听懂,她似乎感到非常震惊,"那条在墓地出没的阴森森的大狗!亲爱的孩子,它是一个凶兆——最险恶的凶兆——死亡的凶兆!"

哈利的心揪紧了。丽痕书店里那本《死亡预兆》封面上的那条狗——木兰花新月街阴影里的那条狗——拉文德·布朗也用手捂住了嘴。每个人都看着哈利,只有赫敏除外,她已经站起身,绕到了特里劳尼教授的椅子后面。

"我认为这不像是不祥。"她冷静地说。

特里劳尼教授打量着赫敏,对她的厌恶逐渐增加。

"请原谅我这么说,亲爱的,但是我看见你周围的光环很小,对于未来并没有多少感知力。"

西莫·斐尼甘把脑袋从一边偏向另一边。

"这么一看，像是不祥，"他眼睛眯得几乎闭上了，说道，"可是从这里一看，更像是一头驴子。"他说着把头偏向了左边。

"你们什么时候才能定下来我是不是会死！"哈利突然开口说话，把自己也吓了一跳。现在似乎谁也不愿意看他一眼了。

"我想今天的课就上到这里吧。"特里劳尼教授用特别含混的声音说，"是的……请收拾好自己的东西……"

同学们默不作声地把茶杯还给特里劳尼教授，收拾起自己的书本，合上书包。就连罗恩也躲着哈利的眼睛。

"在我们下次见面之前，"特里劳尼教授有气无力地说，"祝你们好运。哦，亲爱的——"她指着纳威，"你下节课会迟到，所以要格外用功，把功课赶上来。"

哈利、罗恩和赫敏一言不发地顺着特里劳尼教授的梯子下来，走下旋转楼梯，赶去上麦格教授的变形课。尽管占卜课提早下课了，但他们花了很长时间寻找麦格教授的教室，到那里时刚刚赶上点儿。

哈利在教室后面挑了一个座位，觉得自己像是坐在刺眼的聚光灯下，班上其他同学不停地偷偷朝他张望，就好像他随时都会倒下来死掉。麦格教授在跟他们讲阿尼马格斯（会变成动物的巫师）的知识，哈利几乎没有听。麦格教授在全班同学面前变成了一只花斑猫，眼睛周围还有眼镜状的纹路，哈利也没有心思去看。

"我说，你们今天这是怎么啦？"麦格教授噗的一声把自

第 6 章　鹰爪和茶叶

己变回原样，望着大家说道，"说来也没什么，只是我的变形第一次没有赢得同学们的掌声。"

大家又扭头看着哈利，谁也没有说话。这时赫敏举起了手。

"教授，我们刚才上了第一节占卜课，解读了茶叶，结果……"

"啊，明白了，"麦格教授皱起眉头，说，"用不着再说了，格兰杰小姐。告诉我，今年你们中间有谁会死？"

大家都吃惊地望着她。

"我。"最后哈利说道。

"明白了，"麦格教授用她那双亮晶晶的眼睛盯着哈利，说，"那么你应该知道，波特，西比尔·特里劳尼自从到这个学校之后，每年都预言一位学生会死。到现在为止，他们谁都没有死。她最喜欢用看凶兆的方式来迎接一个新的班级。要不是我从来不说同事的坏话——"麦格教授突然停住，他们看见她的鼻孔变白了。她平静一点后继续说："占卜学是魔法分支里最不严谨的一门学问。不瞒你们说，我对它没有多少耐心。真正的先知少而又少，而特里劳尼教授……"

她又停住了，接着用一种实事求是的语气说："在我看来，你的身体非常健康，所以，如果我没有免去你今天的家庭作业，请你原谅。我向你保证，万一你真的死了，就用不着交作业了。"

赫敏笑了起来。哈利也觉得轻松了一些。离开了特里劳尼教授教室里朦朦胧胧的红光和熏得人昏昏沉沉的香气，就很难被一堆茶叶吓住了。不过，并不是每个人都放下心来。罗恩看上去仍然忧心忡忡，拉文德·布朗小声说："可纳威的杯子又是怎么回事呢？"

变形课结束后，他们随着人群，闹哄哄地去礼堂吃午饭。

"罗恩，高兴一点儿吧，"赫敏把一盘炖菜推到他面前，"麦格教授的话你都听见了。"

罗恩用勺子把炖菜舀进自己的盘子，拿起叉子，却没有吃。

"哈利，"他语气严肃地低声说，"你没有在什么地方看见过一条大黑狗吧？"

"看见过，"哈利说，"我离开德思礼家的那天夜里见过一条。"

罗恩的叉子咔嗒一声掉了下来。

"说不定就是一条流浪狗。"赫敏平静地说。

罗恩望着赫敏，就好像赫敏疯了似的。

"赫敏，如果哈利看见过不祥，那就——那就糟糕了。"他说，"我的——我的叔叔比利尔斯看见过一条，结果——结果他二十四小时之后就死了！"

"巧合。"赫敏满不在乎地说，给自己倒了一些南瓜汁。

"你根本不知道自己在说什么！"罗恩开始冒火了，"大多数巫师见了不祥都会吓得魂不附体！"

"就是这么回事，"赫敏用一种居高临下的口吻说，"他们看见不祥，就被吓死了。不祥不是凶兆，而是死亡的原因！哈利现在还和我们在一起，就是因为他还没有傻到那个份儿

第6章 鹰爪和茶叶

上,看见一个不祥就想,得,完了,这下子我小命完蛋了!"

罗恩朝赫敏不出声地说了句什么,赫敏打开书包,取出崭新的算术占卜课本,打开来支在果汁壶上。

"我觉得占卜课简直是一团糨糊,"她翻着课本说,"要我说,是在凭空乱猜。"

"那只杯子里的不祥可不是一团糨糊!"罗恩激动地说。

"你告诉哈利那是一只绵羊时,口气好像没有这么肯定。"赫敏冷淡地说。

"特里劳尼教授说你的光环不够!你只是逞强惯了,不愿意在什么事情上不行!"

他触到赫敏的痛处了。赫敏啪的一下把算术占卜课本摔到桌上,用劲过猛,肉末和胡萝卜末溅得到处都是。

"如果学好占卜课意味着我要假装在一堆茶叶里看见死亡预兆,那我说不定就不再学它了!跟我的算术占卜课比起来,这门课简直就是一堆垃圾!"

她一把抓起书包,气冲冲地走了。

罗恩皱起眉头望着她的背影。

"她在说些什么呀?"他对哈利说,"她还没有上过算术占卜课呢。"

吃过午饭,哈利很高兴来到城堡外面。他们去上生平第一节保护神奇动物课。雨已经停了,天空是一种清清爽爽的淡灰色,脚下的青草湿漉漉的,踩上去很有弹性。

罗恩和赫敏互相不说话了。哈利默默地跟在他们身边,顺着草坡而下，朝禁林边海格的小屋走去。当他看见前面那三个再熟悉不过的后脑勺时，才意识到他们必须跟斯莱特林的学生一起上这门课。马尔福正在兴致勃勃地对克拉布和高尔说话，逗得那两个人粗声傻笑。哈利基本上可以肯定他们在谈论什么。

海格站在小屋门口等同学们。他穿着那件鼹鼠皮大衣，大猎狗牙牙站在他的脚边，似乎迫不及待地想要出发。

"来吧，来吧，抓紧点儿！"同学们走近时海格喊道，"今天有一样好东西给你们看！这堂课精彩极了！人都到齐了吗？好，跟我来吧！"

哈利以为海格要把他们领进禁林，心里一阵恐慌。哈利在禁林里有过许多很不愉快的经历，令他终生难忘。还好，海格绕着树林边缘往前走，五分钟后，同学们发现来到了一个小围场的外面。围场里什么也没有。

"大家都聚到这道栅栏周围！"海格喊道，"对了——保证自己能看得见。好，首先你们需要打开课本——"

"怎么打开？"是德拉科·马尔福那冰冷的、懒洋洋的声音。

"呃？"海格说。

"我们怎么打开课本？"马尔福又问了一遍。他拿出他那本用绳子绑着的《妖怪们的妖怪书》。其他同学也把课本拿了出来。有的像哈利一样把书捆得结结实实，有的把书塞在又窄又紧的包里，或是用大夹子把它们夹住。

"你们——你们谁也没能打开课本？"海格问，看上去有

第6章　鹰爪和茶叶

点儿失望。

全班同学都摇了摇头。

"要抚摸它们一下。"海格说，就好像这是世界上最明白不过的事情，"看……"

他拿过赫敏的课本，扯去上面捆着的魔法胶带。课本张嘴要咬，海格用粗大的食指顺着书脊往下一捋，课本颤抖了一下，摊开来静静地躺在他的手掌上。

"哦，我们大家多傻啊！"马尔福讥笑道，"应该抚摸它们的呀！我们为什么就没有猜到呢！"

"我……我认为它们挺好玩的。"海格不安地对赫敏说。

"没错，好玩极了！"马尔福说，"真是有趣，给我们的课本竟然想要扯断我们的手！"

"闭嘴，马尔福。"哈利轻声说。海格看上去垂头丧气，哈利希望海格的第一堂课上得成功。

"那好吧，"海格似乎乱了头绪，说道，"那么……那么你们都有了课本，现在……现在……现在需要的是神奇动物。是啊，我这就去把它们带来。等一等……"

海格撇下他们，走进禁林不见了。

"天哪，这学校算是完蛋了，"马尔福大声说，"那个笨蛋也来教课，我爸爸听说了准会发心脏病——"

"闭嘴，马尔福！"哈利又说了一遍。

"小心点儿，波特，你后面有个摄魂怪——"

"哦哦哦哦哦哦！"拉文德·布朗指着围场对面尖叫起来。

十几只动物朝他们小跑过来，哈利从来没见过这么古怪的动物。它们有着马的身体、后腿和尾巴，但前腿、翅膀和脑袋却像是老鹰的。冷酷的利喙是钢铁般的颜色，一双明亮的大眼睛是橘黄色的。它们前腿上的鹰爪有半英尺长，看上去令人生畏。每只怪兽的脖子上都围着一个粗粗的皮项圈，由一根长链子拴着。所有的链子都抓在海格那双大手里，他跟着这些怪兽慢慢走进围场。

"快走，那边！"他吼道，一边晃着链子，催促那些怪兽朝全班同学站的栅栏走来。海格走近，把怪兽们拴在栅栏上，同学们都稍稍往后退了退。

"鹰头马身有翼兽！"海格朝他们挥着手，开心地吼道，"多漂亮啊，是不是？"

哈利有点儿明白海格的意思了。一旦克服了第一次见到半马半鸟怪物时的恐惧，便会开始赞叹鹰头马身有翼兽那一身光亮闪烁的皮毛，从羽毛逐渐过渡到毛发。每头怪兽的颜色都不一样：暴风雨一般的灰色、青铜色、粉红的花斑色、晶莹闪烁的红棕色和墨一般的黑色。

"好，"海格搓了搓两只手，笑眯眯地看着大家说道，"如果你们想再走近一些……"

似乎谁也不想，只有哈利、罗恩和赫敏小心翼翼地靠近了栅栏。

"记住，关于鹰头马身有翼兽，你们首先需要知道的是它们都很骄傲，"海格说，"鹰头马身有翼兽很容易被冒犯。千万不要去羞辱它们，不然可能会送命的。"

马尔福、克拉布和高尔根本没听，他们凑在一起窃窃私

第6章 鹰爪和茶叶

语，哈利有一种很不好的感觉，似乎他们在琢磨着怎样把这堂课搅得一团糟。

"一定要等鹰头马身有翼兽先行动，"海格继续说道，"这是礼貌，明白吗？你朝它走过去，鞠一个躬，如果它也朝你鞠躬，你就可以摸它。如果它没有鞠躬，你就赶紧离开它，那些爪子会伤人的。"

"好了——谁愿意先来？"

听了这话，大多数同学又往后退了退，就连哈利、罗恩和赫敏也心存疑虑。那些鹰头马身有翼兽甩着凶恶的脑袋，伸展着强有力的翅膀，似乎不愿意被这样拴起来。

"没有人？"海格说，脸上带着祈求的表情。

"我来吧。"哈利说。

他身后传来倒吸冷气的声音，拉文德和帕瓦蒂异口同声地说："哟，不要，哈利，别忘了你的茶叶！"

哈利没有理睬她们。他翻过围场的栅栏。

"好样的，哈利！"海格粗声大气地说，"好吧——让我们看看你和巴克比克相处得怎么样。"

他解下一根链子，拉着那头灰色的鹰头马身有翼兽离开它的同伴，解下了它的皮项圈。站在围场另一边的同学们似乎全都屏住了呼吸。马尔福不怀好意地眯起眼睛。

"放松点儿，哈利，"海格轻声说，"你已经跟它对上了目光，别眨眼睛——如果你眼睛眨得太频繁，鹰头马身有翼兽就会不相信你……"

哈利很快就开始流眼泪了，但他没有闭上眼睛。巴克比克转动着尖尖的大脑袋，用一只凶狠的橘黄色眼睛盯着哈利。

"对了，"海格说，"对了，哈利……现在，鞠躬……"

哈利不愿意把自己的脖子后面暴露给巴克比克，但还是按海格的吩咐做了。他很快地鞠了一躬，抬起头来。

鹰头马身有翼兽仍然傲慢地盯着哈利。它没有动。

"啊，"海格说，声音里透着担忧，"好吧——现在往后退，哈利，轻松地往后退——"

然而，令哈利大为吃惊的是，鹰头马身有翼兽突然弯下它布满鳞片的前膝，做了一个确切无疑的鞠躬姿势。

"干得好，哈利！"海格欣喜若狂地说，"好了——你可以摸摸它了！拍拍它的嘴，去吧！"

哈利觉得还不如奖励他往后退退呢，他慢慢地朝鹰头马身有翼兽走去，向它伸出了手。哈利拍了几下鹰头马身有翼兽的嘴，它懒洋洋地闭上眼睛，似乎很喜欢的样子。

全班同学鼓起掌来，只有马尔福、克拉布和高尔除外，他们似乎失望极了。

"很好，哈利，"海格说，"我想它会让你骑它了！"

这可是哈利没有料到的。他骑飞天扫帚已经习惯了，但不能肯定骑鹰头马身有翼兽的感觉也是一样。

"你爬到那上面，就在翅膀关节的后面，"海格说，"记住，千万不要扯它的羽毛，它不会喜欢的……"

哈利把脚踏在巴克比克的翅膀上，向上爬到了它的背上。巴克比克站了起来。哈利不知道抓住哪儿。他面前的每处地方都覆盖着羽毛。

第 6 章　鹰爪和茶叶

"走吧！"海格一拍鹰头马身有翼兽的后腿，吼道。

突然，十二英尺长的翅膀在哈利两边展开，他刚来得及一把抱住鹰头马身有翼兽的脖子，它就向空中飞去了。这跟骑飞天扫帚的感觉一点也不一样，哈利知道他更喜欢哪种。鹰头马身有翼兽的翅膀在他两侧扇动，使他感到很不舒服，并且时时绊住他的小腿，他觉得自己要被甩下来了。光洁的羽毛在他手指下面滑动，他不敢使劲揪住。他的光轮2000动作非常柔和，而此刻鹰头马身有翼兽的后腿随着翅膀的扇动上下起伏，他觉得自己在剧烈地上下颠簸。

巴克比克驮着他绕围场飞了一圈，返回地面。这是哈利最害怕的。当那光滑的脖子低下去时，他拼命往后靠，觉得自己就要滑到巴克比克的嘴上去了。接着，他听到砰的一声重响，巴克比克四只动作不协调的脚落了地，哈利勉强稳住身子，让自己重新坐好。

"干得漂亮，哈利！"海格大声吼道，除了马尔福、克拉布和高尔，同学们都在欢呼喝彩，"好了，谁还想试试？"

在哈利成功的鼓励下，班上其他同学也都小心翼翼地翻进围场。海格把鹰头马身有翼兽一只只地解下来，很快，在整个围场里，同学们都在紧张地鞠躬。纳威一次又一次地从他那头鹰头马身有翼兽面前后退，因为它似乎不肯弯下膝盖。罗恩和赫敏选中了那头红棕色的，哈利在一旁观看。

马尔福、克拉布和高尔选中了巴克比克。它已经向马尔福鞠了躬，马尔福正在拍它的嘴，摆出一副傲慢的派头。

"这很容易嘛，"马尔福拖着长腔说，声音大得让哈利能够听见,"我早就知道肯定是这样,既然波特都能做到……我敢说你一点儿也不危险,是不是?"他对鹰头马身有翼兽说,"是不是,你这只丑陋的大野兽?"

钢一般的利爪忽地一闪,马尔福发出一声刺耳的尖叫,巴克比克伸着脖子还要去咬马尔福。海格挣扎着给它重新套上了项圈,马尔福蜷着身子躺在草地上,鲜血染红了他的袍子。

"我要死了!"马尔福嚷嚷着,全班同学都惊慌失措,"我要死了,看看我!它要了我的命!"

"你不会死的!"海格说,他的脸色变得非常苍白,"谁来帮帮我……把他从这里弄走——"

赫敏跑过去打开大门,海格不费吹灰之力就把马尔福抱了起来。他们走过时,哈利看见马尔福的胳膊上有一道很长很深的伤口,鲜血溅在草地上,海格抱着他冲上山坡,向城堡跑去。

保护神奇动物课的同学们都吓傻了,慢慢地跟了过去。斯莱特林的学生都在大声埋怨海格。

"应该马上把他开除!"潘西·帕金森含着眼泪说。

"这都怪马尔福自己!"迪安·托马斯不客气地说。克拉布和高尔听了,气势汹汹地展示着他们的肌肉。

大家踏上石阶,来到空无一人的门厅。

"我去看看他怎么样了!"潘西说,大家看着她跑上大理石楼梯。斯莱特林们一边仍然嘀嘀咕咕说着海格的坏话,一边朝他们在地下室的公共休息室走去。哈利、罗恩和赫敏上楼

第6章 鹰爪和茶叶

来到格兰芬多塔楼。

"你们说他会有事吗?"赫敏不安地问。

"当然没事儿,庞弗雷女士一眨眼工夫就能把伤治好。"哈利说,他以前受的伤比这严重得多,都被校医奇迹般地治愈了。

"海格的第一节课就发生这种事情,真是太糟糕了,不是吗?"罗恩显得很担忧,"马尔福肯定会趁机给他捣乱……"

吃午饭的时候,他们是第一批赶到礼堂的,希望能够见到海格,但是海格不在。

"他们不会开除他吧?"赫敏担心地问,碰也不碰她面前的牛排腰子布丁。

"最好不要。"罗恩说,他也没有心思吃东西。

哈利注视着斯莱特林餐桌,包括克拉布和高尔在内的一大群人聚在那里窃窃私语。哈利知道他们肯定在编造马尔福受伤的经过。

"唉,这开学第一天倒是过得挺有意思。"罗恩闷闷不乐地说。

吃过饭后,他们上楼来到拥挤的格兰芬多休息室,想完成麦格教授布置的家庭作业,可是三个人不时地停下来,向塔楼的窗外张望。

"海格的窗口有灯光。"哈利突然说道。

罗恩看了看手表。

"如果我们加快速度,可以下去看看他,时间还挺早的……"

"这样行吗?"赫敏慢慢地说,哈利看见她扫了自己一眼。

"我是可以穿过场地的,"他直截了当地说,"小天狼星布莱克没法通过这里的摄魂怪,是不是?"

于是他们收拾好东西,出了肖像洞口,一直来到大门口,还好,一路上没有碰到什么人,他们拿不准自己是不是可以出去。

草地仍然湿漉漉的,在暮色中看上去几乎是黑色的。他们来到海格的小屋前,敲了敲门,一个声音粗吼道:"进来。"

海格穿着衬衫坐在擦洗得很干净的木头桌子旁,他的猎狗牙牙把脑袋搁在他腿上。他们一眼就看出海格喝了不少酒,他面前放着一只水桶那么大的白镴大酒杯,而且他似乎两眼模糊,好不容易才看清了他们。

"这大概是破纪录了,"他认出是他们后,瓮声瓮气地说,"以前大概从来没有哪个老师只教了一天的课。"

"你没有被开除吧,海格?"赫敏吃惊地喘着气说。

"暂时还没有,"海格可怜巴巴地说,又喝了一大口大酒杯里的东西,"但这只是时间问题,不是吗? 马尔福……"

"他怎么样了?"他们都坐下来时,罗恩问道,"伤得不严重吧?"

"庞弗雷女士尽力给他治了,"海格闷闷地说,"但他仍然说痛得要命……裹着绷带……哼哼唧唧……"

"他是装的,"哈利立刻说道,"庞弗雷女士什么伤都能治好。去年,她让我身上一半的骨头重新长了出来。马尔福准是想拿这件事情大做文章。"

第6章 鹰爪和茶叶

"不用说，校董们肯定也知道了，"海格难过地说，"他们认为我一开始架势摆得太大。应该把鹰头马身有翼兽留到以后再说……先弄点弗洛伯毛虫什么的……我只想把第一节课上得精彩……这事儿都怪我……"

"都是马尔福自己活该，海格！"赫敏诚恳地说。

"我们都是证人，"哈利说，"你说过如果冒犯了鹰头马身有翼兽，它就会进攻。谁叫马尔福自己不认真听讲。我们要把当时的情况告诉邓布利多。"

"是啊，别担心，海格，我们都会支持你的。"罗恩说。

泪水从海格那双乌黑小眼睛的鱼尾纹里流了出来。他一把抓住哈利和罗恩，紧紧地搂在怀里，差点把他们的骨头都挤断了。

"海格，我看你已经喝得够多了。"赫敏认真地说。她把大酒杯从桌上拿起来，端到外面倒空了。

"啊，也许她是对的。"海格说着，放开了哈利和罗恩，两人揉着肋骨，跟跟跄跄地后退。海格费力地从椅子上站起来，步履蹒跚地跟着赫敏走到屋外。他们听见了很响的泼水声。

"他在干什么？"哈利不安地问，这时赫敏拿着空酒杯进来了。

"把脑袋扎进了水桶里。"赫敏说着，把酒杯收了起来。

海格回来了，长长的头发和胡子都湿透了，他擦干眼睛里的水。

"这下好多了。"他说，一边像狗一样抖动脑袋，把水溅到他们三个身上，"我说，你们来看我真是太好了，我实在是……"

海格突然停住了，呆呆地望着哈利，好像刚刚意识到他在这里。

"你这是在干什么，嗯？"他突然大吼一声，把他们吓得惊跳起来，"天黑后不能到处乱跑，哈利！还有你们两个！居然让他这样做！"

海格大步走到哈利面前，揪住他的胳膊把他拉到门口。

"快！"海格气冲冲地说，"我把你们送回学校去，别再让我看见你们天黑后来这里看我。我不值得你们这么做！"

第7章

衣柜里的博格特

直到星期四上午，马尔福才在课堂上露面，当时斯莱特林和格兰芬多的两节魔药课正上到一半。马尔福大摇大摆地走进地下教室，右胳膊上缠着绷带，用带子吊着。哈利觉得，他那副派头就像个在战场上九死一生的英雄。

"怎么样，德拉科？"潘西·帕金森脸上堆着傻笑问，"还疼得厉害吗？"

"是啊。"马尔福说着，假装勇敢地做了个鬼脸。可是哈利看见，就在潘西看着别处时，他朝克拉布和高尔眨了眨眼睛。

"坐下吧，坐下吧。"斯内普教授懒懒地说。

哈利和罗恩气恼地对了一下目光。如果迟到的是他们，斯内普可不会说"坐下吧"，他准会关他们的禁闭。而马尔福在斯内普的课上不管犯了什么错，都不会受到惩罚。斯内普是斯莱特林学院的院长，通常都偏袒他们学院的学生。

他们今天要做一种新的魔药：缩身药水。马尔福把他的坩坩埚架在哈利和罗恩的坩埚旁边，于是他们三个在同一张桌子上准备配料。

"先生，"马尔福喊道，"先生，我需要有人帮我切切这些雏菊的根，因为我的胳膊——"

"韦斯莱，替马尔福切根。"斯内普头也不抬地说。

罗恩脸涨得通红。

"你的胳膊根本就没事儿。"他压低声音对马尔福说。

马尔福在桌子那头得意地笑着。

"韦斯莱，你没有听见斯内普教授的话吗，快把这些根给我切了。"

罗恩抓起小刀，把马尔福的雏菊根拖到自己面前，胡乱地切了起来，切得大大小小，很不均匀。

"教授，"马尔福拖着长腔说，"韦斯莱把我的雏菊根都切坏了，先生。"

斯内普走到他们桌前，低垂眼睛从鹰钩鼻上看了看那些根，他的脸在乌黑油腻的长头发下朝罗恩不怀好意地笑了笑。

"跟马尔福换一下根，韦斯莱。"

"可是，先生——"

罗恩刚花了一刻钟把自己的根仔仔细细切成均匀相等的小块儿。

"快换。"斯内普用他最咄咄逼人的声音说。

罗恩把自己那堆切得漂漂亮亮的雏菊根推到马尔福面前，又重新拿起小刀。

"还有，先生，我的这颗无花果需要剥皮。"马尔福说，声

第 7 章 衣柜里的博格特

音里充满恶毒的笑意。

"波特,你帮马尔福剥无花果的皮。"斯内普说,厌恶地看了哈利一眼,这种目光是他一向在哈利身上专用的。

哈利拿过马尔福的缩皱无花果,罗恩继续切那堆现在归他自己用的乱糟糟的雏菊根。哈利三下五除二地给无花果剥了皮,一言不发地扔给了桌子那头的马尔福。马尔福笑得比任何时候都得意。

"最近见过你们的朋友海格吗?"他小声问他们。

"不用你管。"罗恩头也不抬,气冲冲地说。

"他恐怕当不成教师了,"马尔福装出一副悲伤的口吻说,"我爸爸对我受伤的事很不高兴——"

"马尔福,你再说下去,我就让你真的受点伤!"罗恩怒吼道。

"——他向校董事会提出抗议,还向魔法部提出抗议。你们知道,我爸爸是很有影响力的。像这样一种很难愈合的伤——"他假惺惺地长叹一口气,"谁知道我的胳膊还能不能恢复原样呢?"

"怪不得你这样装模作样。"哈利说,他气得手直抖,一不小心把一只死毛虫的脑袋切了下来,"就是想害得海格被开除。"

"这个嘛,"马尔福把声音压得低低地说,"说对了一部分,波特。但是还有别的好处呢。韦斯莱,替我把毛虫切成片。"

在隔着几只坩埚的那边,纳威遇到了麻烦。纳威在魔药课上经常弄得一团糟。这是他学得最差的一门课,而且他对斯内普教授怕得要命，这就使事情更糟糕了十倍。他的药剂应该是一种鲜亮耀眼的绿色，结果却变成了……

"橘黄色，隆巴顿，"斯内普说着，用勺子舀起一些，慢慢倒回坩埚里，让大家都能看见，"橘黄色。告诉我，孩子，有什么东西能够穿透你那颗榆木脑袋呢？难道你没有听见我说得明明白白，只需要一只老鼠的脾吗？难道我没有讲得清清楚楚，一点点蚂蟥汁就足够了吗？我要怎么样讲才能让你明白呢，隆巴顿？"

纳威涨红了脸，浑身发抖，眼看就要哭出来了。

"拜托，先生，"赫敏说，"拜托，我可以帮助纳威改过来——"

"我好像并没有请你出来炫耀自己，格兰杰小姐。"斯内普冷冰冰地说，赫敏的脸也涨得和纳威一样红，"隆巴顿，这节课结束时，我们要给你的癞蛤蟆喂几滴这种药剂，看看会发生什么情况。这样也许会激励你把药熬好。"

斯内普走开了，纳威吓得喘不过气来。

"帮帮我！"他呜咽着说。

"喂，哈利，"西莫·斐尼甘探过身来借哈利的铜天平，一边说道，"你听说了吗？今天早晨的《预言家日报》上说——他们认为有人看见了小天狼星布莱克。"

"在哪儿？"哈利和罗恩立刻问道。在桌子的另一端，马尔福抬起眼睛，仔细听着。

"离这儿不太远，"西莫似乎很兴奋，说，"是一个麻瓜看见的。当然啦，那麻瓜并不清楚到底是怎么回事。麻瓜们都

第7章 衣柜里的博格特

以为他只是一个普通罪犯,不是吗? 所以那麻瓜就打了热线电话。等魔法部的人赶到那儿,他已经不见了。"

"离这儿不太远……"罗恩重复了一遍这句话,意味深长地看着哈利。他转过身,看见马尔福在一旁留意地注视着他们,便问道:"怎么啦,马尔福? 还有什么东西要剥皮吗?"

马尔福眼里闪着恶毒的光,他目不转睛地盯着哈利,从桌子那头探过身来。

"你想一个人抓住布莱克吗,波特?"

"是啊,没错。"哈利不假思索地说。

马尔福薄薄的嘴唇拧成一个奸笑。

"当然啦,如果换了我,"他小声说,"我早就干出点事情来了。我才不会待在学校里做乖孩子呢,我肯定会出去找他的。"

"你在胡扯什么呀,马尔福?"罗恩没好气地说。

"你不知道吗,波特?"马尔福压低声音说,一双灰色的眼睛眯了起来。

"知道什么?"

马尔福发出低低的一声嗤笑。

"也许你不愿意拿你的小命冒险,"他说,"只想让摄魂怪去对付他,是吗? 如果换了我,我肯定要复仇,我会亲自去追捕他。"

"你在说些什么呀?"哈利恼火地说。就在这时,斯内普说话了:"现在你们应该添加完各种配料了。这种药剂需要文火熬一熬才能喝,趁它熬的时候,把东西收拾好,然后我们来测试一下隆巴顿的药剂……"

克拉布和高尔毫不掩饰地大笑起来，看着纳威在那里疯狂地搅拌药剂，汗流满面。赫敏压着嗓子悄悄告诉他怎么做，不让斯内普看见。哈利和罗恩把没有用完的配料收拾起来，然后到墙角的石盆那儿去洗手、洗勺子。

"马尔福是什么意思？"哈利低声问罗恩，一边把双手放在滴水嘴石兽喷出的冰冷水柱下冲洗，"我为什么要去找布莱克报仇？他并没有对我做过什么啊——目前为止。"

"别听他胡编乱造，"罗恩恼怒地说，"他是想撺掇你去做傻事……"

眼看快要下课了，斯内普大步朝纳威走来，纳威战战兢兢地缩在他的坩埚旁。

"大家都围过来，"斯内普说，一双黑眼睛闪闪发亮，"看看隆巴顿的癞蛤蟆会变成什么样。如果他的缩身药水熬成了，癞蛤蟆就会缩成一只蝌蚪。如果熬得不对——对此我毫不怀疑，他的癞蛤蟆就很可能被毒死。"

格兰芬多的同学们担心地注视着。斯莱特林的同学却个个都很兴奋。斯内普用左手抓着纳威的蟾蜍莱福，然后把一只小勺伸进纳威的药水里。此刻药水已经变成了绿色，他往莱福的喉咙里灌了几滴。

教室里一时间鸦雀无声，只见莱福张嘴喘着粗气，然后就听噗的一声，变成了蝌蚪的莱福在斯内普的手心里扭来扭去。

格兰芬多的同学们顿时欢呼起来。斯内普显得很不高兴，

第 7 章　衣柜里的博格特

从长袍口袋里掏出一个小瓶,倒了几滴液体在莱福身上,莱福一下子又变成了蟾蜍。

"格兰芬多扣五分。"斯内普说,大家脸上的笑容顿时不见了,"我告诉过你不许帮他的,格兰杰小姐。下课。"

哈利、罗恩和赫敏上楼往门厅走去。哈利还在想着马尔福说的话,罗恩一直在生斯内普的气。

"给格兰芬多扣五分,就因为药水熬对了!你为什么不说句假话,赫敏?你应该说是纳威自己完成的!"

赫敏没有回答,罗恩回过身。

"她跑哪儿去了?"

哈利也转过身。他们已经到了楼梯顶上,其他同学纷纷从他们身边走过,去礼堂吃午饭。

"她刚才就在我们后面的。"罗恩说着,皱起了眉头。

马尔福在克拉布和高尔的左右陪伴下,走过他们身边。他得意地朝哈利笑了一下,走了。

"她在那儿。"哈利说。

赫敏气喘吁吁地匆匆走上楼来,一只手抓着书包,另一只手似乎正把什么东西往袍子下面塞。

"你这是怎么弄的?"罗恩说。

"怎么啦?"赫敏追上他们问。

"你刚才还在我们后面,一眨眼的工夫,又跑到楼梯底下去了。"

"什么?"赫敏似乎有点儿摸不着头脑,"噢——我回去取点儿东西。哦,糟糕……"

赫敏的书包裂了一道缝。哈利一点儿也不吃惊,他看见书包里塞着至少十几本大部头的书。

"你把这些书带来带去的做什么?"罗恩问她。

"你知道我要上多少门课,"赫敏上气不接下气地说,"劳驾,帮我拿几本,好吗?"

"可是……"罗恩翻看着赫敏递给他的那些书的封面,"——你今天并没有这些课呀。今天下午只有黑魔法防御术课。"

"是啊,是啊。"赫敏含含糊糊地应了一句,还是把那些书都塞进了书包,"真希望中午有好吃的,我饿坏了。"说完她就甩开大步朝礼堂走去。

"你是不是觉得赫敏有什么事儿瞒着我们?"罗恩问哈利。

他们赶去上卢平教授的第一节黑魔法防御术课时,卢平教授还没有到。他们坐下来,拿出课本、羽毛笔和羊皮纸,正在互相说话,卢平教授终于走进了教室。他脸上淡淡地笑着,把那只破破烂烂的旧公文包放在讲台上。他还是那样衣衫褴褛,但气色比在火车上的时候健康多了,似乎是因为好好地吃了几顿饱饭。

"下午好,"他说,"请大家把课本放回书包。今天上的是实践课。你们只需要魔杖。"

同学们把课本收了起来,相互交换了几个好奇的眼神。他们以前没有上过黑魔法防御术的实践课,除非把去年那一节令人难忘的课算上。在那节课上,前任教师把一笼子小精灵带到课堂上,并把它们都放了出来。

第 7 章　衣柜里的博格特

"好了,"卢平教授看到大家都准备好了,便说,"你们跟我来。"

同学们又疑惑又兴趣盎然,纷纷站起来跟着卢平教授走出教室。卢平教授领着他们穿过空荡荡的走廊,绕过一个拐角,他们一眼看见恶作剧精灵皮皮鬼头朝下悬在半空,正把口香糖往离他最近的那个钥匙孔里塞呢。

皮皮鬼直到卢平教授离他只有两英尺远时才抬起头来,扭动着脚趾弯曲的双脚,突然唱起歌来。

"卢平疯子大傻蛋,"皮皮鬼唱道,"卢平疯子大傻蛋,卢平疯子大傻蛋——"

皮皮鬼虽然一向粗鲁无礼,不服管教,但平常对教师还是比较尊敬的。大家赶紧望着卢平教授,看他对此作何反应。没想到,他竟然还是笑眯眯的。

"如果我是你,皮皮鬼,就会把口香糖从钥匙孔里拿出来,"他和颜悦色地说,"费尔奇先生没法进去拿扫帚了。"

费尔奇是霍格沃茨的管理员,一个坏脾气的、不成器的巫师,总是在找学生的碴儿,也跟皮皮鬼过不去。然而,皮皮鬼对卢平教授的话根本不在意,只是喷着唾沫狠狠地呸了一声。

卢平教授轻轻叹了口气,抽出魔杖。

"这是一个很有用的小咒语,"他扭头对全班同学说,"请注意看好。"

他把魔杖举到肩膀那么高,直指皮皮鬼,说了句"瓦迪瓦西"。

嗖的一下，那块口香糖像子弹一样从钥匙孔里飞出来，钻进了皮皮鬼的左鼻孔。皮皮鬼一个跟头腾空而起，嘴里骂骂咧咧，很快地飞走了。

"真棒，先生！"迪安·托马斯赞叹道。

"谢谢你，迪安。"卢平教授说着，把魔杖收了起来，"我们继续往前走吧？"

再次出发时，同学们用陡生敬意的目光看着衣衫褴褛的卢平教授。他领着他们走过第二道走廊，在教工休息室的门外停了下来。

"进去吧。"卢平教授说，他打开门，退后一步。

教工休息室是一间长长的屋子，堆满了不配套的旧椅子，四面墙上镶着木板。屋里只有一位教师。斯内普教授坐在一把低矮的扶手椅上。同学们鱼贯进屋时，他转过脸来，一双眼睛闪闪发光，嘴角泛起讥讽的冷笑。卢平教授进来后，正要回身关上房门，斯内普说："别关门，卢平。我还是不要目睹这一幕吧。"他站起来，大步从同学们身边走过，黑色的长袍在身后飘动。走到门外，他又转过身来说道："也许还没有人提醒过你，卢平，这个班里有一个纳威·隆巴顿。我建议你别把任何复杂的事情交给他去做。除非有格兰杰小姐对他咬耳朵，告诉他怎么做。"

纳威脸涨得通红。哈利气冲冲地瞪着斯内普。他在自己的课上欺负纳威就已经够恶劣了，没想到居然还当着别的教师的面这么做。

卢平教授扬起眉毛。

第 7 章 衣柜里的博格特

"我本来还希望纳威帮我完成第一步教学呢,"他说,"我相信他会表现得非常出色的。"

纳威的脸竟然涨得更红了。斯内普嘴角抽动着,但还是走了,砰的一声关上了房门。

"好了。"卢平教授说,示意同学们朝房间那头走去。那里只有一个旧衣柜,教师们把替换的长袍放在里面。卢平教授走过去站在衣柜旁边,衣柜突然抖动起来,嘭嘭地往墙上撞。

"用不着担心,"卢平教授看到几个同学惊得直往后跳,便心平气和地说,"里面有一只博格特。"

大多数同学似乎觉得这正是需要担心的。纳威惊恐万状地看了卢平教授一眼,西莫·斐尼甘心惊胆战地盯着正在咔嗒作响的柜门把手。

"博格特喜欢黑暗而封闭的空间,"卢平教授说,"衣柜、床底下的空隙、水池下的碗柜——有一次我还碰到一个住在老爷钟里的。这一个是昨天下午刚搬进来的,我请求校长让教师们把它留着,给我三年级的学生上实践课用。

"现在,我们要问自己的第一个问题是:什么是博格特?"

赫敏举起手来。

"是一种会变形的东西,"她说,"它认为什么最能吓住我们,就会变成什么。"

"我自己也没法说得更清楚了。"卢平教授说,赫敏高兴得满脸放光,"所以,待在这漆黑的柜子里的博格特还没有具体的形状,因为它还不知道柜门外边的人害怕什么。谁也不知道博格特独处时是什么样子,但只要我把它放出来,它立刻就会变成我们每个人最害怕的东西。

"这就是说,"卢平教授接着说,纳威吓得语无伦次地嘀咕着什么,他只当没有听见,"我们在博格特面前有一个很大的优势。哈利,你发现这个优势了吗?"

哈利身边的赫敏把手高高举起,踮着脚尖跳上跳下,在这样的情况下要想回答问题是很别扭的,但是哈利还是试了一下。

"呃——因为我们有这么多人,它不知道应该变成什么形状?"

"非常正确。"卢平教授说,赫敏显得有点儿失望地把手放下了,"跟博格特打交道时,最好结伴而行。这样就把它弄糊涂了:是变成一个没有脑袋的骷髅呢,还是变成一条吃肉的鼻涕虫。我有一次就看见一个博格特犯了这种错误——它想同时吓住两个人,结果把自己变成了半条鼻涕虫,一点儿也不吓人。

"击退博格特的咒语非常简单,但需要强大的意志力量。要知道,真正让博格特彻底完蛋的是笑声。你们需要的是强迫它变成一种你们觉得很好笑的形象。

"我们先不拿魔杖练习一下咒语。请跟我念……*滑稽滑稽*!"

"滑稽滑稽!"全班同学一起说。

"很好,"卢平教授说,"非常好。但这还是比较简单的部分。要知道,光靠这个咒语是不够的。纳威,现在就看你的了。"

第 7 章　衣柜里的博格特

衣柜又抖动起来，但纳威抖得比它还要厉害。纳威战战兢兢地走上前，就像走上绞刑架。

"很好，纳威，"卢平教授说，"先说最要紧的：你说，在这个世界上你最害怕什么？"

纳威的嘴唇动了动，但没有发出声音。

"对不起，纳威，我没听清。"卢平教授和颜悦色地说。

纳威惊慌失措地左右张望了一下，似乎在请求谁能帮他一把。然后，他用低得几乎听不清的声音说："斯内普教授。"

几乎每个人都笑了起来，就连纳威也不好意思地咧了咧嘴。卢平教授却是一副若有所思的样子。

"斯内普教授……哦……纳威，我想你是跟你奶奶一起生活的吧？"

"呃——是啊，"纳威局促不安地说，"可是——我也不想让博格特变成奶奶的样子。"

"不，不，你误会了。"卢平教授说，这时他的脸上绽开了笑容，"我想，你能不能跟我们说说，你奶奶平时穿什么衣服呢？"

纳威似乎吃了一惊，但他说道："好的……她总是戴着那顶帽子。一顶高帽子，上面有一只秃鹫的标本。身上是一件长裙……一般是绿色的……有时还戴一条狐狸毛的围巾。"

"还有一个手袋对吗？"卢平教授提醒他说。

"一个红色的大手袋。"纳威说。

"好了，"卢平教授说，"纳威，你能不能非常清楚地想象出这些衣服？能不能在脑海里看见它们？"

"能。"纳威不敢肯定地说，显然在担心接下来会发生什么。

"纳威，当博格特从衣柜里冲出来看见你后，它就会变成斯内普教授的样子，"卢平说，"这时你就举起魔杖——像这样——大喊一声'滑稽滑稽'——然后集中精力去想你奶奶的衣服。如果一切顺利，博格特-斯内普教授就会被迫戴上那顶秃鹫帽子、穿上绿色长裙、拿着那个红色的大手袋。"

同学们哄堂大笑。衣柜摇晃得更厉害了。

"如果纳威成功了，博格特就会把注意力轮流转移到我们每个人身上。"卢平教授说，"我希望大家现在都花点时间考虑考虑你们最害怕什么，然后想象一下怎样才能让它变得滑稽可笑……"

教室里一片寂静。哈利在想……在这个世界上，他最害怕什么呢？

他首先想到了伏地魔——重新强大起来的伏地魔。可是，没等他开始考虑用什么来对付博格特-伏地魔，他脑海里突然浮现出一个恐怖的形象……

一只腐烂的、阴森森闪着冷光的手，飞快地缩回黑袍子下……从看不见的嘴里发出长长的呼噜呼噜的呼吸声……然后是一种渗透骨髓的寒意，如同被水淹没的感觉……

哈利打了个冷战，然后左右看看，希望没有人注意到他。许多同学都紧闭着眼睛，罗恩在那里喃喃自语："把它的腿去掉。"哈利很清楚那是怎么回事。罗恩最害怕蜘蛛了。

"大家都准备好了吗？"卢平教授问。

第 7 章　衣柜里的博格特

哈利感到一阵恐慌。他还没有做好准备。怎样才能让摄魂怪看上去不那么吓人呢？但他又不愿意请求老师再给他一些时间。别的同学都一边点头，一边挽起了袖子。

"纳威，我们都往后退，"卢平教授说，"给你留出一块空地来，好吗？我会把下一个同学叫上前……好了，大家都退后，给纳威腾出地方——"

同学们都退到了墙边，只留下纳威一个人站在衣柜旁。他脸色苍白，看上去非常害怕，但已经挽起了长袍的袖子，举起魔杖做好了准备。

"我数到三，纳威，"卢平教授用他自己的魔杖指着衣柜的门把手，说道，"一——二——三——开始！"

卢平教授的魔杖尖上射出一串火星，击中了球形的门把手。衣柜的门突然洞开，长着鹰钩鼻的斯内普教授气势汹汹地走了出来，眼睛恶狠狠地盯着纳威。

纳威连连后退，手里举着魔杖，嘴里却发不出声音。斯内普一步步朝他逼来，一边伸手到袍子里掏魔杖。

"滑—滑—滑稽滑稽！"纳威尖声叫道。

猛的一声脆响，像是抽了一记响鞭，斯内普脚步开始踉跄，只见他身穿一件带花边的长裙，头戴一顶高帽子，帽子上有一只被虫蛀过的秃鹫，手里还提着一个红色的大手袋。

同学们爆发出一阵大笑，博格特停住脚步，似乎被弄糊涂了，卢平教授喊道："帕瓦蒂，上！"

帕瓦蒂神情果断地走上前去。斯内普转身朝她扑去。又是啪的一记脆响，斯内普不见了，原地站着一个血迹斑斑、裹着绷带的木乃伊，它那没有目光的脸转向了帕瓦蒂，拖着双脚、一步步地慢慢朝她走去，僵硬的胳膊也举了起来——

"滑稽滑稽！"帕瓦蒂喊道。

木乃伊脚下的一条绷带散开了，木乃伊被绊住，扑通栽倒在地，脑袋滚到了一边。

"西莫！"卢平教授大喊。

西莫从帕瓦蒂身边冲上前去。

啪！木乃伊不见了，出现了一个女人，黑黑的头发拖到地上，脸像个骷髅，泛着绿光——是个女鬼。她把嘴张得大大的，顿时，怪异可怕的声音在教室里回荡，是一种尖厉的长叫，哈利听得头发都竖了起来——

"滑稽滑稽！"西莫喊道。

女鬼发出一种粗哑刺耳的声音，一把抓住自己的喉咙，她的声音消失了。

啪！女鬼变成了一只老鼠，追着自己的尾巴直转圈儿，然后——啪！——变成了一条响尾蛇，扭动着身体在地上爬，然后——啪！变成了一个血淋淋的眼球。

"它已经糊涂了！"卢平大声说，"我们成功了！迪安！"

迪安冲了过去。

啪！眼球变成了一只被割断的手，它突然翻转过来，像螃蟹一样在地板上嗖嗖地爬行。

"滑稽滑稽！"迪安嚷道。

一声脆响，那只手被夹在了老鼠夹里。

"太棒了！罗恩，轮到你了！"

第 7 章 衣柜里的博格特

罗恩跑上前去。

啪！

好几个同学尖叫起来。一只足有六英尺高、浑身长满毛的大蜘蛛朝罗恩逼了过来，气势汹汹地张开了它的钳子。哈利一时还以为罗恩被吓傻了，接着——

"滑稽滑稽！"罗恩吼道，蜘蛛的腿顿时消失了。它在地上滚来滚去，拉文德·布朗尖叫着躲开。最后蜘蛛停在了哈利脚下，哈利举起魔杖，做好准备，可是——

"看这儿！"卢平教授突然喊道，抢先一步上前。

啪！

无腿的蜘蛛消失了。同学们都慌乱地东张西望，看它跑到哪儿去了。他们看见一个银白色的球悬在卢平教授面前，卢平教授几乎是懒洋洋地说了句："滑稽滑稽！"

啪！

"纳威，上前来，把它干掉！"卢平教授说。这时博格特已经变成一只蟑螂落在地板上。啪！斯内普又回来了。这次纳威信心十足地冲上前去。

"滑稽滑稽！"他喊道，他们只瞥见一眼斯内普穿花边长裙的模样，纳威就发出一阵响亮的哈哈大笑。博格特顿时爆炸，变成无数股细小的烟雾，消失不见了。

"太棒了！"卢平教授大声说，全班同学热烈鼓掌，"太棒了，纳威！同学们都做得不错。让我看看……给每个制服了博格特的格兰芬多同学加五分——给纳威加十分，因为他制服了两次——再给赫敏和哈利各加五分。"

"可是我什么也没做啊。"哈利说。

"刚开始上课时,你和赫敏正确地回答了我的问题,哈利,"卢平教授轻松地说,"每个人都表现很好,这堂课上得很成功。家庭作业,请阅读关于博格特的那一章,再用简单的话概括一下……星期一交。就这些。"

同学们兴奋地交谈着,离开了教工休息室。但哈利却感到闷闷不乐,卢平教授故意不让他去对付博格特,这是为什么呢?难道是因为他看见哈利在火车上晕倒,就以为哈利没有什么本事?难道他以为哈利还会再晕过去吗?

不过,其他同学似乎没有注意到什么。

"你们看见我怎么拿下那个女鬼的吗?"西莫嚷嚷着说。

"还有那只手!"迪安挥舞着自己的手说。

"还有戴着那顶帽子的斯内普!"

"还有我的木乃伊!"

"真不明白,卢平教授为什么会害怕水晶球呢?"拉文德若有所思地说。

"这是我们上过的最好的一节黑魔法防御术课,不是吗?"罗恩兴奋地说,这时他们正走回教室去拿书包。

"他好像是个很不错的老师呢,"赫敏赞许地说,"但我希望我也有机会对付那个博格特——"

"它在你面前会变成什么呢?"罗恩笑嘻嘻地说,"是一份没得着满分、只得了九分的作业吧?"

第 8 章

胖夫人逃跑

很快,黑魔法防御术就成了大多数人最喜欢的一门课程,只有德拉科·马尔福和他那帮斯莱特林的同党还在说卢平教授的坏话。

"看看他的袍子成了什么样儿。"卢平教授经过时,马尔福故意说得让别人都听见,"他穿得就像我们家以前的小精灵。"

除了他们,谁也不在意卢平教授的长袍打着补丁,已经磨损得很厉害。他接下来的几节课也像第一节课一样生动有趣。学完博格特,他们又学习了红帽子,这是一种类似小妖精的丑陋的小东西,潜伏在曾经流过血的地方,如城堡的地牢里、废弃的战场的坑道里,等着用大棒袭击迷路的人。红帽子之后,他们又开始学习卡巴,一种生活在水里的爬行动物,模样活像长着鳞片的猴子,手上带蹼,随时准备掐死在它们的池塘里涉水而过的毫无防备的人。

哈利只希望在上另外几门课时也能这样高兴。最糟糕的是魔药课。斯内普这些日子情绪特别恶劣，其中的原因大家都心知肚明。博格特变成斯内普的模样，纳威又给它穿上一身他奶奶的衣服，这消息像野火一样很快在学校里传遍了。斯内普似乎觉得这件事一点也不好玩。从此只要一听见有人提到卢平教授的名字，他的眼睛就恶狠狠地瞪了过去，而且他现在变本加厉地找纳威的碴儿。

哈利还越来越害怕在特里劳尼教授那间令人窒息的塔楼教室里上课。他要硬着头皮破译各种奇怪的形状和符号，还要强迫自己不去理会特里劳尼教授那双一看见他就泪汪汪的大眼睛。他没法喜欢特里劳尼教授，尽管班上许多同学对这位教授尊敬得近乎崇拜。帕瓦蒂·佩蒂尔和拉文德·布朗中午吃饭时喜欢到特里劳尼教授的塔楼教室去，回来时脸上总是挂着一副讨厌的高深莫测的表情，似乎她们知道了一些别人不知道的事情。而且，现在她们每次跟哈利说话都把声音压得低低的，就好像哈利快要死了似的。

没有一个人真正喜欢保护神奇动物课。在充满刺激的第一节课之后，这门课就变得特别乏味了。海格似乎失去了信心。现在，他们一节课又一节课地学习怎样照料弗洛伯毛虫，这种虫子肯定是世界上最没趣的动物了。

"为什么要费事照料它们呢？"罗恩说，他们刚才又花了一小时把切碎的生菜叶塞进弗洛伯毛虫细细的喉咙里。

十月初，哈利的心思被另一件事所占据。这件事太有意思了，弥补了那些令人不快的课程带给他的烦恼。魁地奇赛季正在临近，一个星期四的晚上，格兰芬多球队的队长奥利

第 8 章　胖夫人逃跑

弗·伍德召集大家开会,讨论新赛季的战术。

一支魁地奇球队由七人组成:三名追球手,负责把鬼飞球(一种足球大小的红球)打进球场两端五十英尺高的圆环,进球得分;两名击球手,用沉重的球棒击打游走球(两只蹿来蹿去地攻击球员的沉甸甸的黑球);一名守门员,负责防守球门;还有就是找球手,他的工作最艰巨,要寻找并抓住金色飞贼。这是一个带翅膀的、胡桃那么大的小球,一旦把它抓住,比赛即刻结束。抓住飞贼的那支球队可加一百五十分。

奥利弗·伍德是个身材高大的十七岁小伙子,在霍格沃茨上七年级,也就是最后一个年级。在光线渐渐变暗的魁地奇球场边那间冷飕飕的更衣室里,他对六名队员训话,压抑的口气中透着一种决绝。

"要赢得魁地奇杯,这是我们的最后一次机会 —— 我的最后一次机会,"他在队员面前大步踱来踱去,对他们说道,"这个学年结束我就要离开了,再也不会有下一次机会。

"格兰芬多已经七年没有赢过了。是啊,我们是世界上最倒霉的 —— 受伤 —— 去年又取消了联赛……"伍德咽了口唾沫,似乎这些往事仍然使他哽咽,"但我们也知道,我们是全校最好的 —— 最棒的 —— 球队。"说着,他把一只拳头砸进另一只手的手心,眼睛里又闪出过去那种狂野的光芒。

"我们有三名最棒的追球手。"

伍德指着艾丽娅·斯平内特、安吉利娜·约翰逊和凯蒂·贝尔。

"有两名不可战胜的击球手。"

"打住，奥利弗，你说得我们怪不好意思的。"弗雷德和乔治·韦斯莱异口同声地说，假装羞红了脸。

"还有一位从来没输过比赛的找球手！"伍德继续说道，用一种激烈而骄傲的目光瞪着哈利，"还有我。"他好像后来才想起来似的补了一句。

"我们认为你也很棒，奥利弗。"乔治说。

"呱呱叫的守门员。"弗雷德说。

"关键在于，"伍德接着说，一边又踱起步来，"最近这两年，魁地奇杯上应该写着我们的名字。自从哈利入队以来，我就一直认为这是十拿九稳的事。但是一直没能如愿。我们想看到自己的名字写在杯上，今年是最后一次机会了……"

伍德说得这么悲壮，就连弗雷德和乔治也为之动容。

"奥利弗，今年我们绝对没问题。"弗雷德说。

"我们会成功的，奥利弗！"安吉利娜说。

"肯定成功。"哈利说。

球队带着坚定的决心开始了训练，每星期三个晚上。天气越来越冷，雨水增多，夜晚变得更加黑暗，但是泥泞、狂风和暴雨都不能破坏哈利对最终赢得银光闪闪的魁地奇大奖杯的美好憧憬。

一天晚上训练结束后，哈利回到格兰芬多公共休息室，浑身冻得发僵，但对训练的进展非常满意。他发现公共休息室里叽叽喳喳，热闹非凡。

"出什么事了？"他问罗恩和赫敏，他们俩坐在火炉旁两把最好的椅子里，正在完成天文课的两张星星图表。

第 8 章　胖夫人逃跑

"第一次去霍格莫德过周末。"罗恩指着破破烂烂的布告栏上新贴出的一张通告，说，"十月底。万圣节前夕。"

"太棒了！"跟着哈利钻过肖像洞口的弗雷德说，"我要去一趟佐科笑话店，我的臭蛋快用完了。"

哈利扑通坐在罗恩旁边的一把椅子里，满心的高兴劲儿一扫而光。赫敏似乎看透了他的心思。

"哈利，你下次一定能去。"她说，"他们肯定很快就能抓住布莱克，已经有人看见过他一次了。"

"布莱克又不是傻瓜，不可能跑到霍格莫德去轻举妄动。"罗恩说，"哈利，你问问麦格你这次能不能去，下次要等到猴年马月——"

"罗恩！"赫敏说，"哈利应该待在学校里——"

"不能就把他一个三年级学生留在学校。"罗恩说，"去问问麦格吧，哈利，快去——"

"好吧，我去问问。"哈利拿定了主意说。

赫敏张嘴想反驳，就在这时，克鲁克山轻轻跳上她的膝头，嘴里叼着一只很大的死蜘蛛。

"它非得当着我们的面吃那玩意儿吗？"罗恩皱着眉头问。

"聪明的克鲁克山，这是你自己抓住的吗？"赫敏说。

克鲁克山慢慢地把蜘蛛嚼着吃了，一双黄眼睛傲慢地盯着罗恩。

"就让它待在那儿别动。"罗恩恼怒地说，又埋头画他的星星图表，"斑斑在我的书包里睡觉呢。"

哈利打了个哈欠。他真想上床睡觉，可是他的星星图表还没画完呢。他把书包拖过来，掏出羊皮纸、墨水和羽毛笔，开始做功课。

"如果你愿意，可以抄我的。"罗恩说着，用花体字标出最后一颗星星，把图表推给了哈利。

赫敏不赞成抄袭，她噘起了嘴，但什么也没说。克鲁克山仍然眼睛一眨不眨地盯着罗恩，毛茸茸的尾巴尖轻轻摆动。突然，它猛扑过去。

"**哎哟！**"罗恩大吼一声，一把抓住书包，克鲁克山把四只爪子深深扎进包里，恶狠狠地撕扯着，"**滚开，你这个傻畜生！**"

罗恩想把书包从克鲁克山身下拽开，可是克鲁克山抓住不放，一边龇牙咧嘴，狠命撕扯。

"罗恩，别伤害它！"赫敏尖叫道。整个公共休息室里的同学都在看着。罗恩抓着书包抡了一圈，克鲁克山仍然抓住不放，斑斑却从书包口里飞了出来——

"**抓住那只猫！**"罗恩喊道，这时克鲁克山丢下散乱的书包，蹿到桌子那头，开始追赶惊慌失措的斑斑。

乔治·韦斯莱扑过去抓克鲁克山，没有抓住。斑斑一溜烟穿过二十双腿，一头钻到了一只旧五斗橱底下。克鲁克山刹住脚步，矮下罗圈腿，俯身把前爪伸到五斗橱底下拼命扒拉。

罗恩和赫敏匆匆赶了过来。赫敏抓住克鲁克山的腰，把它抱走了。罗恩趴在地上，费了不少劲儿，才揪着斑斑的尾巴把它拉了出来。

第8章 胖夫人逃跑

"你看看它！"他把斑斑拎到赫敏面前，气呼呼地对她说，"瘦得皮包骨头！你让那只猫离它远点儿！"

"克鲁克山不知道这样做不对！"赫敏声音发抖地说，"猫都喜欢追老鼠，罗恩！"

"那畜生有点儿怪！"罗恩一边说，一边哄劝疯狂扭动身体的斑斑重新钻进他的口袋，"它听见了我说斑斑在我书包里！"

"哦，别胡扯啦，"赫敏不耐烦地说，"克鲁克山能闻到斑斑的气味，罗恩，你以为——"

"那只猫就是盯住斑斑不放！"罗恩没理睬周围哧哧发笑的人群，"是斑斑先来的，而且它病了！"

罗恩气冲冲地大步穿过公共休息室，上楼去男生宿舍了。

第二天，罗恩仍然在跟赫敏闹别扭。草药课上，他几乎没跟赫敏说一句话，虽然他和哈利、赫敏分在一组剥泡泡豆荚。

"斑斑怎么样了？"赫敏怯生生地问，这时他们正从泡泡枝上摘下胖鼓鼓的粉红色豆荚，剥出亮晶晶的豆子，放到一只木桶里。

"躲在我的床脚发抖呢。"罗恩气呼呼地说，豆子没有扔进桶里，撒在了暖房的地上。

"当心，韦斯莱，当心！"斯普劳特教授喊道，地上的豆子在他们眼前开花了。

接下来是变形课。哈利已打定主意下课后要问问麦格教授他能不能跟其他同学一起去霍格莫德，他排在教室外面的队伍里，心里盘算着到时候怎么说。可是，队伍前面出了点乱子，使他分了心。

拉文德·布朗好像在哭。帕瓦蒂一边用胳膊搂住她，一边向神情严肃的西莫·斐尼甘和迪安·托马斯解释着什么。

"怎么回事，拉文德？"赫敏焦急地问，跟哈利和罗恩一起凑了上去。

"她今天早晨收到了家里的一封信，"帕瓦蒂小声说，"她的兔子宾奇被一只狐狸咬死了。"

"哦，"赫敏说，"我为你难过，拉文德。"

"我早该知道的！"拉文德痛不欲生地说，"你知道今天是什么日子吗？"

"呃——"

"十月十六日！'你最害怕的那件事，会在十月十六日发生！'记得吗？她说得对，她说得对！"

此时，全班同学都聚在拉文德周围。西莫严肃地摇着头。赫敏迟疑了一下，说道："你……你是一直害怕宾奇被一只狐狸咬死吗？"

"其实，也不一定是狐狸，"拉文德说，抬起泪汪汪的眼睛看着赫敏，"但我显然害怕兔子会死，不是吗？"

"噢。"赫敏说。她又顿了顿。然后——

"宾奇是一只老兔子吗？"

"不—不是！"拉文德抽抽搭搭地说，"是……是一只兔宝宝！"

第 8 章　胖夫人逃跑

帕瓦蒂把拉文德的肩膀搂得更紧了。

"那你为什么会害怕它死呢?"赫敏说。

帕瓦蒂没好气地瞪着她。

"理智地分析一下吧,"赫敏转向人群说道,"我的意思是,宾奇并不是今天死的,对吗? 拉文德只是今天才得着消息,"——拉文德大声哀号——"而且她不可能一直在害怕这件事,因为她听到消息觉得非常震惊——"

"别理睬赫敏,拉文德,"罗恩大声说,"她根本不把别人的宠物当回事。"

幸好,这个时候麦格教授打开了教室的门。赫敏和罗恩怒目而视,进了教室。他们分坐在哈利的两边,整节课都没有互相说话。

下课铃响了,哈利还没有想好怎么跟麦格教授说,倒是她先提起了霍格莫德的话题。

"请等一下!"同学们起身离开时,麦格教授喊道,"你们都在我的学院,请在万圣节前把去霍格莫德的许可表交给我。不交表就不能去,千万别忘了!"

纳威把手举了起来。

"对不起,教授,我……我好像丢了——"

"你奶奶把你的表直接寄给我了,隆巴顿,"麦格教授说,"她似乎认为那样更安全。好了,就这样吧,你们可以走了。"

"快去问她。"罗恩压低声音对哈利说。

"哦,可是——"赫敏想说话。

"快去,哈利。"罗恩固执地说。

哈利等全班同学都离开后，才忐忑不安地朝麦格教授的讲台走去。

"什么事，波特？"

哈利深深吸了口气。

"教授，我的姨妈和姨父……呃……他们忘记在我的表上签字了。"他说。

麦格教授从她的方形眼镜上面看着哈利，什么也没说。

"所以……呃……你认为可不可以……我是说，能不能够……让我去霍格莫德？"

麦格教授垂下眼睛，开始整理桌上的讲义。

"恐怕不行，波特，"她说，"你听见我刚才说的话了。没有表就不能去。这是规定。"

"可是……教授，我的姨妈和姨父……你知道的，他们是麻瓜，他们其实根本不明白……不明白霍格沃茨发的表格之类的东西。"哈利说，罗恩在一旁拼命点头鼓励他，"如果你说我能去——"

"但是我不会说的，"麦格教授说着，站起身来，把讲义整整齐齐地放进抽屉，"表上说得很明白，必须由父母或监护人签字许可。"她转身望着哈利，脸上的表情怪怪的。是同情吗？"很抱歉，波特，但事情只能这样了。你最好抓紧时间，不然下节课要迟到了。"

没有办法了。罗恩骂了麦格教授许多难听的话，使赫敏大为恼火。赫敏脸上摆出那副"都是为了你好"的表情，罗恩

第8章　胖夫人逃跑

看了更加生气。班上每个同学都在喜滋滋地大声谈论到了霍格莫德村先做什么，哈利只能干听着。

"不是还有宴会嘛，"罗恩想让哈利高兴起来，说道，"你知道的，万圣节前夕的宴会，在晚上举行。"

"是啊，"哈利闷闷不乐地说，"太棒了。"

万圣节前夕的宴会倒是不错，但如果他能跟其他人一样在霍格莫德玩了一天之后赴宴，那滋味将会更美妙。别人的安慰也没能使他感觉好受一点。迪安·托马斯笔头子很灵，提出要模仿弗农姨父的笔迹在表上签字，可是哈利已经跟麦格教授说了他没有签字，所以这招行不通。罗恩半真半假地建议用隐形衣，被赫敏断然否决。她提醒罗恩说，邓布利多告诉过他们，摄魂怪是能看透隐形衣的。而珀西的安慰话大概是最不管用的了。

"他们把霍格莫德吹得天花乱坠，可是我告诉你，哈利，其实根本就没有那么好。"他一本正经地说，"是啊，糖果店还是蛮不错的，但佐科笑话店很危险。噢，对了，尖叫棚屋倒是值得一去。可是除此之外，哈利，说实在的，你并没有错过什么。"

万圣节前一天早晨，哈利和其他同学一起醒来，下楼吃早饭时心情非常沮丧，但他尽量表现得跟平常一样。

"我们会从蜂蜜公爵带许多糖果回来给你。"赫敏说，她似乎为哈利感到难过极了。

"没错，带一大堆回来。"罗恩说。面对哈利的失望，他和赫敏终于忘记了他们关于克鲁克山的争吵。

"别替我担心啦，"哈利故意用满不在乎的口气说道，"宴会上见。好好玩吧。"

他陪他们走到门厅，管理员费尔奇站在大门里面，核对着一份长长的名单，警惕地盯着每一张面孔，不让任何一个不该出去的人溜出大门。

"留在这儿了，波特？"马尔福喊道，他和克拉布、高尔一起排在队伍里，"不敢经过那些摄魂怪？"

哈利没有理他，独自走上大理石楼梯，穿过空无一人的走廊，返回格兰芬多塔楼。

"口令？"胖夫人从瞌睡中惊醒，问道。

"吉星高照。"哈利没精打采地说。

肖像画弹开了，哈利从洞口爬进公共休息室。里面满是叽叽喳喳的一、二年级学生，还有几个高年级的，显然是去过霍格莫德很多次，已经不再觉得新鲜了。

"哈利！哈利！嘿，哈利！"

是科林·克里维，一个二年级的学生，对哈利崇拜得五体投地，从不放过跟他说话的机会。

"你没有去霍格莫德吗，哈利？为什么？嘿——"科林热切地回头看看他那些朋友，"如果你愿意，可以过来跟我们坐在一起，哈利！"

"呃——不了，谢谢你，科林。"哈利说，他没有心情让一大堆人瞪眼盯着他额头上的伤疤，"我……我要去图书馆，有一些功课要做。"

第8章 胖夫人逃跑

说完，他别无选择，只能掉转身，又从肖像洞口爬了出来。

"为什么又把我叫醒？"胖夫人气呼呼地冲着他的背影喊道。

哈利灰心丧气地朝图书馆走去，走到半路，改变了主意。他并不想做功课。他转过身，不料却与费尔奇碰了个正着。费尔奇显然刚刚送走最后一批去霍格莫德的同学。

"你在干什么？"费尔奇怀疑地粗声问道。

"没干什么。"哈利实话实说。

"没干什么！"费尔奇厉声吼道，双下巴难看地抖动着，"编得倒像！一个人鬼鬼祟祟地溜达，你为什么没像你那些讨厌的小朋友那样，到霍格莫德去买臭弹、打嗝粉和飞鸣虫呢？"

哈利耸了耸肩。

"好了，回你的公共休息室吧，你只能待在那儿！"费尔奇恶狠狠地说，他站在那里瞪着哈利，直到他从视线里消失。

可是哈利没有返回公共休息室。他爬了一段楼梯，心里隐约想着要去猫头鹰棚屋看看海德薇。他正走在另一条走廊上时，从一个房间里传出一个声音："哈利？"

哈利折回身来看是谁在说话，遇到了在办公室门口张望的卢平教授。

"你在做什么呢？"卢平问，语气跟费尔奇完全不同，"罗恩和赫敏呢？"

"在霍格莫德。"哈利说，努力让自己的口气显得随意些。

"啊。"卢平说，打量了哈利一会儿，"你干吗不进来？我刚收到一个格林迪洛，准备下节课用。"

"一个什么？"哈利问。

他跟着卢平走进办公室，墙角立着一只很大的水箱。一个令人恶心的、长着尖尖犄角的绿色怪物，把脸贴在玻璃上，一边做着各种怪相，一边不停地伸屈着瘦瘦长长的手指。

"水怪。"卢平若有所思地打量着格林迪洛，说道，"对付它不应该有什么困难，尤其是在对付过卡巴之后。诀窍是要挣脱它的手。你注意到它的手指长得出奇吗？很有力气，但是松脆易碎。"

格林迪洛龇了龇它的绿牙齿，然后把自己埋在了水箱角落里一堆纠结的水草中。

"喝杯茶吧？"卢平说，左右张望着找他的茶壶，"我刚才正想泡一壶茶呢。"

"好吧。"哈利局促不安地说。

卢平用魔杖敲了敲茶壶，壶嘴里突然喷出一股蒸汽。

"坐下吧，"卢平说，一边打开一个灰扑扑的罐子，"我恐怕只有茶叶包——不过我相信你已经受够了茶叶吧？"

哈利看着卢平。卢平眼里闪着诙谐的光。

"你怎么知道这事的？"哈利问。

"麦格教授告诉我的。"卢平说着，递给哈利一杯茶，杯子上有个缺口，"你并不担心，是吗？"

"是的。"哈利说。

他很想把在木兰花新月街看到那条狗的事告诉卢平，但转念一想还是算了。他不愿意卢平把他想成一个胆小鬼，特

第8章 胖夫人逃跑

别是卢平似乎已经认为他没有能力对付博格特了。

大概是他的一些想法在脸上有所表现,只听卢平问道:"你有什么烦心的事吗,哈利?"

"没有。"哈利没说实话。他喝了点儿茶,注视着格林迪洛冲他挥舞一只拳头。"有,"他突然说道,把茶杯放在卢平的书桌上,"你还记得我们对付博格特的那天吗?"

"记得。"卢平慢悠悠地说。

"你为什么不让我对付它?"哈利突兀地问。

卢平扬起眉毛。

"我认为那是明摆着的呀,哈利。"卢平的口气有些惊讶。

哈利本以为卢平会否认这件事,听了这话很是吃惊。

"为什么?"他又问了一遍。

"是这样,"卢平微微蹙起眉头说道,"我想当然地认为,如果让博格特面对你,它会变成伏地魔的形象。"

哈利怔住了。他没有料到卢平会这样回答,而且,卢平竟然说出了伏地魔的名字。除了他自己,哈利只听见邓布利多教授大声说过这个名字。

"显然,我错了。"卢平仍然皱着眉头对哈利说道,"但当时我认为不应该让伏地魔在教工休息室里显形。我想这会把别人吓坏的。"

"我确实先想到了伏地魔,"哈利坦诚地说,"可是后来我……我想起了那些摄魂怪。"

"我明白了,"卢平若有所思地说,"是啊,嗯……挺不寻常的。"看到哈利脸上惊讶的神情,他微微笑了笑,"这就说明,你最恐惧的是——恐惧本身。很有智慧，哈利。"

哈利不知道如何作答，便又喝了几口茶。

"这么说，你一直以为我不相信你有能力对付博格特？"卢平敏锐地问。

"这个……是啊。"哈利说，突然觉得开心多了，"卢平教授，你知道那些摄魂怪——"

有人敲门，打断了他的话。

"进来。"卢平大声说。

门开了，斯内普走了进来，手里拿着一个微微冒烟的高脚酒杯。看见哈利，他停住脚步，一双黑眼睛眯了起来。

"啊，西弗勒斯，"卢平微笑着说，"非常感谢。你把它放在桌子上好吗？"

斯内普放下冒烟的酒杯，目光来回打量着哈利和卢平。

"我在给哈利看我的格林迪洛。"卢平心情愉快地指着水箱说道。

"真有意思。"斯内普看也不看地说，"你应该马上把它喝掉，卢平。"

"好的，好的，我会喝的。"卢平说。

"我熬了满满一锅，"斯内普继续说，"怕你还需要。"

"我大概明天还应该再喝一些。非常感谢，西弗勒斯。"

"不必客气。"斯内普说，但眼里的神情是哈利不喜欢的。他面无笑容，十分警惕地退出了房间。

哈利好奇地看着高脚酒杯。卢平笑了。

"斯内普教授好意为我熬制了一种药剂。"他说，"我对制

第 8 章　胖夫人逃跑

药不大在行,而这种药又特别复杂。"他端起酒杯,闻了闻,"真可惜,加了糖就不管用了。"说完,他啜了一口,打了个哆嗦。

"为什么——?"哈利想问个明白。卢平看着他,回答了他没有说完的问题。

"我一直感到有点儿不舒服,"卢平说,"只有这种药能管用。我运气真好,跟斯内普教授在一起工作。能够调制这种药的巫师可不多啊。"

卢平教授又啜了一口,哈利产生了一种强烈的冲动,想把他手里的酒杯打掉。

"斯内普教授对黑魔法很感兴趣。"他冒冒失失地说了一句。

"真的吗?"卢平说,似乎只是略感好奇,他又喝了一大口药。

"有人认为……"哈利迟疑了一下,然后不顾一切地说了下去,"有人认为,为了得到黑魔法防御术课的教职,他什么都做得出来。"

卢平喝光了酒杯里的药,做了个苦脸。

"真难喝,"他说,"好了,哈利,我要接着工作了。待会儿宴会上见。"

"好的。"哈利说着,放下了空茶杯。

那只喝空了的高脚酒杯仍在冒烟。

"给,"罗恩说,"我们能拿多少就拿了多少。"

一大堆五颜六色的糖果阵雨一样落在哈利的腿上。天已擦黑，罗恩和赫敏刚刚走进公共休息室，脸蛋被寒风吹得红扑扑的，看上去他们玩得别提多开心了。

"谢谢。"哈利说着，拿起一包胡椒小顽童，"霍格莫德怎么样？你们去了哪儿？"

听他们的口气——好像哪儿都去了。德维斯－班斯店、魔法设备店、佐科笑话店，还进三把扫帚喝了热腾腾的黄油啤酒，此外还去了许多别的地方。

"邮局，哈利！有差不多两百只猫头鹰，都蹲在架子上，都标着颜色代码，就看你想让你的信走多快了！"

"蜂蜜公爵推出了一种新的乳汁软糖，还让我们免费尝了几块，这里就有，看——"

"我们好像看见了一个吃人妖，真的，三把扫帚里什么货色都有——"

"真希望能给你带一些黄油啤酒啊，确实让你感到全身热乎乎的——"

"你做什么了？"赫敏显得很担忧地问，"你做了什么功课没有？"

"没有，"哈利说，"卢平在他的办公室里请我喝茶。后来斯内普进去了……"

他把高脚酒杯的事告诉了他们。罗恩的嘴一下子张大了。

"卢平喝了？"他吃惊地问，"他疯了吗？"

赫敏看了看表。

"我们得下去了，知道吗？再过五分钟宴会就要开始

第 8 章　胖夫人逃跑

了……"他们匆匆爬出肖像洞口,汇入人群,一边仍在谈论着斯内普。

"可是,如果他——你知道的——"赫敏压低声音,不安地扫了一眼周围,"如果他想要——想要毒死卢平——是不会当着哈利的面这么做的。"

"是啊,大概吧。"哈利说,他们到了门厅,往礼堂走去。礼堂里装饰着成百上千个点着蜡烛的南瓜,一大群飞来飞去的活蝙蝠,还有许多燃着火苗的橘黄色横幅,它们像色彩斑斓的水蛇一样,在酝酿着风暴的天花板上懒洋洋地飘荡。

食物美味极了,就连肚子里已经塞满蜂蜜公爵糖果的罗恩和赫敏,也每样都添了一份。哈利不住地去看教工餐桌。卢平教授看上去很快乐,跟平常没有什么两样,正跟小个子魔咒课老师弗立维教授聊得起劲儿。哈利的目光扫过教工餐桌,落在斯内普的座位上。难道是他的幻觉吗?他觉得斯内普的眼睛在频频瞥向卢平,次数多得不正常。

宴会的结尾是霍格沃茨幽灵们表演的节目。他们纷纷从墙壁和桌子里蹿出来,组成各种阵形表演滑行。格兰芬多的差点没头的尼克把他的砍头经历又重演了一遍,大获成功。

这个晚上过得太愉快了,就连离开礼堂时马尔福隔着人群冲哈利大喊"波特,摄魂怪向你问好!"也没有影响哈利的好心情。

哈利、罗恩和赫敏跟着格兰芬多的其他同学,顺着平常的路线往格兰芬多塔楼走去。可是,走到通向胖夫人肖像的那条走廊时,却发现那里挤满了学生。

"为什么都不进去?"罗恩好奇地说。

哈利越过前面同学的头顶望去。肖像洞口似乎是关着的。

"劳驾,让我过去。"传来了珀西的声音,他煞有介事地匆匆穿过人群,"为什么都堵在这儿?你们不可能都忘记口令了吧——对不起,我是学生会主席——"

突然,人群安静下来,从前排开始,似乎有一股寒意顺着走廊蔓延。他们听见珀西用一种变得尖厉的声音说道:"谁去叫一下邓布利多教授。快!"

人们纷纷转过脑袋。站在后面的人踮起了脚尖。

"出什么事了?"刚走过来的金妮问道。

接着,邓布利多教授出现了,他快步朝肖像走去。格兰芬多的同学挤作一团让他通过,哈利、罗恩和赫敏凑过去看是怎么回事。

"哦,天哪——"赫敏惊叫一声,一把抓住了哈利的胳膊。

胖夫人从她的肖像上消失了,肖像被狠狠砍过,画布碎片散落在地板上,还有一大块画布干脆被撕走了。

邓布利多迅速扫了一眼被毁坏的肖像,转过身来,目光凝重,看着快步朝他走来的麦格教授、卢平和斯内普。

"我们需要找到她。"邓布利多说,"麦格教授,请立刻去找费尔奇先生,叫他搜查城堡里的每一幅画,寻找胖夫人。"

"祝你好运!"一个声音咯咯地笑着说。

是专爱搞恶作剧的皮皮鬼,他在众人头顶上跳来跳去,看到这不幸和烦恼的场面,他像平常一样欢天喜地。

"你说什么,皮皮鬼?"邓布利多心平气和地问,皮皮鬼

第8章　胖夫人逃跑

脸上的笑容收敛了一些。他可不敢嘲笑邓布利多。他换了一种谄媚讨好的口吻，却并不比刚才的咯咯怪笑好听多少。

"她太难为情了，校长大人。不愿被人看见。惨得一塌糊涂。看见她跑过五楼的那幅风景画，先生，躲在树丛里。哭得别提多伤心了。"他快活地说，"可怜的人。"他又假心假意地补了一句。

"她有没有说是谁干的？"邓布利多轻声问道。

"噢，说了，教授头儿。"皮皮鬼说，那神情就像怀里抱着一个大炸弹，"你瞧，胖夫人不肯放他进来，他很生气。"皮皮鬼忽地翻了个跟头，从两条腿中间朝邓布利多咧着嘴笑，"他的脾气可真吓人——那个小天狼星布莱克。"

第 9 章

不祥的失败

邓布利多教授命令格兰芬多全体同学返回礼堂。十分钟后,赫奇帕奇、拉文克劳和斯莱特林的同学们也进来了,每个人脸上都很困惑。

"我和教师们需要对城堡展开全面搜查。"邓布利多教授告诉大家,这时麦格和弗立维教授关上了礼堂所有的门,"为了自身安全,你们恐怕只能在这里过夜了。希望级长守住礼堂入口,我委托男女生学生会主席负责管理。若有什么情况,立即向我汇报,"他又对一旁得意非凡、煞有介事的珀西说道,"派一个幽灵传递消息。"

邓布利多教授停住话头,正准备离开礼堂,却又说道:"哦,对了,你们需要……"

他轻轻一挥魔杖,一张张长桌子便飞到礼堂边上,自动靠墙站着;又是轻轻一挥,地上出现了几百个软绵绵的紫色睡袋。

第9章 不祥的失败

"好好睡吧。"邓布利多教授说完,便走出去关上了门。

礼堂里立刻响起了叽叽喳喳的议论声,格兰芬多的同学把刚才发生的事情告诉了其他学院的同学。

"大家都钻进睡袋!"珀西喊道,"快点儿,不许再说话了!十分钟后熄灯!"

"过来。"罗恩对哈利和赫敏说。他们抓过三个睡袋,拖到墙角。

"你们说,布莱克还在城堡里吗?"赫敏担忧地小声问。

"邓布利多好像认为他还在。"罗恩说。

"幸亏他挑了今天晚上。"赫敏说,他们和衣钻进了睡袋,用胳膊支着脑袋聊天,"今晚我们不在塔楼里……"

"我想,他出逃在外,已经没有时间概念了,"罗恩说,"不知道今天是万圣节前夕。不然他肯定冲到这里来了。"

赫敏打了个哆嗦。

在他们周围,同学们互相询问着同样的问题:"他是怎么进来的?"

"也许他知道怎样幻影显形,"几步之外的一位拉文克劳同学说,"就一下子凭空出现了。"

"没准他把自己伪装起来了。"赫奇帕奇的一位五年级学生说。

"他可能是飞进来的。"迪安·托马斯说。

"拜托,难道只有我一个人花时间读过《霍格沃茨:一段校史》吗?"赫敏恼火地对哈利和罗恩说。

"大概是吧,"罗恩说,"怎么啦?"

"因为城堡不光有城墙保护，"赫敏说，"还有各种各样的魔法，阻止外人偷偷闯入。你不可能在这里幻影显形。还有，我倒想看看什么样的伪装能骗过那些摄魂怪。它们把守着学校的每一个入口。如果他飞进来，它们肯定会看见的。另外，费尔奇知道所有的秘密通道，都已派人严加看守……"

"现在熄灯！"珀西大声说，"我要求每个人都钻进睡袋，别再说话！"

蜡烛立刻全部熄灭了。只有那些银色的幽灵发出些许光亮，飘来飘去地跟级长们严肃地交谈着什么。施了魔法的天花板看上去跟外面的天空一样，点缀着许多星星。在这样的天花板下，听着礼堂里仍然响着的窃窃私语声，哈利觉得自己好像睡在户外的微风里一样。

每过一个小时，就有一位教师出现在礼堂里，查看是否平安无事。大约凌晨三点的时候，许多同学终于睡着了，邓布利多教授走了进来。哈利注视着他在四处寻找珀西。珀西在一排排睡袋间巡行，训斥那些说话的同学。他离哈利、罗恩和赫敏不远，邓布利多的脚步声越来越近了，他们三个立刻假装睡着。

"教授，有他的线索吗？"珀西小声问。

"没有。这里没事吧？"

"一切正常，先生。"

"很好。现在没有必要惊动他们。我给格兰芬多肖像洞口找了个临时看守。明天早晨你就可以让他们搬回去了。"

"胖夫人呢，先生？"

第 9 章　不祥的失败

"躲在三楼的阿盖尔郡地图里。看来，当时她没听到口令就不让布莱克进去，布莱克就动了手。她的情绪仍然很糟糕，等她平静下来后，我再让费尔奇先生把她修复。"

哈利听见礼堂的门又吱嘎一声打开了，传来更多的脚步声。

"校长？"是斯内普。哈利一动不动，仔细倾听。"整个四楼都搜过了。他不在那儿。费尔奇也到地下教室看过了，那儿也没有。"

"天文塔呢？特里劳尼教授的房间呢？猫头鹰棚屋呢？"

"都搜过了……"

"很好，西弗勒斯。我也料到布莱克不会在这里逗留。"

"你有没有想过他是怎么进来的，教授？"斯内普问。

哈利把脑袋从胳膊上微微抬起一些，好让另一只耳朵也能听见。

"想法很多，西弗勒斯，可每一种都同样站不住脚。"

哈利把眼睛睁开一条缝，朝他们站的地方望去。邓布利多背对着他，但他能看到珀西的脸，一副全神贯注的样子，还能看到斯内普怒气冲冲的侧影。

"你还记得我们的那次谈话吗，校长，就在——呃——就在开学前？"斯内普说话时嘴唇几乎不动，似乎不想让珀西参与他们的谈话。

"记得，西弗勒斯。"邓布利多说，声音里透出某种类似警告的意思。

"布莱克不依靠内援就闯进学校——这似乎是——不可

能的。我表达过我的担忧，当你指定——"

"我不相信这座城堡里有哪一个人会帮助布莱克闯入。"邓布利多说，他的语气明确表示这个话题到此为止，斯内普便没再说话。"我必须下去找那些摄魂怪，"邓布利多说，"我说过，等我们搜查完了就通知它们。"

"它们不是想来帮忙的吗，先生？"珀西说。

"哦，是的，"邓布利多冷冷地说，"但只要我还是校长，恐怕没有一个摄魂怪能跨过这座城堡的门槛。"

珀西显得有点儿尴尬。邓布利多离开了礼堂，走得很快，悄无声息。斯内普站了一会儿，注视着校长的背影，脸上带着很深的怨恨。然后，他也离开了。

哈利望了望旁边的罗恩和赫敏。他们俩也都睁着眼睛，眼里映着星光闪烁的天花板。

"这都是怎么回事？"罗恩不出声地问。

接下来的几天里，全校只有一个话题，就是小天狼星布莱克。关于他怎么闯进城堡的说法越来越离奇。在接下来的一节草药课上，赫奇帕奇的汉娜·艾博花了好多时间告诉别人——只要有人肯听——布莱克会变成一丛开花的灌木。

被撕坏的胖夫人肖像从墙上拿了下来，换上了卡多根爵士和他那匹肥灰马的画像。这弄得大家都很不开心。卡多根爵士用一半时间挑逗别人跟他决斗，用另一半时间想出一些复杂得近乎荒唐的口令，而且一天至少要换两次。

"他彻底疯了，"西莫·斐尼甘气恼地对珀西说，"就不能

第9章 不祥的失败

换个别人吗？"

"别的画像都不肯接这份活儿，"珀西说，"被胖夫人的遭遇吓坏了。只有卡多根爵士很勇敢，居然自告奋勇。"

不过，跟哈利担心的其他事情比起来，卡多根爵士根本算不了什么。现在哈利被严密监视着。教师们寻找借口陪他穿过走廊，珀西·韦斯莱（哈利怀疑是听从他母亲的吩咐）到处跟着他，就像一条特别神气活现的警犬。更糟糕的是，麦格教授还把哈利叫到她的办公室，她脸上的表情那么凝重，哈利还以为一定是谁死了。

"再瞒着你也没有意义了，波特，"她用非常严肃的口吻说道，"我知道这对你来说是一个打击，小天狼星布莱克——"

"我知道他是来找我的，"哈利无奈地说，"罗恩的爸爸告诉他妈妈时我听见了。韦斯莱先生在魔法部工作。"

麦格教授看上去非常吃惊。她瞪着哈利看了一会儿，然后说道："我明白了！好吧，那样的话，波特，我想你能理解我为什么认为你不宜再参加晚上的魁地奇训练。在外面的球场上，身边只有你们球队的人，这是很暴露的，波特——"

"星期六我们就要进行第一场比赛了！"哈利激动地说，"我必须参加训练，教授！"

麦格教授专注地打量着他。哈利知道她对格兰芬多球队的输赢也非常关注。毕竟，当初就是她建议哈利当找球手的。哈利屏住呼吸等待着。

"哦……"麦格教授站起身，望着窗外雨中隐约可见的魁地奇球场，"好吧……看在老天的分儿上，我也愿意看到我们最终赢得奖杯……不过，话说回来，波特……如果有一位教师在场就好多了。我去请霍琦女士监督你们训练。"

第一场魁地奇比赛日益临近，天气越来越恶劣。勇敢无畏的格兰芬多球队在霍琦女士的监督下，训练得更辛苦了。在星期六比赛前的最后一次训练中，奥利弗·伍德告诉了队员们一个不太好的消息。

"我们不和斯莱特林队比赛了！"他非常恼火地对他们说，"弗林特刚才找过我。我们要打赫奇帕奇。"

"为什么？"队员们异口同声地问。

"弗林特的理由是他们找球手的胳膊仍然有伤。"伍德怒气冲冲地咬着牙说，"他们这么做的原因是明摆着的。不想在这种天气比赛，认为这会减少他们赢的机会……"

狂风暴雨肆虐了一整天，伍德说话时，他们还能听见远处传来隆隆的雷声。

"马尔福的胳膊根本就没问题！"哈利愤怒地说，"他是假装的！"

"这我知道，但是没法证明啊。"伍德恨恨地说，"我们一直是按照对付斯莱特林的战术训练的，结果却要打赫奇帕奇，他们的风格完全不同。他们新换了队长和找球手，是塞德里克·迪戈里——"

安吉利娜、艾丽娅和凯蒂突然咯咯地笑了起来。

"笑什么？"伍德说，皱起眉头看着这种轻浮的行为。

"他就是那个高个儿帅哥，是不是？"安吉利娜说。

第9章 不祥的失败

"身材结实,不爱说话。"凯蒂说,她们又咯咯地笑开了。

"他不爱说话,是因为他脑子太笨,连不成句子。"弗雷德不耐烦地说,"我不知道你担心什么,奥利弗,赫奇帕奇不过是小菜一碟。上次我们跟他们比,大约五分钟哈利就抓住了金色飞贼,记得吗?"

"那时我们是在完全不同的情况下比赛的!"伍德大声嚷道,眼珠子微微突了出来,"迪戈里组织了强大的阵容!他是个出色的找球手!恐怕你们都要认识到这一点!我们决不能放松!必须集中精力!斯莱特林想打乱我们的阵脚!我们必须获胜!"

"奥利弗,镇静!"弗雷德显得有点惊慌,说道,"我们会非常认真地对待赫奇帕奇的。非常认真。"

比赛前一天,狂风呼啸,雨下得比任何时候都猛。走廊和教室里太昏暗了,又多点了一些火把和灯笼。斯莱特林的队员都露出幸灾乐祸的表情,最得意的就数马尔福了。

"唉,但愿我的胳膊能感觉好一点儿!"他叹着气说,外面狂风撞击着窗户。

哈利满脑子都想着第二天的比赛,没有心思考虑其他的事。奥利弗·伍德总是在课间跑过来找他,给他支招儿。第三次发生这种情况时,伍德说话时间太长,哈利突然意识到黑魔法防御术课已经开始十分钟了,赶紧拔腿就跑,伍德还在后面大喊:"迪戈里转身特别快,哈利,所以你必须想办法缠住他——"

哈利在黑魔法防御术课教室外面刹住脚步，拉开门，冲了进去。

"对不起，我迟到了，卢平教授，我——"

然而，在讲台上抬眼望着他的不是卢平教授，而是斯内普。

"这堂课十分钟以前就开始了，波特，所以我认为应该给格兰芬多扣掉十分。坐下。"

哈利没有动弹。

"卢平教授呢？"他问。

"他说他今天很不舒服，不能来上课了。"斯内普狞笑着说，"我好像叫你坐下的吧？"

可哈利还是待在原地没动。

"他怎么啦？"

斯内普的黑眼睛闪闪发亮。

"没有生命危险。"他说，看他的神情，似乎希望有生命危险似的，"格兰芬多再扣五分，如果我必须第三遍叫你坐下，就扣五十分。"

哈利慢慢走向自己的座位，坐了下来。斯内普环视着全班同学。

"在波特打断我之前，我说到关于你们所学过的内容，卢平教授没有留下任何记录——"

"对不起，先生，我们学了博格特、红帽子、卡巴和格林迪洛，"赫敏敏捷地说，"正准备开始学——"

"安静，"斯内普冷冷地说，"我没有提问。我只是批评卢

第9章 不祥的失败

平教授的教学缺少章法。"

"他是教过我们的最棒的黑魔法防御术课老师。"迪安·托马斯大胆地说,其他同学也纷纷小声表示赞同。斯内普看上去比任何时候都更加气势汹汹。

"你们太容易满足了。卢平教授并没有给你们增加什么负担——我认为一年级学生就应该有能力对付红帽子和格林迪洛了。今天我们要讨论——"

哈利注视着他哗哗地翻课本,一直翻到最后一章,他知道他们肯定还没有学到。

"——狼人。"斯内普说。

"可是,先生,"赫敏似乎没法控制自己了,说道,"我们还不该学习狼人呢,现在应该开始学欣克庞克——"

"格兰杰小姐,"斯内普用一种平静得令人恐惧的声音说道,"我好像记得教这堂课的是我,不是你。现在我叫你们所有的人都把书翻到第394页。"他又扫了一眼全班同学,"所有的人!快!"

同学们愤愤不平地翻着白眼,一边小声嘀咕,一边翻开课本。

"你们有谁能告诉我,如何区别狼人和真狼?"斯内普问。

大家都一动不动、一言不发地坐着,只有赫敏例外,她又像往常那样,忽地把手举得老高。

"谁能回答?"斯内普没有理睬赫敏,继续问道,脸上又露出了那种狞笑,"难道你们是说,卢平教授没有告诉你们这两者的根本差别——"

"我们跟你说了,"帕瓦蒂突然说道,"狼人那一章还没有学到呢,我们还在学——"

"安静!"斯内普恶声恶气地说,"是啊,是啊,是啊,真想不到,我居然会遇到一班见到狼人都认不出来的三年级学生。我必须跟邓布利多教授说说你们落后了多少……"

"拜托,先生,"赫敏仍然把手举得高高的,说,"狼人与真狼在几个小地方存在差别。狼人的口鼻部——"

"这是你第二次擅自发言,格兰杰小姐。"斯内普冷冷地说,"因为一个令人无法容忍的万事通,格兰芬多再扣五分。"

赫敏脸涨得通红,把手放了下来,眼泪汪汪地盯着地面。全班同学都气呼呼地瞪着斯内普,这足以说明大家有多恨他,尽管同学们都叫过赫敏"万事通",每人至少一次。罗恩呢,一星期至少会说赫敏两回"万事通",此刻他却大声说道:"你提了一个问题,她知道答案!如果你不要人回答,干吗要问呢?"

全班同学立刻知道罗恩越界了。斯内普慢慢地向罗恩走去,同学们都屏住了呼吸。

"关禁闭,韦斯莱!"斯内普把脸凑近罗恩的脸,柔声细语地说,"如果我再听见你对我的教学方式提出批评,你可就后悔也来不及了。"

接下来的课上,谁也不敢出声了。他们坐在那里,从书上抄写有关狼人的笔记,斯内普在课桌间来回巡视,检查卢平教授布置他们做的功课。

"解释得很不清楚……说得不准确,卡巴在蒙古更为常

第9章　不祥的失败

见……卢平教授还给了八分？我连三分都不会给……"

下课铃终于响了，但斯内普没让他们离开。

"每人写一篇论文交给我，内容是如何识别和杀死狼人。我要求你们就这个题目写满两卷羊皮纸，星期一早晨交。这个班需要有人好好管管了。韦斯莱，你先别走，我们需要安排一下关你禁闭的事。"

哈利和赫敏跟其他同学一起离开了教室，同学们都忍着怒气，等走到斯内普听不见的地方，才开始七嘴八舌地激烈声讨斯内普。

"斯内普从来没有这样对待过我们的另外几个黑魔法防御术课老师，虽然他很想得到这份工作，"哈利对赫敏说，"他为什么要跟卢平过不去呢？你说，难道是因为那次博格特的事吗？"

"不知道，"赫敏忧心忡忡地说，"我真希望卢平教授能赶快好起来……"

五分钟后，罗恩追了上来，气得不得了。

"你们知道那个……"（他骂了斯内普一句难听的话，惊得赫敏喊了声"罗恩！"）"要我干什么吗？要我擦洗医院的便盆。还不许用魔法！"他呼呼直喘粗气，两个拳头捏得紧紧的，"为什么布莱克不能藏在斯内普的办公室里呢，嗯？他可以替我们干掉他！"

第二天，哈利醒得特别早，天还没有亮。起初，他以为是狂风呼啸把他给惊醒了，接着感到一股凉风吹到脖子后面，他腾地坐得笔直——恶作剧精灵皮皮鬼在他身旁飘来飘去，正使劲儿往他耳朵里吹气。

"你这是干什么？"哈利气愤地问。

皮皮鬼鼓起腮帮子用力一吹，然后嗖地蹿出房间，一边咯咯狂笑着。

哈利摸到闹钟看了看，才凌晨四点半。他心里骂着皮皮鬼，翻了个身想接着睡，可是现在醒了，就很难不去理会头顶上闷雷滚滚、狂风撞击城堡墙壁，以及远处禁林里树枝嘎嘎折断的声音。再过几个小时，他就要在外面的魁地奇球场跟这狂风暴雨搏斗了。最后，他不再指望自己能重新入睡，起身穿好衣服，拿起他的光轮2000，悄没声儿地离开了宿舍。

哈利刚把门打开，就感到有什么东西蹭了他的腿。他赶紧一弯腰，正好抓住克鲁克山毛茸茸的尾巴尖儿，把它拖到了外面。

"告诉你，我觉得罗恩对你的看法是对的。"哈利怀疑地对克鲁克山说，"这地方有不少老鼠，快去捉它们。快去，"说着，他用脚把克鲁克山往旋转楼梯下面推，"别来找斑斑的麻烦。"

到了公共休息室，风暴的声音更响了。哈利心里很清楚比赛不会被取消。魁地奇比赛是不会因为雷电风暴这样的小事而取消的。尽管如此，他还是开始感到忧心忡忡。伍德曾经在走廊里把塞德里克·迪戈里指给他看过。迪戈里是五年级学生，个头比哈利大得多。找球手一般体格轻盈，身手敏捷，但是在这种天气里，迪戈里的体重倒成了一种优势，他不大容易被风刮得东倒西歪。

第9章 不祥的失败

哈利在炉火前消磨时间，等待天亮，时不时地起身阻止克鲁克山再次溜上男生宿舍的楼梯。好不容易，他觉得吃早饭的时间肯定到了，就独自钻出了肖像洞口。

"站住，决斗吧，你这条癞皮狗！"卡多根爵士嚷道。

"哦，闭嘴吧。"哈利打着哈欠说。

他吃了一大碗粥，感到振作了一些。开始吃面包时，其他队员也来了。

"肯定是一场恶战。"伍德说，他什么也没吃。

"别担心，奥利弗，"艾丽娅安慰他说，"我们不在乎这点毛毛雨。"

然而这绝不是一点毛毛雨。魁地奇运动特别受欢迎，全校师生都像平常一样出来观看比赛。他们顺着草坪朝球场跑去，低着头抵挡剧烈的狂风，因为半路上手里的雨伞被风刮跑了。哈利刚要走进更衣室，就看见马尔福、克拉布和高尔撑着一把大伞朝露天体育场走去，一边对着他指指点点，哈哈大笑。

队员们换上深红色的队袍，等着伍德像往常一样给他们做赛前讲话，可是没有等到。伍德试了几次，却只发出一种古怪的哽咽声，便无奈地摇摇头，示意他们跟着他走。

风刮得太猛了，他们向球场走去时被刮得左右摇晃。又是一阵滚滚雷声，即使观众在欢呼喝彩，他们也不可能听见。雨水打在哈利的眼镜上。这种状况下，他怎么可能看见金色飞贼呢？

赫奇帕奇队员穿着淡黄色的队袍，从球场对面走来。两位队长走到一起，互相握手。迪戈里朝伍德微笑，可是伍德像患了破伤风一样牙关紧闭，只是点了点头。哈利看见霍琦女士的嘴在说"骑上扫帚"。他叽咕一声把右脚从烂泥浆里拔出来，跨上他的光轮2000。霍琦女士把哨子塞到唇间吹了一下，声音尖细，像是从远处传来——比赛开始了。

哈利迅速上升，可是他的光轮在风里拐来拐去。他尽量稳住扫帚，转了个身，眯起眼睛看着雨中。

短短五分钟，哈利就淋得透湿，全身都冻僵了。他几乎看不见他的队友，更不用说小小的飞贼了。他在球场上空来回穿梭，身边掠过一些红色或黄色的人影，根本不知道比赛打得怎么样了。风声呼啸，他听不清评论。人群隐藏在一片密密麻麻的斗篷和破雨伞底下。有两次，哈利差点儿被游走球撞得摔下扫帚。镜片上的雨水使他眼前一片模糊，所以他没看见向他飞来的游走球。

他也不知道比赛进行了多久。抓牢扫帚变得越来越难。天空昏暗，似乎夜晚决定提前到来。哈利有两次险些撞上另一位球员，也不知是队友还是对手。每个人都像落汤鸡，雨又这么大，他很难分得清……

随着第一道闪电划过，传来霍琦女士的哨声。隔着厚厚的雨帘，哈利只能看见伍德的轮廓，伍德示意他降到地面。噼里啪啦，队员们全都落在烂泥地上。

"我叫了暂停！"伍德冲他的队员吼道，"快，到这底下来——"

他们挤在球场边的一把大伞下。哈利摘下眼镜，用袍子

第9章 不祥的失败

匆匆擦着。

"比分怎么样了？"

"我们领先五十分，"伍德说，"但除非很快抓住飞贼，不然比到入夜也比不完。"

"戴着这副眼镜，我是没指望了。"哈利挥着眼镜，绝望地说。

就在这时，赫敏出现在他身边，她用斗篷遮住脑袋，不知为什么满脸笑眯眯的。

"我有一个主意，哈利！把眼镜给我，快！"

哈利把眼镜递给了赫敏。在队员们惊异的注视下，赫敏用魔杖轻轻敲了敲眼镜，说了声："防水防湿！"

"给！"说着，她把眼镜还给了哈利，"现在不怕水了！"

伍德看样子简直要上去吻她了。

"太精彩了！"赫敏跑回人群时，伍德冲着她的背影用沙哑的声音喊道，"好了，全体队员，上吧！"

赫敏的咒语真灵验。哈利虽然还是冻得全身发僵，比以前任何时候都湿得更透，但是他能看见了。他重新下定决心，驾着扫帚在狂风骤雨中穿梭，四处张望着寻找飞贼。他躲过一只游走球，又一猫腰从迎面飞来的迪戈里身下穿过……

又是一声霹雳，紧接着是之字形的闪电。情况越来越危险了。哈利必须赶快抓到飞贼——

他转过身，打算返回球场中央。这时又是一道闪电照亮了看台，哈利看见了什么，注意力被分散了：一条毛发蓬乱的大黑狗的轮廓，被天空衬托得十分清晰，就在最上面那排空座位上。

哈利冻僵的手在扫帚把上滑了一下，光轮2000下坠了几英尺。他甩掉挡住眼睛的湿漉漉的刘海，再次眯眼朝看台上望去。那条狗消失了。

"哈利！"格兰芬多球门那儿传来伍德痛苦的喊叫，"哈利，在你后面！"

哈利赶紧回头张望。塞德里克·迪戈里迅速飞过球场，在他们俩之间的大雨中，闪着一个金灿灿的小点……

哈利紧张得一个激灵，扑倒在扫帚把上，朝飞贼嗖地直冲过去。

"快！"他对他的光轮吼道，大雨啪啪地打在他脸上，"再快点儿！"

然而一件奇怪的事出现了。整个体育场里掠过一片诡异的寂静。风虽然还是那样猛烈，却忘了发出怒吼，就好像有人关掉了音量，就好像哈利突然变成了聋子——怎么回事？

随后，一股熟悉得可怕的寒意朝他袭来，侵入他的体内，同时他意识到下面球场上有东西在动——

他没有来得及思考，就把目光从飞贼上挪开，朝下面望去……

至少有一百个摄魂怪站在下面，那些隐藏的脸全都抬起来望着他。似乎有冰冷的水涌上了他的胸膛，切割着他的内脏。接着，他又听见了……有人在尖叫，在他脑海里尖叫……是一个女人……

"别碰哈利，别碰哈利，求求你别碰哈利！"

第9章 不祥的失败

"闪开,你这个蠢女人……快给我闪开……"

"别碰哈利,求求你,杀我吧,把我杀了吧——"

缭绕的白雾在哈利脑海里弥漫,使他变得麻木……他在做什么?他为什么要飞?他必须去帮助她……她就要死了……她就要被杀死了……

他坠落下去,落进了寒冷刺骨的迷雾。

"别碰哈利!求求你……发发慈悲……发发慈悲吧……"

一个刺耳的声音在狂笑,一个女人在尖叫,哈利什么也不知道了。

"幸亏地面那么软。"

"我还以为他肯定死了呢。"

"没想到他连眼镜都没摔碎。"

哈利听见人们在窃窃私语,但不明白他们在说些什么。他不知道自己在哪儿,也不知道是怎么到这儿来的,来之前在做什么。他只知道身上没有一处不疼,好像遭了毒打似的。

"这是我这一辈子见过的最可怕的事情。"

最可怕的……最可怕的事情……戴着兜帽的黑影……寒冷……尖叫……

哈利猛地睁开眼睛。他躺在医院里。格兰芬多魁地奇球队的队员们围在他的床边,从头到脚都沾着泥浆。罗恩和赫敏也在,那模样就像刚从游泳池里爬出来的。

"哈利!"弗雷德说,泥浆下面的脸显得格外苍白,"你感觉怎么样？"

哈利的记忆似乎在迅速跳跃。闪电……不祥……金色飞贼……摄魂怪……

"出什么事了？"他腾地坐了起来，把大家都吓了一跳。

"你摔下来了，"弗雷德说，"准有——多少来着——五十英尺吧？"

"我们还以为你死了呢。"艾丽娅发着抖说。

赫敏发出一个短促的小声音，眼睛又红又肿。

"可是比赛，"哈利说，"怎么样了？我们还能重赛吗？"

谁也没有说话。可怕的事实像石头一样，沉入哈利心中。

"我们没有——输吧？"

"迪戈里抓到了飞贼，"乔治说，"就在你摔下来之后。他不知道发生了什么事。他一回头，看见你摔在地上，便想叫暂停，希望来一次复赛。可是他们赢得公平，赢得光明正大……就连伍德也承认。"

"伍德呢？"哈利突然发现伍德不在，问道。

"还在浴室里呢，"弗雷德说，"我们认为他想把自己淹死。"

哈利把脸埋在两个膝盖之间，用手揪着头发。弗雷德抓住他的肩膀，粗暴地摇了摇。

"行啦，哈利，你以前从没漏掉过飞贼。"

"你总得有一次抓不住吧。"乔治说。

"还不算完呢，"弗雷德说，"我们输了一百分，对吗？所以只有赫奇帕奇输给拉文克劳，我们再打败了拉文克劳和斯

第 9 章 不祥的失败

莱特林……"

"赫奇帕奇必须至少输二百分。"乔治说。

"但如果他们打败了拉文克劳……"

"不可能,拉文克劳太厉害了。但如果斯莱特林输给了赫奇帕奇……"

"要看比分——输赢都差一百分——"

哈利躺在那里,一句话也没说。他们输了……第一次,他输了魁地奇比赛。

大约十分钟之后,庞弗雷女士过来叫队员们离开,让哈利休息。

"我们以后再来看你,"弗雷德对他说,"别自责啦,你仍然是我们遇到过的最棒的找球手。"

队员们排着队出去了,留下一串泥迹。他们走后,庞弗雷女士关上房门,显出很不满的样子。罗恩和赫敏走近哈利的床边。

"邓布利多气坏了,"赫敏用颤抖的声音说,"我以前从没见过他那个样子。你摔下来时,他冲到球场上,挥舞着魔杖,你落地的速度似乎就减慢了。然后他把魔杖转向了那些摄魂怪,朝它们射出银色的东西。摄魂怪们立刻就离开了体育场……他气极了,它们居然跑进了校内,我们听见他——"

"后来他用魔法把你放到一个担架上,"罗恩说,"你在担架上飘浮着,他步行把你送到学校。大家都以为你……"

他的声音低得听不见了,可是哈利没怎么注意。他在想那些摄魂怪对他做的事情……在想那尖叫的声音。他抬起目光,看见罗恩和赫敏都那样忧心忡忡地望着他,于是赶紧绞尽脑汁想一个比较平淡的话题。

"有谁拿了我的光轮吗?"

罗恩和赫敏快速交换了一下目光。

"呃——"

"怎么啦?"哈利看看这个,又看看那个,问道。

"是这样……你摔下来的时候,它被风刮跑了。"赫敏犹犹豫豫地说。

"后来呢?"

"后来撞在——撞在——哦,哈利——撞在了那棵打人柳上。"

哈利的内脏都抽紧了。打人柳是一棵非常凶狠的树,孤零零地伫立在场地中央。

"后来呢?"他问,却又害怕听到回答。

"唉,你知道那棵打人柳,"罗恩说,"它——它可不喜欢被撞的滋味。"

"就在你苏醒前,弗立维教授刚把它送回来。"赫敏用很小的声音说。

她慢慢地俯身拿起脚边的一个口袋,把它倒过来,十几块碎木片和细枝落在床上,这就是哈利那把忠诚的、最终被打烂的飞天扫帚的残骸。

第 10 章

活点地图

庞弗雷女士坚持周末把哈利留在校医院,哈利没有争辩也没有抱怨,但就是不肯让她扔掉光轮2000的残骸。他知道这是犯傻,也知道光轮2000修不好了。但哈利控制不了自己,觉得像是失去了最好的朋友。

来看他的人络绎不绝,都一门心思要逗他开心。海格捎来了一束长满了地蜈蚣的花,看上去像黄色的卷心菜;金妮·韦斯莱满面绯红,带来了一张她自制的祝愿康复卡,那张卡一直尖声尖气地唱个不停,哈利只好用装水果的钵子把它压住。格兰芬多球队的队员星期天早上又来探望他,这次伍德也来了,用一种空洞、沉闷的声音说他一点也不怪哈利。罗恩和赫敏只有晚上才会离开哈利床边——然而,不管别人说什么或做什么,都无法让哈利感觉好一点,因为他们对于他的烦恼只了解一半。

他没有对任何人提起"不祥",对罗恩和赫敏都没有,因为他知道罗恩会惊慌失措，赫敏会嗤之以鼻。但实际情况是，不祥已经出现了两次，而且随后都发生了近乎致命的事故。第一次他差点被骑士公共汽车撞死，第二次从飞天扫帚上坠落五十英尺。不祥会不会一直尾随着他，直到他真的一命呜呼呢？他是不是整个余生一直都要提防这头畜生呢？

还有摄魂怪。哈利每次想到它们就觉得恶心和耻辱。人人都说摄魂怪很恐怖，但别人靠近它们时都没有晕倒……别人也没有在脑子里听到死去的爸爸妈妈的声音。

哈利现在知道那尖叫声是谁的了。他听到了她说话，夜里躺在校医院时，眼睁睁地盯着天花板上的一道道月光，那声音一次次在他耳边回响。当摄魂怪靠近时，他听到了妈妈生命中最后时刻的声音，听到她试图保护他——哈利，不受伏地魔的伤害，还听到伏地魔杀害她之前的大笑……哈利迷迷糊糊，时而陷入梦境，梦中充满了冰冷黏湿、已经腐烂的手和恐惧的哀求。猛然惊醒，又听到妈妈的声音。

星期一回到喧闹而忙碌的学校，能逼着自己去想别的事情，真是一种解脱，尽管他不得不忍受德拉科·马尔福的奚落。格兰芬多失败之后，马尔福乐得几乎得意忘形。他终于拆掉了绷带，为庆祝自己又能使用两条胳膊，他一个劲儿地模仿哈利摔下扫帚的狼狈样子。在接下来的魔药课上，马尔福大部分时间都在地下教室里模仿摄魂怪；罗恩终于控制不住，朝马尔福扔了一颗巨大的、滑溜溜的鳄鱼心脏，正中他的面部。结果斯内普扣了格兰芬多五十分。

第 10 章　活点地图

"如果斯内普再来教黑魔法防御术,我就装病逃课。"午饭后,他们朝卢平的教室走去时,罗恩说道,"看看里面是谁,赫敏。"

赫敏在教室门口张望了一下。

"这下好了!"

卢平教授回来教课了。当然他看起来好像病了一场,旧袍子更加松松垮垮,眼睛下面有暗黑的阴影;同学们就座时,他微笑地望着大家,但他们立刻爆发出一片控诉之声,七嘴八舌地抱怨卢平生病期间斯内普的行为。

"这不公平。他不过是代课,凭什么给我们布置家庭作业?"

"我们根本不知道什么狼人——"

"——两卷羊皮纸啊!"

"你们有没有告诉斯内普教授,我们还没有教到那儿?"卢平问道,微微蹙起眉头。

又是一片七嘴八舌。

"告诉了,可是他说我们落后太多了——"

"他不听——"

"——两卷羊皮纸啊!"

卢平教授微笑地看着每一张义愤填膺的面孔。

"别担心。我会跟斯内普谈谈。你们不用写那篇论文。"

"哦,别呀,"赫敏一脸失望地说,"我已经写完了!"

他们上了非常愉快的一堂课,卢平教授带来了一个玻璃箱,里面装着一只欣克庞克,那是一种单腿小生物,看上去像是由一缕缕烟雾组成，相当脆弱，似乎也没有什么危险。

"它会把旅行的人引入泥沼，"卢平教授说道，同学们记着笔记，"注意到它手上提的灯笼了吗？跳动前行——人们跟随亮光——然后——"

欣克庞克贴在玻璃壁上，发出可怕的、嘎吱嘎吱的声音。

下课铃响起，大家都收拾东西朝门外走去，哈利也在其中，但——

"等一等，哈利，"卢平叫道，"我想说句话。"

哈利返回来，看着卢平教授用布把欣克庞克的箱子罩上。

"我听说了比赛的事，"卢平说，转身回到讲台前，开始把书收进公文包，"很为你的飞天扫帚惋惜，有没有可能修好呢？"

"没有可能了，"哈利说，"那棵树把它打成了碎片。"

卢平叹息了一声。

"那棵打人柳是我到霍格沃茨的那一年他们栽的。人们过去经常玩一个游戏，就是设法去摸那树干。后来有个叫戴维·格杰恩的男生差点瞎了一只眼睛，学校就不许我们再靠近它了。没有一把飞天扫帚能够顶得住的。"

"你也听说摄魂怪了吗？"哈利艰难地问。

卢平迅速看了他一眼。

"听说了。我想谁都没见过邓布利多教授发那么大的火。这些家伙蠢蠢欲动有一段时间了——邓布利多拒绝允许它们进入校内，它们非常恼火……我猜它们是你摔下来的原因吧？"

第 10 章 活点地图

"是的。"哈利说。他犹豫了一下，然后他想问的问题便忍不住脱口而出："为什么？为什么它们会对我有那样的影响？难道我——？"

"这与软弱没有关系。"卢平教授断然说道，仿佛看穿了哈利的思想，"摄魂怪对你的影响比对别人大，是因为你过去的经历中有过别人未曾有过的恐惧。"

一道冬日的阳光射进教室，照亮了卢平花白的头发和他年轻面庞上的皱纹。

"摄魂怪是世上最丑恶的东西之一。它们在最黑暗、最污秽的地方出没，在腐烂和绝望中生活，它们把和平、希望和欢乐从周围的空气中吸走。就连麻瓜也能感觉到摄魂怪的存在，尽管麻瓜们看不见它们。摄魂怪靠近时，所有美好的感觉，所有快乐的回忆都会从你身上被吸走。如果可能的话，摄魂怪会一直把你吸到跟它一样……没有灵魂，充满邪恶。你只剩下一生中最坏的经历。而你最坏的经历，哈利，足以让任何人从飞天扫帚上摔下来。你不用感到羞愧。"

"当它们靠近我时——"哈利盯着卢平的书桌，嗓子发紧，"我听到伏地魔在杀害我的妈妈。"

卢平的胳膊突然一动，仿佛要抓住哈利的肩膀，但他克制住了。片刻的沉默，然后——

"它们为什么要去赛场呢？"哈利怨恨地问。

"它们饿了。"卢平冷静地说，啪哒一声关上了公文包，"邓布利多不让它们进学校，所以它们的猎物来源枯竭了……我想它们是无法抗拒魁地奇球场周围那一大群人的诱惑。那种兴奋激动……情绪高涨……它们觉得这是一场盛宴。"

"阿兹卡班一定很恐怖。"哈利喃喃地说。卢平阴沉地点了点头。

"那座堡垒建在茫茫大海中一个孤零零的小岛上,其实并不需要高墙和海水把人关住,因为犯人都被囚禁在自己的脑子里,无法唤起一丝快乐的念头。大部分人几星期之后就疯了。"

"但小天狼星布莱克躲过了它们,"哈利缓缓地说,"他逃走了……"

卢平的公文包从桌上滑了下去,他忙俯身把它接住。

"是的,"他直起身子说,"布莱克一定找到了什么抵抗它们的办法。我本来以为这是不可能的……据说,如果巫师跟摄魂怪在一起时间太久,摄魂怪能把巫师的法力吸干……"

"你让火车上那个摄魂怪后退了。"哈利突然说。

"还是有——某些防御办法的,"卢平说,"但火车上只有一个摄魂怪。它们数量越多,就越难抵御。"

"什么防御办法?"哈利马上问,"你能教我吗?"

"我可不敢自称是抵御摄魂怪的专家,哈利,相反……"

"可是如果下次摄魂怪又来魁地奇赛场,我得有办法抵御它们啊——"

卢平望着哈利坚决的表情,犹豫着,然后说道:"嗯……好吧。我试试看。但恐怕只能等到下学期了。放假前我有很多事要做。我病得真不是时候。"

第 10 章 活点地图

想到可以跟卢平学习抵御摄魂怪的功课,想到他也许再也不用听到妈妈临死时的声音,又得知拉文克劳十一月底打败了赫奇帕奇,哈利的心情才真正好转起来。毕竟,格兰芬多还没有被淘汰出局,不过他们一场球也不能再输了。伍德恢复了他那疯狂的精力,率领队员们在霏霏冷雨中一如既往地刻苦训练,这雨一直持续到十二月。哈利在校园里看不到摄魂怪的踪迹。邓布利多的盛怒似乎使它们留在了校门外的岗位上。

离学期结束还有两个星期。天空突然放晴,变成了明亮耀眼的蛋白色。一天清晨,泥泞的场地上蒙了一层晶莹的白霜。城堡里洋溢着一种圣诞节的忙碌气氛。教魔咒课的弗立维教授已经在他的教室里装饰了五光十色的彩灯,大家后来发现那些是真的小仙子,呼扇着翅膀。同学们都在愉快地讨论假期计划。罗恩和赫敏决定留在霍格沃茨。虽然罗恩说是受不了跟珀西一起过两个星期,赫敏坚持说她需要上图书馆,但这瞒不过哈利,他知道他们留下来是为了陪他,内心十分感激。

最后一个周末又要去霍格莫德游玩,除了哈利大家都兴高采烈。

"我们可以在那儿把圣诞节要买的东西全买了!"赫敏说,"爸爸妈妈可喜欢蜂蜜公爵的那些牙线薄荷糖了!"

哈利又是唯一一个留守的三年级学生,他无可奈何地向伍德借了一本《飞天扫帚大全》,决定那天仔细研读一下不同的扫帚品牌。他在球队训练时骑的是一把学校的飞天扫帚,老古董"流星",速度很慢而且有点跌跌撞撞。无疑他需要一把自己的新扫帚。

在大家去霍格莫德的那个星期六早上,哈利跟裹在斗篷和围巾里的罗恩和赫敏道别,然后独自登上大理石楼梯,走回格兰芬多塔楼。窗外飘起了雪花,城堡里静悄悄的。

"嘘——哈利!"

他转过身,在四楼走廊的一半处,看到弗雷德和乔治正在一个驼背独眼女巫的雕像后面向他窥视。

"你们在干什么?"哈利好奇地问,"怎么没去霍格莫德?"

"我们走之前来给你搞一点节日气氛。"弗雷德神秘地眨了眨眼睛说,"进去……"

他朝独眼雕像左边的一间空教室摆了摆头。哈利跟着弗雷德和乔治走了进去。乔治轻轻关上门,转身笑嘻嘻地看着哈利。

"提前给你的圣诞节礼物,哈利。"他说。

弗雷德夸张地从斗篷里抽出一样东西,放在课桌上。那是一张大大的正方形羊皮纸,磨损得很厉害,上面什么也没有。哈利盯着它,怀疑又是弗雷德和乔治的恶作剧。

"这是什么?"

"这个呀,哈利,是我们成功的秘密。"乔治珍爱地拍着羊皮纸说。

"还真舍不得送给你,"弗雷德说,"但我们昨晚决定了,你比我们更需要它。"

第 10 章　活点地图

"反正我们也已经记熟了。"乔治说,"现在郑重地传给你,我们用不着了。"

"我要一块旧羊皮纸有什么用呢?"哈利问。

"一块旧羊皮纸!"弗雷德闭起眼睛做了个鬼脸,仿佛哈利深深地伤害了他,"解释一下,乔治。"

"是这样,哈利……我们一年级时 —— 年轻,无忧无虑,天真无邪 ——"

哈利扑哧笑了,怀疑弗雷德和乔治是否有过天真无邪的时候。

"—— 啊哈,比现在天真无邪 —— 那会儿我们跟费尔奇闹了点儿别扭。"

"我们在走廊里放了一个大粪弹,由于某种原因,这让他很恼火 ——"

"于是他把我们拉进了他的办公室,开始用惯常的那一套威胁我们 ——"

"—— 关禁闭 ——"

"—— 开膛破肚 ——"

"—— 而我们忍不住瞄上了他的一只档案柜抽屉,那上面标着'没收物品,高度危险'。"

"该不会是 ——"哈利咧嘴笑了。

"嘿,换了你会怎么做?"弗雷德说,"乔治又扔了一个大粪弹转移他的注意力,我马上打开抽屉,抓到了 —— 这个。"

"其实没那么糟糕,你知道,"乔治说,"我们估计费尔奇从来没弄明白怎么使用。但他可能猜到了它是什么,不然也不会把它没收。"

"你们知道怎么用吗?"

"哦,知道。"弗雷德得意地笑道,"这小宝贝教给我们的东西比全校老师教的都多。"

"你们在吊我胃口呢。"哈利盯着那块破旧的羊皮纸说。

"哦,是吗?"乔治说。

他拔出魔杖,轻轻敲了敲羊皮纸,说道:"我庄严宣誓我不干好事。"

刹那间,细细的墨水线条像蜘蛛网那样,从乔治魔杖尖碰过的地方蔓延开来,相互连接,纵横交错,扩展到羊皮纸的每个角落;然后顶上现出了字样,是绿色的花体大字:

月亮脸、虫尾巴、大脚板和尖头叉子

专为魔法恶作剧制造者提供帮助的诸位先生

隆重推出

活点地图

这张地图绘出了霍格沃茨城堡和场地的所有细节,但最不同寻常的是,有许多小黑点在图上移动,每个都用极小的字体标出了名字。哈利惊奇地俯身细看,左上角一个带标记的黑点显示邓布利多教授正在书房踱步;管理员费尔奇的猫洛丽丝夫人正在三楼逡巡;专爱搞恶作剧的皮皮鬼此刻正在奖品陈列室里蹦蹦跳跳。哈利的目光沿着那些熟悉的走廊上下扫视,忽然发现了一些新的东西。

第10章 活点地图

地图上还有一些他从没走过的通道，许多似乎都通往——

"霍格莫德，"弗雷德一边说，一边用手指描着一条通道的路线，"一共有七条。费尔奇知道这四条——"他一条条指出来，"——我们相信这三条只有我们俩知道。别考虑五楼镜子后面的那条。去年冬天以前我们还用过，但现在已经塌陷——完全堵死了。这一条估计也没人用过，因为打人柳正好栽在它的入口处。剩下的这条，直接通到蜂蜜公爵的地窖，我们用过好多次。你大概也注意到了，入口就在这间教室的外面，穿过独眼老太婆的驼背。"

"月亮脸、虫尾巴、大脚板和尖头叉子。"乔治拍着地图的标题感叹，"多亏了他们啊。"

"高尚的人哪，为帮助新一代违纪学生而不知疲倦地工作。"弗雷德庄严地说。

"对啊，"乔治轻快地附和，"别忘了用完之后要消掉——"

"——不然别人都能看见。"弗雷德警告道。

"只要再敲敲它，念道：'恶作剧完毕！'它就又变成一张白纸了。"

"好了，小哈利，"弗雷德怪腔怪调地模仿着珀西说，"你好自为之吧！"

"蜂蜜公爵见。"乔治眨了眨眼。

他们俩走出教室，都心满意足地笑着。

哈利站在那儿，凝视着那张奇妙的地图。他看到洛丽丝夫人的小黑点向左一转，停下来嗅着地上的什么东西。如果费尔奇真的不知道……他就不用经过那些摄魂怪了……

但正当他站在那儿满怀兴奋的时候,记忆中突然浮现出以前听韦斯莱先生说过的话。

永远不要相信任何能够独立思考的东西,除非你看清了它把头脑藏在什么地方。

这张地图就是韦斯莱先生警告过的那种危险的魔法物品之一……为恶作剧制造者提供帮助……可是,哈利思忖,他只想用它进入霍格莫德,并不想偷东西或袭击什么人……而弗雷德和乔治用了它好多年,也没有发生什么可怕的事情……

哈利用手描着通往蜂蜜公爵的秘道。

突然,仿佛听到了什么指令似的,他卷起地图,塞进袍子,匆匆走到教室门口。他把门打开一道缝,外面没人。哈利小心翼翼地溜出教室,躲到独眼女巫的雕像后面。

该怎么做呢?他又摸出地图,吃惊地看到图上出现了一个新的黑点,标着哈利·波特。这黑点正站在哈利实际站的地方,四楼走廊的一半处。哈利定睛细看,小黑点哈利好像在用小小的魔杖敲那女巫。哈利迅速抽出他的魔杖,敲了敲雕像,毫无效果。他又看了看地图,他的黑点旁边冒出了一个极小极小的泡泡,里面写着*左右分离*。

"*左右分离*!"哈利小声念道,又敲了敲石头雕像。

顿时,雕像的驼背打开了,能容一个体形较瘦的人钻入。哈利迅速扫视一下走廊两边,随即把地图重新揣好,头朝前钻进洞里,往前走去。

第 10 章　活点地图

他好像在石滑梯上滑了长长的一段，然后掉到了又冷又湿的泥土地上。哈利站起来环顾四周，一片漆黑。他举起魔杖念道："荧光闪烁！"这才看清自己是在一条逼仄低矮的泥土通道里。他举起地图，用杖尖敲了敲，小声说："恶作剧完毕！"图上立刻变得一片空白。他小心地把它折好，塞进袍子里，心脏剧烈地跳着，又是兴奋又是害怕。他往前走去。

通道迂回曲折，更像一个巨型的兔子洞。哈利急急地走着，把魔杖举在前面，时而在高低不平的地上绊一下。

好漫长啊，但哈利有蜂蜜公爵的念头在支撑着。过了仿佛一个小时，通道开始上升，哈利喘着气加快了脚步，他面孔发烫，双脚却很凉。

十分钟后，哈利来到一道破旧石梯的底部，石梯一直延伸到上面看不见的地方。他开始往上爬，小心地不发出响声。一百级，两百级，数着数着就数不清了，他盯着自己的脚……冷不防，脑袋撞到了什么硬东西上。

好像是个活板门。哈利站在那儿揉着脑袋，一边仔细聆听。听不到顶上有什么声音，他慢慢地推开活板门，从门边往里面窥视。

是一个地窖，堆满了板条箱和其他木箱子。哈利爬了上去，又把活板门关好——它和灰蒙蒙的地板浑然一体，根本看不出来。哈利慢慢朝通往上层的木楼梯爬去。现在他分明听见了说话声，更不用说叮咚的铃声和开门关门的响声了。

他正在寻思怎么办时，突然听到更近处的一扇门开了，有人要下楼来。

"再拿一箱果冻鼻涕虫，亲爱的，他们简直把咱们这儿都买空了——"一个女人的声音说。

有一双脚正走下楼梯，哈利忙跳到一个大板条箱子后面，等着脚步声过去。他听见那人正在搬动对面墙边的箱子。也许再也没有别的机会了——

哈利悄悄地从隐蔽处迅速闪出来，爬上楼梯；他回头望了一眼，只见一个庞大的后背和一个光亮的秃顶埋在一个箱子里。哈利爬到楼梯顶上的门口，悄悄溜了进去，发现自己正站在蜂蜜公爵的柜台后面——他猫下腰，蹑手蹑脚地走到一边，然后直起身来。

蜂蜜公爵里挤满了霍格沃茨的学生，没人朝哈利多看一眼。他在人群中侧身而行，扫视四周。达力要是看到哈利在什么地方，他那张胖猪脸上会露出怎样的表情呢？这想象让哈利差点笑出声来。

一排排架子上摆满了最最美味诱人的糖果，大块乳黄的奶油杏仁糖、亮晶晶的粉色椰子冰糕、蜜汁色的太妃糖，几百种摆放得整整齐齐的巧克力，一大桶比比多味豆，还有一大桶滋滋蜜蜂糖，就是罗恩提到过的那种能让人飘到空中的果汁奶冻球；靠着另一面墙的都是"特效"糖果：吹宝超级泡泡糖（能让房间里飘满蓝铃花颜色的泡泡，好几天都不破），还有那奇异而松脆易碎的牙线薄荷糖，又小又黑的胡椒小顽童（"为你的朋友喷火！"），冰老鼠（"听到你的牙齿吱吱叫！"），蟾蜍形状的薄荷冰淇淋（"真的会在胃里跳动！"），糖丝织成的薄脆羽毛糖，还有爆炸夹心软糖。

第 10 章　活点地图

哈利从一群六年级学生中间挤过去，看到店里最远的角落那儿挂着一个牌子（特殊口味）。罗恩和赫敏站在那下面，正在研究一盘血腥味的棒棒糖。哈利悄悄走到他们俩身后。

"呃，不行，我猜哈利不会要这种东西，它们是给吸血鬼的。"赫敏说。

"这些怎么样？"罗恩说，把一罐蟑螂串塞到赫敏鼻子底下。

"绝对不行。"哈利说。

罗恩差点儿把罐子扔掉。

"哈利！"赫敏尖叫一声，"你在这儿干什么？你怎么……怎么——？"

"哇！"罗恩佩服得五体投地，"你学会幻影显形了！"

"当然没有。"哈利说。为了不让那帮六年级学生听见，他压低了嗓门，跟他们俩讲了活点地图的事。

"弗雷德和乔治怎么从来没有给我呢！"罗恩来气了，"我是他们的亲弟弟啊！"

"但哈利不会留着它的！"赫敏说，好像这想法很是荒唐可笑，"他要交给麦格教授，是不是，哈利？"

"我不交！"哈利说。

"你疯了吗？"罗恩瞪着赫敏，"把这么好的东西交出去？"

"如果交出去，我就必须说出从哪儿得来的！费尔奇就会知道这是弗雷德和乔治偷的！"

"可是小天狼星布莱克呢？"赫敏从牙缝里挤出声音说，

"他会利用图上的某条秘密通道潜入城堡的!老师们必须知道!"

"他不可能从秘密通道进来。"哈利马上说,"图上有七条秘密通道,对吧?弗雷德和乔治估计费尔奇已经知道其中四条了。另外三条——一条已经塌陷,没人能穿过。另一条的洞口栽了打人柳,没办法躲得开。我刚才用的这一条——嗯——地窖里的洞口很难看出来,所以除非他知道那儿有通道……"

哈利迟疑了。如果布莱克确实知道那儿有通道呢?但罗恩煞有介事地清了清嗓子,指着糖果店门后的一张告示。

魔法部令

顾客请注意,若无另外通知,每天日落时分起都有摄魂怪在霍格莫德街头巡逻。此项措施乃为保护霍格莫德居民之安全,待小天狼星布莱克落网后方可解除。因此请所有顾客在日落前结束购物。

圣诞快乐!

"看到了吧?"罗恩悄声说,"满街都是摄魂怪,我倒想看看布莱克怎么闯进蜂蜜公爵。再说,赫敏,蜂蜜公爵的店主也会听见的,是不是?他们就住在店铺楼上!"

"这倒不假,可是,可是——"赫敏似乎竭力想再挑出什么问题,"听我说,哈利还是不应该来霍格莫德。他没有签过字的许可表!如果被人发现,他的麻烦就大了!现在还没到

第 10 章　活点地图

日落 —— 如果小天狼星布莱克今天就来了呢？就在现在？"

"他在这种天气里想要发现哈利可不容易。"罗恩说，朝直棂窗户外纷纷扬扬的大雪点了点头，"好了，赫敏，圣诞节嘛，哈利该轻松一下了。"

赫敏咬着嘴唇，看上去担忧极了。

"你会告发我吗？"哈利笑嘻嘻地问她。

"哦 —— 当然不会 —— 但说实话，哈利 ——"

"看到滋滋蜜蜂糖了吗，哈利？"罗恩把他拽到那个大桶前，"还有果冻鼻涕虫？还有酸味爆爆糖？我七岁时弗雷德给过我一颗 —— 把我舌头烧了一个洞。我记得妈妈用飞天扫帚狠狠揍了他一顿。"罗恩若有所思地看着酸味爆爆糖盒子里面，"如果我跟他说是花生，弗雷德会尝一点蟑螂串吗？"

罗恩和赫敏付钱买了一大堆糖果之后，三人离开了蜂蜜公爵，走到暴风雪中。

霍格莫德看上去像一张圣诞卡，茅草顶的小屋和店铺上覆了一层新落的白雪，房门上都挂着冬青花环，树上点缀着一串串施了魔法的蜡烛。

哈利打了个哆嗦；他跟他们俩不一样，没有穿斗篷。三人在街上低头顶着风往前走，罗恩和赫敏隔着围巾喊话。

"那是邮局 ——"

"佐科笑话店就在前面 ——"

"我们可以去尖叫棚屋 ——"

"我说，"罗恩牙齿格格打战地说，"我们去三把扫帚喝杯黄油啤酒怎么样？"

哈利正求之不得。寒风凛冽，他的手都冻僵了。于是三人穿过马路，几分钟后就钻进了那家小酒吧。

里面极其拥挤嘈杂，热烘烘的，烟雾缭绕。一位相貌标致、曲线优美的妇人正在吧台前招呼着一群吵吵嚷嚷的男巫。

"那是罗斯默塔女士。"罗恩说，"我去拿饮料，好吗？"他加了一句，脸有点红。

哈利和赫敏挤到酒吧后边，在窗户和一棵漂亮的圣诞树之间有一张小小的空桌子，靠着壁炉。五分钟后罗恩也来了，端着三大杯冒着泡沫的热黄油啤酒。

"圣诞快乐！"他举起酒杯快活地说。

哈利痛饮了一口，他从没尝过这么美妙的东西，好像体内的每一寸地方都暖和起来了。

突然一阵凉风拂乱了他的头发。三把扫帚的门开了，哈利从杯沿上望过去，呛了一口。

麦格教授和弗立维教授卷着一阵风雪走进了酒吧，随后是海格，他正在跟一个胖子亲密交谈。那胖子戴着一顶黄绿色的圆顶硬礼帽，身披细条纹斗篷——是康奈利·福吉，魔法部部长。

霎时间，罗恩和赫敏同时一把按住哈利的头顶，把他从凳子上按下去，藏到了桌子底下。哈利躲在暗处，嘴边流着黄油啤酒，手里抓着他的空酒杯。只见几位老师和福吉的脚走向吧台，停住，然后脚跟一转，向他这边走来。

在他上面的某个地方，赫敏悄声念道："*移形幻影！*"

桌子旁边的圣诞树从地面升起几英寸，向旁边飘移，轻

第 10 章 活点地图

轻落在他们的桌子前,把他们遮住了。透过树下方茂密的枝叶,哈利看到四把椅子的腿从旁边那张桌子跟前退去,然后听到老师们和部长入座时的嘟哝和叹息声。

随后他又看到一双脚,穿着亮闪闪的青绿色高跟鞋,又听到一个女人的声音:"一小杯腮囊草水——"

"我的。"麦格教授说。

"四品脱蜂蜜酒——"

"谢了,罗斯默塔。"海格说。

"一杯加冰和伞的樱桃糖浆苏打水——"

"嗯!"弗立维教授咂着嘴唇说。

"那您的就是红醋栗朗姆酒了,部长。"

"谢谢你,罗斯默塔,亲爱的。"福吉的声音说,"我必须说,又见到你真高兴。你也来一份吧,好吗? 来跟我们一起……"

"哦,非常感谢您,部长。"

哈利看到亮闪闪的高跟鞋又走了回来。他的心脏在喉咙口不舒服地跳着。他怎么没想到这也是教师们这学期的最后一个周末呢? 他们会在这儿坐多久? 如果他今晚想回学校,就得及时溜回蜂蜜公爵……赫敏的腿在他旁边紧张地抽搐了一下。

"什么风把您吹到这旮旯来了,部长?"罗斯默塔女士的声音传来。

哈利看到福吉肥胖的下半身在椅子里扭动了一下,似乎在检查周围有没有人窃听。然后他小声说道:"还能有什么,亲爱的,还不是小天狼星布莱克?我猜你也听到学校万圣节前夕发生的事情了吧?"

"我确实听到一些谣传。"罗斯默塔女士承认。

"你是不是告诉了整个酒吧的人,海格?"麦格教授恼火地问。

"你认为布莱克还在这一带吗,部长?"罗斯默塔女士小声问。

"我相信还在。"福吉简短地说。

"您知道摄魂怪已经把我的酒吧搜查了两遍吗?"罗斯默塔女士的语气有一点尖锐,"把我的客人全吓跑了……对生意影响很大,部长。"

"罗斯默塔,亲爱的,我也不喜欢它们啊。"福吉尴尬地说,"必要的预防措施……很遗憾,可是你瞧……我刚刚还碰到了几个。它们对邓布利多非常恼火——他不肯让它们进入城堡的场地。"

"我看也不能让它们进来,"麦格教授尖刻地说,"那些恐怖的东西到处游荡,我们还怎么教课啊?"

"对啊,对啊!"瘦小的弗立维教授尖声说,他的双脚悬在离地面一英尺处。

"可是,"福吉争辩道,"它们是来保护大家免遭更可怕的威胁的……我们都知道布莱克能干出什么……"

"您知道吗,我至今都难以相信。"罗斯默塔女士沉吟地说,"在所有投靠黑魔势力的人中,小天狼星布莱克是我最想不到的……我是说,我还记得他在霍格沃茨上学时的样子。

第 10 章　活点地图

如果当时您告诉我他会变成什么人，我准会说你蜂蜜酒喝多了。"

"你知道的还不到一半，罗斯默塔。"福吉粗声说，"很少有人知道他干过的最恶劣的事情。"

"最恶劣的？"罗斯默塔女士的声音中充满好奇，"您是说，比杀死那么多无辜的人还要恶劣？"

"当然。"福吉答道。

"我无法相信。还能有什么更恶劣的呢？"

"你说你记得他在霍格沃茨时的样子，罗斯默塔，"麦格教授轻声说，"你记不记得他最好的朋友是谁？"

"当然记得，"罗斯默塔女士轻笑道，"从没看到他们俩分开过，是不是？他们在我这儿的那几次——哦，逗得我直笑，像演双簧一样，小天狼星布莱克和詹姆·波特！"

哈利的大酒杯掉到地上，发出响亮的当啷一声，罗恩踢了他一脚。

"正是，"麦格教授说，"布莱克和波特，是他们那个小团体的头头。当然，两人都非常聪明——绝顶聪明，但好像我们也从没见过这样一对捣蛋鬼——"

"也不一定。"海格哧哧地笑道，"弗雷德和乔治·韦斯莱倒是跟他们有一拼。"

"你会以为布莱克和波特是亲兄弟呢！"弗立维教授插话道，"形影不离！"

"可不是嘛，"福吉说，"波特信任布莱克胜过信任他的任何一个朋友。毕业后也没有变。詹姆和莉莉结婚时布莱克是伴郎。后来他们又让他当了哈利的教父。当然,哈利毫不知情。你们可以相信知道这些事会带给他怎样的折磨。"

"因为布莱克跟神秘人是一伙的?"罗斯默塔女士轻声问。

"比这还要糟糕,亲爱的……"福吉压低嗓门,低沉地嘟哝道,"没有多少人了解波特夫妇知道神秘人在寻找他们。邓布利多那时当然在坚持不懈地跟神秘人做斗争,他有一些能干的密探,其中一个向他吐露了消息。他立刻提醒了詹姆和莉莉,建议他们躲一躲。当然啦,要躲过神秘人可不是件容易的事。邓布利多告诉他们,最好的办法是使用赤胆忠心咒。"

"那咒语怎么用?"罗斯默塔女士好奇地屏息问道。弗立维教授清了清嗓子。

"一个极其复杂的咒语。"他尖声解释道,"用魔法将某个秘密藏在一个活人的灵魂中。那秘密藏在被选定的人——即保密人的心里,因此永远不会被发现——当然,除非保密人主动泄露。只要保密人不说,神秘人即使在莉莉和詹姆住的村子里搜寻千年万载都不会发现他们,哪怕他把鼻子贴在他们起居室的窗户外面!"

"这么说,布莱克是波特的保密人?"罗斯默塔女士悄声问。

"自然。"麦格教授说,"詹姆·波特告诉邓布利多,布莱克宁死也不会说出他们在哪儿的,而且布莱克本人也准备躲起来……然而邓布利多还是不放心。我记得他提出要亲自担任波特夫妇的保密人。"

"他怀疑布莱克?"罗斯默塔女士吃惊地问。

第10章 活点地图

"他断定波特夫妇身边的某个人一直在向神秘人报告他们的动向。"麦格教授神情阴郁地说,"实际上,在之前的一段时间里,他就已经在怀疑我们中间有人叛变了,为神秘人提供了许多情报。"

"但詹姆坚持用布莱克?"

"是的,"福吉沉重地说,"然后,赤胆忠心咒才施了不到一个星期——"

"布莱克就出卖了他们?"罗斯默塔低声问。

"是的。布莱克厌倦了他的双料间谍角色,准备公开宣布支持神秘人,而且似乎计划在波特夫妇死去的那一刻宣布。但是,我们知道,神秘人在小哈利·波特面前一败涂地。他失去了法力,变得极其虚弱,只能落荒而逃。这使得布莱克的处境非常尴尬。偏偏在他暴露了叛徒的本质时,他的主子垮台了。他别无选择,只能狼狈出逃——"

"卑鄙、龌龊的叛徒!"海格大叫一声,半个酒吧都静了下来。

"嘘——"麦格教授提醒海格。

"我碰到他了!"海格咆哮道,"我一定是在他害死那些人之前最后一个看见他的人!在莉莉和詹姆死后,是我把哈利从他家的房子里抢救出来的!我刚把哈利从废墟中抱出来,可怜的小东西,前额上有一道长长的伤口,爸爸妈妈都死了……这时小天狼星布莱克就出现了,骑着他以前的那辆会飞的摩托。我压根也没想到他在那儿干了什么勾当。我不知道他是莉莉和詹姆的保密人,还以为他刚听到神秘人袭击的消息，赶来相救呢。那小子脸色苍白，浑身发抖。你知道我干了什么吗？**我还安慰了那个杀人的叛徒！**"海格怒吼道。

"海格，拜托！"麦格教授说，"声音放低点儿！"

"我怎么知道他并不是为莉莉和詹姆难过呢？他关心的是神秘人！然后他说：'把哈利给我，海格，我是他的教父。我会照顾他——'哈！但我有邓布利多的命令，我就对布莱克说，不行，邓布利多说了哈利要去他的姨妈和姨父家。布莱克跟我争辩，但后来让步了，叫我用他的摩托车送哈利去。'我用不着它了。'他说。

"我当时就应该想到这里面有些可疑。那辆摩托车是他心爱的东西，为什么会送给我呢？他为什么用不着了呢？实际上是摩托车太容易被追踪了。邓布利多了解他是波特夫妇的保密人。布莱克知道自己必须连夜逃走，知道还有几小时魔法部就会通缉他。

"要是我把哈利交给了他会怎么样呢？我打赌他会在大海中央把那孩子从车上扔下去。他好朋友的儿子！当一个巫师投靠了黑势力，就会什么也不顾，什么人也不认……"

海格的故事讲完之后，一阵良久的沉默。后来罗斯默塔女士带着一丝快意说："可是他没有逃得掉，是不是？魔法部第二天就把他逮住了！"

"唉，如果是我们就好了。"福吉苦涩地说，"并不是我们找到他的。是小矮星彼得——波特夫妇的另一个朋友。他一定是悲伤得发了狂，知道布莱克是波特夫妇的保密人，就自己去追布莱克。"

第 10 章 活点地图

"小矮星……那个小胖墩男孩,在霍格沃茨总是像跟屁虫一样跟着他们的?"罗斯默塔女士问道。

"把布莱克和波特当英雄一样崇拜。"麦格教授说,"从天赋上讲,他跟他们从来不是一个级别的。我对他经常很严厉。你们可以想象我 —— 我现在有多么后悔……"听声音她好像突然得了感冒。

"好了,米勒娃。"福吉温和地说,"小矮星死得很英勇。目击证人 —— 当然都是麻瓜,我们后来消掉了他们的记忆 —— 说小矮星截住了布莱克,哭着叫道:'莉莉和詹姆!小天狼星,你怎么下得了手?'然后他就拔魔杖。当然,布莱克比他敏捷,把小矮星炸成了碎片……"

麦格教授擤了一下鼻涕,瓮声瓮气地说:"傻孩子……傻孩子……他决斗总是没有什么希望的……应该交给魔法部的……"

"跟你说,要是我在小矮星之前堵住布莱克,我才不会浪费时间去拔魔杖 —— 我会把他撕成一块一块的!"海格粗声说。

"你不知道自己在说什么,海格。"福吉尖刻地说,"要堵住布莱克,只有训练有素的魔法法律执行队的打击手才可能有些胜算。当时我是魔法灾难司的副司长,布莱克把那些人统统杀死之后,我是最先赶到现场的人之一。我 —— 永远忘不了那一幕,至今有时还会梦到。街心炸了一个大坑,深得连下水道都裂开了。尸横遍野,麻瓜们哭天喊地。布莱克站在那儿哈哈大笑,他面前的小矮星只剩下…… 一堆血染的袍子和些许——些许碎片——"

福吉的话音突然中断了,只听见五人擤鼻子的声音。

"就是这样,罗斯默塔。"福吉声音发闷地说,"布莱克被二十名魔法法律执行队的队员带走了,小矮星被颁以梅林爵士团一级勋章。我想这对他可怜的妈妈也算是一丝安慰吧。布莱克此后就一直关在阿兹卡班。"

罗斯默塔女士发出一声长叹。

"他现在真的疯了吗,部长?"

"我希望能说是的,"福吉缓缓说道,"我确实相信他主子的垮台让他精神失常了一段时间。杀害小矮星和那么多麻瓜就是一种狗急跳墙的行为——残忍……毫无意义。可是我上次去视察阿兹卡班时碰到了布莱克。你们知道,那儿的大部分囚徒都坐在黑暗中自言自语,没有正常的意识……但我惊讶地发现布莱克看上去很正常。他相当理智地跟我说话。这令我感到不安。你会觉得他只是闷得慌——问我报纸看完了没有,要多冷静有多冷静,还说他很想做报纸上的填字游戏。这真让我大吃一惊,摄魂怪对他的影响似乎非常小——要知道,他还是那里被看守得最严密的要犯之一呢。摄魂怪日夜守在他的门外。"

"可是您认为他越狱出来想干什么呢?"罗斯默塔女士问,"天哪,不会是想去投奔神秘人吧?"

"我猜这是布莱克的——呃——最终计划。"福吉含糊其词地说,"但我们希望在那之前就抓住他。我必须说,神秘人在孤立无援的情况下是一种局面……但如果让他找回

第 10 章 活点地图

最忠心的仆人,他会迅速卷土重来。一想到这里我就不寒而栗……"

玻璃碰到木头的轻微叮当声,有人放下了杯子。

"你知道,康奈利,如果你要跟校长一起吃晚饭,最好现在就返回城堡。"麦格教授说。

哈利面前的几双脚依次重新支撑起主人的重量;袍子的下摆飘入他的眼帘,罗斯默塔女士亮闪闪的高跟鞋消失在吧台后面。三把扫帚的大门再次打开,一阵风雪再次卷入,教师们不见了。

"哈利?"

罗恩和赫敏的面孔出现在桌子底下,他们都呆呆地望着他,不知说什么好。

第 11 章

火弩箭

哈利不大清楚他是怎么回到蜂蜜公爵地窖,又是怎么穿地道返回城堡的。他只知道回去的路上似乎没花多少时间。他也没有注意自己在做什么,因为脑袋里还在嗡嗡回响着刚才听到的那些话。

为什么没有人告诉过他呢?邓布利多、海格、韦斯莱先生、康奈利·福吉……为什么没人提到过,哈利的父母是因为最好的朋友背叛了他们才惨遭杀害的?

吃晚饭时,罗恩和赫敏一直不安地看着哈利,不敢议论他们听到的消息,因为珀西坐在旁边。当他们上楼来到挤满了人的公共休息室时,却看到弗雷德和乔治因为期末即将到来而兴奋不已,引爆了半打粪弹。哈利不希望弗雷德和乔治问他有没有去霍格莫德,便悄悄溜进了无人的宿舍,径直走到自己的床头柜前。他推开书本,很快就找到了他要找的东西——海格两年前给他的那本皮面相册,里面都是他父母的

第 11 章 火 弩 箭

魔法照片。他坐到床上，拉好帷帐，开始一页页翻看相册，寻找着……

他翻到了一张爸爸妈妈婚礼上的照片，停住了。爸爸满面春风地向他挥手，那一头遗传给哈利的蓬乱的黑发向四面八方支棱着。妈妈容光焕发，幸福地与爸爸手挽着手。还有……一定就是他了。他们的伴郎……哈利以前压根儿没想到过他。

如果不知道是同一个人，他怎么也猜不到这张老照片上的人就是布莱克。他的面孔并不是蜡黄凹陷，而是十分英俊，笑容可掬。拍摄这张照片时，他是否已经在为伏地魔效劳了呢？他是否已经在谋划身边这两个人的死期？他是否意识到自己将面临十二年阿兹卡班的牢狱生涯，这十二年将使他变得面目全非？

但是摄魂怪对他没有影响，哈利盯着那张英俊的、笑容可掬的面孔想道，他不用在摄魂怪逼近时听到我妈妈的惨叫。

哈利用力合上相册，欠身把它塞回柜子里，然后脱了袍子，摘下眼镜，躺到床上，并确保帷帐将自己完全遮住。

宿舍的门开了。

"哈利？"罗恩的声音迟疑地问。

哈利躺着没动，假装睡着了。听到罗恩走了，他翻身仰面躺着，眼睛睁得大大的。

一股前所未有的仇恨，像毒药一般流遍哈利的全身。他看到布莱克在黑暗中向他大笑，就像有人把相册里的照片贴在了他的眼前。他又像放电影一样，看到小天狼星布莱克把小矮星彼得（他看上去像纳威·隆巴顿）炸成了碎片。他还听到了一个声音（虽然不知道布莱克的声音是什么样的）在兴奋地低语："成功了，主人……波特夫妇让我做他们的保密人。"接着是另一个声音，尖厉地狂笑，正是每当摄魂怪逼近时哈利脑海中回响的那种笑声……

"哈利，你——你脸色很难看。"

哈利天亮时才睡着，醒来时发现宿舍里已经没人了。他穿上衣服，走下旋转楼梯，公共休息室里空荡荡的，只有罗恩在揉着肚子吃薄荷蟾蜍糖，赫敏把作业摊满了三张桌子。

"人都哪儿去了？"哈利问。

"走啦！今天是放假第一天，记得吗？"罗恩仔细打量着哈利说，"快到午饭时间了，我正打算去把你叫醒呢。"

哈利颓然坐到壁炉旁的一把椅子上。雪花仍在窗外飞舞。克鲁克山趴在壁炉前面，像一块姜黄色的大皮毯子。

"你脸色真的不好。"赫敏担忧地望着哈利的面孔说。

"我没事儿。"哈利说。

"哈利，听我说，"赫敏跟罗恩交换了一下眼色，说道，"昨天我们听到的事一定让你非常难过，但要紧的是，你不能做任何傻事。"

"比如什么？"哈利问。

"比如去找布莱克。"罗恩一针见血地说。

哈利看得出，他们在他睡觉时已经把这段对话排练过了。他什么也没说。

"你不会的，是吗，哈利？"赫敏问。

第 11 章 火弩箭

"为布莱克送命不值得。"罗恩说。

哈利看看两个朋友,他们似乎一点儿也不理解他。

"你们知道每次摄魂怪离我太近时,我就会看到什么、听到什么吗?"罗恩和赫敏摇了摇头,面露惧色。"我听到我妈妈在尖叫,在向伏地魔哀求。如果你们听到自己的妈妈被杀死之前那样惨叫,你们也不会很快忘掉的。一旦得知有个据说是她朋友的人背叛了她,让伏地魔来追杀她——"

"你做不了什么!"赫敏惊慌地说,"摄魂怪会抓住布莱克,把他送回阿兹卡班的——那是他活该!"

"你听到了福吉说的,布莱克不像一般人那样受阿兹卡班的影响。对他来说那儿并不像对别人那样,是一种可怕的惩罚。"

"那你想说什么?"罗恩问,显得非常紧张,"你想——杀了布莱克还是怎么着?"

"别说傻话,"赫敏说,语气十分恐慌,"哈利不想杀谁,是不是,哈利?"

哈利又没有回答。他也不知道自己想做些什么。他只知道一点:布莱克逍遥法外,他却无所作为,这几乎是他无法忍受的。

"马尔福知道,"他突然说,"还记得他在魔药课上是怎么对我说的吗?'如果换了我,我肯定要复仇,我会亲自去追捕他。'"

"你要听马尔福的,却不听我们的劝告?"罗恩气急败坏地说,"听着……你知道布莱克下手之后,小矮星的妈妈得到的是什么吗？爸爸告诉我——梅林爵士团一级勋章，还有小矮星的一根手指头，装在盒子里。那是他们能找到的最大的一片残骸。布莱克是个丧心病狂的疯子，哈利，他非常危险——"

"马尔福的爸爸一定跟他讲过，"哈利说，没有理睬罗恩，"他就在伏地魔的核心圈子里——"

"说神秘人，行不行？"罗恩气呼呼地插话。

"——所以显然，马尔福一家知道布莱克在为伏地魔效劳——"

"——而且马尔福很乐意看到你像小矮星那样被炸成无数碎片！清醒清醒吧。马尔福只希望你在魁地奇比赛之前就把小命送掉。"

"哈利，求求你，"赫敏说，眼睛里泪光闪闪，"求求你理智一点儿。布莱克做了一件非常非常可怕的事情，但是不要——不要冒险，那会正中布莱克的下怀……哦，哈利，如果你去找他，就正好让布莱克占了便宜。你爸爸妈妈不希望你受伤，是不是？他们绝不会希望你去找布莱克！"

"我永远也不知道他们希望什么了，就因为布莱克，我从来就没跟他们说过话。"哈利断然说道。

一阵静默，克鲁克山大大地伸了个懒腰，屈伸着爪子。罗恩的口袋在颤动。

"我说，"罗恩显然是努力想转换话题，"这是假期！就快过圣诞节了！我们——我们到下面去看看海格吧，都好久没去看过他了！"

第 11 章 火 弩 箭

"不行！"赫敏马上说，"哈利不能离开城堡，罗恩——"

"好，我们去吧。"哈利坐直了身体，说，"我还可以问问他，在跟我讲我爸爸妈妈的事时，为什么从没提过布莱克！"

罗恩显然不想再继续谈论布莱克。

"或者我们可以玩一盘象棋，"他急忙说道，"或是高布石。珀西留了一副——"

"不，去海格那儿。"哈利坚决地说。

于是三人从宿舍拿了斗篷，爬出了肖像洞口（"站住，决斗吧，你们这些黄肚皮的杂种！"），走下空荡荡的城堡，出了橡木大门。

他们在草坪上慢慢走着，细粉一般晶莹的雪地上留下一道浅浅的沟痕。袜子和斗篷的下摆都湿了，还结了冰。禁林看上去仿佛被施了魔法，每一棵树都银光闪闪，海格的小屋像一块撒了糖霜的蛋糕。

罗恩敲了敲门，没人应声。

"他不会出去了吧？"赫敏说，她裹着斗篷直打哆嗦。

罗恩把耳朵贴到门上。

"有一种奇怪的声音，"他说，"听——是牙牙吗？"

哈利和赫敏也把耳朵贴到门上。小屋里传出一声声低低的、抽搐的呻吟。

"要不要去叫人来？"罗恩紧张地问。

"海格！"哈利捶着门喊道，"海格，你在里面吗？"

一阵沉重的脚步声，门吱呀一声打开了。海格站在那儿，眼睛红肿，泪水啪哒啪哒地滴在皮背心的前襟上。

"你们都听说了？"他低吼道，一把搂住了哈利的脖子。

海格的身躯至少是常人的两倍，这可不是闹着玩的。哈利差点被他的重量压垮，幸亏罗恩和赫敏及时抢救，一边一个扶住海格的胳膊，把他搀回了屋里。海格顺从地被领到一把椅子里，一下扑到桌上，不可收拾地哭了起来。泪水亮晶晶地流了满脸，滴到乱蓬蓬的胡子里。

"海格，到底怎么啦？"赫敏震惊地问。

哈利发现桌上摊着一封公文样的信。

"这是什么，海格？"

海格的哭声更响了，他把信推向了哈利。哈利拿起来念道：

亲爱的海格先生：

关于发生在您课堂上的鹰头马身有翼兽袭击学生一事，经进一步调查，我们接受了邓布利多教授的担保，相信在这一令人遗憾的事件中您没有责任。

"那不是没事了吗，海格？"罗恩拍着海格的肩膀说。但海格仍在哭泣，他挥了挥一只巨手，要哈利再往下念。

但我们不得不对该鹰头马身有翼兽表示担忧。现已决定支持卢修斯·马尔福先生的正式投诉，将此案提交处置危险动物委员会。开庭日期定于4月20日，届时请您携带鹰头马身有翼兽前往该委员会的伦敦办事处报到。

第11章 火弩箭

在此期间，鹰头马身有翼兽应妥善拴系隔离。

谨致衷心的问候……

下面是校董事会成员名单。

"哦，"罗恩说，"可你说过巴克比克不是一头作恶的鹰头马身有翼兽呀，海格。我相信它不会有事的。"

"你不了解处置危险动物委员会的那些家伙，"海格哽咽道，用袖子擦着眼睛，"他们专跟有趣的动物作对！"

海格木屋的角落里突然传来一阵响动，哈利、罗恩和赫敏迅速转过身。鹰头马身有翼兽巴克比克躺在屋角，大声咀嚼着什么血淋淋的东西，血流了一地。

"我不能把它拴在外面的雪地里！"海格哽咽着说，"孤零零的，在圣诞节里！"

哈利、罗恩和赫敏面面相觑。他们从未完全赞同海格对他所谓"有趣的动物"的看法，这些动物别人会称之为"可怕的怪物"。然而，巴克比克似乎并没有什么特别的危险。实际上，按照海格通常的标准，它真算得上是很可爱的。

"你必须准备充足有力的辩护，海格。"赫敏坐下来，把手放在海格粗大的胳膊上，"我相信你能证明巴克比克是安全的。"

"没有用！"海格抽泣道，"处置委员会的那帮魔鬼，他们都是受卢修斯·马尔福指使的，都怕他！如果我败诉了，巴克比克——"

海格迅速用手指在喉咙处划了一下，发出一声长号，又一下扑倒在桌上，脸埋在胳膊里。

"邓布利多怎么说呢，海格？"哈利说。

"他已经为我做得太多了，"海格呜咽道，"而且手头的事也够他忙的，要把摄魂怪挡在城堡外面，还有小天狼星就藏在附近——"

罗恩和赫敏立刻看了哈利一眼，仿佛以为哈利会责备海格没有告诉他布莱克的真相。但哈利不忍那么做，他看到海格那么难过，那么恐惧。

"听我说，海格。"他说，"你不能放弃。赫敏说得对，你只需要一场有力的辩护。你可以让我们当证人——"

"我看到过一个鹰头马身有翼兽发狂的案子。"赫敏动着脑筋，"鹰头马身有翼兽被开释了。我去帮你查一下，海格，看看经过是怎么样的。"

海格哭得更响了。哈利和赫敏求助地望着罗恩。

"嗯——我去冲杯茶好吗？"罗恩说。

哈利瞪了他一眼。

"每次有人难过时，我妈妈总是这么做的。"罗恩耸耸肩，咕哝道。

终于，在得到许多帮忙的保证，还有一杯热腾腾的茶摆在面前之后，海格用桌布那么大的手帕擤了擤鼻子，说道："你们说得对。我不能崩溃，必须振作起来……"

猎狗牙牙怯生生地从桌子底下钻出来，把脑袋搁在海格的膝头。

"我最近不大正常，"海格用一只手抚摸牙牙，另一只手抹

第 11 章 火弩箭

了把脸,"担心巴克比克,而且没人喜欢我的课——"

"我们喜欢!"赫敏当即撒了个谎。

"是啊,你的课棒极了!"罗恩说,在桌子底下把中指和食指交叉在一起,"嗯——弗洛伯毛虫怎么样啦?"

"死了。"海格哭丧着脸说,"莴苣吃多了。"

"哦,真糟糕!"罗恩说,嘴唇在颤抖。

"还有那些摄魂怪让我感觉特别糟糕,"海格说着,猛然打了个激灵,"每次我想去三把扫帚喝酒都要从它们跟前经过。好像又回到了阿兹卡班——"

他沉默了,大口喝着茶。哈利、罗恩和赫敏都屏住呼吸看着他。他们从没有听海格讲过他在阿兹卡班短暂的关押经历。停了一会儿,赫敏小心翼翼地问:"那里是不是很可怕,海格?"

"你们不知道,"海格轻声说,"从没到过那样的地方。我以为自己要疯了,脑子里总想着可怕的事情……我被赶出霍格沃茨的那天……我爸爸去世的那天……我被迫让诺伯离开的那天……"

他眼里噙满了泪水。诺伯是海格在一次玩牌时赢到的小火龙。

"你过一阵子就想不起自己是谁了,根本看不到活下去的意义。我曾经希望就在睡梦中死掉……他们把我放出来的时候,真好像获得重生一样,一切全都想起来了。那真是世界上最美妙的感觉。要知道,摄魂怪可不乐意放我出来。"

"可你是无辜的呀!"赫敏说。

海格哼了一声。

"那关它们什么事？它们才不管呢。只要有几百个人关在那里，让它们把所有的快乐都吸走，它们才不在乎谁有罪谁没罪呢。"

海格又沉默了片刻，盯着他的茶。然后轻声说道："我想把巴克比克放走……想让它飞走……可是你怎么向一头鹰头马身有翼兽解释说它必须躲起来呢？而且——我很怕犯法……"他抬头望着他们，泪水又流下了面颊，"我不想再回阿兹卡班。"

这次拜访海格远远谈不上开心，倒是达到了罗恩和赫敏希望的效果。哈利心里绝对没有忘记布莱克，但也不能老是想着报仇了，因为他们要帮助海格打赢与处置危险动物委员会的官司。他和罗恩、赫敏第二天就去了图书馆，抱着一大堆书回到空无一人的公共休息室，这些书都是为巴克比克辩护可能用得着的。三个人坐在熊熊的炉火前，慢慢翻动着灰扑扑的卷宗，查阅关于劫掠性怪兽的著名案例，碰到相关的资料时偶尔会交谈几句。

"这儿有一条……一七七二年有个案子……但那头鹰头马身有翼兽被宣判有罪——啊，看他们对它干了什么，好恶心——"

"这个也许有用，看——一二九六年有一头人头狮身龙尾兽袭击了一个人，被释放了——哦——不，那只是因为所有的人都不敢靠近它……"

第 11 章 火弩箭

这时候,在城堡的其他地方,五光十色的圣诞节装饰像往年一样布置起来了,尽管并没有几个学生留下来欣赏。走廊上拉起了冬青和槲寄生组成的粗彩带,每套盔甲里都闪烁着神秘的灯光。礼堂里照例摆着那十二棵圣诞树,树上有金色的星星闪闪发光。一股浓郁诱人的烹饪香味在走廊里弥漫,到了平安夜时,香味浓得连斑斑都把鼻子从罗恩的口袋里伸了出来,满怀希望地向空中嗅着。

圣诞节的早上,哈利被罗恩扔来的枕头砸醒了。

"嘿!礼物!"

哈利伸手摸到眼镜戴上,在半明半暗中眯眼向床脚望去。那里出现了一小堆包裹。罗恩已经在撕扯他自己礼物上的包装纸。

"妈妈送的又是一件毛衣……又是暗红色的……看看你是不是也有。"

哈利也有。韦斯莱夫人给他寄的是一件猩红色的毛衣,胸前还织出了格兰芬多的狮子图案。另外还有一打家里烤的小圆百果馅饼、一些圣诞糕点和一盒果仁脆糖。哈利把这些东西拿开时,发现底下还躺着一个狭长的包裹。

"那是什么?"罗恩望着这边问道,手里是一双刚拆包的暗红色袜子。

"不知道……"

哈利撕开包裹,倒吸了一口气,一把闪闪发光、精美绝伦的飞天扫帚滚到他的床单上。罗恩丢掉他的袜子,从床上跳下来细看。

"我真不敢相信。"他声音沙哑地说。

是一把火弩箭,跟哈利在对角巷时每天去看的那把梦寐以求的飞天扫帚一模一样。他把它拿在手中,扫帚把熠熠生辉。他能感觉到它在颤动,于是松开了手。扫帚便悬在半空中,恰好是他可以骑上去的高度。他用目光抚摸着它,从扫帚把顶端的金色登记号,细细地看到那白桦细枝做成的、柔韧光滑的流线型扫帚尾。

"谁送给你的呀?"罗恩压低声音问。

"看看有没有卡片。"哈利说。

罗恩撕开火弩箭的包装。

"没有!我的天哪,谁会为你花这么多钱呢?"

"嗯,"哈利说,他完全蒙了,"我打赌不是德思礼家。"

"我打赌是邓布利多。"罗恩一边说,一边围着火弩箭转来转去,欣赏那光彩夺目的每一寸,"他匿名给你送了隐形衣……"

"但那是我爸爸的,"哈利说,"邓布利多只是把它转交给我。他不会为我花几百个金加隆的。他不可能给学生送这样的礼物——"

"所以他才不说是他送的!"罗恩说,"怕马尔福那样的饭桶说这是偏心。嘿,哈利——"罗恩高声大笑起来,"马尔福!等他看到你骑着这个吧!他会像瘟猪一样萎掉的!这可是一把国际水准的飞天扫帚,没错!"

"真不敢相信。"哈利喃喃道,一只手抚摸着火弩箭,而罗恩倒在哈利的床上,为想象中的马尔福的窘样狂笑不已,

第11章 火弩箭

"是谁——?"

"我知道了,"罗恩控制住自己,说道,"我知道可能是谁了——卢平!"

"什么?"哈利说,现在轮到他大笑起来,"卢平? 我说,他要有那么多金子,就能给自己买几件新袍子了。"

"是啊,可是他喜欢你。"罗恩说,"你的光轮摔坏时他正好不在,也许他听说后就决定去对角巷给你买把这个——"

"你说什么,他不在?"哈利说,"我那次比赛时他正病着呢。"

"哦,他不在校医院。"罗恩说,"当时我在校医院关禁闭,斯内普罚我清洗便盆,记得吗?"

哈利皱眉看着罗恩。

"我看不出卢平能买得起这样的东西。"

"你们两个在笑什么?"

赫敏刚刚进来,穿着晨衣,抱着克鲁克山。克鲁克山看上去脾气很恶劣,脖子上挂了一圈金箔装饰。

"别把它带到这儿来!"罗恩急忙把斑斑从床里面抓起来,塞进自己的睡衣口袋里。

但赫敏根本没听,她把克鲁克山丢到西莫的空床上,张大了嘴巴瞪着火弩箭。

"哦,哈利! 这是谁送给你的?"

"不知道。"哈利说,"没附卡片什么的。"

令他大为意外的是,赫敏对于这个新闻似乎既不兴奋也不感兴趣。相反,她脸色一沉,咬起了嘴唇。

"你怎么啦?"罗恩问。

"我不知道。"赫敏慢吞吞地说,"可是有点奇怪,不是吗?我是说,这应该是一把蛮好的扫帚,是不是?"

罗恩又急又恼地叹了口气。

"它是最好的飞天扫帚,赫敏。"

"所以肯定很贵……"

"可能比斯莱特林队所有的扫帚加起来都贵。"罗恩开心地说。

"那么……谁会送给哈利一件这么贵重的东西,而且还不告诉他是谁送的呢?"赫敏问。

"管他呢。"罗恩不耐烦地说,"喂,哈利,我可以骑一下吗?可以吗?"

"我想目前谁都不能骑这把扫帚!"赫敏尖声叫道。

哈利和罗恩望着她。

"那你说哈利用它做什么——扫地?"罗恩说。

赫敏还没回答,克鲁克山从西莫的床上一跃而起,正好扑到罗恩胸口。

"把——它——带——走!"罗恩吼道。克鲁克山的爪子在撕扯他的睡衣,而斑斑拼命想从他肩上逃走。罗恩抓住斑斑的尾巴,朝克鲁克山一脚踢去,却踢到了哈利床脚的箱子。箱子翻了。罗恩跳着脚,痛得哇哇大叫。

克鲁克山突然把毛竖起来,一种尖锐的呼啸声响彻了整个房间。袖珍窥镜从弗农姨父的旧袜子里掉了出来,在地上旋转着,闪闪发光。

第 11 章　火弩箭

"我把它给忘了！"哈利俯身捡起窥镜，"我尽量不穿这双袜子的……"

窥镜在他手中旋转尖啸，克鲁克山朝它嘶嘶喷着唾沫。

"你最好把那只猫带走，赫敏。"罗恩暴躁地说，坐到哈利的床上揉着他的脚趾，"你不能把那玩意儿关掉吗？"赫敏大步走出房间后，他对哈利说。克鲁克山被带出门时，一双黄眼睛仍恶狠狠地盯着罗恩。

哈利把窥镜塞到袜子里，丢进了箱子。现在只能听到罗恩在痛苦而气恼地低声呻吟了。斑斑蜷缩在罗恩的手里。哈利好久没见到它离开罗恩的口袋了，此刻惊讶地发现以前胖乎乎的斑斑现在成了皮包骨，还掉了一块块的毛，看上去让人很不舒服。

"它看上去不大健康，是不是？"哈利说。

"心理压力太大了吧！"罗恩说，"如果那个蠢笨的大毛球离它远点儿，它就没事了。"

但哈利想起神奇动物商店里那位女士说过老鼠只能活三年，不禁想道，斑斑除非有未曾显露的法力，否则就要走到生命的尽头了。虽说罗恩经常抱怨斑斑既乏味又无用，但哈利相信如果斑斑死了，他还是会很难过的。

那天早上，格兰芬多公共休息室里的圣诞气氛显然很淡。赫敏把克鲁克山关在她的宿舍了，但对于罗恩想踢它非常生气。罗恩仍在为克鲁克山又想吃斑斑而恼火。哈利放弃了让他们跟对方说话的努力，专心研究他的火弩箭——他把它带到了公共休息室。不知为什么，这似乎也让赫敏很生气；她倒没说什么，但总是脸色阴沉地瞪着那把飞天扫帚，好像它也得罪过她的猫似的。

午饭时他们下楼来到礼堂，发现学院餐桌又都被移到了墙边，一张十二人的餐桌摆在礼堂中央，邓布利多、麦格、斯内普、斯普劳特和弗立维教授坐在那儿，还有管理员费尔奇。费尔奇脱掉平素穿的那件棕色外套，换上了一件年头很久、看上去发了霉的燕尾服。另外只有三个学生，两个非常紧张的一年级学生，还有一个耷拉着脸的斯莱特林五年级学生。

"圣诞快乐！"哈利、罗恩和赫敏走到桌前时，邓布利多说道，"我们这么少的人，用学院餐桌显得有点傻……坐，坐吧！"

哈利、罗恩和赫敏并排坐到桌子末端。

"爆竹！"邓布利多兴高采烈地说，把一个银色大爆竹的尾端递给斯内普，斯内普不情愿地拉了一下。一声放炮般的巨响，爆竹炸开，露出了一顶大大的尖顶女巫帽，上面顶着一只秃鹫标本。

哈利想起了那个博格特，与罗恩相视一笑。斯内普的嘴唇抿得更薄了，他把帽子朝邓布利多一推。邓布利多马上用它换下了自己头上的那顶男巫帽。

"痛快地吃吧！"他招呼道，笑眯眯地环视着全桌。

在哈利拿烤土豆时，礼堂大门又打开了，是特里劳尼教授，她像踩着轮子一样朝他们滑了过来。为了庆祝节日，她穿了一件缀满金属亮片的绿衣服，看上去更像一只闪闪发光的超大号蜻蜓了。

第11章 火弩箭

"西比尔,真是让人喜出望外!"邓布利多站起来说道。

"我刚才在看水晶球,校长。"特里劳尼教授用她最虚无缥缈的声音说道,"令我吃惊的是,我看到自己抛下了孤独的午宴,来加入你们的欢宴。我怎能拒绝命运的昭示呢?我急忙从我的塔楼下来,恳请你们原谅我来迟了……"

"没问题,没问题,"邓布利多眼里闪烁着光芒,"我来给你弄一把椅子——"

他果然用魔杖从空中变出了一把椅子。椅子旋转了几秒钟,噗地落在斯内普和麦格中间。然而特里劳尼教授没有坐下,她的大眼睛滴溜溜地向桌边看了一圈,突然发出一声低低的尖叫。

"我不敢,校长!如果我坐到桌边,就是正好十三位!这是最不吉利的!别忘了,当十三个人一起用餐时,第一个站起来的肯定会第一个死去!"

"我们愿意冒险,西比尔。"麦格教授不耐烦地说,"坐下吧,火鸡都凉得跟石头一样了。"

特里劳尼教授犹豫了一会儿,然后慢慢坐到空椅子上。她闭上眼睛,紧抿双唇,仿佛在等着雷电击中餐桌。麦格教授将一把大勺子插进了最近的汤碗里。

"牛肚要吗,西比尔?"

特里劳尼教授没有理睬。她睁开眼睛,环视了一遍周围,说道:"可是,亲爱的卢平教授在哪儿?"

"我担心那个可怜的人又病了。"邓布利多说,示意大家自己动手,"正赶上圣诞节,真是太不幸了。"

"可是你想必已经知道了吧,西比尔?"麦格教授扬起眉毛问。

特里劳尼教授冷冷地看了麦格教授一眼。

"我当然知道,米勒娃。"她淡淡地说,"但我们不会炫耀自己无所不知。我经常假装像是没有天目一样,免得让别人感到紧张。"

"原来如此。"麦格教授辛辣地说。

特里劳尼教授的声音突然变得不那么虚幻了。

"如果你非要知道的话,米勒娃,我看到可怜的卢平教授在我们这里待不长了。他似乎也知道自己时日无多。我说要给他看水晶球时,他几乎是匆匆逃走的——"

"可以想象。"麦格教授冷淡地说。

"我表示怀疑。"邓布利多说,语气轻松愉快,但稍稍提高了一点声音,这就结束了麦格教授和特里劳尼教授的对话,"我不相信卢平教授有什么迫在眉睫的危险。西弗勒斯,你又给他配制魔药了吗?"

"配了,校长。"斯内普答道。

"很好,"邓布利多说,"那他应该很快就能起来活动了……德雷克,你有没有尝过这些小香肠?味道好极了。"

被邓布利多招呼的那个一年级学生满面通红,用颤抖的双手接过了那盘香肠。

在两个小时的圣诞大餐中,特里劳尼教授的表现还算正常。哈利和罗恩被美味佳肴撑得肚子都快爆炸了,头上还戴着各自的爆竹帽子。午餐结束时,哈利和罗恩首先从桌旁站

第11章 火弩箭

了起来，特里劳妮教授大声尖叫：

"亲爱的！你们哪个先站起来的？哪个？"

"不知道。"罗恩不安地看着哈利。

"我不相信这有多大区别，"麦格教授冷冷地说，"除非有个丧心病狂的刀斧手在门外等着，要砍死第一个走进门厅的人。"

连罗恩都笑了起来。特里劳妮教授似乎受了莫大的侮辱。

"走吗？"哈利问赫敏。

"不，"赫敏小声说，"我想跟麦格教授说句话。"

"大概是想问问她能不能再多上几门课吧。"罗恩打着哈欠说。两人走进门厅，根本没有看到什么丧心病狂的刀斧手。

来到肖像洞口，他们看到卡多根爵士正在跟两三个僧侣、几位霍格沃茨的前校长，以及他那匹肥肥的小灰斑马一起享用圣诞晚餐。他把头盔推上去，举起一壶蜂蜜酒向他们致意。

"圣诞——呃——快乐！口令？"

"下流的杂种狗。"罗恩说。

"你也一样，先生！"卡多根爵士高叫，肖像向前弹开，让他们进去了。

哈利径直回到宿舍，拿了他的火弩箭和赫敏送给他的生日礼物——飞天扫帚护理工具箱，下楼来想看看能对火弩箭做点什么。可是并没有折掉的短枝要修剪，扫帚把也光滑锃亮，似乎没有必要擦拭。他和罗恩只是坐在那里从各个角度欣赏它。忽然，肖像洞口再次打开，赫敏进来了，还有麦格教授。

麦格教授是格兰芬多学院的院长，但哈利以前只有一次在公共休息室里看到过她，那次她来是宣布一条非常重要的消息。此刻，哈利和罗恩都抓紧了火弩箭，呆呆地望着她。赫敏从他们旁边绕过去坐下，顺手抄起一本书挡住了自己的脸。

"就是这把，对不对？"麦格教授目光敏锐地说，走到壁炉前端详着火弩箭，"格兰杰小姐刚刚告诉我，有人送给你一把飞天扫帚，波特。"

哈利和罗恩都回头看赫敏，她露在书上方的额头正在变红，而且书都拿颠倒了。

"给我看看行吗？"麦格教授问，她没等回答，就把火弩箭从他们手中抽了过去，从头到尾仔细察看起来。"嗯，一张字条也没有吗，波特？没有卡片？没有任何信息？"

"没有。"哈利茫然答道。

"我知道了……"麦格教授说，"嗯，恐怕我要把这个拿走，波特。"

"什——什么？"哈利说着，慌忙站了起来，"为什么？"

"需要检查一下它上面有没有恶咒。"麦格教授说，"当然，我不是专家，但我想霍琦女士和弗立维教授会把它拆开——"

"拆开？"罗恩不相信地问，好像觉得麦格教授疯了。

"这要不了几个星期。"麦格教授说，"如果我们确认它不带恶咒，你就可以把它拿回来。"

"它没有问题！"哈利说，声音有点儿颤抖，"真的，教授——"

"你无法知道，波特。"麦格教授说，语气十分和蔼，"至

第 11 章　火 弩 箭

少要等你骑它飞过之后才能知道。但在我们确定它没有被做过手脚之前，你恐怕不能骑它。有什么情况我会及时通知你的。"

麦格教授一转身，带着火弩箭出了肖像洞口。洞门在她身后关闭了。哈利站在那儿望着她消失的地方，那一罐速洁把手增光剂还抓在手里。罗恩则把气撒到了赫敏头上。

"你跑去找麦格教授干什么？"

赫敏把书丢到一边，脸上依然泛着红晕，但她站直身体，不服气地面对罗恩。

"因为我想 —— 麦格教授也这么想 —— 那把飞天扫帚可能是小天狼星布莱克送给哈利的！"

第 12 章

守护神

哈利知道赫敏的用意是好的,但还是忍不住生她的气。世界上最好的飞天扫帚,他拿到手里才短短几个小时,就因为赫敏横插一杠子,现在还不知道这辈子能不能再见到它。哈利可以肯定火弩箭目前没有一点毛病,但是在做了各种反恶咒的检测之后,会是什么模样,那就只有天知道了。

罗恩也很生赫敏的气。在他看来,将一把崭新的火弩箭拆开等于是犯罪行为。赫敏仍然认为自己这么做是为了哈利好,但她现在不到公共休息室来了。哈利和罗恩以为她躲到图书馆去了,也就没想着把她劝回来。总的来说,他们很高兴新年过后不久同学们就回来了,格兰芬多塔楼又变得拥挤和嘈杂起来。

开学前一天晚上,伍德找到哈利。

"圣诞节过得好吧?"他说,然后不等哈利回答,他就坐

第12章 守护神

下来，压低嗓门说道，"过节的时候我好好想了想，哈利。上次比赛之后我一直在想。如果下次比赛摄魂怪再来……我的意思是……我们可禁不起你——怎么说呢——"

伍德顿住了，显得有些尴尬。

"我在努力呢，"哈利赶紧说道，"卢平教授说他要训练我抵御摄魂怪。应该从这个星期就开始。他说过完圣诞节他就有时间了。"

"啊，"伍德说着，脸上的表情变得开朗了，"如果是这样——我其实也不愿失去你这位找球手，哈利。还有，你订购新扫帚没有？"

"没有。"哈利说。

"什么！最好抓紧吧，要知道——你可不能骑着那把流星去打拉文克劳！"

"他圣诞节收到了一把火弩箭。"罗恩说。

"火弩箭？不可能！当真？一把——一把真的火弩箭？"

"别激动，奥利弗，"哈利闷闷不乐地说，"现在已经没有了，被没收了。"然后他一五一十地解释火弩箭怎样被拿去检测是否有恶咒了。

"恶咒？怎么可能有恶咒呢？"

"小天狼星布莱克，"哈利厌倦地说，"据说他要追杀的人是我。所以麦格教授认为扫帚可能是他送来的。"

听到大名鼎鼎的杀人犯要追杀他的找球手，伍德只是漫不经心地挥挥手，说："可是布莱克不可能买到一把火弩箭！

他是在逃犯！全国都在通缉他！他怎么可能大摇大摆地走进魁地奇精品店去买扫帚呢？"

"我知道，"哈利说，"但麦格教授还是想把它拆开——"

伍德的脸发白了。

"我去找她谈谈，哈利。"他保证道，"我要让她想清楚……一把火弩箭……一把如假包换的火弩箭，在我们球队……麦格教授跟我们一样盼着格兰芬多赢……我要让她明白过来……一把火弩箭……"

第二天，学校恢复了上课。在这个阴冷潮湿的一月的上午，大家最不愿意的就是在场地上待两个小时，没想到海格为了让他们高兴，弄出了一堆篝火，里面都是火蜥蜴。这节课上得特别有意思，同学们收集柴火树叶，让火不断燃烧，那些喜欢火焰的蜥蜴，在烧得噼啪作响的木柴里蹿来蹿去。新学期的第一节占卜课就没劲多了，特里劳尼教授现在教他们看手相了。她一逮着机会就告诉哈利，他的生命线是她见过的最短的。

哈利盼望的课是黑魔法防御术。跟伍德交谈过之后，他希望抵御摄魂怪的训练课程能尽早开始。

下课后，哈利提醒卢平别忘记他答应的事。"是的，"卢平回答，"让我想想……星期四晚上八点怎么样？魔法史教室应该够大了……我必须仔细想想该怎么做……我们不可能把一个真的摄魂怪带进城堡里来练习……"

"他的脸色还是不好，是吗？"罗恩说，这时他们顺着走

第 12 章　守护神

廊去礼堂吃晚饭,"你说他究竟是怎么回事呢?"

身后传来一声很响、很不耐烦的咂嘴声。是赫敏,她坐在一套铠甲的脚上整理书包,书太多了,撑得书包都合不上了。

"你朝我们咂什么嘴啊?"罗恩恼火地说。

"没什么。"赫敏用清高自傲的语气说,把书包背到了肩上。

"你就是咂嘴了。"罗恩说,"我说不知道卢平是怎么回事,然后你就——"

"这不是明摆着的事吗?"赫敏带着令人气恼的优越感说。

"如果你不想告诉我们,就别说。"罗恩没好气地说。

"很好。"赫敏傲慢地说,然后大步流星地走开了。

"她其实不知道,"罗恩气呼呼地瞪着赫敏的背影,说,"她只是想让我们重新跟她说话。"

星期四晚上八点,哈利离开格兰芬多塔楼去魔法史教室。到了那儿,教室里空荡荡的,一片漆黑。他用魔杖把灯点亮,只等了五分钟,卢平教授就出现了,手里提着一个大货箱。他把货箱放在宾斯教授的讲台上。

"那是什么?"哈利问。

"另外一个博格特。"卢平说着,脱掉斗篷,"我从星期二就开始在城堡里四处搜寻,还算走运,我发现这家伙躲在费尔奇先生的档案柜里。这是我们能找到的最接近摄魂怪的东西了。博格特一看见你就会变成摄魂怪,我们就可以拿它来练习。用不着的时候,我把它存在我的办公室里。我桌子底下有个柜子,它会喜欢的。"

"好吧。"哈利说,尽量使语气听起来好像他一点也不担心,正为卢平找到这么一个理想的摄魂怪替代品而感到高兴。

"那么……"卢平教授抽出自己的魔杖,示意哈利也照着做,"我马上要演示并教给你的咒语,哈利,是一种非常高深的魔法——远远超出了普通巫师等级考试的水平。这个咒语名叫守护神咒。"

"有什么作用呢?"哈利紧张地问。

"是这样的,如果做得正确,就会变出一个守护神,"卢平说,"它是摄魂怪克星——是一个守护者,像盾牌一样挡在你和摄魂怪之间。"

哈利脑子里突然闪过一个画面:自己躲在一个海格那么庞大、拿着大棒的身影后面。卢平教授继续说道:"守护神是一种积极的力量,是摄魂怪赖以为生的那些东西的外化表现——希望、快乐、求生的欲望——但它不像真人一样能感受到绝望,所以摄魂怪奈何不了它。不过我必须提醒你,哈利,这个咒语对你来说可能太艰深了,许多合格的巫师都没能够掌握。"

"守护神是什么样子?"哈利好奇地问。

"每个守护神都是变它出来的巫师所独有的。"

"是怎么变出来的呢?"

"念一个咒语,必须把所有的意念都集中在某个特别愉快的时刻,这咒语才会生效。"

哈利绞尽脑汁想一个愉快的时刻。毫无疑问,他在德思礼家的所有遭遇都不能考虑。最后,他选定了第一次骑飞天

第 12 章　守护神

扫帚的时刻。

"好了。"他说,尽量准确地回忆自己心里那种奇妙的、飞翔的感觉。

"咒语是——"卢平清了清嗓子,"呼神护卫!"

"呼神护卫,"哈利不出声地重复着,"呼神护卫。"

"你把意念都集中在那愉快的回忆上了吗?"

"噢——是啊——"哈利说,赶紧强迫自己的思绪回到第一次骑飞天扫帚的时候,"呼神护佑——不对,护卫——对不起——呼神护卫,呼神护卫——"

突然,什么东西从他的魔杖尖上蹿了出来,看上去像一团银白色的气体。

"看见了吗?"哈利兴奋地说,"有反应了!"

"很好,"卢平微笑着说,"那么——准备好在摄魂怪身上练习了吗?"

"准备好了。"哈利说着,把魔杖攥得紧紧的,走到空荡荡的教室中央。他努力让自己只想着那次飞行,可是别的东西总是闯进来……现在,他随时都可能再次听见妈妈的声音……但是他不应该这么想,不然就会再次听见她的声音,他不愿意听见……难道他愿意听见吗?

卢平抓住货箱的盖子,猛地一掀。

一个摄魂怪慢慢地从箱子里冒了出来,戴兜帽的脸朝哈利这边转来,一只闪着寒光、生着疥癣的手抓着斗篷。教室里的灯闪了几闪,熄灭了。摄魂怪从箱子里走出来,开始悄没声儿地朝哈利快速逼近,同时发出低沉的、呼噜呼噜的喘息声。一股渗透骨髓的寒意笼罩了哈利——

"呼神护卫!"哈利大喊,"呼神护卫! 呼神……"

然而,教室和摄魂怪在消失……哈利再度坠入厚厚的白色浓雾,妈妈的声音比以往任何时候都更加响亮,在他脑海里回荡——"别碰哈利! 别碰哈利! 求求你——要我怎样都行——"

"闪开——闪开,女人——"

"哈利!"

哈利猛地醒转过来。他仰面躺在地板上。教室的灯又亮了。他不需要问刚才发生了什么。

"对不起。"他低声说,坐了起来,感觉冷汗在眼镜后面往下流。

"你没事吧?"卢平说。

"没事……"哈利扶着一张桌子站了起来,然后靠在桌上。

"给——"卢平递给他一只巧克力蛙,"把它吃了,我们再试一次。我本来就没指望你能一次成功。说实在的,如果你真的成功了,我倒会感到震惊呢。"

"更糟糕了,"哈利嘟哝着说,一口咬掉了巧克力蛙的脑袋,"这次我听见她的声音更响了——还有他——伏地魔——"

卢平的脸色比平素更加苍白。

"哈利,如果你不想继续,我完全能够理解——"

"我想继续!"哈利情绪激动地说,把剩下来的巧克力蛙全部塞进了嘴里,"我必须继续! 如果我们跟拉文克劳比赛的

第12章 守 护 神

时候，摄魂怪突然出现了怎么办？我可不能再摔下来了。要是这场比赛再输了，我们的魁地奇杯就丢了！"

"那好吧……"卢平说，"你可能需要另外挑选一段回忆，我是说一段愉快的回忆，把意念集中在上面……刚才那个好像还不够强烈……"

哈利使劲地想啊想，他认为去年格兰芬多赢得学院杯冠军赛时，他的心情无疑是非常愉快的。他再次紧紧抓住魔杖，在教室中央摆好了姿势。

"准备好了吗？"卢平抓着箱子盖问道。

"好了。"哈利说，拼命让格兰芬多获胜的愉快想法占据自己的大脑，而不去想箱子打开后会发生的可怕事情。

"开始！"卢平说，一把掀开盖子。教室里再一次变得寒冷刺骨，一片黑暗。摄魂怪向前滑行，发出呼哧呼哧的喘息声，一只腐烂的手直朝哈利伸来——

"呼神护卫！"哈利大喊，"呼神护卫！呼神护……"

白色的雾气笼罩了他的意识……周围移动着一些大而模糊的身影……接着传来一个新的声音，一个男人的声音，正在紧张地高叫——

"莉莉，带着哈利快走！是他！快走！快跑！我来拖住他——"

有人从房间里跌跌撞撞跑出来——一扇门猛地打开——一阵刺耳的嘎嘎狂笑——

"哈利！哈利……醒醒……"

卢平用力拍打着哈利的面颊。这次，哈利过了一分钟才弄清自己为什么躺在一间灰扑扑的教室的地板上。

"我听见我爸爸的声音了,"哈利喃喃地说,"这是我第一次听见他的声音——他想自己牵制住伏地魔,让我妈妈有时间逃生……"

哈利突然意识到脸上有泪水跟汗水混在一起。为了不让卢平看见,他假装系鞋带,尽量把脸埋得很低,在袍子上擦去泪水。

"你听见詹姆的声音了?"卢平问,声音有些异样。

"是啊……"哈利擦干了脸,抬起头来,"怎么——你不认识我爸爸,是吗?"

"我——我,实际上我认识,"卢平说,"我们在霍格沃茨是朋友。听着,哈利——也许今晚应该到此为止了。这个咒语特别高深……我不应该提出让你经历这个……"

"不!"哈利说,重新站起身来,"我还要再试一次!我想的事情不够愉快,所以才会这样……等一等……"

他搜肠刮肚。一段特别特别愉快的记忆……他可以用它变出一个强壮有力的守护神……

当他第一次发现自己是个巫师,要离开德思礼家去霍格沃茨上学的那一刻!如果那还不能算愉快的记忆,他就不知道还有什么才能算了……哈利集中意念体会当时得知自己将要离开女贞路的感觉。他站稳脚跟,再一次面对那个货箱。

"准备好了?"卢平说,看上去他似乎在做一件违心的事情,"集中意念了?好——开始!"

他第三次掀开箱盖,摄魂怪从里面冒了出来,教室里一

第12章 守护神

片寒冷、黑暗——

"**呼神护卫!**"哈利吼道,"**呼神护卫! 呼神护卫!**"

哈利脑海里的尖叫声又出现了——不过这次像是从一台没有调准的收音机里发出来的。忽高,忽低,忽高,忽低……他仍然能看见摄魂怪……摄魂怪已经停住了……接着一个巨大的银色影子从哈利的魔杖尖上喷了出来,悬在他和摄魂怪之间。哈利虽然两腿软弱无力,但仍然站着……他没有把握自己还能站多久……

"滑稽滑稽!"卢平大吼着,冲上前来。

啪的一声,哈利那只模糊不清的守护神随着摄魂怪一起消失了。他跌坐在椅子上,感到精疲力竭,就好像刚跑了一英里似的,双腿不住地发抖。他眼角瞥见卢平教授用魔杖把博格特驱赶进了货箱里。博格特已经又变成了银色的圆球。

"很出色!"卢平说着,大步走到哈利面前,"很出色,哈利! 终于有起色了!"

"我们再试一次行吗? 就一次?"

"现在不行,"卢平坚决地说,"一个晚上练这么多就够了。给——"

他递给哈利一大块蜂蜜公爵最好的巧克力。

"把它吃了,不然庞弗雷女士会来找我算账的。下星期还是这个时间?"

"好的。"哈利说。他咬了一口巧克力,望着卢平把刚才摄魂怪消失后重新亮起的灯再次熄灭。他脑海里突然闪过一个念头。

"卢平教授？"他说，"既然你认识我爸爸，那么也一定认识小天狼星布莱克了。"

卢平迅速转过身来。

"你怎么会这么想？"他严厉地问。

"没什么——我的意思是，我知道他们在霍格沃茨也是朋友……"

卢平的表情放松了。

"对，我认识他，"他简短地说，"或者，我以为我认识他。你最好离开吧，哈利，时间不早了。"

哈利离开了教室，顺着走廊往前走，转过一个弯，绕到一套铠甲后面，一屁股坐在铠甲底座上，吃起了那块巧克力。他后悔自己刚才提到了布莱克，卢平显然对这个话题没有兴趣。接着，哈利的思绪又飘回他的爸爸妈妈身上……

他觉得全身无力，并且有一种奇怪的空落落的感觉，虽然吃了这么多巧克力。听见父母的最后时刻在自己脑海里回放，这固然很可怕，但是从很小的时候起，哈利只有这几次听见了他们的声音。不过，如果他隐约期待再次听见父母的声音，就永远不可能变出一个像样的守护神……

"他们死了，"他严厉地告诫自己，"他们死了，反复听他们的声音并不能使他们复活。如果想得到魁地奇杯，你最好控制住自己。"

他站了起来，把最后一点巧克力塞进嘴里，朝格兰芬多塔楼走去。

第12章 守护神

开学一星期后，拉文克劳跟斯莱特林比赛了一场。斯莱特林赢了，赢得很险。照伍德的说法，这对格兰芬多是个好消息，如果他们也打败了拉文克劳，就能排到第二名。于是，伍德把球队训练的次数增加到了每星期五次。这就意味着，算上卢平的抵御摄魂怪训练课——它比六次魁地奇训练还要累人——哈利每星期只有一个晚上可以用来做所有的家庭作业。尽管如此，他也不像赫敏那样表现得紧张兮兮。赫敏繁重的功课似乎终于令她招架不住了。每天晚上都能看见赫敏坐在公共休息室的一个角落，面前的几张桌子上全摊着课本、算术占卜图表、如尼文词典、麻瓜搬动重物的图解，还有一份又一份密密麻麻的笔记。她几乎不跟任何人说话，被人打扰时总是恶语相向。

"她是怎么弄的？"一天晚上罗恩小声问哈利，哈利正坐在那里写斯内普布置的一篇关于不可检测药剂的讨厌论文。哈利抬头一看，赫敏几乎被一大堆摇摇欲坠的书完全挡住了。

"弄什么？"

"上她所有的课呀！"罗恩说，"今天上午我听见她跟维克多教授，就是那个教算术占卜课的女巫说话。她们在谈论昨天的课，可是赫敏不可能去上课呀，那会儿她正跟我们一起上保护神奇动物课呢！还有，厄尼·麦克米兰告诉我，赫敏从来没有落下一堂麻瓜研究课，但那门课半数都跟占卜课的时间冲突，而她占卜课居然也一堂没落！"

哈利眼下没有时间去探究赫敏那张令人难以置信的时间表的奥秘。他真的需要赶紧把斯内普的论文写完。可是，两秒钟后，他又一次被打断了，这次是伍德。

"情况不妙，哈利。我为了火弩箭的事去找了麦格教授。她——呃——有点儿跟我发火了。说我弄错了事情的轻重缓急。她好像认为我关心赢奖杯胜过关心你能不能活着。就因为我对她说，只要你能先抓住金色飞贼，我不在乎你是不是被甩下扫帚。"伍德难以置信地摇摇头，"天哪，她朝我嚷嚷的那副样子……你会以为我说了什么混账话呢。后来我问她还要把扫帚留在手里多久……"他扭歪了脸，学着麦格教授严肃的声音说，"'需要多久就多久，伍德。'……我认为你应该再订一把新扫帚了，哈利。《飞天扫帚大全》背面有一张订单……你可以订一把光轮2001，就像马尔福的那把。"

"凡是马尔福认为好的东西，我都不会买。"哈利淡淡地说。

一月不知不觉变成了二月，寒冷刺骨的天气没有丝毫变化。跟拉文克劳队的比赛一天天临近了，哈利仍然没有订购新的扫帚。现在，每次上完变形课，他都要向麦格教授询问火弩箭的消息，罗恩满怀希望地站在他身后，赫敏则把脸扭向一边，匆匆走过。

"不行，波特，你还不能把它拿回去。"第十二次的时候，哈利还没有张口，麦格教授就对他说道，"我们检测了大部分惯常的魔咒，但弗立维教授相信扫帚上可能带有一种投掷咒。等检测完了我会立刻告诉你。现在请你别再缠着我了。"

更糟糕的是，哈利的抵御摄魂怪训练课完全不像他希望

第 12 章 守 护 神

的那样顺利。几次课后,每当博格特变的摄魂怪朝他逼来时,他虽能变出一个模模糊糊的银白色影子,但是他的守护神太弱了,不足以把摄魂怪赶跑。守护神只是像一团半透明的云一样悬在那里。哈利为了不让它消失,耗尽了全部的精力。哈利很生自己的气,为内心暗暗渴望再次听见父母的声音而感到愧疚。

"你对自己期望太高了,"在第四个星期的训练课上,卢平教授严肃地说,"对于一个十三岁的巫师来说,模糊不清的守护神也是一个了不起的成绩。你现在不再晕倒了,不是吗?"

"我以为守护神会——把摄魂怪赶跑什么的呢,"哈利沮丧地说,"让它们消失——"

"真正的守护神确实能做到这点,"卢平说,"但是你在很短时间内取得了很大的进展。如果下次魁地奇比赛时摄魂怪再出现,你就能暂时把它们控制住,让自己安全降到地面。"

"你说过,如果它们数量很多,就比较难以对付。"哈利说。

"我对你完全有信心。"卢平微笑着说,"好了——你给自己赢得了一点饮料。是三把扫帚里的东西,你恐怕还没有尝过——"

他从公文包里掏出两个瓶子。

"黄油啤酒!"哈利不假思索地说,"是啊,我喜欢这东西!"

卢平扬起一条眉毛。

"噢——罗恩和赫敏从霍格莫德带了一些给我。"哈利赶紧撒谎道。

"明白了。"卢平说，但脸上仍然带着一丝怀疑，"好了——让我们祝愿格兰芬多战胜拉文克劳！其实我作为一个老师不应该有偏心……"他赶紧加了一句。

他们默默地喝着黄油啤酒，最后哈利说出了已经困扰他一段时间的疑问。

"摄魂怪的兜帽下面是什么？"

卢平教授若有所思地放下酒瓶。

"哦……是这样，那些真正了解实情的人，他们的状况很差，不可能告诉我们。要知道，摄魂怪只在使用它最后的也是最毒辣的武器时才会放下兜帽。"

"那是什么呢？"

"人们称之为'摄魂怪的吻'。"卢平带着一丝嘲讽的微笑说，"摄魂怪用这一招来对付那些它们想要彻底摧毁的人。我猜想那下面肯定有类似嘴的东西，因为它们把下巴压在受害者的嘴上——吸走他的灵魂。"

哈利一不留神喷出了一些黄油啤酒。

"什么？它们杀人——？"

"噢，不，"卢平说，"比这厉害得多。你知道，只要大脑和心脏还在工作，即使没有灵魂你也能活着。但是不再有自我意识，不再有记忆，不再有……任何东西，而且没有丝毫康复的希望。只是——活着。一具空空的躯壳。你的灵魂丢失了……一去不复返。"

卢平又喝了点黄油啤酒，然后说道："等待小天狼星布莱

第12章 守护神

克的就是这种命运。今天早晨的《预言家日报》上写着呢。魔法部已经指示摄魂怪，一旦找到布莱克就用这种方式处置。"

哈利呆呆地坐在那里。把人的灵魂从嘴里吸走，这想法令他震惊。接着，他又想起了布莱克。

"他这是活该。"他突然说。

"你这么认为？"卢平轻轻地问道，"你真的认为有人活该得到这种惩罚？"

"对，"哈利倔强地说，"因为⋯⋯因为他做的事情⋯⋯"

他真想告诉卢平他在三把扫帚听到的关于布莱克、关于布莱克背叛他父母的那段对话，但是如果那么做，就会暴露他未经许可擅自去了霍格莫德，他知道卢平对此肯定会不高兴。于是他喝完黄油啤酒，谢过卢平，就离开了魔法史教室。

哈利有点后悔自己问了摄魂怪的兜帽下面是什么，那答案太恐怖了。上楼的时候，他满脑子都想着一个人的灵魂被吸走时是什么感觉，结果一头撞在了麦格教授身上。

"走路好好看着，波特！"

"对不起，教授——"

"我刚才到格兰芬多公共休息室去找你。好了，给你吧，我们采取了所能想到的各种措施，看来它没有什么问题——波特，你在某个地方有一位很好的朋友呢⋯⋯"

哈利吃惊地张大了嘴巴。麦格教授手里举着他的火弩箭，看上去跟以前一样精美。

"我可以拿回来了？"哈利轻声问，"真的？"

"真的。"麦格教授说，脸上居然露出了微笑，"我相信你需要在星期六的比赛前找找感觉,是不是?波特——一定要争取获胜,行吗?不然我们就连续八年与奖杯无缘了,这是昨晚斯内普教授好意提醒我的……"

哈利说不出话来,拿着火弩箭上楼返回格兰芬多塔楼。他拐过一个弯,看见罗恩朝他冲来,嘴巴咧得好大,笑得正欢。

"她给你了?太棒了!听我说,能不能让我骑上试试?明天?"

"行……怎么都行……"哈利说,一个月来,他的心情从没有这么轻松过,"对了——我们应该跟赫敏和解了。她当时只是想帮……"

"好吧,好吧。"罗恩说,"她眼下就在公共休息室呢——在做功课,为了换换脑子——"

他们拐进通向格兰芬多塔楼的走廊,看见纳威·隆巴顿正在苦苦哀求卡多根爵士,看样子是卡多根爵士不让他进去。

"我把它们都写下来了,"纳威眼泪汪汪地说,"可是肯定掉在什么地方了!"

"编得倒像!"卡多根爵士吼道。他转眼看见哈利和罗恩:"晚上好,我年轻的优秀骑兵!快给这无赖戴上镣铐,他正试图闯入里面的房间!"

"哦,闭嘴。"罗恩说着,和哈利一起站在纳威身边。

"我把口令丢了!"纳威可怜巴巴地告诉他们,"我让他把这星期要用的口令都告诉了我,因为他老是变来变去的,可是我那些口令不知道哪儿去了!"

"奇身怪皮。"哈利对卡多根爵士说,爵士显得失望极了,

第12章 守护神

极不情愿地向前转开,放他们进了公共休息室。一阵兴奋的低语声突然响起,每个人都把脑袋转了过来,紧接着,那些为火弩箭大呼小叫的人就把哈利围在了中间。

"你从哪儿弄来的,哈利?"

"能让我试试吗?"

"你骑过没有,哈利?"

"拉文克劳肯定没戏了,他们骑的都是横扫七星!"

"能让我拿一下吗,哈利?"

人们把火弩箭传来传去,从每一个角度细细欣赏。过了十分钟左右,人群渐渐散去,哈利和罗恩总算看见了赫敏。赫敏是唯一没有冲到他们身边的人,她埋头做着功课,小心地避开他们的目光。哈利和罗恩向她的桌子走去,最后,她终于抬起头来。

"我拿回来了。"哈利笑眯眯地看着她,把火弩箭举得高高的。

"看见了吗,赫敏?根本就没有任何问题!"罗恩说。

"可是——当时说不定呀!"赫敏说,"我是说,至少你现在知道它是安全的了。"

"是啊,我也是这样想的。"哈利说,"我最好把它放到楼上去——"

"我来拿!"罗恩积极地说,"我正好要给斑斑喂强身剂呢。"

他接过火弩箭,小心翼翼地捧着走上了男生宿舍的楼梯,就好像那扫帚是玻璃做的。

"好了，我可以坐下来吗？"哈利问赫敏。

"我想可以。"赫敏说着，把一张椅子上的一大堆羊皮纸挪开。

哈利看看堆得乱七八糟的桌子，看看墨迹未干的算术占卜的长篇论文，看看篇幅更长的麻瓜研究论文（《试论麻瓜为何需要用电》），再看看赫敏正在埋头钻研的如尼文翻译。

"这么多功课，你是怎么对付下来的？"哈利问她。

"哦，没什么——就是——刻苦用功呗。"赫敏说。哈利凑近了看，发现她几乎跟卢平一样憔悴。

"你为什么不少学两门课呢？"哈利问，一边注视着赫敏搬开书本寻找如尼文词典。

"我办不到！"赫敏显得十分愤慨地说。

"算术占卜看着怪吓人的。"哈利说，拿起一张看上去十分复杂的数字图表。

"噢，不，它很奇妙！"赫敏一本正经地说，"是我最喜欢的一门课！它——"

可是，算术占卜究竟奇妙在哪儿，哈利恐怕永远也不会知道了。就在那一刻，男生宿舍的楼梯上传来一声哽咽的尖叫。整个公共休息室顿时安静下来，大家呆呆地盯着楼梯口。急匆匆的脚步声传来，越来越响——接着，罗恩蹦了出来，手里拖着一条床单。

"**看！**"他咆哮道，大步走向赫敏的桌子，"**看！**"他吼着，在赫敏面前抖着床单。

"罗恩，怎么——？"

第12章 守护神

"斑斑！看！斑斑！"

赫敏躲闪着罗恩，脸上的表情十分困惑。哈利低头看看罗恩手里的床单，上面有一块红色的东西。真可怕，看上去就像——

"血！"罗恩在人们的惊愕和静默中喊道，"**它死了！你知道地板上有什么吗？**"

"不——不知道。"赫敏用颤抖的声音说。

罗恩把什么东西扔在赫敏的如尼文翻译作业上。赫敏和哈利赶紧凑上去看。在那些古怪的、尖头尖脑的文字上，躺着几根长长的姜黄色猫毛。

第13章

格兰芬多对拉文克劳

看起来，罗恩和赫敏的友谊到此结束了。彼此都恨得牙痒痒，哈利不知道他俩怎么才能言归于好。

罗恩生气，因为赫敏从来没有认真对待过克鲁克山想吃斑斑这件事，没有费心好好看住克鲁克山，而且直到现在还想诡称它是无辜的，并建议罗恩到所有男生的床底下去寻找斑斑。而赫敏则情绪激动地咬定罗恩没有证据证明克鲁克山吃了斑斑，说那几根姜黄色猫毛大概从圣诞节就在那里了，还说自从克鲁克山在神奇动物店里砸在罗恩脑袋上以后，罗恩就一直对它抱有成见。

哈利私下里相信是克鲁克山吃了斑斑，当他向赫敏提出所有的证据都指向这一点时，赫敏也朝哈利发起了脾气。

"好，跟罗恩站在一边吧，我就知道你会这样！"她尖着嗓子说，"先是火弩箭，现在是斑斑，每件事都是我的错，对吗？别来烦我了，哈利，我还有很多功课要做呢！"

第 13 章　格兰芬多对拉文克劳

罗恩实在难以接受他的老鼠的离去。

"好了，罗恩，你以前总是说斑斑多么没劲，"弗雷德安慰他说，"它很长时间都病恹恹的，年老不中用啦。突然一命呜呼对它来说或许更好呢。啊呜一口——它大概什么感觉都没有。"

"弗雷德！"金妮气愤地说。

"它整天除了吃就是睡，罗恩，这可是你自己说的。"乔治说。

"有一次它还帮我们咬了高尔呢！"罗恩难过地说，"记得吗，哈利？"

"是啊，没错。"哈利说。

"那是它最辉煌的时刻，"弗雷德说，忍不住要发笑，"就让高尔手指上的伤疤成为对它永久的纪念吧。哦，好了，罗恩，到霍格莫德去给自己买一只新老鼠吧。这么唉声叹气有什么用呢？"

为了让罗恩高兴，哈利做了最后的努力，劝罗恩陪他一起去观看格兰芬多跟拉文克劳比赛前的最后一次训练，等训练结束后罗恩可以骑上火弩箭试试。这似乎确实让罗恩暂时忘记了斑斑（"太棒了！我可以骑着它来几次射门吗？"），于是他们一起出发去了魁地奇球场。

为了照看哈利，霍琦女士仍在监督格兰芬多的训练。她像别人一样，对火弩箭爱不释手。训练开始前，她把扫帚拿在手里，向队员们发表了一番专业性的意见。

"看看它的平衡能力！要说光轮有什么缺陷，那就是尾部稍微有些倾斜——用了几年之后，就会发现它们有点儿拖泥带水。他们对扫帚把也做了改进，比横扫系列更纤细一些，让我想起过去的'银箭'——真可惜现在不再生产了，我就是骑着银箭学飞的，那是一种非常精美的老扫帚……"

她就这个话题又说了一会儿，最后伍德说道："呃——霍琦女士，是不是让哈利把火弩箭拿回去？没有别的，我们需要训练了……"

"哦——行——给你吧，波特，"霍琦女士说，"我和韦斯莱一起坐在那儿……"

她和罗恩离开球场，坐在看台上。格兰芬多队员们聚集在伍德周围，听他做明天比赛前的最后指示。

"哈利，我刚打听清楚拉文克劳的找球手是谁。是秋·张。她上四年级，打得很好……我本来真希望她不能参加比赛，她有一些伤病……"伍德皱起眉头，对秋·张的彻底痊愈表示不满，然后又说："不过，她骑的是一把彗星260，跟火弩箭一比，那简直像个笑料。"他带着狂热的崇拜看了一眼哈利的扫帚，接着说道，"好了，每位队员，开始吧——"

哈利终于骑上了他的火弩箭，用脚一蹬离开了地面。

那感觉比他梦想的还要美妙。他轻轻一触，火弩箭就有了反应。它顺从得似乎是哈利的思想，而不是他的掌控。扫帚飞一般地掠过球场，速度之快，使看台变成了绿莹莹和灰蒙蒙的一片。哈利猛地拐了个弯，惊得艾丽娅·斯平内特失声尖叫，然后他做了一个控制完美的俯冲，脚尖擦过青草覆盖的场地，随即又迅疾升向空中，三十英尺，四十英尺，五十英尺——

第13章　格兰芬多对拉文克劳

"哈利，我把飞贼放出来了！"伍德喊道。

哈利转了个身，追着一只游走球朝球门柱飞去。他很轻松地超过了游走球，看见飞贼从伍德身后蹿了出来。不出十秒钟，他就把它紧紧抓在手里了。

队员们疯狂地欢呼。哈利又把飞贼放出去，让它先飞一分钟，随即迅速追了上去，左躲右闪地在队员之间穿梭。他看见飞贼躲在凯蒂·贝尔膝盖周围，便轻松绕过凯蒂，再次把飞贼抓住了。

这是最好的一次训练。火弩箭出现在队员们中间，使他们大受鼓舞，都发挥出了自己的最高水平，表现近乎完美。当大家再次落回地面时，伍德没有一句批评的话可说，用乔治·韦斯莱的话讲，这可是破天荒的一次。

"我看明天没有什么能够阻挡我们！"伍德说，"除非——哈利，摄魂怪的问题你已经解决了，是不是？"

"是啊。"哈利说着，想起了他那柔弱的守护神，暗自希望它能变得强壮一些。

"摄魂怪不会再出现了，奥利弗，不然邓布利多非气疯了不可。"弗雷德信心十足地说。

"好吧，但愿如此。"伍德说，"不管怎样——大家练得不错。我们回塔楼去吧——早点睡觉……"

"我再稍微待一会儿，罗恩想骑骑火弩箭。"哈利对伍德说。其他队员都朝更衣室走去，哈利大步走向罗恩。罗恩翻过看台的栅栏，迎面跑了过来。霍琦女士已经在座位上睡着了。

"给你。"哈利说，把火弩箭递给了罗恩。

罗恩脸上带着狂喜的表情，骑上扫帚，嗖地蹿入逐渐昏暗的天空。哈利绕着球场边缘行走，注视着他。夜幕降临，霍琦女士突然惊醒了。她责备哈利和罗恩没有叫醒她，并坚持要他们赶紧返回城堡。

哈利把火弩箭扛在肩上，和罗恩一起走出幽暗的球场，一边议论着火弩箭不同凡响的精彩表现，它出色的加速能力以及转弯时的精确性。走到半路，哈利向左边扫了一眼，看到了使他心慌意乱的东西——一双眼睛在暗中闪闪发光。

哈利猛地停住脚步，心怦怦地撞击着他的胸膛。

"怎么啦？"罗恩问。

哈利指了指。罗恩抽出魔杖，低声说了句："荧光闪烁！"

一道亮光掠过草地，照到一棵树的根部，照亮了树枝。在刚刚萌芽的树叶中间，蹲着的是克鲁克山。

"滚开！"罗恩吼道，弯腰抓起草地上的一块石头。可是没等他再做什么，克鲁克山忽地一甩姜黄色的长尾巴，消失了。

"看见了吗？"罗恩气呼呼地说，又把石头扔了回去，"她还让它由着性子乱逛——大概想再吃两只小鸟帮着消化斑斑……"

哈利什么也没说。他深深吸了口气，觉得心里一阵轻松。他刚才还以为那肯定是"不祥"的眼睛呢。他们又拔腿朝城堡走去。哈利为自己刚才的紧张感到有些羞愧，什么也没有对罗恩说——也没有再往两边看，就这样一直走到灯火通明的

第13章　格兰芬多对拉文克劳

门厅。

第二天早晨,哈利跟宿舍里的同学一起下楼吃早饭,他们似乎都认为火弩箭需要一支仪仗队。哈利走进礼堂,同学们都把脑袋转向了火弩箭,礼堂里一片兴奋的叽叽喳喳。哈利看到斯莱特林队员们一个个目瞪口呆,不由得感到极大的满足。

"你看见他的脸了吗?"罗恩回头看看马尔福,开心地说,"他不敢相信! 真是太棒了!"

伍德也为火弩箭的辉煌感到得意。

"把它放在这里,哈利。"说着,他把扫帚放在桌子中央,小心地转动着,让它的牌子朝上。很快,拉文克劳和赫奇帕奇的同学纷纷过来观看。塞德里克·迪戈里上前祝贺哈利得到这样一把出色的扫帚来代替那把光轮,珀西的女朋友佩内洛·克里瓦特问能不能让她拿一下火弩箭。

"好了,好了,佩内洛,不许破坏!"佩内洛仔细端详火弩箭时,珀西兴奋地说。"佩内洛和我打了个赌,"他告诉队员们,"十个加隆赌比赛结果!"

佩内洛放下火弩箭,谢过哈利,返回她的餐桌去了。

"哈利 —— 你们可一定要赢啊,"珀西急切地低声说道,"我可没有十个加隆。来了,来了,佩内洛!"他赶紧跑过去跟她一起吃一块烤面包。

"你对付那把扫帚没问题吧,波特?"一个冷冷的、拖腔拖调的声音说。

德拉科·马尔福也过来看扫帚了，身后跟着克拉布和高尔。

"我想是吧。"哈利漫不经心地说。

"这扫帚有许多特殊性能，是不是？"马尔福说，眼睛里闪着不怀好意的光，"真可惜它没有带着降落伞——以防你跟一个摄魂怪靠得太近。"

克拉布和高尔哧哧地笑了起来。

"真可惜你不能给自己再接一条手臂，马尔福，"哈利说，"不然它就可以替你抓住飞贼了。"

格兰芬多队员们哈哈大笑。马尔福眯起灰色的眼睛，大步走开了。大家注视着他走到斯莱特林的其他队员中间，他们把脑袋凑在一起，无疑是在向马尔福打听哈利的扫帚是不是真的火弩箭。

十点三刻，格兰芬多队出发去更衣室。天气跟他们同赫奇帕奇队比赛的那天完全不一样，晴朗，凉爽，微风习习。这次不会存在能见度的问题。哈利虽然紧张，却也开始感到只有魁地奇比赛才能带来的那种兴奋了。他们听见了全校同学拥进外面体育场的声音。哈利脱掉黑色校袍，从口袋里抽出魔杖，塞进他准备穿在魁地奇球服下面的 T 恤衫里。但愿不要用到魔杖。他突然想知道卢平教授是不是也在人群里观看比赛。

"你们知道要怎么做。"大家准备离开更衣室时，伍德说道，"如果输了这场比赛，我们就彻底没希望了。就像——就像昨天训练的时候那样飞，我们肯定没问题！"

第 13 章　格兰芬多对拉文克劳

他们走到外面的球场上，欢呼声震耳欲聋。身穿蓝色队袍的拉文克劳队已经站在球场中央。他们的找球手秋·张是队里唯一的女生，她比哈利大约矮一个头。哈利虽然紧张得要命，也忍不住注意到她漂亮得惊人。双方队员面对面站在各自的队长身后，秋·张微笑地看着哈利。哈利觉得肚子那儿异样地抽动了一下，他想这抽动与紧张没有关系。

"伍德，戴维斯，握手。"霍琦女士干脆利落地说，伍德与拉文克劳队的队长握了握手。

"骑上扫帚……听我的哨声……三——二——一——"

哈利双脚一蹬，蹿到空中，火弩箭比别的扫帚都飞得快，蹿得高。哈利在球场上空盘旋，开始眯着眼睛寻找飞贼，同时留神倾听场上的评论。解说员是韦斯莱双胞胎兄弟的朋友李·乔丹。

"比赛开始了，本场比赛最大的兴奋点是火弩箭，哈利·波特骑着它代表格兰芬多参赛。《飞天扫帚大全》上说，火弩箭是国家队在今年世界杯上的首选扫帚——"

"乔丹，你能不能跟我们说说比赛的情况？"麦格教授的声音插了进来。

"没问题，教授——介绍一点背景消息嘛。顺便说一句，火弩箭有一个内置的自动制动装置，可以——"

"乔丹！"

"好的，好的，现在格兰芬多控球，格兰芬多的凯蒂·贝尔准备投球射门……"

哈利迎面掠过凯蒂身边，一边东张西望地寻找金色的亮光，却发现秋·张紧紧地跟在他身后。毫无疑问，秋·张是个很出色的飞行手——她频繁地超到哈利前面，逼迫他改变方向。

"让她见识一下你的加速，哈利！"弗雷德一边飞过去追赶一只瞄准艾丽娅的游走球，一边喊道。

绕过拉文克劳的门柱时，哈利催促火弩箭加快速度，秋落后了。就在凯蒂投中全场比赛的第一个球，格兰芬多那边的球场上一片沸腾时，哈利看见了——飞贼就在靠近地面的地方，在一处栅栏旁飞来飞去。

哈利俯冲下去，秋看见他这么做，立刻追了上来。哈利不断加速，心里兴奋极了。俯冲是他的强项。还有十英尺了——

这时，拉文克劳的一位击球手打出的一只游走球突然冒了出来。哈利赶紧往旁边一闪，差一英寸就撞上了，而在这关键的几秒钟里，飞贼消失了。

"哦！"格兰芬多的支持者们发出一片失望的叹息，拉文克劳那头却在为他们的击球手喝彩欢呼。乔治·韦斯莱为了发泄自己的情绪，把第二只游走球直接击向那位惹祸的击球手。他为了躲避，在空中翻了个跟头。

"格兰芬多八十比〇领先，快看火弩箭的身手！波特此刻正在测试它的性能呢。看见它转身了吗——秋·张的彗星根本没法儿跟它比。火弩箭的精确平衡能力尤其体现在长时间的——"

第 13 章　格兰芬多对拉文克劳

"乔丹！火弩箭花了钱要你做广告吗？赶快解说比赛！"

拉文克劳把比分追了上来，他们接连进了三个球，格兰芬多只领先五十分了——如果秋在哈利之前抓到飞贼，拉文克劳就赢了。哈利降低高度，目光焦急地扫视球场，差点儿撞上拉文克劳的一位追球手。一道金光，一对呼扇的小翅膀——飞贼正在格兰芬多球门柱周围盘旋呢……

哈利加快速度，眼睛盯着前面那个金色的小点——可是一眨眼间，秋·张凭空出现，挡住了他——

"哈利，现在可不能当绅士！" 伍德吼道，因为哈利猛一转身避免相撞，**"如果需要，把她从扫帚上撞下去！"**

哈利转脸看见了秋。她脸上带着笑容。飞贼又消失了。哈利把火弩箭往上一转，很快就升到了球场二十英尺的上空。他从眼角看见秋在跟踪他……秋已经决定自己不找飞贼，只管留意哈利。好啊……如果她想跟踪他，就必须承担这样做的后果……

哈利又一个俯冲，秋以为他看见了飞贼，想赶紧跟上来。哈利突然停止俯冲，秋·张却刹不住，一个劲儿地往下降落。哈利再次像子弹一般飞速上升，于是他看见了，第三次看见了：飞贼在拉文克劳那边的球场上空闪闪发光。

哈利加速，在许多英尺之下，秋也跟着加速。他要赢了，飞贼眼看着就要到手了——这时——

"哦！"秋大喊一声，用手指着。

哈利分了神，低头看去。

三个摄魂怪，三个又高又黑、戴着兜帽的摄魂怪，正抬起头看着他呢。

哈利没有停下来思考。他把一只手塞进球袍颈口,抽出魔杖,大吼一声:"呼神护卫!"

一个银白色的庞然大物从魔杖尖上冒了出来。哈利知道它径直射向了那些摄魂怪,但他没有停下来细看。他的头脑仍然奇迹般清醒,眼睛望着前面——快要到了。他伸出那只仍然抓着魔杖的手,正好把那挣扎着的小飞贼团在了手指间。

霍琦女士的哨声响了,哈利在空中转了个身,看见六个深红色的模糊身影朝他飞来。接着,队员们都在使劲地搂抱他,弄得他差点儿从扫帚上摔下去。他听见了下面人群中格兰芬多们的喧嚣。

"真是好样儿的!"伍德一遍又一遍地喊。艾丽娅、安吉利娜和凯蒂都亲吻了哈利,弗雷德一把抓住哈利,哈利感觉脑袋都快掉了。在一片混乱中,队员们总算降落到地面。哈利离开扫帚,抬眼看见一群格兰芬多支持者们正飞快地跑向球场,跑在最前面的是罗恩。没等反应过来,哈利就被欢呼的人群团团围住了。

"赢了!"罗恩喊道,使劲把哈利的胳膊举向空中,"赢了!赢了!"

"干得漂亮,哈利!"珀西显得很高兴,说道,"我赢了十个加隆!对不起,我得找到佩内洛——"

"你可真棒啊,哈利!"西莫·斐尼甘嚷道。

"实在太精彩了!"海格在格兰芬多人群的头顶上粗声大气地说。

第 13 章　格兰芬多对拉文克劳

"那个守护神很像回事儿。"一个声音在哈利耳边说。

哈利一转脸，看见了卢平教授，他显得既担忧又高兴。

"摄魂怪根本没有影响到我！"哈利兴奋地说，"我什么感觉也没有！"

"那是因为他们 —— 呃 —— 不是摄魂怪，"卢平教授说，"你过来看 ——"

他领着哈利走出人群，来到能看到球场边缘的地方。

"你把马尔福同学吓得够呛。"卢平说。

哈利惊讶地瞪大了眼睛。在球场上跌作一团的是马尔福、克拉布、高尔和斯莱特林队的队长马库斯·弗林特，他们正手忙脚乱地从长长的、带兜帽的黑袍子里挣脱出来。看样子，刚才马尔福是站在高尔的肩膀上来着。麦格教授站在他们身边，脸上的神情十分愤怒。

"可耻的诡计！"她喊道，"卑鄙、懦弱，想给格兰芬多队的找球手使坏！罚你们每个人都关禁闭，斯莱特林扣除五十分！我要跟邓布利多教授谈谈这事，澄清是非！啊，他来了！"

要说有什么能给格兰芬多的胜利画上一个圆满的句号，那就是这一幕了。罗恩从人群中挤过来，跟哈利一起注视马尔福挣扎着从袍子里脱出身，而高尔的脑袋还缠在袍子里。他们笑得腰都直不起来了。

"快点儿，哈利！"乔治匆忙挤过来说，"联欢会！格兰芬多公共休息室，现在！"

"好嘞。"哈利说，觉得自己好久没有这么开心了。他和队员们仍然穿着深红色球袍,领头走出体育场,返回城堡。

感觉就好像他们已经赢得了魁地奇杯。联欢会开了一整天,又一直延续到深夜。弗雷德和乔治·韦斯莱消失了几个小时,回来的时候怀里抱着一大堆黄油啤酒、南瓜汽水和满满几大袋蜂蜜公爵的糖果。

"你们怎么弄到的?"乔治把薄荷蟾蜍糖抛向人群时,安吉利娜·约翰逊问道。

"靠了月亮脸、虫尾巴、大脚板和尖头叉子的一点帮助。"弗雷德对着哈利的耳朵低声说。

只有一个人没有参加庆祝活动。赫敏这时居然坐在墙角,埋头阅读一本名叫《英国麻瓜的家庭生活和社交习惯》的大部头书。弗雷德和乔治用黄油啤酒瓶玩起了杂耍,哈利离开桌子,朝赫敏走去。

"你没去看比赛吗?"他问赫敏。

"当然去了。"赫敏说,她连头也没抬,声音尖得奇怪,"我很高兴我们赢了,我认为你的表现确实很棒,但我需要在星期一之前把这本书读完。"

"来吧,赫敏,过来吃点东西。"哈利一边说,一边看了看那边的罗恩,不知道他此刻情绪是不是特别好,能够跟赫敏握手言和。

"我不能,哈利,我还有四百二十二页要读呢!"赫敏说,她此刻的声音听起来有点歇斯底里了,"而且……"她瞥了一眼罗恩,"他也不希望我参加。"

第13章　格兰芬多对拉文克劳

哈利对此无话可说，因为罗恩偏偏在这个时候大声说道："如果斑斑没被吃掉，就可以吃几块这种乳脂软糖苍蝇了，它以前特别喜欢的——"

赫敏哭了起来。没等哈利再说什么或做什么，她就把大部头书夹在胳膊底下，一路哭着跑向女生宿舍的楼梯，消失不见了。

"你就不能饶过她吗？"哈利小声问罗恩。

"不能。"罗恩一口回绝，"哪怕她表现出一点难过的样子也行啊——可是她死活不承认她错了，这就是赫敏。她仍然不当回事儿，就好像斑斑出去度假了什么的。"

到了深夜一点，麦格教授穿着格子晨衣、戴着发网出现了，她坚持叫大家都上床去睡觉，格兰芬多的联欢会这才散了。哈利和罗恩上楼回宿舍，一路仍在谈论着比赛。终于，精疲力竭的哈利爬到床上，把四柱床的帷帐合上掖紧，挡住月光，平躺下来，觉得自己好像立刻就进入了梦乡……

他做了一个很奇怪的梦。他肩上扛着火弩箭，跟着一个银白色的东西，走在森林里。那东西在前面的树丛里迂回穿梭，他只能看见它在树叶间忽隐忽现。他急于赶上它，便加快了速度，可是他走得越快，前面那东西走得更快。哈利跑了起来，听见前面的蹄声也在嘚嘚地加速。现在他是全速奔跑了，前面传来飞奔的蹄声。然后，他转了个弯，来到一片空地上——

"啊——！不——！"

哈利猛地惊醒，好像脸上被人打了一下似的。他在黑暗中辨不清方向，胡乱地摸索着帷帐——他听见周围有动静，西莫·斐尼甘的声音从房间的另一边传来。

"怎么回事？"

哈利好像听见宿舍的门砰地关上了。他终于找到了帷帐的开口处，把它们拉开，就在这时，迪安·托马斯把灯点亮了。

罗恩坐在床上，帷帐的一边被扯了下来，他脸上的神情极度恐惧。

"布莱克！小天狼星布莱克！拿着刀！"

"什么？"

"这儿！就在刚才！用刀刺帷帐！把我惊醒了！"

"你能肯定不是在做梦，罗恩？"迪安问。

"看看帷帐！我说得没错，他刚才就在这儿！"

大家手忙脚乱地下了床，哈利首先奔到宿舍门口，他们顺着楼梯跑下来。身后一扇扇门打开了，睡意蒙眬的声音追着他们问道：

"谁在喊？"

"你们在干吗？"

公共休息室里，未燃尽的余火放出些许亮光，到处都乱糟糟地扔着联欢会的东西。没有人。

"你真的不是在做梦吗，罗恩？"

"我告诉你，我看见他了！"

"这么多声音是怎么回事？"

"麦格教授叫我们都上床睡觉！"

几个女生从楼上下来了，裹着晨衣，打着哈欠。男生也

第13章　格兰芬多对拉文克劳

在不断拥来。

"太棒了，我们继续联欢吗？"弗雷德·韦斯莱兴高采烈地说。

"所有的人都上楼去！"珀西匆匆走进公共休息室，一边说话，一边把男生学生会主席的徽章别在睡衣上。

"珀西——小天狼星布莱克！"罗恩胆战心惊地说，"在我们宿舍！拿着刀子！把我弄醒了！"

公共休息室里一片寂静。

"胡说！"珀西神色惊讶地说，"你吃得太多了，罗恩——做了噩梦——"

"我告诉你——"

"够了，够了，别再说了！"

麦格教授回来了。她重重地关上肖像洞门，走进公共休息室，怒气冲冲地四下张望。

"我很高兴格兰芬多赢了比赛，但是这也太过分了！珀西，我原指望你能管好大家呢！"

"这不是我批准的，教授！"珀西说，气得胸脯都鼓了起来，"我正要叫他们都上床睡觉呢！我弟弟罗恩做了一个噩梦——"

"不是噩梦！"罗恩嚷了起来，**"教授，我醒了，看见小天狼星布莱克站在我床边，手里拿着刀！"**

麦格教授吃惊地瞪着他。

"别丢人现眼啦，韦斯莱，他怎么可能通过肖像洞口呢？"

"问他！"罗恩举起颤抖的手指，指着卡多根爵士肖像的背面说道,"问他有没有看见——"

麦格教授怀疑地瞪了罗恩一眼,推开肖像,走到外面。公共休息室里的人们都屏住呼吸听着。

"卡多根爵士,你刚才有没有放一个男人进入格兰芬多塔楼?"

"当然有啊,尊贵的女士!"卡多根爵士大声说。

公共休息室内外一片惊愕的沉默。

"你——你真的这么做了?"麦格教授说,"可是——可是口令呢?"

"他有口令!"卡多根爵士骄傲地说,"有一星期的口令呢,我的女士!照着一张小纸条念的!"

麦格教授从肖像洞口钻了回来,面对呆若木鸡的学生,她的脸白得像粉笔一样。

"是谁,"她声音颤抖地问,"是哪个十足的笨蛋,写下这星期的口令到处乱扔?"

一片沉默中,响起一个战战兢兢的细小声音。纳威·隆巴顿,慢慢地举起了他的手,他从脑袋到穿着绒毛拖鞋的脚趾都在发抖。

第14章

斯内普怀恨在心

那一夜，格兰芬多塔楼里没有一个人睡觉。大家知道又在搜查城堡了。全院学生都待在公共休息室里，保持着清醒状态等着听到布莱克被抓获的消息。黎明时麦格教授回来，告诉大家布莱克又逃脱了。

第二天，他们看到到处都加强了保安措施。弗立维教授在教城堡大门的看守辨认小天狼星布莱克的大照片；费尔奇突然忙得不可开交，在走廊里跑来跑去堵缺口，从墙上最小的裂缝到老鼠洞都不放过。卡多根爵士被撤职了，他的肖像又被送回八楼那个冷冷清清的楼梯平台上。胖夫人又回来了，她经过了专家修复，但还是极其神经质，要求给予她特别保护才肯回到岗位上。一帮粗暴的巨怪保安被雇来保护她。他们三五成群凶神恶煞般地在走廊里巡逻，粗声大气，互相比较着手中棒子的大小。

哈利无意中注意到四楼的独眼女巫雕像依然无人看守，

也没有被封死。看来弗雷德和乔治说得不错,只有他们(现在还有哈利、罗恩和赫敏)知道那里有一条秘密通道。

"你说要不要告诉别人?"哈利问罗恩。

"我们知道他不会从蜂蜜公爵那边进来,"罗恩不以为然地说,"如果他闯进了糖果店,我们会得到消息的。"

哈利很高兴罗恩这么看。要是独眼女巫也被封死了,他就没法再去霍格莫德了。

罗恩一下子出了名。平生第一次,他比哈利受到了人们更多的关注。罗恩显然很喜欢这种感觉。他虽然还因昨晚的事惊魂未定,但只要有人来问,他总是很乐意绘声绘色、详详细细地讲述他的历险经过。

"……我正在睡觉,忽然听到撕东西的声音,我还以为是在做梦呢,你知道吧?可是一阵冷风……我醒了,帷帐的一边被扯下来了……我翻过身……看到他站在我跟前……像一具骷髅,一大蓬脏兮兮的头发……举着一把这么老长的刀子,准有十二英寸长……他看着我,我看着他,然后我大叫一声,他就噌地跑了。"

"可是为什么呢?"罗恩问哈利,这时一群二年级女生听完他那瘆人的故事刚刚走开,"他为什么要跑呢?"

哈利也在纳闷这个问题。布莱克走错了床铺之后,为什么没有杀了罗恩灭口,接着去找哈利呢?十二年前已经证明,布莱克不在乎屠杀无辜,这次他面对的是五个手无寸铁的男孩,其中四个还在熟睡。

"他大概知道,你嚷嚷起来把人吵醒后,他想要撤出城堡

第 14 章 斯内普怀恨在心

就难了。"哈利思索着说,"他必须杀光全院的学生才能从肖像洞口出去……然后还会碰到教师……"

纳威丢尽了脸。麦格教授对他大发雷霆,禁止他以后再去霍格莫德,关了他的禁闭,还不许任何人告诉他进塔楼的口令。可怜的纳威每天晚上只能待在公共休息室外面,眼巴巴地等着有谁能带他进去,而那些巨怪保安还在一旁不怀好意地斜瞟着他。但这些与他奶奶给他的惩罚相比,还算是小巫见大巫呢。布莱克闯入塔楼的两天之后,纳威的奶奶给他寄来了霍格沃茨学生早餐时可能接到的最可怕的东西——一封吼叫信。

学校的猫头鹰像往常一样呼啦啦飞进礼堂,带来了邮件。纳威看到一只巨大的谷仓猫头鹰落在他面前,嘴里叼着一个大红信封,他惊得噎住了。哈利和罗恩坐在他对面,一下子认出那是一封吼叫信——罗恩的妈妈去年给罗恩寄过一封。

"快跑,纳威。"罗恩提醒道。

纳威不需要提醒第二遍,他抓起信封,像捧炸弹一样把它举在身前,箭一般地冲出了礼堂。看到他那副狼狈样,斯莱特林那一桌爆发出一阵大笑。他们听到吼叫信在门厅炸响了——纳威奶奶的声音用了魔法,比平常说话的音量放大了一百倍,尖叫着谴责他给整个家族带来了耻辱。

哈利光顾着为纳威感到难过,一时没发现他也有一封信。海德薇狠狠啄了啄他的手腕,引起他的注意。

"哎哟!哦——谢谢,海德薇……"

哈利扯开信封,海德薇自行去啄食纳威的玉米片了。这

张纸条上写着:

亲爱的哈利和罗恩:

今天下午六点左右陪我喝茶好吗?我到城堡来接你们。**在门厅里等我;你们不能出来。**

祝开心。

海 格

"他可能想听听布莱克的事!"罗恩说。

于是,下午六点钟,哈利和罗恩离开了格兰芬多塔楼,从巨怪保安旁边快步跑过,下楼来到门厅。

海格已经等在那里。

"嘿嘿,海格!"罗恩说,"你是想听听星期六夜里的事吧?"

"我已经全听说了。"海格说着,打开大门带他们出去。

"哦。"罗恩显得有点讪讪的。

进了海格的小屋,一眼就看见巴克比克舒展着四肢倚在海格的拼花被子上,巨大的翅膀收拢在体侧,正在享用一大盘死雪貂。哈利把目光从这令人不舒服的一幕移开,看到一件特大号的、毛乎乎的棕色外套和一条黄橙相间、丑陋不堪的领带,挂在海格衣柜的门上。

"这些是干吗用的,海格?"哈利问。

"巴克比克跟处置危险动物委员会的案子,"海格说,"就在这星期五,我要和它去伦敦,我在骑士公共汽车上订了两

第 14 章 斯内普怀恨在心

个铺位……"

哈利感到一阵深深的内疚,他竟然完全忘记了对巴克比克的审讯已迫在眉睫。从罗恩不安的表情看,他也很愧疚。他们俩还忘记了自己保证过要帮海格准备巴克比克的辩护词——火弩箭的到来使他们把这一切都忘到了脑后。

海格给他们倒了茶,又端出一盘巴思圆面包,但他们不敢接受——他们已经多次领教过海格的厨艺了。

"我有点事要跟你们俩谈谈。"海格在他俩中间坐下,神情严肃,一反常态。

"什么事?"哈利问。

"赫敏。"海格说。

"她怎么啦?"罗恩问。

"她情况不大妙,就是这样。圣诞节之后她来看过我好多次,觉得孤单。你们起先不理她,因为火弩箭,现在又不跟她说话,因为她的猫——"

"——吃掉了斑斑!"罗恩愤怒地插嘴。

"因为她的猫做了所有的猫都可能做的事,"海格固执地说下去,"她哭了好几回,你们知道吧?她现在的日子不好过,揽的事儿太多啦,我觉得。要完成那么多的功课,还要抽出时间来帮我准备巴克比克的诉讼,想想吧……她给我找了一些很好的材料……估计现在有希望了……"

"海格,我们也应该帮忙的——对不起——"哈利窘迫地说。

"我不怪你们!"海格一摆手,没理会哈利的歉意,"上帝知道你们也够忙的。我看到你没日没夜地练魁地奇。但我必须说一句，我觉得你们两个应该把朋友看得比飞天扫帚和老鼠更重要。就是这样。"

哈利和罗恩难为情地对视了一下。

"她真的很难过，因为布莱克差点杀了你，罗恩。她有一颗善良的心啊，赫敏。可你们两个不跟她说话——"

"只要她把那只猫弄走，我就跟她说话！"罗恩没好气地说，"结果她还袒护它！那只猫疯了！可是赫敏听不得一句数落它的话！"

"啊，是啊，人们对于宠物会有点犯糊涂。"海格机智地说。在他身后，巴克比克把几块雪貂骨头吐到了海格的枕头上。

在剩下的时间里，他们一直在讨论格兰芬多夺取魁地奇杯的新希望。九点钟，海格把他们送回了城堡。

回到公共休息室，他们看到一大群人围在布告栏前。

"霍格莫德，下个周末！"罗恩伸着脖子看那张新贴的通知。"你是怎么想的？"坐下之后他轻声问哈利。

"嗯，费尔奇还没有对那条通往蜂蜜公爵的秘密通道动手……"哈利声音更轻地说。

"哈利！"他右耳边有人叫他。哈利吓了一跳，回头一看是赫敏，就坐在他们后边，正把桌上挡住她的一面书墙清理出一个缺口。

"哈利，如果你再去霍格莫德……我就把地图的事告诉麦格教授！"赫敏说。

第 14 章　斯内普怀恨在心

"你听到有人在说话吗,哈利?"罗恩吼道,看也不看赫敏。

"罗恩,你怎么能让他跟你一起去呢? 在小天狼星差点对你下手之后! 我说到做到,我会告诉——"

"现在你又想害得哈利被开除!"罗恩火冒三丈,"你今年搞的破坏还不够吗?"

赫敏张开嘴正要分辩,忽然随着一声哈气声,克鲁克山跳到了她的膝头。赫敏害怕地看了一眼罗恩的脸色,抱起克鲁克山,匆匆走向女生宿舍。

"怎么样?"罗恩对哈利说,好像刚才没被打断一样,"去吧,上次我们去的时候你什么都没看着。你还没进佐科店里看过呢!"

哈利回头看看赫敏是否已经听不见他们说话了。

"好吧,"他说,"但这次我要带上隐形衣。"

星期六早上,哈利把隐形衣放进书包,把活点地图塞进口袋,下去和大家一起吃早饭。赫敏在桌旁不时朝他投来怀疑的目光,但他避免与她视线相交,并且在别人都朝门口走去时,故意让她看到他在门厅里顺着大理石楼梯上去了。

"再见!"哈利对罗恩喊道,"等你回来再见!"

罗恩咧嘴一笑,眨了眨眼睛。

哈利快步爬到四楼,一边走一边从口袋里抽出活点地图。他蹲在独眼女巫背后,展开地图,有个小黑点正在朝他这边移动。哈利眯眼细看。黑点旁边的小字写的是纳威·隆巴顿。

哈利迅速拔出魔杖，低声念道："左右分离！"他把背包塞进雕像里，但自己还没来得及爬进去，纳威已在拐角出现了。

"哈利！我忘了你也不去霍格莫德！"

"嘿，纳威！"哈利迅速离开雕像，把地图塞回口袋里，"你打算做什么？"

"没事做，"纳威耸耸肩，"想玩噼啪爆炸牌吗？"

"呃——现在不行——我要去图书馆写卢平布置的那篇关于吸血鬼的论文——"

"我跟你一起去！"纳威高兴地说，"我也没写呢！"

"呃——等等——对了，瞧我这记性，我昨晚已经写完了！"

"太好了，你可以帮帮我！"纳威说着，圆脸上显出焦急的神情，"我根本没搞懂大蒜那一节——大蒜是必须吃的，还是……？"

他突然住口，轻轻倒吸了一口气，望着哈利的身后。

是斯内普。纳威急忙躲到哈利的后面。

"你们两个在这儿干什么？"斯内普停住脚步，扫视着两人，"在这里碰头真是奇怪——"

令哈利极度紧张的是，斯内普的黑眼睛朝两边的房门一扫，然后把目光射向了独眼女巫。

"我们不是——在这儿碰头，"哈利说，"我们只是——正好碰到了。"

"是吗？"斯内普说，"你惯于在别人意想不到的地方出

第 14 章　斯内普怀恨在心

现，波特，而且很少有正当理由……我建议你们两个回格兰芬多塔楼去，那才是你们该待的地方。"

哈利和纳威马上逃走了，一句话也没说。来到拐角处，哈利回头看了看，斯内普正用一只手抚摩着独眼女巫的头部，仔细检查。

哈利在胖夫人跟前终于把纳威甩掉了，他把口令告诉了纳威，然后假装自己把吸血鬼论文忘在图书馆了，又折了回来。到了巨怪保安的视线以外，他重新抽出地图，举到眼前查看。

四楼走廊上似乎没人了，哈利仔细搜索了一番，看到标着西弗勒斯·斯内普的小黑点已回到他的办公室，不觉大大松了一口气。

他飞奔到独眼女巫跟前，打开她的驼背钻了进去，出溜到石头滑道的底部，捡到了他的书包。然后他消掉活点地图上的字迹，撒腿跑了起来。

哈利纹丝不露地藏在隐形衣里，来到蜂蜜公爵门外的阳光下，捅了捅罗恩的后背。

"是我。"他小声说。

"怎么这么晚？"罗恩悄声问。

"斯内普在那儿转悠。"

他们沿着大街往前走。

"你在哪儿？"罗恩不停地从嘴角发出声音轻轻说，"你还在那儿吗？这种感觉好怪……"

走进邮局,罗恩假装询问给埃及的比尔发一只猫头鹰要多少钱,让哈利有时间好好参观。许多猫头鹰栖在那里向他轻声叫唤,起码有三百只。从大灰枭到斯科普小猫头鹰("仅送当地邮件"),什么都有,斯科普小得都可以托在哈利的掌心里。

接着他们去了佐科,店里挤满了学生。哈利不得不十分小心,免得踩到别人引起恐慌。那里有许多恶作剧和变戏法用的材料,能满足弗雷德和乔治最异想天开的念头。哈利悄声告诉罗恩要买什么,并从隐形衣下面给了他一些金币。离开佐科时,他们的钱包比来时轻了许多,但口袋里都塞满了粪弹、打嗝糖、蛙卵肥皂,每人还有一只咬鼻子茶杯。

天气很好,凉风习习,两人都不想待在室内,就走过三把扫帚酒吧,爬上山坡去看尖叫棚屋,那是英国闹鬼闹得最厉害的一座房子。它比村子里的其他房屋稍高一些,白天看着也有点瘆人,窗户都封上了,花园里野草丛生。

"连霍格沃茨的幽灵都躲着它。"罗恩说,他们俩靠在篱笆上,抬头望着棚屋,"我问了差点没头的尼克……他听说有一帮非常粗野的家伙住在这儿。谁也进不去。弗雷德和乔治显然试过,但现在所有的入口都被封了……"

哈利爬山爬得浑身发热,正在考虑把隐形衣脱掉几分钟,忽然听见附近有说话声。有人从山对面向着棚屋爬了上来。过了一会儿,马尔福出现了,后面紧跟着克拉布和高尔。马尔福在说话。

"……应该很快就收到我爸爸的猫头鹰了,他要出庭去跟

第 14 章　斯内普怀恨在心

他们说我的胳膊……说我三个月都不能用这条胳膊……"

克拉布和高尔嘿嘿傻笑着。

"真希望能听到那个毛乎乎的大蠢货使劲儿为自己辩护……'它没有危险，真的——'那头鹰头马身有翼兽死定了——'"

马尔福突然看到了罗恩，苍白的脸上绽出一个恶毒的笑容。

"你在干什么，韦斯莱？"

马尔福抬头望着罗恩身后摇摇欲倒的棚屋。

"你大概很愿意住在这里吧，韦斯莱？梦想着有你自己的卧室？我听说你全家都睡在一个房间里——是真的吗？"

哈利抓住罗恩袍子的后背，不让他朝马尔福扑过去。

"交给我吧。"他对罗恩耳语道。

这个机会太好了，绝不能错过。哈利蹑手蹑脚地走到马尔福、克拉布和高尔身后，俯身从路上抓了一大捧泥巴。

"我们正在谈论你的朋友海格，"马尔福对罗恩说，"正在想象他会对处置危险生物委员会说些什么。你认为他会哭吗？当他们砍掉他那头鹰头马身有翼兽的——"

啪！

马尔福的脑袋往前一倾，淡金色的头发上突然全是泥浆，直往下滴答。

"什么——？"

罗恩笑得前仰后合，不得不抓住篱笆让自己站稳。马尔福、克拉布和高尔傻瓜似的原地转圈，狂乱地四处搜寻。马尔福拼命想把头发擦干净。

"刚才是怎么回事？谁干的？"

"这儿经常闹鬼，是不是？"罗恩用谈论天气的口吻说。

克拉布和高尔显得很害怕，他们隆起的肌肉对付鬼魂就没有用了。马尔福疯狂地扫视着周围荒无人烟的景致。

哈利从小路上悄悄向前走去，一个特别脏烂的水塘里有一些发臭的绿色淤泥。

啪！

这次克拉布和高尔分到了一些。高尔气急败坏地原地跳脚，想把烂泥从他那呆滞的小眼睛里揉掉。

"是从那儿过来的！"马尔福擦着脸说，盯着哈利左边约六英尺处。

克拉布跌跌撞撞地走过去，长胳膊像僵尸那样伸着。哈利闪身绕开，捡起一根木棍，抛到克拉布的背上。哈利不出声地笑弯了腰。克拉布脚尖点地来了个空中转体，想看清是谁扔的。由于只能看见罗恩，他就朝罗恩扑了过去，哈利把腿一伸，克拉布绊了一跤，他的大脚板钩到了哈利的隐形衣。哈利感到有人猛力一扯，隐形衣从他的脸上滑落下来。

一瞬间，马尔福直勾勾地瞪着他。

"啊——！"他指着哈利的脑袋大叫，然后掉头没命地朝山下跑去，克拉布和高尔紧随其后。

哈利把隐形衣拉好，但后果已经酿成。

"哈利！"罗恩踉踉跄跄走上前，绝望地看着哈利刚刚消失的地方，"你快跑吧！要是马尔福告诉了别人——你最好

第 14 章　斯内普怀恨在心

赶紧回城堡，快——"

"再见。"哈利没再说别的，顺着小路向霍格莫德飞奔而去。

马尔福会相信他看到的那一幕吗？会有人相信马尔福吗？没有人知道隐形衣的事——除了邓布利多。哈利胃里翻腾起来——邓布利多会知道是怎么回事，如果马尔福说了——

回到蜂蜜公爵，下到地窖，走过石头地板，钻进活板门——哈利扯下隐形衣夹在胳肢窝里，沿着地道全速狂奔……马尔福会先到的……他找到老师要花多长时间？哈利气喘吁吁，肋下生疼，但不敢放慢脚步，一直跑到了石头滑道跟前。他必须把隐形衣丢在什么地方，如果马尔福告诉了老师，那可就怎么也藏不住了——他把隐形衣藏在一个黑暗的角落里，然后开始尽快往上爬，汗湿的双手在滑道边上直打滑。他到了女巫的驼背里，用魔杖敲了敲，把脑袋伸到外面，然后整个身体爬了出来。女巫的驼背关上了。哈利刚从雕像后面跳出来，就听到急促的脚步声正在临近。

是斯内普。他正快步朝哈利走来，黑袍子嗖嗖飘动，他停在了哈利面前。

"原来如此。"他说。

他带着一种压抑的得意神情。哈利努力装作无辜的样子，可是他很清楚自己脸上满是汗水，手上全是泥泞，于是忙把双手插进了口袋里。

"跟我来，波特。"斯内普说。

哈利跟着斯内普下了楼，趁他不注意，偷偷在袍子里面把手擦干净。他们走下通往地下教室的台阶，然后进了斯内普的办公室。

哈利以前只来过这里一次，那次也是遇到了非常大的麻烦。斯内普在那以后又搞到了几样黏糊糊的可怕东西装在大口瓶里，都搁在他桌后的架子上，在火光中冷冷地闪烁着，增添了恐怖的气氛。

"坐。"斯内普说。

哈利坐了下来，但斯内普仍然站着。

"马尔福同学刚才来找过我，讲了一个奇怪的故事，波特。"斯内普说。

哈利一言不发。

"他告诉我，他在尖叫棚屋碰到了韦斯莱——似乎是独自一人。"

哈利仍然一声不吭。

"马尔福同学说，他正在跟韦斯莱说话时，一大团烂泥砸到了他的后脑勺上。你认为那是怎么回事？"

哈利努力做出略微有些惊奇的样子。

"我不知道，教授。"

斯内普的目光像锥子似的直盯着哈利的眼睛，就跟要用目光制伏鹰头马身有翼兽一样，哈利竭尽全力不眨眼睛。

"然后，马尔福同学看到一个奇异的景象。你能猜到是什么吗，波特？"

"猜不到。"哈利说，现在又使劲装出一副天真好奇的

第 14 章 斯内普怀恨在心

语气。

"是你的脑袋，波特，浮在半空中。"

一阵长长的沉默。

"也许他该去找庞弗雷女士看看，"哈利说，"如果他有那样的幻觉——"

"你的脑袋在霍格莫德做什么，波特？"斯内普轻声问，"你的脑袋不可以进入霍格莫德。你身体的任何部分都不可以进入霍格莫德。"

"我知道。"哈利说，努力让自己脸上不露出负疚或恐惧的表情，"听起来马尔福好像产生了幻——"

"马尔福没有产生幻觉，"斯内普吼道，他俯下身，双手按在哈利椅子两边的扶手上，两人的脸相距只有一英尺，"如果你的脑袋在霍格莫德，那你的身子也在那儿。"

"我一直待在格兰芬多塔楼里，"哈利说，"就像你吩咐的——"

"有人能证明吗？"

哈利没有说话。斯内普的薄嘴唇扭曲成一个可怕的微笑。

"好啊，"他直起身子说，"从魔法部部长开始，所有的人都在努力保护著名的哈利·波特不受小天狼星布莱克的威胁。可是著名的哈利·波特一意孤行，让普通人去为他的安全担心吧！著名的哈利·波特想去哪儿就去哪儿，丝毫不考虑后果。"

哈利保持沉默。斯内普想刺激他说出真相，他才不会上当的。斯内普没有证据——目前还没有。

"你跟你父亲真是像极了，波特，"斯内普突然说，眼睛里射出冷光，"他也是极其傲慢，魁地奇球场上一点雕虫小技就让他以为自己比我们大家都高出一筹。带着一帮朋友和崇拜者趾高气扬地到处招摇……你们两个真是相像得不可思议。"

"我爸爸没有趾高气扬，"哈利来不及控制自己，脱口说道，"我也没有。"

"你父亲也不大重视法规。"斯内普乘胜追击，瘦削的脸上充满恶意，"法规是给小人物遵守的，不是给魁地奇冠军遵守的。他的脑袋膨胀得——"

"**闭嘴！**"

哈利一下子站了起来，一股怒火冲遍全身，自从女贞路最后一夜以来他从没有如此愤怒过。他已不在乎斯内普那变得僵硬的面孔，以及那双黑眼睛里闪出的危险的光芒。

"*你刚才对我说什么，波特？*"

"我叫你闭嘴，不许说我爸爸！"哈利喊道，"我知道真相，明白吗？他救过你的命！邓布利多告诉我的！要不是我爸爸，你现在根本不会站在这儿！"

斯内普的黄皮肤变成了变质牛奶的颜色。

"校长有没有告诉你，你父亲是在什么情况下救了我的命？"他低声问，"或者校长认为那些细节对于宝贝波特那娇贵的耳朵来说太不中听？"

哈利咬住嘴唇。他不知道当时的情况，可又不想承认——但斯内普似乎猜到了。

"我可不愿意让你带着对你父亲的错误认识离开，波特。"

第 14 章　斯内普怀恨在心

他说，一个可怕的笑容扭曲了他的面孔，"你是不是想象出了某种英雄壮举？那么让我来纠正一下——你那神圣的父亲和他的朋友对我开了一个非常有趣的玩笑，要不是你父亲在最后一刻胆怯了一下，那会置我于死地。他保住我的性命也是为了保全他自己。他们的玩笑如果成功，他就会被霍格沃茨开除。"

斯内普那口参差不齐的黄牙暴露了出来。

"把口袋翻过来，波特！"他突然喝道。

哈利没有动，耳朵里嗡嗡作响。

"把你的口袋翻过来，不然我们直接去找校长！掏出来，波特！"

哈利吓得浑身冰凉，慢慢掏出了在佐科买的一袋魔术用品和那张活点地图。

斯内普捡起了佐科的袋子。

"是罗恩给我的。"哈利一边说，一边祈祷能有机会在斯内普见到罗恩之前跟他通个气，"他——上次从霍格莫德带回来的——"

"是吗？然后你就一直随身带着它们？多么动人啊……这又是什么？"

斯内普捡起了地图，哈利努力让自己做到面无表情。

"空白羊皮纸。"他耸耸肩说。

斯内普把它翻过来，眼睛盯着哈利。

"你当然不需要这样一张破旧的羊皮纸吧？"他说，"我为什么不——把它扔掉呢？"

他的手朝火炉一扬。

"不要!"哈利马上叫道。

"哦!"斯内普的长鼻孔颤动着,"这又是韦斯莱同学送的一件珍贵礼物? 或者是 —— 别的什么? 也许是一封信,用隐形墨水写的? 或者是 —— 写着如何能避开摄魂怪进入霍格莫德?"

哈利的目光躲闪了一下。斯内普的眼睛放出光来。

"我来看看,我来看看……"他嘀咕着,抽出魔杖,把地图平摊在桌上。"显示你的秘密!"他用魔杖点着羊皮纸说。

没有丝毫反应。哈利攥紧拳头让双手不要颤抖。

"现出原形!"斯内普用力敲了敲地图,叫道。

纸上还是一片空白。哈利做着深呼吸,让自己镇静。

"本院院长西弗勒斯·斯内普教授,命令你现出隐藏的信息!"斯内普用魔杖敲着地图说。

仿佛有一只无形的手在书写一般,地图光滑的表面显出了字迹。

"月亮脸向斯内普教授致意,并恳请他不要把大得变态的鼻子伸到别人那里多管闲事。"

斯内普僵住了。哈利目瞪口呆地看着那行字。但地图并没有到此为止。更多的字迹在下面显现出来。

"尖头叉子先生同意月亮脸的观点,并要补充一句:斯内普教授是个饭桶、丑八怪。"

如果眼下的局面不是这样严峻的话,这倒是蛮好玩的。后面还有……

第 14 章　斯内普怀恨在心

"大脚板先生在此表示吃惊，那样一个白痴居然当上了教授。"

哈利惊恐地闭上了眼睛。等他睁开眼时，地图上已经显出了最后一句话。

"虫尾巴先生向斯内普教授问好，并建议他洗洗头发，大泥球。"

哈利等着大难临头。

"好啊……"斯内普轻声说道，"我们来查一查……"

他大步走到壁炉边，从壁炉台上的瓶子里抓了一把闪闪发光的粉末，抛进火焰中。

"卢平！"斯内普向火中喊道，"我有话要说！"

哈利一头雾水，他盯着炉火，火中出现了一个大大的身形，在高速旋转。几秒钟后，卢平教授从壁炉里爬了出来，掸着那件旧袍子上的炉灰。

"你叫我，西弗勒斯？"卢平温和地问。

"当然。"斯内普的脸都气歪了，他大步走回桌边，"我刚才叫波特掏出口袋里的东西。他带着这个。"

斯内普指着羊皮纸，月亮脸、尖头叉子、大脚板和虫尾巴先生的话还在纸上闪闪发亮。卢平脸上现出了一丝古怪的、诡秘的表情。

"怎么说？"斯内普问。

卢平继续盯着地图。哈利觉得卢平在迅速地思考着什么。

"怎么说？"斯内普又说，"这张羊皮纸上显然充满了黑魔法。而这应该是你精通的领域啊，卢平。你估计波特是从哪儿搞到这东西的？"

卢平抬起头，目光十分微妙地朝哈利这边瞥了一下，警告他不要插嘴。

"充满了黑魔法？"他温和地重复道，"你真的这么想吗，西弗勒斯？在我看来这好像只是一张会侮辱任何读它的人的羊皮纸，幼稚无聊，但显然没有什么危险吧？我猜哈利是从一家玩笑商店里搞来的——"

"是吗？"斯内普气得脸都僵硬了，"你认为玩笑商店能给他提供这种东西？你难道不认为，他更有可能是直接从制造者那儿得到的？"

哈利不明白斯内普在说什么。卢平似乎也不明白。

"你是说虫尾巴先生或这几个人当中的一个？"他问，"哈利，你认识这些人吗？"

"不认识。"哈利马上说。

"看到了吧，西弗勒斯？"卢平转身对斯内普说，"我看它像是佐科的产品——"

正在此时，罗恩冲进了办公室。他上气不接下气，直冲到斯内普的桌前，捂着生疼的胸口，努力想说话。

"我——给——哈利——的，"他呼吸艰难地说，"在佐科——买的……好久——以前……"

"好了！"卢平双手一拍，愉快地看看大家，"这似乎就清楚了！西弗勒斯，我把这个带回去，好吗？"他折起地图，塞进自己的袍子里，"哈利、罗恩，跟我来，我需要谈谈那篇吸血鬼论文。请原谅，西弗勒斯——"

第 14 章　斯内普怀恨在心

离开办公室时,哈利不敢看斯内普。他和罗恩、卢平一直走到门厅才开口说话。哈利转向卢平。

"教授,我——"

"我不想听解释。"卢平简单地说。他扫视了一下空荡荡的门厅,又压低了声音说:"不过我恰好知道这张地图是许多年前费尔奇先生没收的。是的,我知道它是地图。"看到哈利和罗恩惊奇的表情,他补充道:"我不想弄清它怎么到了你们手里。但我非常震惊你竟然没有把它交出去,尤其是在上次有一名学生把城堡的信息随便乱扔之后。我不能把它还给你了,哈利。"

哈利已有心理准备,他顾不上提出抗议,一心只想问个明白。

"斯内普为什么认为我是从制造者那里得到的?"

"因为……"卢平犹豫着,"因为这些地图制造者可能想把你引出学校。他们会觉得这非常有趣。"

"你认识他们吗?"哈利问,一脸钦佩的神情。

"见过。"他简单地说,然后异常严肃地望着哈利。

"别指望我下次还会替你掩饰,哈利。我没法让你把小天狼星布莱克当回事。但我以为,你在摄魂怪靠近时听到的声音会对你有比较大的作用。你的父母牺牲了生命保护你,让你活下来,哈利。用这种方式报答他们真不应该——就为了一袋魔术把戏,拿他们的牺牲去冒险。"

卢平走了,哈利觉得比待在斯内普办公室里的时候还要难受。他和罗恩慢慢爬上大理石楼梯。走过独眼女巫雕像旁边时，哈利想起了隐形衣——它还在下面，但他不敢去拿。

"都怪我，"罗恩突然说，"是我劝你去的。卢平说得对，这很愚蠢，我们不该那么做——"

他打住话头，他们来到了有巨怪保安巡逻的走廊，赫敏迎面走来。一看她的脸色，哈利就相信她已经听说了发生的事。他的心猛地一沉——她告诉麦格教授了吗？

"是来幸灾乐祸的吧？"她停在他们面前时，罗恩恶狠狠地问，"或者你刚刚去打了小报告？"

"没有。"赫敏说，她手里拿着一封信，嘴唇颤抖着，"我只是觉得应该让你们知道……海格败诉了。巴克比克要被处死了。"

第 15 章

魁地奇决赛

"他——他送来的。"赫敏举着信说。

哈利接过信,羊皮纸是潮的,有几处墨迹被大颗的泪水弄得模糊,很难辨读。

亲爱的赫敏:

我们败诉了。我获准把它带回霍格沃茨。处决日期待定。

比克很喜欢伦敦。

我不会忘记你们给我们的所有帮助。

海 格

"他们不能那么干,"哈利说,"不能!巴克比克没有危险。"

"马尔福的爸爸胁迫委员会这么干的。"赫敏擦着眼睛说,

"你们知道他的为人。委员会里都是一帮昏聩的老朽，心里害怕。不过还可以上诉，总是可以的。只是我看不到任何希望……什么也改变不了。"

"会改变的，"罗恩狂怒地说，"这次不再全由你一个人来做了，赫敏，我也要帮忙。"

"哦，罗恩！"

赫敏双臂搂住罗恩的脖子，失声痛哭。罗恩似乎被吓着了，笨手笨脚地轻轻拍拍她的头顶。最后，赫敏抽身离开了。

"罗恩，斑斑的事我真的、真的很抱歉……"她抽泣道。

"哦——没事——它老了，"见她终于放开了自己，罗恩如释重负，"而且它本来就不大中用。谁知道呢，爸爸妈妈现在说不定会给我一只猫头鹰呢。"

布莱克第二次闯入城堡之后，学生们的安全措施受到了更严格的限制，哈利、罗恩和赫敏晚上无法去看望海格了。他们只有在上保护神奇动物课的时候才能跟他说上话。

海格似乎被判决吓蒙了。

"都怪我，笨嘴笨舌的。他们都穿着黑袍子坐在那儿，我手里的笔记老往下掉，还把你帮我查的日期全忘了，赫敏。后来卢修斯·马尔福站起来说了一些话，委员会就照他说的办了……"

"还可以上诉呢！"罗恩情绪激烈地说，"别放弃，我们会想办法的！"

他们跟全班同学一起走回城堡时，看见马尔福在前面跟

第 15 章　魁地奇决赛

克拉布和高尔走在一起，不时回头张望，嘲弄地大笑。

"没有用的，罗恩。"海格悲哀地说，他们走到了城堡外的台阶前，"委员会是受卢修斯·马尔福摆布的。我只是想保证比克在余下的时间里能过得非常快乐。这是我欠它的……"

海格转过身，快步朝他的小屋走去，脸捂在手帕里。

"看他那哭哭啼啼的样子！"

马尔福、克拉布和高尔刚才就站在城堡大门里听着。

"你们见过那样的可怜虫吗？"马尔福说，"他还算我们的老师呢！"

哈利和罗恩都愤怒地冲向马尔福，但赫敏比他们都快——**啪！**

她使出浑身力气抽了马尔福一记耳光。马尔福被打了个趔趄。哈利、罗恩、克拉布和高尔都惊呆了。赫敏又扬起手。

"你敢说海格是可怜虫，你这龌龊的——邪恶的——"

"赫敏！"罗恩无力地说，试图抓住她的手，但她把手一甩。

"放开，罗恩！"

赫敏拔出了魔杖，马尔福向后倒退了一步，克拉布和高尔呆呆望着他等待指示，全然不知所措。

"走。"马尔福咕哝道，一眨眼，他们三个消失在了通往地下教室的通道里。

"赫敏！"罗恩又叫了一声，又是吃惊又是敬佩。

"哈利，你最好在魁地奇决赛中把他打得一败涂地！"赫敏厉声说，"你必须，如果斯莱特林赢了，我会受不了的！"

"魔咒课时间到了,"罗恩说,仍然呆呆地瞪着赫敏,"我们走吧。"

三人匆匆跑上大理石楼梯,向弗立维教授的教室奔去。

"你们迟到了,孩子们!"哈利推开教室的门时,弗立维教授责备地说,"快来吧,举起魔杖,我们今天要试验快乐咒,全班已经分成两人一组——"

哈利和罗恩快步走到后排一张课桌前,打开书包。罗恩回头看了看。

"赫敏呢?"

哈利也四下张望,赫敏没有进教室。可是哈利记得他推门时赫敏就在身后啊。

"怪了。"哈利茫然地望着罗恩说,"也许……也许她去盥洗室了?"

可是赫敏直到下课都没有出现。

"她倒是挺需要一个快乐咒的。"罗恩说道。全班同学都咧着大嘴笑嘻嘻去吃午饭——快乐咒让他们感到心满意足。

赫敏也没来吃午饭。等到吃完苹果馅饼时,快乐咒的影响逐渐减退,哈利和罗恩开始有些担心了。

"马尔福不会对她做什么吧?"两人匆匆爬上楼梯朝格兰芬多塔楼走去时,罗恩焦急地说。

他们经过巨怪保安旁边,对胖夫人说了口令("花花公子哥儿"),从肖像洞口钻进了公共休息室。

赫敏坐在桌前睡得正香,脑袋搁在一本打开的算术占卜课本上。他们俩一边一个坐到她旁边。哈利把她捅醒了。

第 15 章　魁地奇决赛

"怎—怎么？"赫敏吃了一惊，茫然四顾，"是不是该走了？现在是什—什么课啦？"

"占卜。不过还有二十分钟呢。"哈利说，"赫敏，你怎么没去上魔咒课呢？"

"什么？哦，糟了！"赫敏尖叫起来，"我忘了上魔咒课！"

"可你怎么会忘记呢？"哈利问，"走到教室门口的时候，你还跟我们在一起啊！"

"我简直不能相信！"赫敏哀叫道，"弗立维教授生气了吗？哦，都怪马尔福，我一直想着他的事，后来就什么都忘了！"

"你知道吗，赫敏？"罗恩低头望着赫敏当枕头用的那本大部头算术占卜书，"我觉得你快要崩溃了，你想做的事太多了。"

"不，我不会的！"赫敏拂开挡住眼睛的头发，焦急地四下寻找她的书包，"我只是犯了个错误而已！我最好去找弗立维教授道歉……占卜课上见！"

二十分钟后，赫敏在通向特里劳尼教授课堂的梯子脚下与他们会合了，看上去万分沮丧。

"我真不能相信我竟然错过了快乐咒！我打赌考试会考到的。弗立维教授暗示说会有！"

他们一起登着梯子进了那间昏暗闷热的顶楼房间。每张小桌上都有一个发着幽光的水晶球，里面满是珍珠白的粉雾。哈利、罗恩和赫敏一起坐在一张摇摇晃晃的桌子旁。

"我以为要下学期才学水晶球呢。"罗恩嘀咕着,警惕地瞄了一眼四周,生怕特里劳尼教授就藏在附近。

"不要抱怨,这意味着手相终于学完了,"哈利悄声回答,"她每次看到我的手掌都要哆嗦一下,我烦透了。"

"大家好!"那熟悉的、恍惚的声音说道,特里劳尼教授照例戏剧性地从黑暗处走了出来。帕瓦蒂和拉文德激动得浑身发抖,脸上映着水晶球乳白色的幽光。

"我决定比原计划稍稍提前一点介绍水晶球,"特里劳尼教授背对着壁炉坐下,环视全班同学,"命运女神告诉我,你们六月的考试将涉及这只灵球,我希望给你们足够的机会练习。"

赫敏嗤之以鼻。

"哼,得了吧……'命运女神告诉她',考题由谁出?她出!多么神奇的预言!"赫敏说,连声音都没有压低。

特里劳尼教授的面孔隐在阴影中,很难看出她有没有听到这些话。但她仿佛没听见似的继续说了下去。

"水晶球占卜是一门极其高深的学问,"她梦呓般地说道,"我并不指望各位第一次凝视那无限深邃的灵球时就能看到什么。我们将首先练习放松意识和外眼,"——罗恩开始控制不住地哧哧窃笑,不得不把拳头塞进嘴里堵住笑声——"好让天目和超意识清晰起来。也许,幸运的话,有些同学能在下课之前看到什么。"

于是他们就开始看了。至少哈利感觉这么做很傻。他茫然地盯着水晶球,努力让自己的脑子一片空白,可是"这样真傻"的想法不停地冒出来。罗恩在一旁不时地悄声偷笑,赫敏

第15章 魁地奇决赛

不时地呃嘴，这更给哈利帮了倒忙。

"看到什么了吗？"对着水晶球默默凝视了一刻钟之后，哈利问他们。

"嗯，桌上有块焦斑，"罗恩指着说，"有人把蜡烛打翻了。"

"真是浪费时间，"赫敏从牙缝里挤出声音说，"我本来可以练习点有用的东西，可以补习快乐咒——"

特里劳尼教授衣裙沙沙作响地走了过来。

"有谁愿意让我帮他解释一下灵球里模糊的征兆吗？"她在手镯脚镯的叮当声中喃喃低语。

"我不需要帮助，"罗恩小声说，"这征兆很明显，今夜会有大雾。"

哈利和赫敏都笑出了声。

"注意！"特里劳尼教授说道，所有的人都扭头朝他们这边看了过来。帕瓦蒂和拉文德露出嫌恶的表情。"你们在扰乱超视感应！"特里劳尼走到他们桌前，查看每人的水晶球。哈利的心一沉，他已料到下面会发生什么——

"这儿有点东西！"特里劳尼教授轻声说，把脸凑到水晶球跟前，球在她那巨大的眼镜里映成了两个，"有东西在动……但那是什么呢？"

哈利愿意用他的全部财产——包括火弩箭来打赌，不管那是什么，肯定不是什么好消息。果然——

"亲爱的，"特里劳尼教授轻呼道，抬头望着哈利，"它就在这里，比以前更加清晰……正在朝你走来，亲爱的，越来越近……不祥——"

"哦,看在上帝的分儿上!"赫敏大声说,"别再提起那个荒谬的不祥了!"

特里劳尼教授抬起大眼睛望着赫敏的脸,帕瓦蒂和拉文德窃窃私语,两人都对赫敏怒目而视。特里劳尼教授站起来,带着明显的怒气打量赫敏。

"我很遗憾地说,亲爱的,从你第一次踏进这个课堂,就显然不具备高贵的占卜学所需要的天赋。实际上,我不记得我见过哪个学生的脑子如此平庸、无可救药。"

全班鸦雀无声,然后——

"好!"赫敏突然说道,起身把《拨开迷雾看未来》塞进书包。"好!"她又说了一遍,把书包甩到肩上,差点把罗恩从椅子上撞倒,"我放弃!我走!"

全班同学目瞪口呆,赫敏大步走到活板门旁,一脚把它踢开,噔噔噔爬下梯子不见了。

过了几分钟教室里才安静下来。特里劳尼教授好像把不祥忘到了脑后。她猛一转身离开了哈利和罗恩的课桌,大喘着粗气,拉紧了纱巾。

"哦——!"拉文德突然叫了起来,把大家吓了一跳。"哦——!特里劳尼教授,我想起来了!您预见到她要走的,是不是,教授?'复活节前后,我们中间的一位将会永远离开我们!'您早就说过的,教授!"

特里劳尼教授给了她一个泪光莹莹的微笑。

"对,亲爱的,我确实早就知道格兰杰小姐要离开我们。

第 15 章　魁地奇决赛

但人总希望是自己看错了征兆……天目有时是一种负担,你知道……"

拉文德和帕瓦蒂看上去佩服得五体投地,她们挪了挪位子,好让特里劳妮教授坐到她们的桌子旁边。

"赫敏有一天会离开,呃?"罗恩低声对哈利说,面露畏惧之色。

"是啊……"

哈利注视着水晶球,但只看到旋转的白雾,特里劳妮教授真的又看到不祥了吗?他会看见吗?魁地奇决赛日益临近了,他可不想再来一场险些送命的事故。

复活节假期并不轻松。三年级学生从没做过这么多作业。纳威·隆巴顿似乎要神经崩溃了,而且不止他一个人这样。

"这也叫过节!"一天下午,西莫·斐尼甘在公共休息室里嚷嚷道,"离考试还远着呢,他们这是干吗呀?"

但是谁都没有赫敏那么忙。即使没有了占卜课,她上的课还是比别人多。她通常是夜里最晚离开公共休息室,第二天早上又第一个到图书馆。她像卢平那样眼睛下面有了黑圈,而且总是快要哭出来的样子。

罗恩把巴克比克上诉的事接了过去。不做作业时,他便埋头翻阅厚厚的书籍,诸如《鹰头马身有翼兽心理手册》《珍禽还是恶兽?》《鹰头马身有翼兽之残暴性研究》等。他太投入了,以至于忘记了要对克鲁克山凶狠一点。

哈利则不得不在每天的魁地奇训练之余见缝插针地做作

业，更不用说还要跟伍德没完没了地讨论战术。格兰芬多对斯莱特林的比赛将于复活节后的第一个星期六举行。斯莱特林队在联赛中整整领先两百分，也就是说哈利他们需要赢两百分以上才能夺杯（伍德经常对队员们提起这一点）。这还意味着获胜的压力大部分都落在哈利的头上，因为抓住金色飞贼就能得到一百五十分。

"所以，你只能在我们领先五十分以上时抓住它，"伍德不断地对哈利说，"只能在领先五十分以上的时候，哈利，不然我们就会赢了比赛而输掉奖杯。你明白吗？你必须抓住飞贼，但只能在我们——"

"我知道了，奥利弗！"哈利喊道。

整个格兰芬多学院都心系这场即将来临的比赛。继传奇人物查理·韦斯莱（罗恩的二哥）担任找球手的时代之后，格兰芬多还一直没有夺得过魁地奇杯。不过，哈利怀疑没有一个人（包括伍德）像他这么想赢。他和马尔福之间的敌意达到了顶峰。马尔福还在为霍格莫德村扔泥巴事件耿耿于怀，而哈利居然逃脱了惩罚，更令他气破了肚皮。哈利没有忘记马尔福在拉文克劳那场比赛中对他使的坏，而巴克比克的事更让他下定决心要在全校师生面前打败马尔福。

在所有人的记忆中，没有一场比赛是在这样充满火药味的气氛中来临的。复活节后，两支球队以及两个学院之间的紧张关系达到了一触即发的程度。走廊里发生了一些小混战，在最恶劣的一起中，一名格兰芬多四年级学生和一名斯莱特林六年级学生进了校医院，他们的耳朵里都冒出了韭菜。

第 15 章 魁地奇决赛

哈利的日子特别难过。他去上课时，总有斯莱特林的学生伸出腿来绊他；无论他走到哪儿，克拉布和高尔总会冒出来，看见他被人围着，便失望地挪到一边。伍德吩咐哈利到哪里都必须有人陪伴，防止斯莱特林的人害得他不能上场。格兰芬多全院学生都踊跃承担这一任务，弄得哈利都无法按时走进课堂，因为身边总是围着一大群叽叽喳喳的人。哈利对火弩箭的安全比对他自己更关心。不飞的时候，他把扫帚小心地锁在箱子里，课间经常冲回格兰芬多塔楼去看看它还在不在。

比赛的前一天晚上，格兰芬多学院公共休息室里的一切日常活动都停止了，连赫敏都放下了书本。

"我没法学习，精神集中不起来。"她紧张地说。

公共休息室里很吵。弗雷德和乔治·韦斯莱对付压力的办法是比往常更加闹腾。奥利弗·伍德蹲在角落里的一个魁地奇赛场模型前，一边用魔杖指挥小人移来移去，一边自言自语。安吉利娜、艾丽娅和凯蒂听了弗雷德和乔治的笑话哈哈大笑。哈利跟罗恩和赫敏坐在一起，远离热闹的中心，努力不去想明天，因为每次一想，就会有一种可怕的感觉，好像胃里有一个很大的东西要挣脱出来。

"你没问题的。"赫敏宽慰道，尽管她看上去也是提心吊胆的。

"你有火弩箭呢！"罗恩说。

"是啊……"哈利说，胃里在翻腾。

谢天谢地，伍德突然站起来喊道："全体队员，睡觉！"

哈利睡得不好，先是梦见自己睡过头了，伍德吼道："你上哪儿去了？我们只好让纳威替补！"然后又梦见马尔福和斯莱特林的其他队员骑着火龙来比赛。哈利以惊险的速度飞行，努力躲开马尔福的坐骑喷出的火焰，忽然想起他没带火弩箭，一下子从空中摔下去，猛地惊醒了。

过了几秒钟，哈利才想起比赛还没有开始，他还安安稳稳地躺在床上，而且斯莱特林决不会获准骑着火龙来参赛。他感到口干舌燥，轻手轻脚地从床上爬起来，端起窗下的银罐子倒了点水喝。

外面静悄悄的，没有一丝微风拂过禁林的树梢，打人柳一动不动，一副很无辜的样子。看来比赛的天气会很理想。

哈利放下杯子，正要转身上床，忽然有个东西吸引了他的目光，像是什么动物在银色的草坪上徘徊。

哈利冲到床头柜旁，抓起眼镜戴上，又奔回窗前。不会是不祥吧 —— 偏偏在这个时候 —— 在比赛之前 ——

他再次朝操场上望去，急切地搜寻了一分钟后，终于找到了，此刻是在禁林的边缘……不是什么不祥……是一只猫……哈利认出了那毛茸茸的尾巴，他如释重负地抓住窗台，原来是克鲁克山……

只是克鲁克山吗？哈利眯起眼睛，鼻子紧贴在玻璃上。克鲁克山似乎停下来了。哈利确信他看到树影中还有一个东西在动。

第 15 章　魁地奇决赛

就在这时，它出来了——一条毛蓬蓬的大黑狗，悄悄地穿过草坪，克鲁克山小跑着跟在它旁边。哈利瞪大了眼睛。怎么回事？如果克鲁克山也看得见那条狗，它怎么会是哈利的死亡预兆呢？

"罗恩！"哈利轻声说，"罗恩！醒醒！"

"嗯？"

"我要你帮我看一个东西，看你能不能看清楚！"

"黑咕隆咚的，哈利，"罗恩含混地咕哝道，"你在搞什么名堂？"

"过来——"

哈利急忙回头看着窗外。

克鲁克山和那条狗不见了。哈利爬上窗台，低头朝城堡的阴影中望去，也没有。它们去哪儿了呢？

响亮的鼾声告诉他，罗恩又睡着了。

第二天，哈利与格兰芬多的队友们走进礼堂时，受到了热烈的掌声欢迎。看到拉文克劳和赫奇帕奇餐桌上的同学也在为他们鼓掌，哈利不禁露出了开心的笑容。斯莱特林在他们走过时大发嘘声，哈利看到马尔福的脸色比平常更加苍白。

伍德全部早餐时间都在动员队员们多吃，自己却什么都没碰。然后他在大家还没吃完时就催他们先去球场熟悉情况。他们离开礼堂时，大家又鼓起掌来。

"祝你好运，哈利！"秋·张喊道。哈利感到自己脸红了。

"好……没什么风……太阳有点亮，会晃眼睛，要当心……地面挺硬的，很好，这样起飞快……"

伍德在球场上走来走去，看看这个看看那个，队员们跟在后面。终于，他们望见远处的城堡大门打开了，全校同学拥上了草坪。

"去更衣室。"伍德一声令下。

球员们换上深红色袍子时谁都没有说话。哈利想知道别人是不是跟他感觉一样，好像早餐吃了什么超级蠕虫。似乎才一眨眼的工夫，伍德就说："好，时间到了，走吧——"

他们走出更衣室，走向球场，喧闹的声浪扑面而来。四分之三的观众戴着深红色的玫瑰形徽章，挥舞着绘有格兰芬多狮子的红旗子，或是打着"**格兰芬多加油！**""**狮子夺杯！**"等字样的横幅。斯莱特林的球门柱后面有两百号人佩戴着绿色饰物，银蛇的图样在他们旗子上闪闪发亮。斯内普教授坐在第一排，也戴着绿色饰物，脸上挂着阴沉的笑容。

"格兰芬多队上场了！"照常担任解说员的李·乔丹高叫道，"波特、贝尔、约翰逊、斯平内特、韦斯莱兄弟和伍德。人们普遍认为这是霍格沃茨几年来最好的球队——"

李的解说淹没在斯莱特林那边发出的一片嘘声中。

"斯莱特林队也上场了，率队的是弗林特队长。他对阵容做了一些调整，似乎更侧重于个头而非技术——"

斯莱特林的那帮人嘘声更大了，但哈利觉得李说得有些道理。马尔福在队里明显个子最小，其他队员都又高又壮。

"两位队长握手！"霍琦女士说。

弗林特和伍德走上前紧紧握了握手，好像都想把对方的

第 15 章 魁地奇决赛

手指捏断似的。

"骑上飞天扫帚!"霍琦女士说,"三……二……一……"

她的哨声被观众的喝彩声淹没了,十四把扫帚升上天空。哈利感到额上的头发向后飘起,紧张的感觉在飞翔的兴奋中消失了。他放眼四望,看到马尔福跟在后面,便赶忙加速疾驰去寻找飞贼。

"现在格兰芬多队在控球。格兰芬多的艾丽娅·斯平内特带着鬼飞球,直奔斯莱特林的球门而去,势头不错,艾丽娅! 啊,不好——鬼飞球被沃林顿截走了。斯莱特林的沃林顿在场上猛冲——**哇!**——乔治·韦斯莱这一记游走球打得漂亮,沃林顿丢掉了鬼飞球,它被——约翰逊抢到,格兰芬多又控制球了。加油,安吉利娜——漂亮,晃过了蒙太——小心,安吉利娜,游走球!——**她得分了! 十比〇,格兰芬多队领先!**"

安吉利娜绕着球场一端滑翔,得意地挥舞拳头,下面深红色的海洋一片欢呼——

"**哎哟!**"

安吉利娜差点从扫帚上摔下去,是马库斯·弗林特狠狠地撞了她一下。

"对不起!"弗林特在观众的嘘声中说,"对不起,没看见!"

稍后,弗雷德·韦斯莱用球棒照着弗林特的后脑勺敲了一下。弗林特的鼻子撞到扫帚把上,流出血来。

"够了!"霍琦女士厉声喊道,嗖地蹿到两人之间,"无端袭击追球手,由格兰芬多罚球! 故意伤害追球手,由斯莱特林罚球!"

"别呀,女士!"弗雷德叫了起来,但霍琦女士吹响了哨子,艾丽娅飞上前去罚球。

"加油,艾丽娅!"李在观众的寂静中大声说,"**好! 她突破了守门员! 格兰芬多队二十比〇领先!**"

哈利迅速拨转火弩箭,看鼻子仍在流血的弗林特飞上前为斯莱特林罚球。伍德守在格兰芬多队的球门前,紧咬牙关。

"当然,伍德是一流的守门员!"弗林特在等待霍琦女士的哨声时,李·乔丹对观众说,"一流的! 很难攻破 —— 难而又难 —— **好! 真是难以置信! 他把球扑出去了!**"

哈利松了口气,急速上升,四下寻找飞贼,但仍在一字不落地留心听着李·乔丹的解说。他不能让马尔福碰到飞贼,一定要等到格兰芬多领先五十分以上……

"格兰芬多控球,不,斯莱特林控制球了 —— 不! —— 格兰芬多又把球夺了回来,是凯蒂·贝尔,格兰芬多的凯蒂·贝尔拿到了鬼飞球,在场上飞驰 —— **这是故意的!**"

斯莱特林的追球手蒙太转到了凯蒂前面,他没有抢鬼飞球,而是去抓凯蒂的脑袋。凯蒂在空中横翻了个跟头,总算还骑在扫帚上,但是鬼飞球丢了。

霍琦女士的哨子又响了。她飞向蒙太,开始大声训斥。一分钟后,凯蒂又罚进一球。

"**三十比〇! 接受教训吧,你们这些卑鄙、无耻的 ——**"

第 15 章　魁地奇决赛

"乔丹，如果你不能中立地解说——"

"我是实事求是的，教授！"

哈利感到一阵强烈的激动，他发现金色飞贼了——就在格兰芬多的一根门柱下方闪烁——但他还不能去抓它——要是马尔福也看到了——

哈利突然装出全神贯注的样子，掉转火弩箭朝斯莱特林那头迅速冲去——成功了，马尔福紧跟上来，他显然以为哈利看到飞贼在那边……

嗖！

一个游走球贴着哈利的左耳疾飞过去，是高大的斯莱特林击球手德里克打来的。紧接着又是——

嗖！

第二个游走球擦到了哈利的胳膊肘。另一名击球手博尔包抄过来。

哈利在匆匆一瞥中看到博尔和德里克朝他冲来，都举起了球棒——

他在最后一秒钟掉转火弩箭急速上升，博尔和德里克撞到一起，发出可怕的咣当一声。

"哈！哈哈！"李·乔丹叫道，那两名斯莱特林击球手抱着脑袋摇摇晃晃地分开了，"很遗憾，哥们儿！要想胜过火弩箭，你们应该起得更早一点儿！格兰芬多又控制球了，约翰逊拿着鬼飞球——弗林特跟在旁边——戳他的眼睛，安吉利娜！——说着玩儿的，教授，说着玩儿的——哦，不好——弗林特拿到球了，弗林特朝格兰芬多的球门飞去。注意，伍德，防住——！"

但弗林特得分了。斯莱特林那头爆发出一阵欢呼，李·乔丹骂得太难听了，麦格教授要把魔法麦克风从他手里夺走。

"对不起，教授，对不起！再也不了！现在，格兰芬多队领先，三十比十，格兰芬多控球——"

这场比赛逐渐变成了哈利参加过的最肮脏的一场比赛。看到格兰芬多这么早就领先，斯莱特林的队员气急败坏，很快就开始不择手段地争夺鬼飞球。博尔用球棒打了艾丽娅，还狡辩说以为她是游走球。乔治·韦斯莱用胳膊肘撞了博尔的脸以示报复。霍琦女士判双方各罚球一次。伍德又完成了一次精彩的救球，把比分拉大到四十比十。

金色飞贼又消失了。马尔福依然紧跟在哈利身后，哈利升到高空，举目寻找——一旦格兰芬多领先五十分——

凯蒂得分了，五十比十。弗雷德和乔治·韦斯莱高举球棒飞旋在她旁边保驾，防止斯莱特林的队员报复。博尔和德里克趁弗雷德和乔治不注意把两只游走球打向伍德，一先一后击中了他的肚子。伍德在空中打了个滚，抓紧扫帚，呼吸困难。

霍琦女士勃然大怒。

"鬼飞球不在得分区，不可以袭击守门员！"她朝博尔和德里克尖叫道，"格兰芬多罚球！"

安吉利娜得分，六十比十。稍后，弗雷德·韦斯莱朝沃林顿打出一个游走球，把他手里的鬼飞球打掉了，艾丽娅抓住球，丢进了斯莱特林的球门，七十比十。

第 15 章 魁地奇决赛

下面的格兰芬多球迷嗓子都快喊哑了 —— 格兰芬多领先六十分。如果哈利现在抓到飞贼，奖杯就是他们的了。哈利几乎能感到几百双眼睛都盯在他身上。他在高空绕着球场飞，马尔福在后面加速追赶。

看到了。金色飞贼正在他上方二十英尺处闪耀。

哈利猛然加速，风在他耳边呼啸。他伸出手，可是火弩箭突然慢了下来 ——

哈利大惊，回头一看，是马尔福扑上来抓住了火弩箭的尾部，在把它往后拉。

"你 ——"

哈利气得想揍马尔福，可是够不着。马尔福因为拽着火弩箭而气喘吁吁，但眼里闪着恶毒的光。他达到了目的 —— 金色飞贼又消失了。

"罚球！格兰芬多罚球！我从没见过这么干的！"霍琦女士尖声大叫，嗖地冲上去，马尔福正在滑回他的光轮2001。

"**无耻的流氓！**"李·乔丹一边冲着麦克风咆哮，一边跳到麦格教授够不到他的地方，"**卑鄙、无耻的杂 ——**"

麦格教授甚至没有训斥乔丹。她也冲着马尔福的方向晃动拳头，气愤地大喊，她的帽子都掉了。

艾丽娅为格兰芬多罚球，但是她太生气了，球偏离了球门几英尺。格兰芬多球队有点分神，斯莱特林队员受到马尔福对哈利犯规的鼓舞，更加嚣张起来。

"斯莱特林控球，斯莱特林投球射门 —— 蒙太得分 ——"李·乔丹呻吟道，"七十比二十，格兰芬多领先……"

哈利现在把马尔福盯得很紧,两人的膝盖经常碰到一起。哈利不让马尔福有机会靠近飞贼……

"滚开,波特!"马尔福恼火地叫道,因为他想转弯,却发现被哈利挡着。

"安吉利娜·约翰逊为格兰芬多队抢到了鬼飞球,加油,安吉利娜,**加油!**"

哈利回头一看,除了马尔福之外,斯莱特林的每一位队员都在冲向安吉利娜,连斯莱特林的守门员都出来了——他们都想堵住安吉利娜——

哈利掉转火弩箭,身体完全伏在扫帚把上,驱帚向前,像一枚子弹般朝斯莱特林的队员们冲去。

"啊——!"

他们看到火弩箭射来,纷纷躲闪,被迫为安吉利娜让出了路。

"她得分了! 她得分了! 格兰芬多八十比二十领先!"

哈利差点冲到了看台上,但他在半空滑行着刹住扫帚,掉头冲回中场。

眼前的一幕让他的心脏停止了跳动。马尔福在俯冲,脸上带着胜利的表情——在他下方,在离草坪几英尺的高处,有一点小小的金光——

哈利催动火弩箭加速俯冲,但马尔福比他近得多——

"快!快!快!"哈利催动着他的火弩箭,逼近马尔福——博尔打来游走球,他伏到扫帚把上躲开了——他追到了马尔福的脚边——他跟马尔福并排了——

第 15 章　魁地奇决赛

哈利向前扑去，双手都放开了飞天扫帚，他撞开了马尔福的胳膊——

"抓住了！"

他直起身来，手举在空中，全场沸腾了。哈利高高地飞在人群上空，耳朵里响着奇怪的嗡嗡声。小小的金球被他紧紧攥在手里，绝望地拍打着翅膀。

伍德泪眼模糊地冲过来，搂住哈利的脖子，趴在他肩上纵情地哭泣。哈利感到两下重重的撞击，弗雷德和乔治扑上来了，然后是安吉利娜、艾丽娅和凯蒂的声音："我们夺杯了！我们夺杯了！"许多条胳膊搂在一起，格兰芬多的队员们抱成一团，嘶哑地叫喊着，落回到地面。

一股股红色的洪流冲过围栏涌进球场。无数只手雨点般地落到他们背上。混乱中哈利只觉得许多声音和身体向他压来，然后他和其他球员被人群扛了起来。他一下子被举到了亮处，看见了身上别满深红色玫瑰形徽章的海格——"你打败了他们，哈利，你打败了他们！我要告诉巴克比克！"还有珀西，疯子一样跳上跳下，完全忘记了体面。麦格教授比伍德哭得还厉害，正用一面格兰芬多的大旗子擦眼泪。那边，罗恩和赫敏正在努力朝哈利跟前挤，激动得说不出话来，只是望着他笑。哈利被抬向看台，邓布利多站在那里，手里捧着巨大的魁地奇奖杯。

要是附近有摄魂怪……当哈利从抽泣的伍德手中接过奖杯，高高举起时，他感到自己能够变出全世界最好的守护神。

第 16 章

特里劳尼教授的预言

终于夺得了魁地奇杯,哈利的兴奋劲儿至少维持了一个星期。连天气都像是在庆祝。临近六月,白天变得晴朗无云,热烘烘的,让人只想带上几品脱冰镇南瓜汁溜达到场地上,一屁股坐在草地上,也许可以随意玩上几局高布石,或者看着巨乌贼在湖面上梦幻般地游动。

可是不行。考试临头,学生们不能在外面逍遥,而不得不待在城堡里,逼着自己的大脑集中思想,任凭窗外飘来阵阵诱人的夏风。连弗雷德和乔治·韦斯莱都在用功了,他们要参加 O.W.L.(普通巫师等级考试)。珀西准备通过 N.E.W.T.(终极巫师考试),这是霍格沃茨提供的最高学历。珀西想进魔法部,所以需要成绩优异。他越来越神经质了,不管是谁在晚上打扰了公共休息室的安静,他都会给以很重的惩罚。实际上,只有一个人比珀西更紧张,那就是赫敏。

哈利和罗恩已经不再问她怎么能同时上好几堂课,可是

第 16 章　特里劳尼教授的预言

看到她自己给自己制订的考试时间表，他们又忍不住了。这张表的第一栏上列着：

星期一
9点，算术占卜
9点，变形
午餐
1点，魔咒
1点，古代如尼文

"赫敏，"罗恩小心地问，因为这些天赫敏被打搅时很容易发怒，"呃——你确定这些时间都抄对了吗？"

"什么？"赫敏尖声说，抓起时间表来仔细检查，"没错，当然对了。"

"我是否有必要问一句，你怎么能同时坐在两个考场里？"哈利说。

"没有。"赫敏干脆地说，"你们有谁看见我的《数字学和语法学》了？"

"哦，对了，我借去了，睡觉前翻翻。"罗恩说，但声音憋在嗓子眼里。赫敏开始把桌上那一堆堆羊皮纸挪来挪去，寻找那本书。这时窗口一阵响动，海德薇拍着翅膀飞进来，嘴里紧衔着一张便条。

"是海格的，"哈利说着，扯开了便条，"巴克比克的上诉——定在六号。"

"正是我们考完试那天。"赫敏说,她仍在到处找她的算术占卜课本。

"他们要到这儿来,"哈利继续看信,"魔法部的人和——和一名行刑官。"

赫敏惊愕地抬起头。

"他们要带行刑官来听取上诉!怎么听着像已经做出了判决呀!"

"是啊。"哈利沉吟着说。

"不行!"罗恩吼了起来,"我花了那么多时间为它查资料,他们不能置若罔闻!"

但是哈利有一种可怕的预感,觉得处置危险生物委员会已经接受了马尔福先生的决定。自从格兰芬多在魁地奇决赛中获胜之后,德拉科明显收敛了不少,但这几天他似乎又恢复了一些往日的嚣张。从刮到哈利耳朵里的冷嘲热讽看,马尔福确信巴克比克将被处决,而且他好像还为自己促成了此事而扬扬得意呢。这种时候,哈利竭力克制住情绪,才没有像赫敏那样打马尔福的耳光。最糟糕的是他们没有时间,也没有机会去见海格,因为严格的新保安措施还没有撤销,哈利不敢从独眼女巫雕像下面取回他的隐形衣。

考试周开始了,城堡里寂静异常。星期一吃午饭的时候,三年级学生从变形课考场出来,一个个精神委顿,面色苍白,一边比较着成绩,一边抱怨考题太难,有道题竟要他们把茶壶变成乌龟。赫敏大惊小怪地说她变出的乌龟看上去像海龟,

第16章 特里劳尼教授的预言

把人气得够呛,因为在别人看来这是根本不用担心的。

"我变出的乌龟尾巴还是壶嘴的样子,多可怕……"

"乌龟该不该吐蒸气?"

"我变出的乌龟壳子上还有柳树花纹,你说会不会扣分呀?"

然后,大家匆匆吃完午饭,马上又回到楼上去考魔咒。赫敏说中了,弗立维教授果然考了快乐咒。哈利由于紧张,动作有点过,跟他搭档的罗恩爆发出一阵阵歇斯底里的大笑,最后只好被带到一间安静的屋子里,待了一小时才能去完成他自己的咒语。晚饭后,学生们又赶着回到公共休息室,不是去休息,而是开始复习保护神奇动物、魔药和天文学。

第二天上午,海格主持保护神奇动物的考试。他显得心事重重,心思好像根本不在考场上。他给学生准备了一大桶新鲜的弗洛伯毛虫,说要想通过考试,必须保证自己的弗洛伯毛虫一小时后还活着。弗洛伯毛虫在放任自由的情况下活得最好,所以这是他们参加过的最容易的考试,也使哈利、罗恩和赫敏有很多机会和海格说话。

"比克有点儿抑郁,"海格对他们说,身子弯得低低的,假装在检查哈利的弗洛伯毛虫是否还活着,"关得太久了。不过……后天就知道了——是吉是凶——"

下午考魔药,那是一场彻头彻尾的灾难。哈利无论如何也没法使他的迷乱药变稠。斯内普带着一脸的快意在旁边看着,走开之前在笔记簿上记了点什么,看上去很像是个零蛋。

半夜里考了天文学,在最高的塔楼顶上。魔法史是星期三上午考，哈利把弗洛林·福斯科对他讲过的中世纪搜捕女巫的那些事情统统写了上去，一边渴望在这闷热的考场上能有一份福斯科的巧克力坚果冰淇淋。星期三下午是草药学考试，在温室里被大太阳烤着，回到公共休息室时脖子后面都晒伤了。大家都向往着明天的这个时候，到那时一切就都结束了。

星期四上午是倒数第二场考试，黑魔法防御术。卢平教授出了他们有生以来考过的最不同寻常的试题，是一种类似于障碍赛的户外考试。必须蹚过一片有格林迪洛的深水塘，穿过一系列满是红帽子的坑洞，咕叽咕叽地走过沼泽地，不能理会一头欣克庞克发出的误导，然后还要爬进一个旧箱子，跟一个新的博格特搏斗。

"很好，哈利，"哈利从箱子里爬出来时，卢平笑眯眯地说，"满分。"

哈利兴奋得红了脸，留下来看罗恩和赫敏考试。罗恩一开始很顺利，可是碰到欣克庞克就不行了，被带到齐腰深的沼泽里陷了进去。赫敏前面几项都做得无懈可击，到藏有博格特的箱子时，她进去才一分钟就尖叫着冲了出来。

"赫敏！"卢平吃惊地问，"怎么回事？"

"麦——麦——麦格教授！"赫敏指着箱子气喘吁吁地说，"她——她说我所有的考试都不及格！"

赫敏过了好一会儿才平静下来。当她终于恢复镇定之后，三人一起走回城堡。罗恩还有点想拿赫敏的博格特开玩笑，但台阶顶上的情况使他们避免了一场争吵。

康奈利·福吉站在那儿朝场地上望着，他穿着那件细条

第 16 章　特里劳尼教授的预言

纹的斗篷，微微有点儿冒汗。看到哈利，他吃了一惊。

"嘿，哈利！"他说，"刚考完试？快结束了吧？"

"嗯。"哈利说。赫敏和罗恩没有跟魔法部部长说过话，尴尬地站在后面。

"好天气啊，"福吉说着，把目光投向湖面，"可惜……可惜……"

他深深叹了口气，俯视着哈利。

"我此行有一个不愉快的使命，哈利。处置危险生物委员会要求在处决一头发狂的鹰头马身有翼兽时有一名证人在场，我正好要到霍格沃茨来核查布莱克的情况，就被拉了个差。"

"这么说上诉已经结束了？"罗恩走上前插嘴问道。

"没有，没有，上诉是在今天下午。"福吉惊奇地打量着罗恩说。

"那您可能根本不需要见证处决！"罗恩坚定地说，"那头鹰头马身有翼兽可能获释！"

福吉还没来得及回答，身后的城堡大门里走出来两个巫师，一个衰老得好像正在他们眼前萎缩下去，另一个高大魁梧，留着稀疏的黑髭须。哈利猜想他们是处置危险生物委员会的代表，因为那个老巫师眯眼看着海格的小屋，用颤巍巍的声音说："哎哟，哎哟，我老啦，干不了这差事啦……两点钟是吧，福吉？"

黑髭须的壮汉摸着腰带里的什么东西，哈利看了一眼，发现他在用粗大的拇指抚摩一柄锃亮的大斧的锋刃。罗恩张嘴想说话，赫敏使劲捅了捅他的肋部，把头朝门厅一摆。

"你干吗拦着我?"罗恩气呼呼地问,他们进了礼堂去吃午饭,"你没看到他们吗? 连斧头都准备好了! 这太不公平!"

"罗恩,你爸爸在魔法部,你不能那样对他的上司说话!"赫敏说,但她也显得心烦意乱,"只要海格这次保持冷静,好好地陈述理由,他们就不可能处决巴克比克……"

哈利看得出来,赫敏并不真的相信她自己的话。周围的人吃饭时都在热烈交谈,愉快地期待下午考试结束,但是哈利、罗恩和赫敏担心着海格和巴克比克,没有参加聊天。

哈利和罗恩的最后一门考试是占卜,赫敏的是麻瓜研究。三人一起走上大理石楼梯,赫敏在二楼跟他们分手,哈利和罗恩一直爬到八楼,许多同学坐在通往特里劳尼教授那间教室的螺旋楼梯上,还指望在最后再抱抱佛脚呢。

"她一个个地见我们。"纳威说,他们走过去坐在他旁边。纳威腿上摊着那本《拨开迷雾看未来》,翻开在水晶球的章节。"你们在水晶球里看到过什么东西吗?"他苦恼地问。

"没有。"罗恩不当回事地说。他不停地看表。哈利知道他是在看巴克比克的上诉还有多久开始。

教室外的队伍缩短得非常慢,每个人从银梯上下来时,其他同学都悄声问:"她问了什么? 还好吧?"

但他们都不肯说。

"她说水晶球告诉她,我要是说了就会有一场大劫难!"纳威在梯子上对哈利和罗恩尖声说,这时他们俩已经排到了楼梯平台上。

第 16 章 特里劳尼教授的预言

"这倒方便,"罗恩轻蔑地说,"哼,我开始觉得赫敏说她的话有道理,"——他用拇指朝头顶上的活板门一指——"她就是个老骗子。"

"是啊。"哈利也看了看自己的表,已经两点了,"希望她能快点儿……"

帕瓦蒂下来时满脸得意。

"她说我具备了真正先知的全部资质,"她告诉哈利和罗恩,"我看到好多东西……行了,祝你们好运!"

她匆匆跑下螺旋楼梯,迎向拉文德。

"罗恩·韦斯莱!"那熟悉的、梦呓般的声音从头顶上传来。罗恩朝哈利做了个苦脸,登上银梯不见了。现在只有哈利一个人还在等待考试。他背靠墙壁坐在地上,听着一只苍蝇在阳光明媚的窗口嗡嗡地叫,心已越过场地飞到了海格那里。

终于,大约二十分钟之后,罗恩的大脚又出现在梯子上。

"怎么样?"哈利站起来问。

"一塌糊涂。"罗恩说,"什么也看不见,我就胡诌了一些,可是我觉得她没有相信……"

"公共休息室见。"哈利小声说,特里劳尼教授的声音已经在叫道:"哈利·波特!"

这个塔楼顶上的房间比以往任何时候都要闷热,窗帘都拉上了,壁炉里生着火,惯常的那种熏人的香味呛得哈利咳嗽起来。他跌跌撞撞地绕过那些横七竖八的桌椅,朝坐在一个大水晶球前的特里劳尼教授走去。

"你好，亲爱的，"特里劳尼教授轻声说，"请看着这个水晶球……慢慢看……然后跟我讲讲你看到了什么……"

哈利俯身注视水晶球，使劲盯着它，希望它除了旋转的白雾外还能向他显示一些别的，然而什么也没有。

"怎么样？"特里劳尼教授温和地问道，"看到了什么？"

房间里热不可耐，哈利的鼻孔被近旁壁炉中飘出的香味烟雾熏得火辣辣地刺痛，他想起了罗恩的话，决定假装一下。

"呃——"哈利说，"一个黑影……嗯……"

"它像什么？"特里劳尼教授轻声问，"想一想……"

哈利在脑子里搜索了一通，想到了巴克比克。

"鹰头马身有翼兽。"他肯定地说。

"是嘛！"特里劳尼教授喃喃道，热切地在膝头的羊皮纸上记着，"我的孩子，你很可能看到了可怜的海格与魔法部之间那场麻烦的结局！仔细看看……那头鹰头马身有翼兽……有脑袋吗？"

"有。"哈利坚定地说。

"你确定吗？"特里劳尼教授追问道，"你很确定吗，孩子？你没有看到它在地上扭动，后面有个阴影举起了大斧？"

"没有！"哈利说，感到有点想吐了。

"没有鲜血？没有哭泣的海格？"

"没有！"哈利又说，比任何时候更想逃离这个房间和这种闷热，"它看上去挺好的，它——飞走了……"

特里劳尼教授叹了口气。

"好吧，孩子，就到这里吧……有点儿令人失望……但

第 16 章　特里劳尼教授的预言

我相信你尽力了。"

哈利松了口气，站起来，拎了书包转身要走，却听到身后响起了一个响亮、刺耳的声音。

"就在今晚。"

哈利急转过身，只见特里劳尼教授直挺挺地坐在扶手椅上，两眼失神，嘴巴张着。

"您 —— 您说什么？"哈利说。

但特里劳尼教授似乎没听见，她的眼珠开始转动，哈利惊恐地站在那儿，觉得她好像要发病的样子。他犹豫不决，想着要不要跑到校医院去 —— 这时特里劳尼教授又说话了，还是那种刺耳的声音，跟她本人平常的声音大不一样。

"黑魔头孤零零地躺在那里，没有朋友，被手下遗弃，他的仆人这十二年锁链加身。今晚，午夜之前，这仆人将挣脱锁链，动身去和主人会合。黑魔头将在仆人的帮助下卷土重来，比以前更强大、更可怕。今晚……午夜之前……那仆人……将动身……去和主人……会合……"

特里劳尼教授的脑袋垂到胸前，发出一种呜噜呜噜的声音。然后，很突然地，她的脑袋又抬了起来。

"对不起，亲爱的孩子，"她恍恍惚惚地说，"天气太热，你知道……我打了个盹儿……"

哈利仍呆呆地看着她。

"有什么不对吗，亲爱的？"

"您 —— 您刚才对我说那 —— 那黑魔头要卷土重来……他的仆人要回到他的身边……"

特里劳尼教授显得大为震惊。

"黑魔头？那个连名字都不能提的人？我亲爱的孩子，那可不是开玩笑的……卷土重来，天哪——"

"可这是您刚才说的！您说黑魔头——"

"我想你准是也睡着了，亲爱的！"特里劳尼教授说，"我肯定不可能预言那么离谱的事情！"

哈利爬下梯子和螺旋楼梯，心里在嘀咕……难道他刚才听到特里劳尼教授说了一个真正的预言？还是她觉得以这种方式结束考试令人印象深刻？

五分钟后，哈利从格兰芬多塔楼入口处的保安巨怪面前冲了过去，特里劳尼教授的话音仍在他脑畔回响。人们迎面走来，有说有笑地走向场地，去享受那一点期待已久的自由。哈利来到肖像洞口，爬进公共休息室时，那儿几乎都没人了，但角落里坐着罗恩和赫敏。

"特里劳尼教授，"哈利气喘吁吁地说，"刚才对我说——"

他猛然住口，看到了他们俩的脸色。

"巴克比克败诉了，"罗恩无力地说，"海格刚送来的。"

这次海格的字条是干的，没有被泪水打湿，但是他的手好像抖得厉害，字迹难以辨认。

> 败诉了。日落处决。你们帮不了忙，不要过来，我不想让你们看见。
>
> 海　格

第 16 章　特里劳尼教授的预言

"我们必须过去,"哈利马上说,"不能让他一个人坐在那儿等着行刑官!"

"可是日落的时候,"罗恩目光呆滞地望着窗外说,"不会让我们去的 …… 特别是你,哈利 ……"

哈利用手捧住脑袋,思索着。

"要是有隐形衣就好了 ……"

"它在哪儿?"赫敏问。

哈利告诉她隐形衣留在独眼女巫雕像下面的通道里了。

"…… 如果斯内普再看见我在那附近,我可就惨了。"他最后说。

"是啊,"赫敏站了起来,"如果他看见你 …… 再说一次,要怎么做才能打开那女巫的驼背的?"

"你——你敲敲它,说:'左右分离。'"哈利说,"可是——"

赫敏没等他说完,就大步走过房间,推开胖夫人的肖像,消失了。

"她不会去拿隐形衣了吧?"罗恩瞪着她的背影说。

她确实去拿隐形衣了。一刻钟后,赫敏回来了,银色的隐形衣小心地藏在她的袍子里。

"赫敏,我不知道你最近是怎么了!"罗恩震惊地说,"先是打了马尔福,然后又在特里劳尼教授的课上拂袖而去——"

赫敏听了似乎很受用。

他们跟众人一起去吃晚饭,但之后没有再回格兰芬多塔楼。哈利把隐形衣藏在袍襟里,他必须抱着手臂,遮住那块隆起的鼓包。三人躲在门厅旁的一个空房间里听着动静,直到确定门厅里不再有人。听到最后两个人快步穿过门厅,一扇门砰地关上,赫敏把脑袋从门边探了出去。

"好了,"她小声说,"没有人了 —— 披上隐形衣 ——"

三人紧挨在一起走,以免被人看见。他们在隐形衣下踮着脚穿过门厅,下了石阶,走到场地上。太阳已经落到禁林后面,余晖把树梢染成了金色。

他们走到海格的小屋前敲门,过了一分钟他才应声,打开门后他四下寻找来者。他脸色苍白,浑身发抖。

"是我们,"哈利悄声说,"穿着隐形衣呢。让我们进去把它脱下来。"

"你们不该来的!"海格小声说,但退后一步,让他们走了进去。海格迅速关上门,哈利扯下了隐形衣。

海格没有哭,也没有扑过来搂住他们的脖子。他好像不知道自己身在何处,该做什么。这种无助比眼泪更令人难受。

"要喝茶吗?"他说,大手颤抖着去拿茶壶。

"巴克比克在哪儿,海格?"赫敏迟疑地问。

"我 —— 我把它带出去了。"海格说,往罐里倒牛奶时洒得满桌都是,"拴在南瓜地里。想让它看看树 —— 呼吸点新鲜空气 —— 因为 ——"

海格的手抖得那么厉害,奶罐掉到地上,一地碎片。

"我来吧,海格。"赫敏忙说,抢着过去打扫。

"碗柜里还有一个。"海格坐下来,用袖子擦着额头。哈利

第 16 章　特里劳尼教授的预言

看看罗恩，罗恩也不知所措地看着他。

"还有什么办法吗，海格？"哈利急切地问，坐到他旁边，"邓布利多——"

"他尽力了，"海格说，"但他无权支配委员会。他告诉他们巴克比克没有危险，但他们害怕……你们知道卢修斯·马尔福那人……威胁过他们，我想……还有那个行刑官，麦克尼尔，他是马尔福的老朋友……不过会很快，很利落……而且我会陪在它身边……"

海格哽噎了，目光在屋中到处游移，仿佛在寻找一丝希望或安慰。

"邓布利多要过来，来——送送它。今天早上给我写了信，说他想——想陪着我。好人哪，邓布利多……"

在海格碗柜里找奶罐的赫敏发出一声轻轻的抽泣，但她迅速掩饰住了。她手捧新的罐子直起身来，强忍住眼泪。

"我们也会陪着你，海格。"她说，但海格摇了摇蓬乱的脑袋。

"你们得回城堡去。我说过，我不想让你们看见，你们本来就不该来的……如果福吉或邓布利多发现你擅自出来，哈利，你的麻烦可就大了。"

泪水无声地从赫敏的脸颊上流淌下来，但她假装忙着煮茶，没让海格看见。她拿起奶瓶往罐子里倒牛奶时，突然尖叫起来。

"罗恩！我——我不敢相信——是斑斑！"

罗恩愣愣地看着她。

"你说什么?"

赫敏把奶罐端到桌上,把它底朝上翻了过来。老鼠斑斑吱吱惊叫着滑出奶罐,小腿拼命踢蹬着想爬回去。

"斑斑!"罗恩茫然地说,"斑斑,你在这儿干什么?"

他抓住挣扎的老鼠,举到有光线的地方。斑斑的样子很吓人,比以前更瘦了,掉了很多毛,露出大块的秃斑。它在罗恩的手里扭动,好像拼命想挣脱。

"别怕,斑斑!"罗恩说,"没有猫!这儿没有东西会伤害你。"

海格突然站起来,眼睛望着窗外,一向红红的面孔变成了羊皮纸的颜色。

"他们来了……"

哈利、罗恩和赫敏急忙转过身。一群人远远地从城堡台阶上走下来,前面是阿不思·邓布利多,银白色的胡子在夕阳残照中闪闪发亮。旁边快步跟着康奈利·福吉,后面是那位老态龙钟的委员会成员和行刑官麦克尼尔。

"你们快走,"海格说,他浑身都在颤抖,"不能让他们发现你们在这儿……快走……"

罗恩把斑斑塞进口袋,赫敏抓起隐形衣。

"我带你们从后面出去。"海格说。

三人跟他走到通向后园子的门口。哈利有一种奇怪的不真实感,当他看到几米之外的巴克比克时,这种感觉更加明显了。巴克比克拴在海格南瓜地后面的一棵树上,好像知道要发生什么事情似的,尖脑袋转来转去,不安地用爪子刨着地。

第 16 章 特里劳尼教授的预言

"没事,比克,"海格轻声说,"没事……"他又转向哈利、罗恩和赫敏说,"走吧,快走。"

但是他们没有动。

"海格,我们不能——"

"我们要向他们说明真相——"

"他们不能杀它——"

"走!"海格凶巴巴地说,"事情已经够糟的了,不要再搭上你们。"

他们别无选择,赫敏用隐形衣罩住了哈利和罗恩,这时他们已经听到前门传来了说话声。海格看着三人刚刚消失的地方。

"快走,"他嘶哑地说,"不要听……"

他大步走进小屋,这时,前门被敲响了。

哈利、罗恩和赫敏仿佛被吓傻了,默默地从海格的屋后绕过。他们走到前面时,前门啪的一声关上了。

"求求你们,快走吧,"赫敏小声说,"我受不了,受不了……"

三人顺着倾斜的草坪走向城堡。夕阳在迅速下沉,天空变成了澄净的灰紫色,但西天还有一抹红宝石般的光亮。

罗恩突然停了下来。

"哦,求求你,罗恩。"赫敏说。

"是斑斑——它不肯——老实待着——"

罗恩弯下腰,想把斑斑捂在口袋里,可是小老鼠变得躁动不安,疯狂地尖叫着,使劲扭动,想去咬罗恩的手。

"斑斑,是我呀,你这笨蛋,我是罗恩。"罗恩小声说。

他们听到身后传来开门声和说话声。

"哦,罗恩,咱们快走吧,他们要下手了!"赫敏悄声央求。

"好吧 —— 斑斑,老实待着 ——"

三人继续前行。哈利跟赫敏一样,努力不去听身后的话语声。罗恩又停住了。

"我按不住它 —— 斑斑,闭嘴,人家会听见的 ——"

老鼠疯狂地尖叫,但盖不过海格后园子里传来的声音。几个男人的说话声混杂在一起,接着是一阵沉默。随后,突然地,他们分明听到了呼的一声和斧子落下的闷响。

赫敏在原地摇晃了一下。

"他们下手了!"她小声对哈利说,"我 —— 不敢相信 —— 他们下手了!"

第 17 章

猫、老鼠和狗

哈利也很震惊,脑子里一片空白。三人恐惧地呆立在隐形衣下。落日最后的余晖给场地涂上了血红的光,投下长长的阴影。然后,他们听到身后传来一声狂嗥。

"海格。"哈利低声说,不假思索地就要转身,但罗恩和赫敏抓住了他的胳膊。

"不行,"罗恩说,脸色苍白如纸,"要是让他们知道我们去看过海格,他会更倒霉的……"

赫敏呼吸急促不匀。

"他们——怎么——能?"她哽咽道,"怎么能?"

"走吧。"罗恩说,他的牙齿好像在打架。

他们继续朝城堡走去,走得很慢,以确保一直能藏在隐形衣下。现在光线消失得很快,等他们走到场地上时,黑暗像符咒一样罩住了他们。

"斑斑,安静!"罗恩用手紧捂着胸口,小声说。老鼠疯狂地扭动着，罗恩突然停住脚，想把斑斑往口袋里塞得更深一些。"你怎么了，你这只笨老鼠？待着别动——**哎哟！**它咬我！"

"罗恩，别出声！"赫敏着急地悄声说，"福吉马上就会出来了——"

"它不肯——老实——待着——"

斑斑显然是吓坏了，拼命挣扎着，想从罗恩手中挣脱。

"它是怎么啦？"

但是哈利刚才看见了，克鲁克山悄无声息地向他们走来，身体低低地贴近地面，两只大大的黄眼睛在黑暗中闪着诡异的荧光。哈利不知道它是看到了他们，还是循着斑斑的叫声过来的。

"克鲁克山！"赫敏叹息道，"别捣乱，走开，克鲁克山！走开！"

但是猫越来越近——

"斑斑——**不要！**"

太晚了——老鼠从罗恩的指缝间钻了出去，掉到地上，飞快地逃走了。克鲁克山一跃而上，紧追不舍。哈利和赫敏没有来得及阻拦，罗恩已经甩开隐形衣，冲入了夜幕中。

"罗恩！"赫敏轻声哀叫。

她和哈利对视一下，拔腿追了上去。披着隐形衣跑不快，他们便把它扯了下来，隐形衣像旗帜一样在身后飘扬，两人全速追赶罗恩，能听到前面咚咚的脚步声，还听到罗恩呵斥克鲁克山的声音。

第 17 章　猫、老鼠和狗

"走开——走开——斑斑，到这儿来——"

很响的扑通一声。

"抓到了！滚开，你这只臭猫——"

哈利和赫敏差点儿摔到罗恩身上，两人刚好在他跟前刹住脚步。罗恩横在地上，斑斑已回到他的口袋里，他双手紧紧攥着那一团颤抖的东西。

"罗恩——快——回到隐形衣里来——"赫敏气喘吁吁地说，"邓布利多——还有部长——他们马上就要出来了——"

但是他们还没来得及隐身，也没来得及把气喘匀，就听到巨爪轻轻着地的响声……有东西从黑暗中在朝他们奔来——是一条庞大的、灰色眼睛的黑狗。

哈利伸手去拔魔杖，但是太晚了——大狗高高跃起，前爪撞到了他胸口，哈利在一团狗毛中向后倒去，感觉到狗嘴里喷出的热气，看到了那寸把长的尖牙——

大狗扑过来时力气过猛，从他身上滚了过去。哈利觉得自己好像断了几根肋骨，努力想站起来；他听到大狗咆哮着掉转过身，准备再次袭击。

罗恩站了起来，在大狗又扑上来时把哈利推到一边。大狗咬住了罗恩伸出来的胳膊。哈利冲上去揪住那畜生的一撮毛，但它像拖一个布娃娃一样毫不费力地把罗恩拖走了。

突然，哈利脸上挨了不知从何而来的重重一击，他又摔倒在地，同时听到赫敏喊痛和倒地的声音。哈利摸到了魔杖，眨了眨眼睛挤掉血水——

"荧光闪烁！"他低声说。

魔杖的荧光照出一棵粗大的树干，原来他们追着斑斑跑到了打人柳的树影里。柳条像在狂风中一样嘎吱作响，鞭子似的来回抽打，不让他们走近。

那大狗就在树干旁边，正在把罗恩倒拖进树根间的一个大洞——罗恩奋力挣扎，但是他的脑袋和上半身正在消失——

"罗恩！"哈利大叫，想要冲过去，可是一根粗树枝凶险地在空中抽打着，逼得他退了回来。

现在他们只能看到罗恩的一条腿了。罗恩用腿钩住了一条树根，希望能阻止大狗把他拖入地下——然而，啪的一声可怕的脆响，像枪声划破夜空，罗恩的腿断了。一眨眼间，他的脚也消失了。

"哈利——我们必须去找人帮忙——"赫敏惊恐地叫着，她也在流血，柳条在她肩上抽了一道口子。

"不行！那畜生大得能把他吃掉，我们来不及——"

"哈利——没有人帮忙，我们不可能钻过去——"

又一根枝条打下来，细枝子像拳头一样攥得紧紧的。

"那条狗能进去，我们也能。"哈利喘着气说，一边左冲右突，试图绕过那些带着恶意嗖嗖摆动的枝条，可怎么也躲不过；他若想再靠近树根一寸，就肯定被打到。

"哦，救命，救命，"赫敏绝望地低喊，在原地团团转，"求求……"

克鲁克山飞奔上前，像蛇一样从舞动的枝条间钻过去，

第 17 章 猫、老鼠和狗

把前爪按在树身的一个节疤上。

那棵树突然不动了，好像化成了石头，连树叶都不再抖动一下。

"克鲁克山！"赫敏惊疑地轻轻叫道，她把哈利的胳膊都攥痛了，"它怎么知道——？"

"它跟那条狗是朋友，"哈利沉着脸说，"我见过它们在一起。走吧——把魔杖拿在手里——"

几秒钟内，两人就冲到了树干旁，但是还没走到树根间的那个洞口，克鲁克山就已经把毛茸茸的尾巴轻轻一弹，钻进了洞里。哈利跟了进去，头朝前往里面爬，顺着土坡滑入了一条非常低矮的地道底部。克鲁克山在前方不远处，一双猫眼在哈利魔杖的微光中闪烁。几秒钟后，赫敏也滑到了哈利的身边。

"罗恩呢？"她低声问，声音中带着恐惧。

"这边。"哈利说，弯着腰跟上了克鲁克山。

"这条地道通到哪儿？"赫敏在后面屏着气问。

"不知道……活点地图上有这条通道，但弗雷德和乔治说从来没人进来过……它出了地图的边缘，但看上去可能通到霍格莫德……"

两人尽可能地快速前进，腰弯得很低。克鲁克山的尾巴在前面忽隐忽现。地道不断向前延伸，感觉至少跟通到蜂蜜公爵的那条一样长……哈利一心惦记着罗恩，不知道大狗会对他怎么样……他痛苦地用力张口吸气，猫着腰急跑……

地道开始向上倾斜，过了一会儿，拐了个弯，克鲁克山不见了。哈利只看到一片微光,是个小小的出口。

他和赫敏停住脚步,喘着气,慢慢地侧身向前挪动,两人都举着魔杖,想看清前面有什么。

是一个房间,一个乱糟糟、灰蒙蒙的房间。墙纸剥落,满地污渍,家具全是破的,好像被人砸过,窗户都用木板封住了。

哈利看看赫敏,她神色非常恐惧,但点了点头。

哈利从洞口钻了过去,环顾四周。房间里没有人,右边有一扇门开着,通到一个幽暗的门厅。赫敏又一把抓住哈利的胳膊,瞪大眼睛扫视着被封住的窗户。

"哈利,"她小声说,"我想我们是在尖叫棚屋。"

哈利的目光在屋里扫了一圈,落到近处的一把木椅上,它的木板被扯去了一大块,一条腿也不见了。

"不是幽灵干的。"哈利缓缓说道。

这时头顶上传来嘎吱一响,楼上有什么东西在动。两人抬头望着天花板。哈利的胳膊被赫敏攥得紧紧的,手指都开始失去知觉了。他对赫敏扬扬眉毛,赫敏点点头,放开了手。

他们尽可能轻手轻脚地来到厅里,踏上那道快要倒塌的楼梯。到处都蒙着厚厚的灰尘,只是地上有一条宽宽的发亮的印子,好像什么东西被拖上楼去了。

两人走到黑暗的楼梯平台上。

"诺克斯。"他们同时小声说,杖头的荧光应声熄灭。只有一扇门开着,他们轻轻走近时,听到门后面有动静,一声低低的呻吟,接着是响亮、深沉的猫叫。两人最后对视了一眼,点了点头。

第 17 章 猫、老鼠和狗

哈利紧握魔杖，猛地踢开了门。

一张挂着灰扑扑帷帐的四柱大床，克鲁克山伏在床上冲他们喵喵大叫。罗恩在床边的地板上，抱着他那条姿势很别扭的伤腿。

哈利和赫敏冲了过去。

"罗恩——你怎么样？"

"大狗呢？"

"没有狗。"罗恩呻吟道，痛得咬紧牙关，"哈利，这是个圈套——"

"什么？"

"他就是那条狗……他是个阿尼马格斯……"

罗恩瞪着哈利身后，哈利迅疾转身，阴影中的那个男子啪地关上了他们身后的房门。

肮脏的乱发垂到胳膊肘，如果不是深陷的黑色眼窝里那双眼睛的亮光，他简直就像一具死尸。蜡白的皮肤紧绷在颧骨上，像个骷髅。他咧嘴狞笑着，露出一口黄牙。是小天狼星布莱克。

"除你武器！"他嘶声叫道，用罗恩的魔杖朝他们一指。

哈利和赫敏的魔杖脱手而出，高高飞到空中，布莱克将它们接住，然后走近一步，眼睛盯着哈利。

"我料到你会来救你的朋友。"他嗓音嘶哑，好像很久不用了，"你父亲也会这样对我的。你们很勇敢，没跑去找老师。我很感激……这样就好办多了……"

哈利耳边回响着对他父亲的嘲讽，仿佛是布莱克大声吼出来的一般。一股憎恨从哈利胸中腾起,把恐惧挤了出去。他希望夺回魔杖,平生第一次不是为了自卫,而是为了攻击……为了杀人。他下意识地冲向前去,但两边都有人扑上来,两双手紧紧拽住了他……"不要,哈利!"赫敏恐惧地小声说。罗恩则冲着布莱克说话了。

"你要杀哈利,就必须把我们也杀掉!"他情绪激烈地说,虽然勉强站起时脸上更是血色全无,身体也在微微摇晃。

布莱克阴郁的眼睛里有什么一闪。

"躺下,"他平静地对罗恩说,"你会把那条腿伤得更重的。"

"你听见了吗?"罗恩虚弱地说,一边忍痛抓住哈利保持站立,"你必须把我们三个全部杀掉!"

"今晚这里只会有一人被杀。"布莱克的嘴咧得更开了。

"为什么?"哈利愤愤地说,试图挣脱罗恩和赫敏的阻拦,"你上次可不在乎,是不是?为了追杀小矮星不惜屠杀那么多的麻瓜……怎么,在阿兹卡班把心肠蹲软了?"

"哈利!"赫敏急叫,"别说了!"

"他杀了我的爸爸妈妈!"哈利吼道,奋力挣脱了赫敏和罗恩,一个箭步冲了上去。

他忘记了魔法,忘记了自己又瘦又小只有十三岁,而布莱克是个高大的成年人。哈利此刻只想拼足全力重创布莱克,而不顾自己会受多大的伤——

也许是对哈利做出这样愚蠢的举动感到吃惊,布莱克没有及时举起魔杖。哈利一只手抓住了他瘦瘦的手腕,迫使杖

第 17 章 猫、老鼠和狗

尖指向别处，同时一拳打在布莱克的脑袋侧面，两人一起向后摔倒，撞在墙上——

赫敏尖叫，罗恩大喊，在一阵令人炫目的闪光中，布莱克手中的两根魔杖射出一串火星，险些击中哈利的面部。哈利感到那皱缩的手臂在他手指下疯狂地挣扎，但他紧紧抓住不放，另一只手猛击布莱克身上他能打到的每一个地方。

可是布莱克的另一只手摸到了哈利的喉咙——

"不，"他嘶声说，"我等得太久了——"

手指卡紧了，哈利呼吸困难，眼镜歪到了一边。

在这危急关头，他看到赫敏的脚凌空飞来。布莱克痛得哼了一声，放开了哈利。罗恩扑向布莱克拿着魔杖的手，哈利听到哗啦一声轻响——

他挣扎着从纠缠在一起的人堆中爬出来，看见自己的魔杖滚到地上，连忙扑过去，然而——

"啊！"

克鲁克山来助战了，两只前爪深深扎进哈利的手臂。哈利把它甩掉，但克鲁克山又扑向哈利的魔杖——

"没门儿！"哈利吼道，朝克鲁克山踹了一脚，猫跳到一边，喷着唾沫。哈利抓起魔杖转过身来——

"闪开！"他朝罗恩和赫敏大喊。

他们俩不需要他再说第二遍。赫敏嘴唇流血，大口喘气，迅速爬到一边，拾起她和罗恩的魔杖。罗恩爬向四柱床，气喘吁吁地瘫倒在上面，双手抱着断腿，苍白的面孔有些发青。

布莱克倒在墙根，瘦削的胸部急速起伏，他看着哈利慢慢走近，魔杖直指他的心脏。

"要杀我吗，哈利？"他低声问。

哈利在他跟前停下了，俯视着他，魔杖依然指着他的胸膛。布莱克的左眼周围肿起一块青瘀，鼻子也流血了。

"你杀了我的爸爸妈妈。"哈利说，声音微微颤抖，但握着魔杖的手很坚定。

布莱克用深陷的眼睛盯着他。

"我不否认，"他声音很轻，"但如果你知道全部经过——"

"全部经过？"哈利的耳朵里有热血在撞击，"你把他们出卖给了伏地魔。我只需要知道这么多。"

"你必须听我说，"布莱克说，语气有些急迫，"不然你会后悔的……你不知道……"

"我知道的比你想象的多得多。"哈利说，声音颤抖得更厉害了，"你没听过她的恳求，是不是？我的妈妈……她想阻止伏地魔杀我……而你做了那种事……你做了……"

两人还没来得及多说什么，突然，一个姜黄色的东西从哈利身边闪过，克鲁克山跳到布莱克的胸口伏了下来，正好挡住他的心脏。布莱克惊奇地眨眨眼睛，低头看着那只猫。

"下去。"他咕哝着，想把克鲁克山推开。

但是克鲁克山用爪子抠住布莱克的袍子，不肯挪动。它把丑陋的扁脸转向了哈利，大大的黄眼睛仰望着他。在哈利右边，赫敏抽了一下鼻子。

哈利盯着布莱克和克鲁克山，攥紧了魔杖。就算把这只猫也杀了又怎么样？这只猫是布莱克的同盟……如果它为了

第 17 章 猫、老鼠和狗

保护布莱克而自愿送死,那不关哈利的事……如果布莱克想救猫,那只能证明他关心克鲁克山胜于关心哈利的父母……

哈利举起了魔杖。时候到了,为父母报仇的时候到了,他要杀死布莱克,必须杀死布莱克,这是他的机会……

漫长的几秒钟,哈利仍举着魔杖僵立在那里,布莱克盯着哈利,克鲁克山蹲在他胸口。罗恩粗重的呼吸声从床上传来,赫敏沉默不语。

然后传来了一个新的声音——

闷闷的脚步声透过地板缝隙传上来,有人在楼下走动。

"**我们在上面!**"赫敏突然尖叫道,"**我们在上面——小天狼星布莱克——快来呀!**"

布莱克惊得动了一下,几乎把克鲁克山甩下去。哈利的手痉挛地握紧魔杖——快动手! 一个声音在他脑子里说,但脚步声已咚咚地上了楼梯,哈利还是没有动手。

门砰地开了,红色的火星四下迸射。哈利急忙转身,卢平教授冲了进来,面无血色,手举魔杖。他的目光掠过躺在地上的罗恩,掠过畏缩在门边的赫敏,掠过站在那儿用魔杖指着布莱克的哈利,落到瘫在哈利脚边的流着血的布莱克身上。

"除你武器!"卢平喊道。

哈利的魔杖再次脱手飞出,赫敏拿着的那两根也飞了出去。卢平敏捷地接住它们,然后走到屋子中间,盯着布莱克,克鲁克山仍然趴在布莱克的胸口保护着他。

哈利站在那儿,突然感到极度空虚。他没有报仇,他胆量不够。布莱克将被交给摄魂怪了。

这时卢平说话了,声音很奇怪,因压抑着某种情感而颤抖。"他在哪儿,小天狼星?"

哈利迅速望向卢平,不明白卢平是什么意思,说的是谁?哈利又回头看着布莱克。

布莱克面无表情,几秒钟里,他一动不动。然后,他非常缓慢地举起一只空着的手,直指罗恩。哈利莫名其妙,目光移到罗恩身上,罗恩也一脸迷惑。

"可是……"卢平低声说,目光紧盯着布莱克,仿佛要看穿他的思想,"……他为什么以前一直没有现身?除非——"卢平的眼睛突然瞪大了,仿佛看到了布莱克身后的什么东西,而其他人都看不到,"除非他就是那个……除非你换了……没有告诉我?"

布莱克凹陷的双眼一直盯着卢平的面孔,缓缓地点了点头。

"卢平教授,"哈利大声打断了卢平的话,"这是怎么——?"

但他没有说完,因为眼前的情景使他的声音消失在了嗓子眼里。卢平垂下魔杖,然后走到布莱克身边,抓住他的手,把他拉了起来,克鲁克山落到地上。卢平教授像拥抱兄弟一般拥抱了布莱克。

哈利觉得自己的心重重地往下一沉。

"**我不相信!**"赫敏尖叫。

卢平放开布莱克,朝她转过身。赫敏已经从地上站了起来,指着卢平,眼睛睁得大大的:"你——你——"

第 17 章 猫、老鼠和狗

"赫敏——"

"——你和他!"

"赫敏,冷静些——"

"我谁都没有告诉!"赫敏尖声嚷道,"我一直帮你瞒着——"

"赫敏,请你听我说!"卢平喊道,"我会解释——"

哈利感到自己在哆嗦,不是因为恐惧,而是因为新涌上来的愤怒。

"我那么信任你,"他朝卢平吼道,声音失控地颤抖着,"原来你一直是他的朋友!"

"你错了,"卢平说,"我过去十二年并不是小天狼星的朋友,但现在是了——让我解释……"

"不!"赫敏尖叫道,"哈利,别相信他,是他帮布莱克潜入城堡的,他也希望你死——他是狼人!"

一阵压迫耳膜的寂静。现在所有人的目光都盯着卢平,他显得异常镇静,尽管脸色苍白。

"这完全不是你平时的水平,赫敏,"他说,"恐怕只说对了三分之一。我没有帮小天狼星潜入城堡,当然也不希望哈利死……"他的面部肌肉奇怪地哆嗦了一下,"但我不否认我是狼人。"

罗恩奋力想站起来,但痛得哼了一声,又倒了下去。卢平朝他走去,显出关切之色,罗恩却气喘吁吁地说:"别碰我,狼人!"

卢平猛然止步,然后转向赫敏,明显有些艰难地问道:"你知道多久了?"

"好久了,"赫敏小声说,"自从我做了斯内普教授布置的论文……"

"他会很高兴的,"卢平冷冷地说,"他布置那篇论文,就是希望有人想到我的症状意味着什么……你是不是查了月亮盈亏表,发现我总是在满月时发病?或者你发现博格特看到我就变成了月亮?"

"都发现了。"赫敏轻轻地说。

卢平勉强笑了一下。

"你是我见过的你同龄人中最聪明的女巫,赫敏。"

"我不是,"赫敏喃喃地说,"如果我聪明一点儿,就会告诉大家你是什么人!"

"可他们已经知道了,"卢平说,"至少教员们都知道。"

"邓布利多知道你是狼人还聘用你?"罗恩吃惊地问,"他疯了吗?"

"有些教员也认为他疯了,"卢平说,"邓布利多做了很大努力才让一些老师相信我是可靠的——"

"**可是他错了!**"哈利吼道,"**你一直在帮他!**"他指着布莱克,布莱克突然走到四柱床前,倒在床上,用一只颤抖的手捂着脸。克鲁克山也跳上床去,爬到他的膝上,喵喵叫着。罗恩拖着伤腿从他们旁边挪开。

"我并没有帮助小天狼星,"卢平说,"如果你给我机会,我可以解释。看——"

他把哈利、罗恩和赫敏的魔杖分开,分别扔回给他们。哈

第 17 章 猫、老鼠和狗

利接住魔杖，目瞪口呆。

"好了，"卢平把自己的魔杖插回皮带中，"现在你们有武器，我们没有，愿意听我说了吗？"

哈利不知该怎么看待这件事。这是个圈套吗？

"如果你没帮他，"他狂怒地看了布莱克一眼，"怎么会知道他在这儿？"

"地图，"卢平说，"那张活点地图。我刚才在办公室里看地图——"

"你会用？"哈利怀疑地问。

"我当然会用，"卢平说着不耐烦地挥了一下手，"是我参与画的，我就是月亮脸——那是上学时朋友们给我起的绰号。"

"你画的？"

"重要的是，今晚我在仔细查看地图。因为我想，在海格的鹰头马身有翼兽被处死之前，你和罗恩、赫敏可能会设法溜出城堡去看他。我猜对了，是不是？"

他开始踱来踱去，眼睛望着他们，脚边扬起小片尘土。

"你可能穿着你爸爸的隐形衣，哈利——"

"你怎么知道这件隐形衣？"

"我看见詹姆用它隐身过多少回了……"卢平说着，又不耐烦地把手一挥，"关键是，即使你穿着隐形衣，在活点地图上也能显示出来。我看到你们穿过场地，进了海格的小屋。二十分钟后，你们离开海格走回城堡，但旁边多了一个人。"

"什么？"哈利说，"没有啊！"

"我不相信我的眼睛,"卢平说,他继续踱步,没有理会哈利的插话,"我想地图准是出问题了,他怎么会跟你们在一起呢?"

"没有人跟我们在一起!"哈利说。

"然后我又看到一个黑点,在快速地向你们移动,标着小天狼星布莱克……我看到他跟你们撞到一起,把你们中间的两个拖进了打人柳——"

"我们中间的一个!"罗恩恼火地说。

"不,罗恩,"卢平说,"是两个。"

他停止了踱步,目光投向罗恩。

"我可以看看那只老鼠吗?"他平静地问。

"怎么?"罗恩说,"这件事和斑斑有什么关系?"

"大有关系,"卢平说,"请让我看看它,可以吗?"

罗恩犹豫了一下,然后把手伸进袍子里。斑斑被掏了出来,拼命扭个不停。罗恩只好抓住它长长的秃尾巴,才没有让它逃走。克鲁克山站在布莱克的腿上,发出轻轻的嘶嘶声。

卢平走近罗恩,专注地盯着斑斑,似乎屏住了呼吸。

"怎么?"罗恩又问,害怕地搂紧了斑斑,"我的老鼠招谁惹谁了?"

"这不是老鼠。"小天狼星布莱克突然声音嘶哑地说。

"你说什么? 它当然是老鼠——"

"不,不是,"卢平平静地说,"他是个巫师。"

"阿尼马格斯,"布莱克说,"名叫小矮星彼得。"

第 18 章

月亮脸、虫尾巴、大脚板和尖头叉子

过了几秒钟他们才意识到这话的荒谬,然后罗恩说出了哈利想说的话。

"你们两个都疯了。"

"荒唐!"赫敏轻轻地说。

"小矮星彼得已经死了!"哈利说,"十二年前被他杀死的!"

他指着布莱克,布莱克的面孔在抽搐。

"我确实想杀他,"他吼道,露出了一嘴黄牙,"但是小彼得胜我一筹……这次不会了!"

布莱克朝斑斑扑去,克鲁克山被甩到地上。罗恩痛得大叫一声,布莱克的身体压到了他的断腿上。

"小天狼星,**不要**!"卢平叫道,冲上前把布莱克从罗恩身上拽开,"**等等**!你不能这样做——必须让他们明白——

我们必须解释——"

"以后解释也不迟!"布莱克咆哮道,使劲想甩开卢平,一只手还在空中乱抓,想要抓到斑斑。老鼠像小猪一样尖叫,挠着罗恩的面颊和脖子,试图逃脱。

"他们——有——权利——知道——一切!"卢平喘着气说,仍在努力拦着布莱克,"罗恩是把它当宠物养的!何况有些地方连我也不明白!还有哈利——你应该把真相告诉哈利,小天狼星!"

布莱克停止了挣扎,那双凹陷的眼睛仍然盯着斑斑。斑斑被罗恩紧紧地握在手里,罗恩那双手被抓咬得鲜血淋漓。

"好吧。"布莱克说,但他的目光没有从斑斑身上移开,"随便你对他们讲什么,但是要快,莱姆斯。我要杀人,就为了这桩命案我被关了……"

"你们是疯子,你们两个都是。"罗恩颤抖地说,把目光投向哈利和赫敏寻找支持,"我听够了,我走了。"

他试图靠那条好腿站起来,但卢平又举起魔杖,指着斑斑。

"你必须听我说完,罗恩,"他平静地说,"听的时候把彼得抓牢。"

"**它不是彼得,它是斑斑!**"罗恩喊道,想把老鼠塞回他胸前的口袋里,但斑斑挣扎得太凶了。罗恩摇晃一下,失去了平衡,哈利扶住他,把他推回到床上。然后,哈利没有理会布莱克,转向卢平。

"小矮星的死是有目击者的,"他说,"整条街的人呢……"

第18章　月亮脸、虫尾巴、大脚板和尖头叉子

"他们看到的事情并不是他们以为的那样！"布莱克粗暴地说，依然盯着在罗恩手中挣扎的斑斑。

"所有的人都以为小天狼星杀死了彼得，"卢平点头道，"我也信了——直到今晚看到地图，因为活点地图从不说谎……彼得还活着。罗恩正抓着他，哈利。"

哈利低头看看罗恩，两人目光相交，默默达成共识：布莱克和卢平的脑子都出了问题。他们说的话荒诞不稽。斑斑怎么可能是小矮星彼得？想必是阿兹卡班使布莱克精神错乱了——但卢平为什么跟他一唱一和呢？

赫敏开口了，声音颤抖，强作镇静，好像努力想用意念让卢平教授恢复理智。

"可是卢平教授……斑斑不可能是小矮星彼得……这是不可能的，您知道这不可能……"

"为什么不可能？"卢平镇静地问，好像他们是在课堂上，赫敏只是发现了格林迪洛实验中的一个问题。

"因为……因为如果小矮星彼得是阿尼马格斯，人们会知道的。我们在麦格教授的课上学过阿尼马格斯，我做作业时查了资料，魔法部对能变成动物的巫师都有记录，有登记簿显示他们能变成什么动物，还有标记之类的……我在登记簿中查到了麦格教授，本世纪只有七位阿尼马格斯，小矮星彼得的名字不在上面——"

哈利刚来得及暗自惊叹赫敏做功课所下的功夫，卢平笑了起来。

"又说对了，赫敏！"他说，"但魔法部不知道曾有三名未

登记的阿尼马格斯在霍格沃茨活动。"

"如果你想把事情告诉他们，就快点讲，莱姆斯！"布莱克咆哮道，仍注视着斑斑每一个绝望的挣扎，"我等了十二年，不想再等了。"

"好吧……但是你得帮我，小天狼星。"卢平说，"我只知道开头……"

卢平停住了，因为后面传来响亮的吱呀一声。卧室的门自动开了。五个人都瞪着门。卢平走过去朝楼梯口张望了一下。

"没人……"

"这地方闹鬼！"罗恩说。

"不。"卢平说，还在疑惑地看着那扇门，"尖叫棚屋从来没闹过鬼……村民们曾经听到的那些尖叫和嗥叫都是我发出来的。"

他把灰白的头发从眼前捋开，沉思片刻，说道："所有的事情都是从这里——从我变成狼人开始的。如果我没有被咬，这些事都不会发生……如果我不是那么鲁莽……"

他看上去严肃而疲惫。罗恩想插话，但是赫敏"嘘——"了一声。她专注地望着卢平。

"我是很小的时候被咬的，我的父母试了各种办法，但那个时候无法治愈。斯内普教授为我制作的药是最近才发明的。它让我变得安全了。我只要在满月前一周喝了这药，就能在变形时保持神志清醒……可以蜷缩在我的办公室里，是一匹无害的狼，等待月缺。

第 18 章　月亮脸、虫尾巴、大脚板和尖头叉子

"但是，在狼毒药剂发明之前，我每个月都会变成一头可怕的怪物。我要进霍格沃茨几乎是不可能的，家长们不会愿意让他们的孩子与我接触。

"后来邓布利多当了校长，他很同情我。说只要采取一些预防措施，就没有理由不让我进霍格沃茨……"卢平叹息一声，直视着哈利，"几个月前我对你说过，打人柳是我进霍格沃茨那年栽的。实际上它是因为我进霍格沃茨才栽的。这屋子——"卢平苦涩地打量着这个房间，"以及通向它的地道——都是为我而修的。每月一次，我被秘密带出城堡，到这个地方来变形。那棵树被栽在地道口，免得有人在危险期碰到我。"

哈利看不出这个故事想说明什么，但还是着迷地听着。除了卢平的声音之外，只有斑斑惊恐的尖叫声。

"那些日子我的变形——非常恐怖。变成狼人是很痛苦的。我被迫与人隔离，于是就咬自己、抓自己。村民们听到那些声音和尖叫，以为自己听到的是特别狂暴的幽灵，邓布利多让这类谣言传开了……即使到了现在，这屋子已经安静好多年了，村民们还是不敢靠近……

"不过，除去变形之外，那段时光我是前所未有的快乐。我第一次有了朋友，三个极好的朋友。小天狼星布莱克……小矮星彼得……当然啦，哈利，还有你爸爸——詹姆·波特。

"三个朋友不会注意不到我每月一次的失踪。我编了各种借口，说我妈妈病了，我必须回家去看她，等等，我怕他们

知道了我是狼人就会离开我。但是，当然啦，赫敏，他们像你一样，发现了真相……

"可是他们并没有离开我，而是想了一个办法，让我的变形期不仅好受一些，而且成了我一生中最美好的时光。他们学会了阿尼马格斯。"

"我爸爸也是？"哈利很吃惊。

"是的，"卢平说，"整整三年，他们一有时间就去练习。最后才学会。你爸爸和小天狼星是全校最聪明的学生，幸好如此，因为阿尼马格斯变形有可能出现可怕的错误——这是魔法部对阿尼马格斯严格控制的原因之一。彼得需要詹姆和小天狼星的全力帮助。最后，在五年级时，他们终于练成了，每个人都能随意变成一种不同的动物。"

"可是这对你有什么帮助呢？"赫敏不解地问。

"他们作为人不能跟我在一起，所以就变成动物来陪我。"卢平说，"狼人只对人有危险，他们每个月披着詹姆的隐形衣溜出城堡。他们变成动物……彼得个子最小，能从打人柳的枝条下钻过来，按到能让它定住的那个节疤，然后他们滑入地道来找我。在他们的影响下，我变得不那么危险了。我的身体还是狼形，但跟他们在一起时，我的心智好像不那么像狼了。"

"快点儿，莱姆斯！"布莱克吼道，他仍然盯着斑斑，脸上带着一种可怕的饥渴。

"快了，小天狼星，快了……嗯，我们都能变形以后，有多少刺激的事情可以做啊。我们不久便离开了尖叫棚屋，

第18章 月亮脸、虫尾巴、大脚板和尖头叉子

夜间在学校和村子里游荡。小天狼星和詹姆变成了那么大的动物，能够控制住狼人。我认为霍格沃茨没有哪个学生能把学校和霍格莫德摸得比我们更清楚……所以我们就画了那张活点地图，署上了自己的外号。小天狼星是大脚板，彼得是虫尾巴，詹姆是尖头叉子。"

"是什么动物？"哈利问道，但赫敏打断了他。

"那还是挺危险的！在夜里跟一个狼人乱跑！要是你摆脱了同伴，咬到了人怎么办？"

"我现在想想还后怕呢，"卢平沉重地说，"有过险情，很多次。我们过后拿这些事开玩笑。那时我们年少轻狂——陶醉在自己的小聪明里。

"当然，我有时还会为辜负了邓布利多的信任而感到内疚……当初没有一个校长肯收我，邓布利多把我招进了霍格沃茨，而现在他却不知道我在违反他为保护我和他人的安全而制定的规矩，他不知道我引得三个同学变成了非法的阿尼马格斯。但是，每当我们坐下来商量下个月的冒险活动时，我总是把负疚感忘到脑后。我一直没有改变……"

卢平面容凝重起来，话音中流露出对自己的厌恶。"今年我一直在进行思想斗争，考虑要不要去对邓布利多说小天狼星是阿尼马格斯。但我没有去说。为什么？因为我太懦弱。如果说了，就意味着承认我上学时辜负了他的信任，承认我让别人跟我一道……而邓布利多的信任对我意味着一切。我小时候，是他让我进入了霍格沃茨；我长大后，又因为自己的身份一直受排斥，找不到一份有收入的工作，又是邓布利多

录用了我。所以我就对自己说，小天狼星是用跟伏地魔学来的黑魔法潜入学校的，与阿尼马格斯无关……由此可见，从某种意义上说，斯内普对我的看法是对的。"

"斯内普？"布莱克厉声说，几分钟内第一次把目光从斑斑身上移开，抬头看着卢平，"这跟斯内普有什么关系？"

"斯内普在这儿，小天狼星，"卢平沉重地说，"他也在这儿任教。"他抬眼望着哈利、罗恩和赫敏。

"斯内普教授跟我们是同学。他竭力反对让我教黑魔法防御术。他这一年都在跟邓布利多讲我是多么不值得信任。他是有理由的……小天狼星曾经搞了个恶作剧，差点要了斯内普的命，这恶作剧与我有关——"

布莱克轻蔑地哼了一声。

"他活该，"他嘲讽道，"鬼鬼祟祟地想发现我们在干什么……指望他能让我们被开除……"

"西弗勒斯对我每月去了哪里很感兴趣，"卢平对哈利、赫敏和罗恩说，"我们是同一个年级的，我们——嗯——交情不太好。他特别讨厌詹姆。我想是嫉妒詹姆在魁地奇球场上的才能吧……总之，斯内普有天晚上见到我跟庞弗雷女士一起穿过场地，庞弗雷女士送我到打人柳那里去变形。小天狼星为了寻开心，告诉斯内普说只要用长棍子捣捣树干上的那个节疤，就能跟着我进去。当然，斯内普就这么试了——他要是跟到这屋子里，就会碰到一匹兽性十足的狼——你爸爸听说了小天狼星做的事，冒着生命危险追上斯内普，把他拽了回去……但斯内普看见了我在地道那头。邓布利多不许他

第 18 章　月亮脸、虫尾巴、大脚板和尖头叉子

告诉别人，然而，从那时起他就知道我是什么了……"

"这就是斯内普不喜欢你的原因？"哈利缓缓地问道，"他认为你也参与了那个恶作剧？"

"没错。"卢平身后的墙上传来一声冷冷的嘲讽。

西弗勒斯·斯内普揭下隐形衣，他的魔杖直指卢平。

第 19 章

伏地魔的仆人

赫敏尖叫起来，布莱克一跃而起，哈利好像突然遭受了强烈的电击一样跳起来。

"我在打人柳底下发现了这个。"斯内普把隐形衣丢到一边，一面仍小心地用魔杖直指卢平的胸膛，"很有用的，波特，我要谢谢你……"

斯内普有点气喘，但一脸抑制不住的得意。"诸位也许在想，我怎么知道你们在这里？"他说，眼睛闪闪发光，"我去了你的办公室，卢平。你今晚忘记喝药了，所以我带了一杯去，很幸运我这么做了……对我来说很幸运。你桌上放着一张地图，一目了然，我看到你沿着这条通道过来，然后就没影了。"

"西弗勒斯——"卢平想说话，但斯内普阻止了他。

"我一再对校长说，你在帮你的老朋友布莱克潜入城堡，卢平，眼前便是证据。连我都没想到你还敢用这个老地方做你的庇护所——"

第 19 章 伏地魔的仆人

"西弗勒斯，你误会了，"卢平急切地说，"你没有听全——我可以解释——小天狼星不是来杀哈利的——"

"今晚阿兹卡班又要多两个囚犯了，"斯内普说，眼里放出狂热的光，"我倒想看看邓布利多的反应……他确信你没有危险，卢平……一个驯服的狼人——"

"你这傻瓜，"卢平温和地说，"值得为学生时代的过节将一个无辜的人送到阿兹卡班吗？"

砰！斯内普的魔杖尖射出蛇状的细绳，缠住了卢平的嘴、手腕和脚脖子。卢平失去平衡，摔倒在地，动弹不得。布莱克怒吼一声，冲向斯内普，但斯内普用魔杖直指布莱克的眉心。

"给我一个理由，"他小声说，"给我一个出手的理由，我发誓我不会手软。"

布莱克猛然停住。此刻很难判断哪张脸上的仇恨更多。

哈利站在那儿，如同瘫痪了一般，不知该做什么，该相信谁。他望望罗恩和赫敏。罗恩看上去和他一样困惑，仍在努力抓着不停挣扎的斑斑。但赫敏怯怯地朝斯内普走了一步，用极其微弱的声音说："斯内普教授——听——听一下他们有什么话要说也没有害处，是—是不是？"

"格兰杰小姐，你已经面临休学了，"斯内普厉声说道，"你、波特，还有韦斯莱擅自外出，并与杀人犯和狼人混迹一处。你一贯多嘴多舌，还不闭嘴！"

"可是如果——如果有误会——"

"闭嘴，你这愚蠢的丫头！"斯内普吼道，突然像发了狂，

"不要议论自己不懂的东西!" 他的魔杖尖射出几个火星,魔杖依然指着布莱克的眉心。赫敏沉默了。

"复仇的滋味多么美妙啊,"斯内普对布莱克轻声说,"我一直巴望着能让我抓到你……"

"这次闹笑话的还是你,西弗勒斯。"布莱克叫道,"只要这男孩把老鼠带回城堡——"他把脑袋朝罗恩一摆,"——我就会悄悄跟去……"

"回城堡?"斯内普油腔滑调地说,"我想用不着走那么远。我只要一走出这棵柳树,就会招来摄魂怪。它们会很高兴看到你的,布莱克……我想,它们会高兴得给你一个小小的吻,布莱克……"

布莱克脸上仅存的那点血色消失了。

"你——你必须听我说,"他声音嘶哑地说,"那只老鼠——看看那只老鼠——"

但斯内普眼里发出哈利从没见过的疯狂的光芒,他似乎丧失了理智。

"走吧,全部出去。"说着,他打了个响指,绑卢平的绳头就飞到了他手中,"我拖着这个狼人,也许摄魂怪也会给他一个吻——"

哈利下意识地三步跨过房间,堵住了门口。

"让开,波特,你的麻烦已经够多了,"斯内普吼道,"要不是我来救你——"

"卢平教授今年有一百次机会可以杀死我,"哈利说,"我好多时间单独跟他在一起,学习抵御摄魂怪的办法,如果他

第 19 章　伏地魔的仆人

要帮助布莱克，那时候为什么不动手？"

"别要我去揣摩狼人的心理。"斯内普鄙夷地说，"让开，波特。"

"你真可怜！"哈利嚷道，"就因为他们当年在学校里捉弄过你，你就连听都不听——"

"住口！不许那样对我说话！"斯内普尖叫道，看上去更加疯狂了，"有其父必有其子，波特！我刚刚救了你的命，你应该跪在地上感谢我！其实你活该让他杀死！死得跟你父亲一样，因为太骄傲，不肯承认自己看错了布莱克——让开，不然我就不客气了，**让开，波特**！"

哈利瞬间下了决心，在斯内普的脚步跨出之前，哈利已经举起了魔杖。

"除你武器！"他喊道——但不只是他一个人的声音。一阵气浪把那扇门震得嘎嘎响，斯内普的身子飞了起来，撞到墙上，然后顺着墙滑到地上，头发里渗出一股鲜血。他昏了过去。

哈利回头一看，是罗恩和赫敏同时想到了解除斯内普的武器。斯内普的魔杖在空中高高地划了一道弧线，落到床上的克鲁克山旁边。

"你不该那么做，"布莱克看着哈利说，"应该把他留给我……"

哈利避开布莱克的目光，他到现在都不能确定自己做得对不对。

"我们打了老师……我们打了老师……"赫敏呜咽道，

恐惧的眼睛瞪着一动不动的斯内普,"哦,我们要倒霉了——"

卢平努力想挣脱绑绳,布莱克迅速俯身为他解开了。卢平直起身子,揉着被勒痛的胳膊。

"谢谢你,哈利。"他说。

"我还没说相信你呢。"哈利回道。

"好吧,我们这就给你一些证明,"卢平说,"你,孩子——把彼得交给我。现在。"

罗恩把斑斑紧搂在胸口。

"得了吧,"他无力地说,"你想说他从阿兹卡班逃出来就是为了抓斑斑?我是说……"他求助地看着哈利和赫敏,"好吧,就算小矮星能变成老鼠——老鼠有成千上万——他关在阿兹卡班,怎么知道要抓哪只?"

"对啊,小天狼星,这问得有些道理,"卢平说着,转向布莱克,微微皱起眉头,"你是怎么知道他在哪儿的?"

布莱克把枯爪般的手伸进袍子里,掏出一张皱巴巴的纸,抹平了举给大家看。

那是去年夏天《预言家日报》上登的罗恩一家的照片,蹲在罗恩肩头的,正是斑斑。

"你怎么弄到的?"卢平震惊地问。

"福吉,"布莱克说,"去年他来阿兹卡班视察,给了我这张报纸。头版就有彼得……在这个男孩的肩上……我立刻认出了他……我看过他变形多少次了。照片下面的文字说这男孩要回霍格沃茨……到哈利那儿去……"

"上帝啊。"卢平来回打量着斑斑和报纸上的照片,轻声叫

第 19 章　伏地魔的仆人

道,"他的前爪……"

"怎么啦?"罗恩没好气地问。

"少了一根爪子。"布莱克说。

"当然,"卢平喃喃地说,"多么简单……多么聪明……他自己砍掉的?"

"在他变形的前一刻,"布莱克说,"我堵住他之后,他高声大叫,让整条街的人都听到我出卖了莉莉和詹姆。然后,我还没来得及念咒语,他就用藏在背后的魔杖炸开了街道,杀死了周围二十英尺之内的所有人——然后和其他老鼠一起钻进了阴沟里……"

"罗恩,你听说没有?"卢平说,"他们找到的彼得的最大一块残骸,就是他的一根手指。"

"哎呀,斑斑可能跟别的老鼠打过一架什么的!它在我家好多年了,对不——"

"十二年了,"卢平说,"你没有奇怪它怎么能活这么长吗?"

"我们——我们照顾得好!"罗恩说。

"但是它现在看上去不太好,对不对?"卢平说,"我猜自从听到小天狼星出来之后,它的体重就一直在下降……"

"它是害怕那只疯猫!"罗恩朝克鲁克山点点头,那猫还在床上叫着。

不对,哈利突然想到……斑斑在遇到克鲁克山之前就病恹恹的了……就是罗恩从埃及回来以后……也就是在布莱克越狱之后……

"这只猫没有疯。"布莱克嘶哑地说，伸出瘦骨嶙峋的手摸了摸克鲁克山毛茸茸的脑袋，"它是我见过的最聪明的猫。它一下子就认出了彼得，见到我时也知道我不是狗。它过了一阵子才信任我……但我终于让它明白了我在找什么，这猫一直在帮我……"

"你是说——?"赫敏小声问。

"它试图把彼得给我带来，可是不行……于是它就偷来了进格兰芬多塔楼的口令……我估计是从哪个男生的床头柜上拿的……"

哈利的大脑似乎不堪重负了，这一切太不可思议……可是……

"但是彼得听到风声，跑了……"布莱克用嘶哑的声音说，"这只猫——克鲁克山，你们是这么叫它的吗？——告诉我彼得在床单上留了血迹……我猜想它是咬伤了自己……哼，又一次装死成功……"

这话猛然触动了哈利。

"他干吗要装死？"他气愤地问，"因为他知道你要来杀他？就像当年杀我父母一样？"

"不是的，"卢平说，"哈利——"

"现在你来结果他了！"

"是的。"布莱克恶狠狠地看着斑斑说。

"我应该让斯内普把你抓走的！"哈利喊道。

"哈利，"卢平急忙说，"你看不出来吗？我们一直以为是小天狼星出卖了你的父母，彼得去追捕他——但事实恰恰相

第 19 章 伏地魔的仆人

反。你还看不出来吗？是彼得出卖了你的父母——是小天狼星去追捕彼得——"

"这不是真的！"哈利大叫道，"他是他们的保密人！你来之前他都承认了。他说是他杀了他们！"

他指着布莱克，布莱克缓缓地摇了摇头，凹陷的眼睛突然异样地亮了起来。

"哈利……我等于是害了他们，"他嘶哑地说，"我在最后一刻劝莉莉和詹姆改用彼得，让彼得而不是我来当他们的保密人……都怪我，我知道……他们遇难的那天夜里，我去看看彼得是否还安全，可是当我赶到他的藏身之处时，彼得已经不见了，那里并没有搏斗的痕迹。我感觉不妙，害怕起来，马上去了你父母家。当我看到他们房子的废墟，看到他们的尸体……我意识到彼得做了什么……我做了什么……"

布莱克的声音哽咽了，他背过脸去。

"够了，"卢平说，声音中有一种哈利从没感到过的寒气，"有个可靠的办法可以证明事实真相。罗恩，把老鼠给我。"

"如果我把它交给你，你要把它怎么样？"罗恩紧张地问。

"迫使它现出原形，"卢平说，"如果它真是老鼠，这不会伤害它。"

罗恩犹豫着，好一会儿才交出斑斑，卢平接了过去。斑斑开始不停地尖叫，扭来扭去，小小的黑眼睛从脑袋上鼓了出来。

"准备好了吗，小天狼星？"卢平问。

布莱克已经从床上捡起斯内普的魔杖。他走向卢平和那只挣扎的老鼠,潮湿的眼睛突然像在脸上燃烧起来一样。

"一起来吗?"他轻声问。

"我想是的,"卢平一手紧抓着斑斑,一手举起了魔杖,"数到三。一——二——三!"

两根魔杖都喷出一道蓝光,一瞬间,斑斑停在半空中,黑色的小身子疯狂地扭动——罗恩大叫——老鼠落到地上,又一阵炫目的闪光,然后——

就像一棵树成长的快放镜头一样,从地面上急速冒出了一个脑袋,四肢也出来了。片刻之后,一个男子站在斑斑原来的地方,畏畏缩缩,绞着双手。克鲁克山在床上怒吼,吐着唾沫,背上的毛都竖了起来。

这是个非常矮小的男人,比哈利和赫敏高不了多少。稀疏的、没有光泽的头发乱糟糟的,顶上还秃了一大块。他看上去皱巴巴的,像一个胖子在短时间里掉了很多肉;皮肤很脏,几乎跟斑斑的毛皮一样,尖鼻子和水汪汪的绿豆眼还带着几分老鼠的特征。他扫视着众人,呼吸急促,哈利看到他的眼睛直往门那儿瞟。

"你好啊,彼得。"卢平愉快地说,好像经常有老鼠在他面前变成老同学似的,"好久不见。"

"小——小天狼星……莱——莱姆斯……"小矮星彼得的声音尖细,眼睛又朝门口瞟了瞟,"我的朋友……我的老朋友……"

布莱克举起拿魔杖的胳膊,但卢平抓住他的手腕,使了一个警告的眼色,然后转向小矮星,语气依然轻松随意。

第 19 章　伏地魔的仆人

"我们刚才在聊天，彼得，说到莉莉和詹姆遇难那天夜里的事情，你在床上吱吱乱叫时，可能漏过了一些细节——"

"莱姆斯，"小矮星急促地说，哈利看到他苍白的面孔上冒出了汗珠，"你不会相信他吧……？他想杀死我，莱姆斯……"

"我们听说是这样。"卢平说，声音冷淡了一些，"我想跟你澄清一两个小问题，彼得，如果你愿意——"

"他又来杀我了！"彼得突然尖叫起来，指着布莱克。哈利看到他用的是中指，因为没有食指。"他杀了莉莉和詹姆，现在又来杀我……你要救我，莱姆斯……"

布莱克的脸看上去更像骷髅了，深不可测的眼睛盯着小矮星。

"在我们把一些事情弄清楚之前，没人会杀你的。"卢平说。

"弄清楚？"小矮星尖声叫道，又张皇四顾，眼睛瞟到封死的窗户，又瞟到那扇唯一的门，"我知道他会来找我！我知道他会回来找我的！我等了十二年了！"

"你知道小天狼星会从阿兹卡班逃出来吗？"卢平皱眉道，"以前可没人做到过这点。"

"他有我们做梦都想不到的黑魔力！"小矮星尖厉地叫道，"不然他怎么能逃出来？我猜是那个连名字都不能提的人教了他几手！"

布莱克笑了起来，一种可怕的、没有快乐的笑声，充满了整个房间。

"伏地魔？教了我几手？"他说。

小矮星畏缩了一下，好像布莱克朝他抽了一鞭子似的。

"怎么？听到你老主人的名字害怕了？"布莱克说，"情有可原，彼得。他手下的那些人对你可不太满意啊，是不是？"

"不知道——你在说什么，小天狼星？"小矮星嘟哝道，呼吸更加急促，现在已经满脸都是晶亮的汗珠了。

"这十二年你不是在躲我，"布莱克说，"而是在躲伏地魔的老部下。我在阿兹卡班听到了一些事情。彼得……他们都以为你死了，不然就会让你坦白交代……我听到他们在梦里嚷嚷各种话，似乎认为是那个骗子骗了他们。伏地魔按你的情报去了波特家……伏地魔在那儿被打垮了。伏地魔的部下并没有全部进入阿兹卡班，是不是？还有好些在外面，等待时机，假装已经改过自新……他们要是得知你还活着，彼得——"

"不知道……你在说什么……"小矮星又说，声音更加尖厉。他用袖子擦了擦脸，抬头看着卢平。"你不相信这——这些疯话吧，莱姆斯？"

"必须承认，彼得，我想不通为什么一个清清白白的人会愿意做十二年老鼠。"卢平公正地说。

"清白是清白的，但是害怕呀！"小矮星尖叫道，"如果伏地魔的部下在找我，那是因为我把他们最得力的干将送进了阿兹卡班——就是这个奸细，小天狼星布莱克！"

布莱克的脸都歪了。

"你怎么敢！"他咆哮道，听起来很像他变的那条熊一般

第 19 章 伏地魔的仆人

的大狗,"我,伏地魔的奸细?我什么时候巴结过比我强大、有势力的人?而你——我搞不懂自己为什么没有一开始就看出你是奸细。你一向喜欢强大的朋友,好得到他们的关照,是不是?以前是我们……我和莱姆斯……还有詹姆……"

小矮星又擦了擦脸,几乎喘不过气来了。

"我,奸细……你准是疯了……没有的事……不知道你怎么能说出这样——"

"莉莉和詹姆是听了我的建议才让你做保密人的。"布莱克咬牙切齿地说,语气那么激烈,小矮星后退了一步,"我以为那是个好计策……一个掉包计……伏地魔一定会来找我,而没有想到他们会用你这样一个软弱无能的东西……你告诉伏地魔,你可以把波特一家献给他,那一定是你卑劣的一生中最得意的时刻。"

小矮星语无伦次地咕哝着,哈利听见了"荒唐""神经病"之类的字眼,但他不能不注意到小矮星那土灰般的脸色,还有那双眼睛又在不断瞟向窗户和门口。

"卢平教授,"赫敏怯生生地问,"我——我可以说一句吗?"

"当然可以,赫敏。"卢平亲切地说。

"嗯——斑斑——我是说,这个——这个人——他在哈利的寝室里睡了三年,如果他是神秘人的帮凶,那他为什么一直没有伤害哈利呢?"

"对啊!"小矮星尖声说,用他残缺的手指着赫敏,"谢谢你!看到了吗,莱姆斯?我没有动过哈利一根头发!凭什么呀？"

"我来告诉你为什么，"布莱克说，"因为你从来都是不见兔子不撒鹰。伏地魔销声匿迹十二年，人家说他已经半死不活。你不会为了一个残废、失势的巫师在阿不思·邓布利多的眼皮底下杀人，是不是？你必须确定他还是最大的霸主，才会回去跟他，是不是？不然你为什么会找一个巫师家庭来收留你呢？因为这样可以竖着耳朵听消息，是不是，彼得？万一你的老庇护人卷土重来，形势安全了，你再回去投靠他……"

小矮星的嘴巴张了几下，似乎失去了说话的能力。

"呃——布莱克先生——小天狼星？"赫敏说。

布莱克听到有人这样称呼自己，惊得一跳，瞪着赫敏，好像很久没有人礼貌地对他说话了。

"希望您不介意我问一下，您——您是怎么逃出阿兹卡班的呢，如果没有用黑魔法？"

"谢谢你！"小矮星叫道，一个劲儿朝她点头，"对啊！这正是我——"

卢平用一个眼神打断了他。布莱克眉头微皱地看着赫敏，但似乎并不是对她感到恼火，而像在考虑怎么回答。

"我也不知道自己是怎么做到的，"他缓缓说道，"我想，我没有失去理智的唯一原因是知道自己是清白的。那不是一个愉快的念头，所以摄魂怪不能把它从我的脑子里吸走……但它让我保持神志清醒，知道自己是谁……也使我能够保存我的法力……所以当情况变得……太难熬的时候……我可

第 19 章 伏地魔的仆人

以在牢房里变形……变成狗。你们知道，摄魂怪看不见……"他咽了口唾沫，"它们靠感知人的感情向人靠近……我变成了狗的时候，它们可能觉察出我的感情不大——不大像人，也不太复杂……不过，当然啦，它们以为我像其他囚犯一样正在丧失理智，所以没有在意。但是我很虚弱、很虚弱，没有魔杖，没有希望驱逐它们……

"可是后来，当我在那张照片上看到彼得……我意识到他在霍格沃茨，在哈利身边……如果有消息传到他耳朵里，说黑势力在重新抬头，他在霍格沃茨下手最合适不过了……"

小矮星摇着头，无声地动着嘴巴，但好像被催眠了似的一直瞪着布莱克。

"……一旦确定自己有了同盟，他就会采取行动……把波特家的最后一个人献给他们。如果他能献上哈利，谁还敢说他背叛过伏地魔？他会被当成功臣一样受到欢迎……

"所以，我必须做些什么，因为只有我知道彼得还活着……"

哈利想起韦斯莱先生曾对妻子说过："守卫说他常说梦话……总是那一句……'他在霍格沃茨。'"

"好像有人在我脑子里点起了一把火，摄魂怪无法消灭它……那不是一个愉快的念头……那是一种执念……但它给了我力量，让我头脑清醒。所以，一天晚上，当它们开门送饭进来时，我变成狗溜了过去……它们对动物的感情不太敏感，就被弄糊涂了……我很瘦很瘦……瘦得能从铁栅栏之间钻过去……我用狗的身子游回了大陆……然后往北走，以狗的形态溜进了霍格沃茨校园。之后我一直住在禁林里，当然啦，看魁地奇比赛的时候除外。你飞得和你爸爸一样好，哈利……"

他看着哈利，哈利没有转过脸去。

"相信我，"布莱克嘶哑地说，"相信我，哈利。我从来没有出卖过詹姆和莉莉，我宁死也不会出卖他们。"

哈利终于相信了。他嗓子眼发紧，说不出话来，只是点了点头。

"不！"

小矮星跪了下来，好像哈利的点头就是对他判了死刑。他跪着爬向前，低声下气，双手紧握在胸口像是在祈祷。

"小天狼星——是我呀……是彼得……你的朋友……你不会……"

布莱克踢了一脚，小矮星畏缩了一下。

"我袍子上的污秽已经够多了，不要你碰。"布莱克说。

"莱姆斯！"小矮星哀叫着转向卢平，在他面前乞怜地扭动着身躯，"你不会相信这些吧……要是他们换了方案，小天狼星不会告诉你吗？"

"不会，如果他以为我是奸细，就不会告诉我，彼得。"卢平说，"我想这就是你没有告诉我的原因吧，小天狼星？"他越过小矮星的头顶不经意地说。

"原谅我，莱姆斯。"布莱克说。

"哪里的话，大脚板，老伙计，"卢平说着，卷起了袖子，"那么你也原谅我曾经以为你是奸细，好吗？"

第19章 伏地魔的仆人

"当然。"布莱克憔悴的脸上掠过一丝笑意,他也卷起了袖子,"我们俩一起把他干掉?"

"我想可以。"卢平冷峻地说。

"不……不要……"小矮星惊恐地叫道,慌忙转身爬向罗恩。

"罗恩……我不是你的好朋友……好宠物吗?你不会让他们杀我的,罗恩,对吧……你会站在我一边,是不是?"

但罗恩带着极度的厌恶瞪着小矮星。

"我竟然让你睡在我的床上!"罗恩说。

"好心的孩子……好心的主人……"小矮星朝罗恩爬去,"你不会让他们那么做的……我是你的小老鼠……我是一个好宠物……"

"如果你当老鼠当得比人好一些的话,那也没有什么可夸耀的,彼得。"布莱克尖刻地说。罗恩的脸色因疼痛而显得更加苍白,他把伤腿移开,不让小矮星碰到。小矮星跪在地上转过身,踉跄向前,扯住了赫敏的袍子的下摆。

"可爱的女孩……聪明的女孩……你——你不会让他们……帮帮我……"

赫敏把袍子从小矮星的手里拽了出来,退到墙边,看上去很害怕。

小矮星跪在那儿,控制不住地哆嗦着,慢慢把头转向了哈利。

"哈利……哈利……你看上去跟你爸爸一模一样……一模一样……"

"你怎么还敢对哈利说话？"布莱克怒吼，"你怎么还敢面对他？你怎么还敢在他面前说到詹姆？"

"哈利，"小矮星低声说，张开双手跪着走向他，"哈利，詹姆不会希望我被杀死的……詹姆会理解的，哈利……他会对我手下留情……"

布莱克和卢平一齐上前抓住了小矮星的肩膀，把他撂倒在地。小矮星坐在那儿，恐惧地抽搐着，仰视着他们。

"你把莉莉和詹姆出卖给了伏地魔，"布莱克说，他的身子也在哆嗦，"你还想抵赖吗？"

小矮星痛哭起来，那样子看着十分恐怖，像一个秃了顶的大婴儿，畏缩地坐在地上。

"小天狼星，小天狼星，我能怎么做呢？黑魔王……你们不知道……他有你们想象不到的武器……我害怕啊，小天狼星，我一向不如你、莱姆斯，还有詹姆那样勇敢。我从来没想这样……是那个连名字都不能提的人逼我——"

"**别说鬼话！**"布莱克吼道，"**莉莉和詹姆被杀之前，你就已经给他传了一年的情报了！你就是他的奸细！**"

"他——他到处得势！"小矮星叫道，"违抗他有——有什么好处？"

"对抗世上最邪恶的巫师有什么好处？"布莱克一脸可怕的狂怒，"是为了拯救一些无辜的生命啊，彼得！"

"你们不知道！"小矮星哀叫，"他会杀了我的，小天狼星！"

"**那你就应该死！**"布莱克咆哮道，"**宁死也不能出卖朋**

第 19 章　伏地魔的仆人

友，我们为了你也会这样做的！"

布莱克和卢平并肩而立，举起了魔杖。

"你应该想到，"卢平轻声说，"伏地魔不杀你，我们也会杀你。永别了，彼得。"

赫敏捂住面孔，身子转向了墙壁。

"不！"哈利喊道，他跑上去，挡在小矮星身前，面对那两根魔杖，"你们不能杀他，"他气喘吁吁地说，"你们不能。"

布莱克和卢平都很吃惊。

"哈利，是这个恶棍害得你父母双亡，"布莱克吼道，"这个卑躬屈膝的垃圾看着你死掉连汗毛都不会动一下。你听到他自己说了，对他来说他这副臭皮囊比你全家的性命都重要。"

"我知道，"哈利喘着气说，"我们把他带到城堡去，交给摄魂怪……他可以进阿兹卡班……但不要杀他。"

"哈利！"小矮星叫道，一把搂住了哈利的膝盖，"你——谢谢你——我不配啊——谢谢你——"

"放开我！"哈利厉声说，厌恶地甩开小矮星的手，"我这么做不是为了你，而是因为——我想我爸爸不会愿意他最好的两个朋友成为杀人犯——为了你这种人。"

没有人动一动，没有人发出声音，只有小矮星紧揪着胸口，艰难地喘息。布莱克和卢平对视了一下，然后一齐垂下了魔杖。

"你是唯一有权做出决定的人，哈利，"布莱克说，"可是想想……想想他做的……"

"他可以进阿兹卡班。"哈利又说，"如果有人该进那个地方,那就是他……"

小矮星还在他后面呼哧呼哧地喘气。

"很好,"卢平说,"让开,哈利。"

哈利犹豫着。

"我把他绑起来,"卢平说,"没别的,我发誓。"

哈利站到一边。这次是卢平的魔杖射出了细绳,接着便见小矮星在地上扭动着,被绑得结结实实,嘴巴也被塞住了。

"但是,彼得,你要是敢变形,"布莱克低吼道,他的魔杖也指着小矮星,"我们就马上杀了你。哈利,你同意吗?"

哈利看着地上那个可鄙的家伙,点了点头,使小矮星也能看到。

"好,"卢平说,突然变得高效务实,"罗恩,我接骨头不如庞弗雷女士拿手,所以我想最好先把你的腿扎起来,待会儿送你去校医院。"

他快步走过去,弯腰用魔杖敲了敲罗恩的腿,念道:"夹板紧扎。"绷带一圈圈地绕着,把罗恩的腿紧紧绑到一根薄木条上。卢平扶他站了起来,罗恩轻轻地将身体的重量移到伤腿上,没有皱眉。

"好些了,谢谢。"他说。

"斯内普教授怎么办呢?"赫敏望着趴在地上的斯内普,小声问。

"他没什么大事儿,"卢平说着,俯身摸了摸斯内普的脉搏,"你们只是有点——有点劲头太足了。他还没有知觉。呃——也许最好是回到城堡之后再把他弄醒。可以这样带他走……"

第 19 章 伏地魔的仆人

他念了一声:"僵尸飘行。"斯内普的手腕、脖子和膝盖上好像拴了根看不见的绳子,他被拉得站了起来,但脑袋还是难看地耷拉着,像个怪诞的木偶,双脚无力地悬在离地面几英寸的地方。卢平捡起隐形衣,把它妥帖地塞进自己的口袋里。

"应该有两个人跟这个家伙铐在一起,"布莱克用脚趾踢了踢小矮星说,"以防万一。"

"我可以。"卢平说。

"还有我。"罗恩粗声说,跛着腿走上前。

布莱克凭空变出沉重的手铐,小矮星很快就被拉了起来,左右胳膊分别铐在卢平的右臂和罗恩的左臂上。罗恩沉着脸,似乎斑斑的真实身份对他的人格构成了侮辱。克鲁克山轻巧地从床上跳下来,领先跑出房间,毛茸茸的尾巴快乐地高高翘起。

第 20 章

摄魂怪的吻

哈利从没置身于比这更古怪的队伍。克鲁克山领头跑下楼梯,卢平、小矮星和罗恩跟在后面,看上去像三个连体赛跑的运动员。然后是斯内普教授。被自己的魔杖控制着——小天狼星拿着他的魔杖指着他,他令人毛骨悚然地飘下楼去,脚趾碰撞到每一级台阶。哈利和赫敏在后面压阵。

钻回地道里很困难,卢平、小矮星和罗恩必须侧着身子,卢平仍用魔杖提防着小矮星。哈利看到他们三人排成一条直线,笨拙地在地道里往前挪动。克鲁克山依然跑在前面,哈利紧跟着布莱克钻了进去,斯内普仍在他们前面飘着,耷拉的脑袋不时磕到低矮的地道顶部,哈利觉得布莱克故意不去避免。

"把小矮星交出去,"在地道里缓缓前进时,布莱克突然对哈利说,"你知道这意味着什么吗?"

第 20 章　摄魂怪的吻

"你自由了。"哈利说。

"对……"小天狼星说,"但我还 —— 我不知道有没有人告诉过你 —— 我是你的教父。"

"嗯,我知道。"哈利说。

"是这样……你的父母指定我做你的监护人,"布莱克不自然地说,"万一他们遭遇不测……"

哈利等待着,布莱克真的会是他想的那个意思吗?

"当然啦,如果你想跟你的姨妈和姨父住在一起,我可以理解,"布莱克说,"但是……嗯……考虑一下吧。一旦我洗刷了罪名……如果你想要一个……一个不一样的家……"

哈利感觉自己一下子心花怒放。

"什么 —— 跟你一起生活?"他说,一不留神脑袋撞到了地道顶部一块突出的石头上,"离开德思礼家?"

"当然,我想你不会愿意的,"布莱克马上说,"我能理解,我只是觉得我 ——"

"你糊涂了吗?"哈利说,声音几乎和布莱克的一样嘶哑,"我当然愿意离开德思礼家!你有房子吗?我什么时候可以搬进去?"

小天狼星迅速转身看着他,斯内普的脑袋擦着了地道顶部,但小天狼星似乎毫不在意。

"你愿意?"他问,"真的?"

"是啊,我真的愿意!"哈利说。

布莱克憔悴的脸上第一次绽出真正的笑容,它带来的变化令人吃惊,好像一个比他年轻十岁的人从那枯瘦的面具后面闪露出来。一瞬间，可以看出他就是在哈利父母婚礼上欢笑的那个人了。

他们没再说话，一直走到了地道口。克鲁克山第一个跳了上去，它显然是用爪子按了树干上的节疤，因为卢平、小矮星和罗恩爬上去时，没有听到柳树枝条的抽打声。

布莱克把斯内普送出洞口，然后站到一边，让哈利和赫敏上去。终于，大家全都出来了。

地面上很黑，只有远处城堡的窗户透出微光。他们一言不发地往前走去。小矮星还在呼哧呼哧地喘气，并不时地呜咽两声。哈利脑子里嗡嗡作响，他要离开德思礼家，住到父母最好的朋友小天狼星布莱克那儿去了……他有点晕头转向……如果他对德思礼家的人说自己要去跟电视上的那个逃犯一起生活，他们会怎么样？

"你敢乱动一下，彼得。"卢平在前面威胁地说。他的魔杖仍然斜指着小矮星的胸口。

他们默默地穿过场地，城堡的灯光渐渐亮了起来。斯内普仍在布莱克前面怪异地飘浮着，下巴在胸前一磕一磕。这时——

一片云移开，地上出现了模糊的阴影，几个人沐浴在月光中。

斯内普撞到了突然停下的卢平、小矮星和罗恩身上。布莱克站住了，伸出胳膊拦住哈利和赫敏。

哈利看到卢平的侧影，卢平好像僵住了，然后四肢开始颤抖起来。

第 20 章　摄魂怪的吻

"哦，天哪——"赫敏惊叫道，"他今晚没有喝药！他不安全！"

"跑，"布莱克低声说，"跑，快跑！"

但哈利不能跑，罗恩还跟小矮星和卢平铐在一起呢。他冲上前，但布莱克当胸抱住他，把他扔了回去。

"交给我吧——**快跑！**"

一阵可怕的咆哮声，卢平的脑袋在拉长，身体也变长了。他的肩部弓起，脸上和手上都长出毛来，手指弯成了尖爪。克鲁克山的毛又竖了起来，它在往后退——

狼人后腿立起，长长的嘴巴一张一合。小天狼星在哈利身边消失了，他变形了，变成熊一般的大狗蹿上前去。正当狼人挣脱手铐时，大狗攥住了它的脖子，把它往后拖，让它离开罗恩和小矮星。狼嘴与狗嘴咬在一起，爪子互相撕抓——

哈利站在那儿看呆了，他全神贯注地看着眼前的搏斗，没有注意到别的。是赫敏的尖叫提醒了他——

小矮星扑向卢平丢下的魔杖。罗恩腿上绑着夹板站立不稳，摔倒下去。砰的一声，一道闪光——罗恩一动不动地躺在地上。又是砰的一声——克鲁克山飞到空中，又软绵绵地落到地上。

"除你武器！"哈利高喊，用自己的魔杖指着小矮星。卢平的魔杖高高飞起，消失不见了。"不许动！"哈利吼道，一边跑向前去。

太晚了，小矮星已经变形，哈利看到他的秃尾巴从罗恩张开的胳膊上的手铐里抽了出去，又听到草丛中传出一阵窸窒声。

一声长嗥和一阵低沉的咆哮，哈利转身看到狼人逃走，跑进禁林里去了——

"小天狼星，他不见了，小矮星变形了！"哈利喊道。

小天狼星在流血，嘴部和背上都有深深的伤口，但是听到哈利的话又爬了起来，奋力追去，转瞬间他爪子踏地的声音便消失在寂静中。

哈利和赫敏冲到罗恩身边。

"他对他做了什么？"赫敏小声问。罗恩眼睛半闭，嘴巴张着。他无疑还活着，可以听到他在呼吸，但他似乎认不出他们了。

"我不知道……"

哈利焦急地左右张望，布莱克和卢平都不见了……只有斯内普还在旁边，还是没有知觉地悬在半空。

"我们最好把他们带进城堡，然后告诉别人。"哈利说，他把头发从眼前撩开，努力理清思路，"走吧——"

但是就在这时，视野之外传来一声犬吠，一声哀号，一条狗在痛苦地吠叫……

"小天狼星！"哈利叫道，朝黑暗中望去。

他一时犹豫不决，眼下他们对罗恩束手无措，而听声音布莱克遇到了麻烦——

哈利拔腿飞奔，赫敏紧跟在后。犬吠声好像是从湖边传来的，他们冲过去，全速奔跑的哈利感到一股寒气，但没有意识到那是什么——

第20章 摄魂怪的吻

犬吠声突然停止了,两人跑到湖边,明白了是怎么回事——小天狼星已变回人形。他蜷伏在地上,双手捂着头。

"别——"他呻吟道,"别……请别……"

接着哈利看到了它们,摄魂怪,至少有一百个,黑压压地沿湖边向他们逼来。他迅速转过身,那股寒意透彻肺腑,雾气开始模糊了他的视线。黑暗中,越来越多的摄魂怪从四面八方出现,包围过来……

"赫敏,想想高兴的事!"哈利喊道,举起了魔杖,拼命眨眼想看得更清楚,使劲摇头想甩掉脑子里开始听到的微弱的尖叫——

我要跟教父住在一起了,我要离开德思礼家了。

他强迫自己去想小天狼星,只想小天狼星,并开始高喊:"呼神护卫!呼神护卫!"

布莱克浑身一震,打了个滚,躺在地上不动了,苍白得像个死人。

他不会有事的,我会去跟他一起生活。

"呼神护卫!赫敏,快帮我!呼神护卫!"

"呼神——"赫敏小声说,"呼神——呼神——"

可是她念不下去了,摄魂怪在逼近,离他们只有十英尺了。它们像一堵墙一样把哈利和赫敏围得严严实实,越来越近……

"**呼神护卫!**"哈利呐喊,竭力让这声音盖过耳中的尖叫,"**呼神护卫!**"

一缕银丝从他魔杖上飘出,雾一般地悬在面前。与此同时，哈利感到赫敏在他旁边倒了下去。只有他一个人了……孤军奋战……

"呼神——呼神护卫——"

哈利感到自己跪到了草地上。雾气迷住了眼睛。他拼命回忆——小天狼星是清白的——清白的——我们会没事的——我要去跟他一起生活——

"呼神护卫！"他艰难地说。

借着他那不成形的守护神的微光，哈利看到一个摄魂怪在离他很近的地方停了下来，它无法穿过哈利变出的那团银雾。一只黏糊糊的死人手从斗篷下伸出来，挥了一下，好像要把守护神拨开。

"不——不——"哈利叫道，"他是清白的……呼神——呼神护卫！"

他能感到它们在观察他，听到它们咯咯的呼吸声像恶风一样围绕着他。离得最近的一个摄魂怪似乎在打量他，然后举起腐烂的双手——脱下了它的兜帽。

在应该长眼睛的地方只有结着灰痂的薄皮，蒙在空洞洞的眼窝上。但是有嘴……一个不成形的大洞，吸吮着空气，发出临死的人才发出的那种咯咯的喉音。

恐怖麻痹了哈利的全身，他不能动，也说不出话来。他的守护神闪烁了几下，熄灭了。

白雾模糊了他的视线。他必须反抗……呼神护卫！……他看不见……听到远处有熟悉的呼喊声……呼神护卫……他在迷雾中摸索着小天狼星，摸到了他的胳膊……不能让它

第 20 章　摄魂怪的吻

们把他带走……

然而，一双有力的、冰冷黏湿的大手突然卡住了哈利的脖子，把他的脸朝上抬起……他能感觉到它的呼吸……它是想先除掉他……哈利感觉到了它腐臭的气息……妈妈在他耳朵里呼喊……这将是他听到的最后的声音——

然后，在将要把他吞没的浓雾中，他好像看到一道银光越来越亮……接着感到自己扑倒在草地上——

哈利脸朝下，没有力气动弹，恶心难受，浑身颤抖。他睁开眼睛，耀眼的银光仍照着他周围的草地……呼喊声停止了，寒气在消退……

什么东西把摄魂怪驱退了……这东西环绕着哈利、小天狼星和赫敏……摄魂怪那吸吮的声音，那咯咯的喉音在慢慢消失。它们在离开……空气又温暖起来……

哈利用尽全部的力气，把头抬起几英寸，看到银光中有一只动物，在湖面上越跑越远……哈利试图辨认那是什么，可是汗水模糊了眼睛……它很明亮，像独角兽一样。哈利竭力保持清醒，看着它跑到对岸停了下来。有那么一刻，借着它的亮光，哈利看到有人在迎接它……举起手拍拍它……那个人看上去好眼熟……但不可能是……

哈利想不明白。他不能再想了。他感到最后一丝力气也离开了自己。哈利的脑袋碰到地上，他昏了过去。

第 21 章

赫敏的秘密

"真是骇人听闻……骇人听闻……他们一个都没死,真是奇迹……从没听说过这种事……我的天哪,幸亏你在那儿,斯内普……"

"谢谢您,部长。"

"梅林爵士团勋章,二级,我敢保证。一级,如果我能争取到的话!"

"非常感谢您,部长。"

"你这伤口很严重啊……是布莱克干的吧?"

"实际上是波特、韦斯莱和格兰杰,部长……"

"不会吧!"

"布莱克蛊惑了他们,我立刻就看出来了。从这三个人的行为来看,是中了混淆咒。他们似乎认为布莱克有可能是清白的。这不能怪他们,但话又说回来,也许是他们的插手才让布莱克得以逃脱的……他们显然认为凭自己就能把布莱克

第 21 章 赫敏的秘密

抓住,以前他们干了多次坏事都没受惩罚……我担心这使他们高估了自己……当然,波特在校长那里总是得到特别的纵容——"

"啊,好吧,斯内普……哈利·波特,你知道……在涉及他的事情上,我们都有盲区。"

"可是——享受这么多特殊待遇对他有好处吗?我个人总是尽量对他与其他学生一视同仁。把朋友带入这么危险的境地,换了其他学生都会被勒令休学——休学是最起码的。您想想吧,部长,在为保护他而采取了那么多防范措施之后,他竟然违反所有的校规,在夜间擅自外出,与狼人和杀人犯结交——我还有理由相信,他违禁去过霍格莫德——"

"哦,哦……我们会了解的,斯内普,会了解的……这男孩无疑是干了蠢事……"

哈利紧闭双眼躺在那儿听着,他感到头很晕,声音似乎要过很久才从耳朵传到大脑,因而不太容易听懂……四肢像灌了铅一样,眼皮沉重得抬不起来……他真想永远躺在这儿,躺在这张舒适的床上……

"最令我惊异的是那些摄魂怪的行为……你真的不知道是什么让它们退却的吗,斯内普?"

"不知道,部长……我苏醒时它们正在返回各自把守的入口……"

"真是怪事。而布莱克、哈利和那女生——"

"我过去的时候他们都已昏迷不醒。不用说,我把布莱克绑了起来,堵住了他的嘴,又变出担架,把他们直接送回了城堡。"

片刻的静默。哈利的脑子似乎转得快了一点，与此同时，胃里有一种咬啮的感觉越来越强烈……

他睁开眼睛。

一切都有些模糊，他的眼镜被人拿掉了，他躺在昏暗的校医院里。在病房的另一头，他看出庞弗雷女士背对着他，俯身站在一张病床前。哈利眯起眼睛，罗恩的红头发在庞弗雷女士的胳膊下依稀可见。

哈利在枕头上转过头，右边病床上躺着赫敏。月光照在她的床上。她也睁着眼睛，好像吓呆了。见哈利醒了，她把一根手指按在嘴唇上，然后指了指病房门口。那扇门半掩着，康奈利·福吉和斯内普的声音从外面的走廊里传来。

庞弗雷女士在昏暗中快步朝哈利的病床走来，哈利扭头看着她，见她捧着一块他这辈子见过的最大的巧克力，简直像一块大石头。

"啊，你醒了！"她轻快地说，把巧克力放在哈利的床头柜上，开始用一只小锤子把它砸开。

"罗恩怎么样？"哈利和赫敏一起问。

"他会活下来的，"庞弗雷女士沉着脸说，"你们两个嘛……必须在这儿住到我认为满意为止——波特，你在干什么？"

哈利坐了起来，戴上眼镜，拿起魔杖。

"我要去见校长。"他说。

"波特，"庞弗雷女士安慰道，"没事了，布莱克已经被抓

第21章 赫敏的秘密

到,关在楼上,摄魂怪随时都会给他一吻——"

"什么?"

哈利一骨碌跳下床,赫敏也一样。但哈利的叫声被走廊上的人听到了。康奈利·福吉和斯内普立刻走进病房。

"哈利,哈利,怎么回事?"福吉不安地说,"你应该躺在床上——他吃过巧克力了吗?"他焦急地问庞弗雷女士。

"部长,听我说!"哈利说,"小天狼星布莱克是清白的!小矮星彼得当年是装死!我们今晚看到他了!你不能让摄魂怪那样对待小天狼星,他是——"

但是福吉摇了摇头,脸上露出一丝淡淡的微笑。

"哈利,哈利,你现在很糊涂,你刚经历了可怕的折磨,躺下来吧,目前我们已经控制了一切……"

"**你们没有!**"哈利喊道,"**你们抓错人了!**"

"部长,请听我们说,"赫敏急忙跑到哈利身边,恳求地望着福吉的脸,"我也看到他了,是罗恩的老鼠,他是个阿尼马格斯,我说的是小矮星,还有——"

"看见了吗,部长?"斯内普说,"中了混淆咒,两人都是……布莱克对他们干得很成功……"

"**我们没中混淆咒!**"哈利吼道。

"部长!教授!"庞弗雷女士恼火地说,"我必须坚持让你们离开。波特是我的病人,不应该让他受刺激!"

"我没有受刺激,我只是想告诉他们真实的情况!"哈利激动地说,"如果他们肯听——"

但是庞弗雷女士突然把一大块巧克力塞进了哈利嘴里,

他噎住了,她趁机把他按回到床上。

"现在,请原谅,部长,这些孩子需要接受护理。请离开——"

门又开了,进来的是邓布利多。哈利好不容易咽下满嘴的巧克力,又坐了起来。

"邓布利多教授,小天狼星布莱克——"

"老天爷啊!"庞弗雷女士歇斯底里地说,"这还是不是医院啊?校长,我必须坚持——"

"抱歉,波比,我需要和波特先生和格兰杰小姐谈谈。"邓布利多平静地说,"我刚刚和小天狼星布莱克聊过——"

"我想他已经对您讲了他塞到波特脑子里的那篇鬼话吧,"斯内普讥讽道,"什么老鼠,什么小矮星还活着——"

"布莱克的确是那么说的。"邓布利多说,眼睛透过半月形的眼镜片端详着斯内普。

"我的证词就不算数吗?"斯内普吼道,"小矮星彼得并不在尖叫棚屋里,我在场地上也没有看到他的踪迹。"

"那是因为您被打昏了,教授!"赫敏急切地说,"您去晚了,没有听到——"

"格兰杰小姐,**闭嘴!**"

"哎,斯内普,"福吉惊道,"这位小姐的脑子被搞乱了,我们对她要宽容些——"

"我想跟哈利和赫敏单独谈谈,"邓布利多突然说,"康奈利、西弗勒斯、波比——请离开一下。"

"校长!"庞弗雷女士急了,"他们需要治疗,需要休息——"

第 21 章　赫敏的秘密

"这事不能等，"邓布利多说，"我必须坚持。"

庞弗雷女士嘟着嘴大步走入病房那头她的办公室，重重地关上了门。福吉看了看他马甲上挂的大金怀表。

"摄魂怪应该到了，"他说，"我要去迎接它们。邓布利多，楼上见。"

他走到门口，开门等斯内普出来，但斯内普没有动。

"您当然不会相信布莱克编的故事吧？"斯内普盯着邓布利多的脸，低声问。

"我想单独跟哈利和赫敏谈谈。"邓布利多又说了一遍。

斯内普朝邓布利多走近了一步。

"小天狼星布莱克十六岁就显示出杀人倾向，"他轻声说，"您没有忘记吧，校长？您没忘记他曾经试图杀死我吧？"

"我的记忆力跟从前一样好，西弗勒斯。"邓布利多平静地说。

斯内普转身大步从福吉拉开的门走了出去，门在二人身后关上了。邓布利多转向哈利和赫敏，他们俩同时抢着说话。

"教授，布莱克说的是真的——我们看到小矮星了——"

"后来卢平教授变成狼人，小矮星就逃掉了——"

"他是只老鼠——"

"小矮星的前爪，我是说手指，他砍断了一根手指——"

"是小矮星袭击了罗恩，不是小天狼星——"

但是邓布利多抬手止住了他们连珠炮般的汇报。

"轮到你们听了，我请求你们不要打断我，因为时间很少，"他低声说，"除了你们的话之外，没有丝毫证据可以证实布莱克的故事——而两个十三岁巫师的话不足以说服任何人。整条街的目击者都一口咬定他们看到小天狼星杀死了小矮星。我本人也曾向魔法部作证，说小天狼星曾是波特夫妇的保密人。"

"卢平教授可以告诉您——"哈利忍不住插嘴道。

"卢平教授目前在禁林深处，不能跟人说话。等他变回人形就来不及了，小天狼星将会生不如死。再说，狼人在很多人眼里并不值得信任，他的证词分量很轻——况且他和小天狼星还是老朋友——"

"可是——"

"听我说，哈利。来不及了，你明白吗？你必须看到斯内普教授的证词比你们的有力得多。"

"他恨小天狼星，"赫敏急切地说，"都是因为小天狼星对他搞了个愚蠢的恶作剧——"

"小天狼星的所作所为也不像个无辜的人。袭击胖夫人——携刀潜入格兰芬多塔楼——不论小矮星是死是活，找不到他，我们就没有机会为小天狼星翻案。"

"可是您相信我们。"

"我相信，"邓布利多轻声说，"但我没有能力让其他人看到真相，也不能左右魔法部部长……"

哈利盯着那张严峻的面孔，感到地面好像塌陷下去。他已经习惯了认为邓布利多能解决一切问题，指望邓布利多会凭空拿出一些妙策，然而没有……他们的最后一丝希望破灭了。

第21章　赫敏的秘密

"我们需要的，"邓布利多缓缓地说道，那双浅蓝色的眼睛从哈利转向了赫敏，"是更多时间。"

"可是——"赫敏说，然后她的眼睛瞪圆了，"**哦！**"

"现在，请注意，"邓布利多声音很低，但格外清晰，"小天狼星被关在八楼弗立维教授的办公室里，就是西塔楼右边的第十三个窗户。如果一切顺利，你们今晚能够挽救不止一条无辜的生命。但你们俩都要记住：不能被人看见。格兰杰小姐，你知道规则——应该清楚会有什么危险……千万——不能——被人——看见。"

哈利摸不着头脑。邓布利多转身离开了，走到门口又回过头来。

"我要把你们关起来。现在是——"他看了看表，"差五分就到午夜了。格兰杰小姐，转三下就行。祝你们好运。"

"好运？"房门在邓布利多身后关上了，哈利喃喃地说，"转三下？他在说什么呀？我们要做什么？"

赫敏在袍子的领口里摸索着，抽出了一根细细长长的金链子。

"哈利，过来，"她急迫地说，"快！"

哈利走了过去，完全被搞糊涂了。赫敏举着链子，哈利看到上面挂着一个闪闪发光的小沙漏。

"来——"

她把链子也挂到了哈利的脖子上。

"准备好了吗？"她悄声问。

"这是干吗呀？"哈利莫名其妙。

赫敏把沙漏转了三下。

昏暗的病房隐去了，哈利感到自己在疾速向后飞行。模糊的色彩和形状从旁边闪过，耳膜发胀，他想喊叫，却听不到自己的声音——

然后他感到双脚碰到了坚实的地面，一切重又清晰起来——

他站在赫敏旁边，置身于空荡荡的门厅里，一束金色的阳光从敞开的前门照在地板上。他急忙扭头去看赫敏，沙漏的链子勒进了他脖子上的皮肤里。

"赫敏，这是——？"

"进来！"赫敏抓住哈利的胳膊，穿过门厅把他拖向一间扫帚柜，打开门把他推了进去，让他躲到水桶和拖把中间，自己也跟了进来，关上了门。

"这——怎么——赫敏，怎么回事啊？"

"我们在时间里倒退了。"赫敏小声说，在黑暗中把链子从哈利的脖子上取了下来，"倒退了三小时……"

哈利摸到自己的大腿，狠狠掐了一把，好疼。这似乎意味着他不是在做一个离奇的梦。

"可是——"

"嘘——听！有人来了！我想——我想可能是我们！"赫敏把耳朵贴在柜门上。

"脚步声从厅里走过……嗯，我想我们正往海格那儿去！"

"你是说，"哈利悄声问，"我们既在柜里，又在外面？"

第 21 章　赫敏的秘密

"对,"赫敏说,耳朵仍然贴在门上,"我肯定那就是我们,听起来不超过三个人……我们走得很慢,因为躲在隐形衣里——"

她停住了,仍然专心地听着。

"我们走下台阶了……"

赫敏坐到一个倒扣的水桶上,神情万分紧张,但哈利还有几个问题要问。

"你那个沙漏是从哪儿弄来的?"

"它叫时间转换器,"赫敏小声说,"返校的第一天我从麦格教授那儿拿来的,这一年里我就是靠它上了所有的课。麦格教授让我发誓不告诉任何人。她给魔法部写了好多信才为我申请到一个。她必须向他们证明我是个模范学生,而且绝不会把转换器用于学业以外的事情……我把它倒转,就可以重过一段时间,所以能在同一时间上好几堂课,明白了吧?可是……

"哈利,我不知道邓布利多要我们做什么。他为什么叫我们倒转三小时? 这对小天狼星有什么帮助呢?"

哈利瞪着昏暗中她的面孔。

"一定是在这段时间里发生了什么,他希望我们去改变,"他缓缓地说,"发生了什么呢? 三小时前,我们正朝海格那儿走去……"

"现在就是三小时前,我们正在朝海格那儿走去。"赫敏说,"我们刚才听到我们出发了……"

哈利皱起眉头,觉得全部脑细胞都调动起来了。

"邓布利多刚才说——刚才说我们能够挽救不止一条无辜的生命……"他突然悟到了,"赫敏,我们要救巴克比克!"

"可是——那对小天狼星有什么帮助呢?"

"邓布利多说——他说到了那扇窗户——弗立维办公室的窗户!小天狼星就关在那儿!我们必须让巴克比克飞到那个窗口,救出小天狼星!小天狼星可以骑着巴克比克逃走——他们可以一起逃走。"

哈利依稀看到赫敏的脸,她似乎很害怕。

"要是能办成这件事而又不被人发现,那可真是奇迹!"

"但是,我们必须试试,对不对?"哈利说,他站起来把耳朵贴到门上。

"好像没人了……走吧……"

哈利推开柜门,门厅里空无一人。他们尽可能轻手轻脚地冲出扫帚柜,跑下石阶。树影已在拉长,禁林的树梢再次被镀上了金色。

"要是有人朝窗外看——"赫敏抬头看着身后的城堡,紧张地说。

"快跑,"哈利果断地说,"一直跑到林子里,行吗?必须躲在树或别的什么东西后面,观察动静——"

"好吧,但要从温室绕一下!"赫敏气喘吁吁地说,"避开海格的前门,不然我们会看见我们的!现在我们应该已经在海格的小屋附近了!"

哈利撒腿跑了起来,一边还在想她的话是什么意思。赫敏跟在后面。两人穿过菜园奔向温室,在那后面停了一下,

第 21 章　赫敏的秘密

然后又跑了起来，全速绕过打人柳，冲向黑黢黢的禁林……

在树影的掩护下，哈利转过身，几秒钟后，赫敏也气喘吁吁地赶到了。

"好，"她上气不接下气地说，"我们要悄悄跑到海格那儿……注意隐蔽，哈利……"

两人悄悄在树丛中穿行，沿着林子边缘往前走。看见海格的前门时，听到了敲门声。他们迅速闪到一棵大橡树后面，从树干两边探头窥视。海格出现在门口，脸色苍白，浑身发抖，四下寻找敲门的人。哈利听见了自己的声音。

"是我们，穿着隐形衣呢。让我们进去把它脱下来。"

"你们不该来的！"海格小声说，他退后一步，然后迅速关上门。

"这是我们做过的最奇怪的事。"哈利兴奋地说。

"往前挪挪，"赫敏小声说，"我们得离巴克比克近一点！"

两人蹑手蹑脚地穿过树丛，终于看见了那头紧张不安的鹰头马身有翼兽，就拴在海格南瓜地的围篱上。

"现在？"哈利悄声问。

"不！"赫敏说，"如果现在就偷走它，委员会的那些人会认为是海格把它放跑的！必须等他们看到它拴在外面之后！"

"那我们就只有六十秒左右的时间。"哈利说，隐约觉得这是不可能的。

这时，海格的小屋里传出瓷器打碎的声音。

"是海格打碎了奶罐，"赫敏低声说，"我马上就要发现斑斑了——"

果然,几分钟后他们听到了赫敏惊讶的叫声。

"赫敏,"哈利突然说,"如果我们——我们直接跑进去抓住小矮星——"

"不!"赫敏恐惧地小声说,"你不明白吗?我们是在违反一条最重要的魔法规则!没有人可以改变时间,没有人!你听到邓布利多说了,如果我们被人看见——"

"我们只会被我们自己和海格看见!"

"哈利,你想想,如果你看到自己冲进海格屋里,你会怎么样?"

"我——我想我会以为自己疯了,"哈利说,"或者认为是黑魔法在作怪——"

"对啊!你会弄不懂的,甚至可能袭击你自己!你不明白吗?麦格教授跟我讲过巫师篡改时间后发生过的可怕事情……很多人误杀了过去或将来的自己!"

"好吧!"哈利说,"我只是想想而已,我本想——"

但赫敏推了推他,指指城堡。哈利把脑袋凑过去一点,以看清远处的城堡大门。邓布利多、福吉、老委员、行刑官麦克尼尔正在走下台阶。

"我们就要出来了!"赫敏屏着气说。

果然,不一会儿,海格的后门打开了,哈利看到自己、罗恩和赫敏跟着海格走了出来。这无疑是他一生中最奇异的体验:站在树后看到自己在南瓜地里。

"没事,比克,"海格对巴克比克说,"没事……"然后转向哈利、罗恩和赫敏,"走吧,快走。"

第 21 章　赫敏的秘密

"海格，我们不能——"

"我们要向他们说明真相——"

"他们不能杀它——"

"走！事情已经够糟的了，不要再搭上你们。"

哈利看到南瓜地里的赫敏用隐形衣罩住了他和罗恩。

"快走，不要听……"

海格的前门响起敲门声。执行处决的一行人到了。海格转身进了屋，后门虚掩着。哈利看到小屋旁边有一小片一小片的草被压平，听到三双脚渐渐走远。他、罗恩和赫敏离开了……但是躲在树后的哈利和赫敏现在能从后门听到木屋里的动静。

"那畜生在哪儿？"麦克尼尔冷酷的声音传来。

"外——外面。"海格声音嘶哑地说。

哈利把脑袋缩了回去。麦克尼尔的脸出现在海格小屋的窗口，向外望着巴克比克。然后他们听到了福吉的声音。

"我们——呃——不得不向你宣读正式处决的通知，海格。我会念快一点。然后你和麦克尼尔要签名。麦克尼尔，你也得听着，这是程序——"

麦克尼尔的脸从窗口消失了。机会来了！

"等着，"哈利悄悄对赫敏说，"我去。"

福吉的声音再次响起时，哈利从树后冲了出去，翻越篱笆跳进南瓜地，靠近巴克比克。

"处置危险生物委员会裁定，鹰头马身有翼兽巴克比克，下称罪兽，将于六月六日日落时分被处决——"

哈利努力不眨眼地再次盯着那双凶恶的橘黄色眼睛，并且朝它鞠躬。巴克比克带鳞甲的膝部跪了下去，然后又站了起来。哈利开始摸索着去解把它系在篱笆上的绳索。

"……判处斩首，由委员会指定行刑官沃尔顿·麦克尼尔执行……"

"走吧，巴克比克，"哈利小声说，"走吧，我们是来救你的。别出声……别出声……"

"……见证人：海格，你在这儿签名……"

哈利用尽全身的重量拉着绳子，但巴克比克的前蹄死死抠住地面。

"好，这就办了吧。"海格屋里传来那位委员尖细的声音，"海格，也许你待在屋里好一点——"

"不，我——我要跟它在一起……我不愿意它孤零零的——"

屋里传出脚步声。

"巴克比克，走呀！"哈利小声说。

他更加使劲地拉扯巴克比克脖子上的绳子，鹰头马身有翼兽迈开了步子，一边烦躁地抖动翅膀。他们离禁林还有十英尺远，完全暴露在海格后门的视野内。

"请等一等，麦克尼尔，"邓布利多的声音响起，"你也得签名。"脚步声停下了，哈利猛地一拉绳子，巴克比克张了张鹰嘴，走快了一点。

赫敏苍白的面孔从树后探了出来。

"哈利，快！"她用口型说。

第21章 赫敏的秘密

哈利仍能听到邓布利多的说话声从屋内传出，他又用力一扯绳子，巴克比克不情愿地小跑起来。他们来到了禁林边……

"快！快！"赫敏叫道，从树后冲了出来，也抓住绳子帮着拽巴克比克，想让巴克比克更快一点儿。哈利回头一看，他们现在已被遮住，海格的园子看不见了。

"停下！"他小声对赫敏说，"他们会听到的——"

海格的后门砰地打开了，哈利、赫敏和巴克比克静悄悄地站着，连那头鹰头马身有翼兽都似乎在专注地聆听。

一阵寂静……然后——

"它在哪儿？"是那位委员尖细的声音，"那怪兽在哪儿？"

"刚才还拴在这儿呢！"行刑官气冲冲地说，"我看到的！就在这儿！"

"真是咄咄怪事。"邓布利多说，声音里有一丝窃喜。

"比克！"海格声音嘶哑地叫道。

呼的一声和斧头落下的闷响。行刑官似乎一气之下把斧头扔进了篱笆。然后是一声狂号，这次他们听见了海格抽抽搭搭的话。

"不见了！不见了！上帝保佑小鹰嘴，它不见了！一定是自己挣脱了！比克，你这机灵的孩子！"

巴克比克开始拽绳子，想回到海格那儿去。哈利和赫敏拉紧绳子，脚跟用力钉在林中的地面上。

"有人解开了绳子！"行刑官咆哮道，"搜查这个地方，还有林子——"

"麦克尼尔，如果巴克比克真是被偷走了，你认为那小偷会牵着它步行吗？"邓布利多说，听起来仍有一丝窃喜，"要搜就得搜天空……海格，我想来一杯茶，或一大杯白兰地。"

"当——当然，教授，"海格好像高兴得声音都发软了，"请进，请进……"

哈利和赫敏仔细听着。他们听到了脚步声，行刑官轻轻的诅咒声，关门声，然后一切又归于寂静。

"现在怎么办？"哈利小声问，看着四周。

"我们得藏在这儿。"赫敏说，她看上去惊魂未定，"需要等他们都返回城堡，然后再等到安全了，才能让巴克比克飞到小天狼星的窗口。他还要过两个小时才会在那儿……哦，很难……"

她紧张地回头望了望林子深处，太阳正在沉下去。

"我们得换个地方，"哈利说，努力动着脑筋，"必须能看到打人柳，不然我们不知道事情的进展。"

"好，"赫敏说，抓紧了巴克比克的绳子，"但必须保持隐蔽，哈利，记住……"

黑暗浓重地降临下来，他们在林子边移动，最后藏到了一片树丛后面，透过树丛可以看到打人柳。

"罗恩！"哈利突然说。

一个黑影奔过草坪，叫声在寂静的夜空回荡。

"走开——走开——斑斑，到这儿来——"

然后他们又看到两个人影突然显现。哈利看着他自己和

第21章 赫敏的秘密

赫敏在追赶罗恩,看到罗恩往前一扑。

"抓到了! 滚开,你这只臭猫!"

"小天狼星来了!"哈利说。那条大狗从柳树下一跃而出,他们看到大狗把哈利撞倒,咬住了罗恩……

"从这儿看更可怕,是不是?"哈利说,眼睁睁地看着大狗把罗恩拖进树根之间,"哎哟——看,我被那棵树打到了——你也是——多奇怪啊——"

打人柳吱吱作响,低处的枝条猛烈地抽打着。他们看见自己左躲右闪,试图接近树干。突然,那棵树定住了。

"是克鲁克山按了节疤。"赫敏说。

"瞧……"哈利嘟哝道,"我们进去了。"

他们刚一消失,树又动了起来。片刻之后,他们听到脚步声从近处走过,邓布利多、麦克尼尔、福吉和老委员往城堡去了。

"我们刚进地道!"赫敏说,"要是邓布利多跟我们一起……"

"那样麦克尼尔和福吉也会来的,"哈利恨恨地说,"我打赌福吉会让麦克尼尔把小天狼星就地处死……"

他们看着那四人登上城堡的台阶,消失了。几分钟里,视野内空无一人。然后——

"卢平出来了!"哈利说,只见又一个人影冲下石阶,朝打人柳飞奔过来。哈利抬头看看天空,月亮完全被云遮住了。

他们看着卢平从地上抓起一根断树枝,捅了捅那个节疤,树停止了抽打,卢平也消失在树根间的洞口里。

"要是他捡起那件隐形衣就好了,"哈利说,"它就在那儿……"

他转向赫敏。

"要是我现在冲出去把隐形衣拿走,斯内普就不会看到它,也就——"

"哈利,我们不能被人看见!"

"你怎么忍得下去?"哈利激烈地问,"就站在这儿袖手旁观?"他犹豫了一下,"我要去拿隐形衣!"

"哈利,不行!"

赫敏及时拉住了哈利的袍子后摆,就在这时,他们听到了一阵歌声。是海格,他一边往城堡走,一边放声高歌,步子有点歪歪斜斜,一个大酒瓶在手里晃荡着。

"看见了吗?"赫敏悄声说,"差点出事了吧?我们必须保持隐蔽!不要,巴克比克!"

鹰头马身有翼兽又躁动起来,想要冲向海格。哈利也抓紧了绳子,用力拽住巴克比克。他们一起望着海格摇摇晃晃地朝城堡走去,消失在视线外。巴克比克停止了挣扎,脑袋悲哀地耷拉下来。

两分钟不到,城堡大门又突然打开,斯内普冲了出来,奔向打人柳。

哈利握紧了拳头,只见斯内普在柳树跟前刹住脚步,四下看了看,抓起隐形衣,举到眼前。

"放开你的脏手!"哈利在嗓子眼里怒喝。

"嘘——"

第21章 赫敏的秘密

斯内普捡起卢平用过的树枝，捅了捅节疤，披上隐形衣消失了。

"原来是这样，"赫敏悄悄地说，"我们都在下面……现在就等我们出来了……"

她把巴克比克的绳子一端牢牢地拴在旁边的树上，然后坐到干的地面上，抱着膝盖。

"哈利，有件事我不明白……摄魂怪为什么没把小天狼星抓走呢？我记得它们围了过来，后来我大概是昏过去了……它们数量那么多……"

哈利也坐下来，讲起了他看到的情景：当最近的那个摄魂怪把嘴凑向哈利时，一个银色的大东西从湖上疾驰过来，驱走了摄魂怪。

哈利说完，赫敏的嘴巴微微张着。

"那是什么呢？"

"能够驱走摄魂怪的，只可能是一样东西，"哈利说，"一个真正的、强大的守护神。"

"但是谁召唤来的呢？"

哈利没有说话，回想起当时看到的湖对岸的那个人。他想到了那个人像谁……可是那怎么可能呢？

"你没看到他什么模样吗？"赫敏热切地说，"是不是哪位老师？"

"不是，"哈利说，"他不是老师。"

"但一定是个本领高强的巫师，能把那些摄魂怪都赶走……守护神那么亮，不会照到他吗？你难道没有看见——？"

"嗯，我看见他了，"哈利缓缓地说，"可是……也许是我的幻觉……我当时脑子不大清楚……之后很快就失去了知觉……"

"你觉得那是谁呢？"

"我觉得——"哈利咽了口唾沫，知道这听上去有多离奇，"我觉得那是我爸爸。"

哈利抬头望着赫敏，看到她这次嘴巴张得大大的，用一种震惊和怜悯交织的眼神瞪着他。

"哈利，你爸爸已经——已经——去世了。"她小声说。

"我知道。"哈利马上说。

"你认为你是看到了他的幽灵吗？"

"我不知道……不……他看上去很真实……"

"可是——"

"也许是我的幻觉，"哈利说，"可是……我当时看到的……确实像他……我有他的照片……"

赫敏还是用异样的表情瞪着他，似乎在担心他的神志是否正常。

"我知道这听起来很怪。"哈利坦率地说，转身看着巴克比克。它正把鹰嘴伸进地里，显然是在找虫子。其实哈利并没有在看巴克比克。

他在想他爸爸和他的三个老朋友……月亮脸、虫尾巴、大脚板和尖头叉子……今晚他们四个都出来了吗？虫尾巴在大家都以为他死了之后又于今晚复出……父亲难道就不可能复出？湖对面的景象是幻觉吗？那个人影太远，看不

第 21 章 赫敏的秘密

真切……但他当时有一刻感到很肯定,就在他失去知觉之前……

头顶的树叶在微风中发出沙沙轻响,月亮在飘动的云彩间忽隐忽现,赫敏面朝打人柳坐在那儿,等待着。

终于,一个多小时之后……

"我们出来了!"赫敏小声说。

她和哈利站了起来,巴克比克抬起了脑袋。他们看见卢平、罗恩和小矮星笨拙地从树根间的洞口爬了出来,然后是没有知觉的斯内普,诡异地飘了上来。再后面是哈利、赫敏和布莱克,一群人一起朝城堡走去。

哈利的心剧烈地跳起来,他望望天空,云彩随时可能飘开,月亮会露出来……

"哈利,"赫敏悄悄地说,好像猜准了他在想什么,"我们必须待在原地,不能被人看见。我们做不了什么……"

"那就眼睁睁地让小矮星再次跑掉……"哈利轻轻地说。

"在黑暗中怎么可能抓得到一只老鼠?"赫敏着急地说,"我们做不了什么!我们回来是为了救小天狼星,不能做别的!"

"好吧!"

月亮从云彩后面钻了出来。他们看到场地那边那队小小的人影站住了,然后有了动作——

"是卢平,"赫敏低声说,"他在变形——"

"赫敏!"哈利突然说,"我们得走!"

"不行,我一直跟你说——"

"不是去干预！卢平马上就要冲进禁林，正好来我们这儿！"

赫敏倒吸了一口气。

"快！"她轻叫道，冲过去解开巴克比克，"快！我们去哪儿？往哪儿躲？摄魂怪就要来了——"

"回海格那儿去！"哈利说，"那儿现在没人——快走！"

两人使出全力飞奔，巴克比克稳稳地跑在后面。他们能听到狼人在后面嗥叫……

小屋出现在眼前，哈利冲到门前推开了门，赫敏和巴克比克从他身边闪了进去。哈利冲进屋里，转身插上了门。猎狗牙牙大声狂吠。

"嘘——牙牙，是我们！"赫敏赶忙走过去挠挠它的耳朵，让它安静下来。"好险！"她对哈利说。

"是啊……"

哈利望着窗外，从这里很难看到外边的情形。巴克比克发现自己回到了海格屋里，似乎很高兴。它在壁炉前躺下，满足地收起翅膀，看样子准备好好地打一个盹儿。

"我想我最好还是出去，"哈利缓缓地说，"在这儿看不到事情的进展——我们不知道什么时候——"

赫敏抬起头，表情有些怀疑。

"我不是要去干预，"哈利忙说，"但如果看不到进展，我们怎么知道什么时候该去救小天狼星呢？"

"嗯……那好吧……我跟巴克比克在这儿等着……可是哈利，多加小心——外面有狼人——还有那些摄魂怪——"

第 21 章 赫敏的秘密

哈利走了出去，小心地绕过小屋。他听到远处有犬吠声，这意味着摄魂怪正在围住小天狼星……他和赫敏很快就会跑过去……

哈利朝湖面望去，心脏像在胸膛里打鼓一样……那派出守护神的人随时都会出现……

一时间，他站在海格的门前犹豫不决。不能让人看见。但他并没想让人看见，他只想看看……他必须知道……

摄魂怪来了，在黑暗中从四面八方显现，沿着湖边飘行……它们正在离开哈利所站的地方，朝对岸飘去……他不用靠近它们……

哈利跑了起来，脑子里只有他的爸爸……如果那个人是他……如果真的是他……他必须知道，必须弄明白……

离湖面越来越近了，但看不到一个人影。他能看到对岸有一点点微弱的银光——是他自己正在召唤守护神——

挨着水边有一丛灌木。哈利扑到它的后面，焦急地透过树叶的缝隙窥视着。对岸的银光突然灭了。恐惧与激动袭上他的心头——就要来了——

"快啊！"他小声呼叫着，四下张望，"你在哪儿？爸爸，快啊！"

然而没有人来。哈利抬起头望着湖对岸的那圈摄魂怪，其中一个正在脱下兜帽。那个帮助他的人该出现了——可是这次没有人来。

突然灵光一闪——他明白了。他看到的不是爸爸——而是他自己——

哈利从灌木丛后一跃而出，抽出魔杖。

"**呼神护卫！**"他喊道。

从他的杖尖挣脱出一个东西，不是不成形的云雾，而是一头灿烂夺目的银色动物。他眯起眼睛想看清它是什么。好像是一匹马，无声地从他身边飞驰而去，奔过黑色的湖面。他看到它俯首冲向那一大群摄魂怪……现在它绕着地面上那几个黑影疾驰，摄魂怪纷纷后退，散开，隐入黑暗中……不见了。

守护神掉转身，越过平静的湖面慢慢地朝哈利跑来，它不是马，也不是独角兽，而是一头牡鹿，像天上的月亮一般皎洁……它在向他跑来……

它在岸边停住，用银色的大眼睛注视着哈利，蹄子在松软的地面上并没有留下任何痕迹。它缓缓地低下那一对鹿角。哈利看出来了……

"尖头叉子。"他轻声说。

可是当他颤抖的指尖伸向那灵兽时，它却消失了。

哈利站在那儿，手仍然伸着。随后心猛地一跳，听到身后有蹄声——他转过身，看到赫敏拽着巴克比克冲了过来。

"你干了什么？"她气急败坏地问，"你说你只是看看的！"

"我刚才救了我们的命……"哈利说，"到这儿来——躲到灌木丛后面——我给你解释。"

赫敏听了刚才发生的事，嘴巴又张开了。

"有人看见你吗？"

第21章 赫敏的秘密

"有,你不是一直在听着吗?我看见我了,但我以为是我爸爸!没关系!"

"哈利,真不敢相信……你召来了守护神,把那些摄魂怪都赶跑了!那可是非常非常高深的魔法……"

"我知道我这次能做到,"哈利说,"因为我已经做过了……这能说得通吗?"

"我不知道——哈利,看斯内普!"

两人一起从灌木后向对岸张望。斯内普醒过来了,正在变出担架,把毫无生气的哈利、赫敏和布莱克搬上去。另一副担架已经悬浮在斯内普的身边,那上面无疑是罗恩了。然后,斯内普把魔杖举在身前,把担架运往城堡。

"好,时间差不多了,"赫敏看看表,紧张地说,"离邓布利多锁上校医院的门还有四十五分钟左右。我们必须救出小天狼星,然后在有人发现我们失踪之前返回病房……"

他们等待着,望着湖中浮云变幻的倒影,身旁的灌木在微风中低语。巴克比克闲得无聊,又找起虫子来。

"你认为他已经在那儿了吗?"哈利看着表问。他抬头望着城堡,开始数西塔楼右边的窗户。

"看!"赫敏低声说,"那是谁?又有人从城堡里出来了!"

哈利朝黑暗中望去,那个人影匆匆穿过场地,走向一个出口,腰间还有什么东西闪着寒光。

"麦克尼尔!"哈利说,"那个行刑官!他去找摄魂怪了!是时候了,赫敏——"

赫敏把双手放在巴克比克背上，哈利扶她骑了上去，然后自己蹬着低处的树枝坐到她前面。他把巴克比克的绳头绕过脖子拉过来，系到它项圈的另一边当缰绳用。

"好了吗？"他小声对赫敏说，"你最好抱着我——"

他用脚跟磕了磕巴克比克的肚子。

巴克比克笔直地升上了夜空。哈利用膝盖夹住它的两肋，感到那一对巨大的翅膀在他们下面强有力地扇动着。赫敏紧紧搂着哈利的腰。他听到她喃喃地说："哦，不——我不喜欢这感觉——哦，真的不喜欢这感觉——"

哈利催促巴克比克向前飞驰，他们静静地飞向城堡上层……哈利用力一拉左手边的绳子，巴克比克朝左拐去，哈利努力数着快速闪过的窗户——

"吁——"他轻呼，一边用全力把绳子往后拉。

巴克比克减慢速度，他们停住了，只是不断地上下浮动几英尺——鹰头马身有翼兽扇动翅膀以保持凌空。

"他在那儿！"哈利叫道，在他们升过那扇窗户时看到了小天狼星。当巴克比克的翅膀落下时，他伸出手，急促地敲了敲窗玻璃。

布莱克抬起头，哈利看到他的嘴巴张大了。他从椅子上跳了起来，跑到窗口想打开它，可是窗户锁着。

"后退！"赫敏对他说，她抽出魔杖，左手仍揪着哈利的袍子的背面。

"阿拉霍洞开！"

窗户一下子打开了。

第 21 章 赫敏的秘密

"怎 —— 怎么 ——?"布莱克瞪着鹰头马身有翼兽无力地问。

"上来 —— 时间不多了。"哈利说,紧紧抓着巴克比克光滑的脖子两边把它稳住,"你必须离开这儿 —— 摄魂怪马上就要来了 —— 麦克尼尔去找它们了。"

布莱克双手撑住窗框,把头和肩膀伸了出来。幸好他很瘦。几秒钟后,他就把一条腿跨到巴克比克背上,骑在了赫敏的后面。

"好了,巴克比克,上去!"哈利扯动绳子说,"上塔顶去 —— 快!"

鹰头马身有翼兽扇动巨大的翅膀,他们又高高升起,到了西塔楼的塔顶。巴克比克嗒嗒地降落在垛墙上,哈利和赫敏迅速从它背上滑了下来。

"小天狼星,你快走吧,"哈利喘着气说,"他们随时可能去弗立维的办公室,会发现你失踪了。"

巴克比克用前蹄刨着地面,扬起尖尖的脑袋。

"那个男孩,罗恩呢?"小天狼星急切地问。

"他不会有事的,现在还昏迷着,但是庞弗雷女士说会把他调养好的。快,快走吧!"

但是布莱克仍低头望着哈利。

"我怎么感谢 ——"

"**快走!**"哈利和赫敏一起喊道。

布莱克让巴克比克掉过头,对着空旷的夜空。

"后会有期。"他说,"你 —— 真不愧是你父亲的儿子,哈利……"

他脚跟一夹巴克比克的肚子,哈利和赫敏往后跳去,巨大的翅膀再次展开……鹰头马身有翼兽飞了起来……哈利目送它驮着背上的人越飞越小……然后,一片云从月亮前面飘过……他们不见了。

第 22 章

又见猫头鹰传书

"哈利！"

赫敏拉拉他的袖子，看着表说："我们还有十分钟可以悄悄溜回校医院——在邓布利多锁门之前——"

"好吧，"哈利说，把视线从天空收了回来，"走……"

两人溜进身后的一条走廊，走下一段狭窄的螺旋形石梯。走到楼梯底部时听见有人在说话，他们把身体贴在墙上聆听，好像是福吉和斯内普，正快步走在楼梯下的过道里。

"……但愿邓布利多不再制造麻烦，"斯内普说，"那个吻很快就会执行了吧？"

"只等麦克尼尔把摄魂怪带回来。布莱克这件事非常棘手。我简直无法告诉你，我多么盼望能通知《预言家日报》我们终于抓到他了……我猜他们会希望采访你的，斯内普……当小哈利神志清楚之后，我想他也会愿意告诉《预言家日报》你是怎样搭救他们的……"

哈利咬牙切齿，那两人走过他和赫敏藏身的地方时，他瞥见斯内普满脸的得意。脚步声远去了。哈利和赫敏又等了一会儿，确定那两人真的走了，才朝相反的方向跑去。下了一道楼梯，再下一道楼梯，跑入一条新走廊——忽然他们听到前面有咯咯的笑声。

"皮皮鬼！"哈利低声说，拉住赫敏的手腕，"快进去！"

他们及时冲进了左边的一间空教室。皮皮鬼好像高兴得过了头，在走廊里又蹦又跳，尖声狂笑。

"哦，他真可怕，"赫敏小声说，"我打赌他是因为摄魂怪要来结果小天狼星才这么兴奋的……"她看了看表，"还有三分钟，哈利。"

一直等到皮皮鬼开心的声音在远处消失，他们才溜出教室，又猛跑起来。

"赫敏——如果我们——在邓布利多锁门以前——没赶回去——会怎么样？"哈利气喘吁吁地问。

"我不愿去想！"赫敏呻吟道，又看了看表，"还有一分钟！"

他们已经到了校医院入口所在的走廊尽头。"好——我听到邓布利多的声音了，"赫敏紧张地说，"快，哈利！"

两人悄悄沿走廊跑去，门开了，露出邓布利多的背影。

"我要把你们关起来。现在是——"他们听到他说，"差五分就到午夜了。格兰杰小姐，转三下就行。祝你们好运。"

邓布利多退了出来，关上门，抽出魔杖要用魔法锁门。哈利和赫敏大惊失色，连忙冲过去。邓布利多抬起头，银白

第 22 章 又见猫头鹰传书

色的长胡子后面露出一个大大的笑容。"怎么样？"他轻声问。

"办成了！"哈利上气不接下气地说，"小天狼星逃走了，骑着巴克比克……"

邓布利多微笑地看着他们。

"干得好。我认为——"他仔细听听校医院里有没有声音，"对，我认为你们也逃脱了——进去吧——我要把你们锁在里面——"

哈利和赫敏溜回病房，里面只有罗恩一人，仍然一动不动地躺在最顶头的床上。门锁咔嗒锁上了，哈利和赫敏都爬回自己的床上。赫敏把时间转换器塞回袍子里。片刻之后，庞弗雷女士从她的办公室大步走了出来。

"我是听到校长走了吗？我可以照看我的病人了吗？"

她情绪很坏，哈利和赫敏觉得最好老老实实地吃她给的巧克力。庞弗雷女士站在他们面前看着他们吃下去。但哈利觉得难以下咽。他和赫敏在等待着，聆听着，神经高度紧张……然后，当他们俩吃到庞弗雷女士发的第四块巧克力时，听见上面远远地传来一声雷霆般的怒吼……

"怎么回事？"庞弗雷女士吃惊地问。

现在他们听到了愤怒的说话声，越来越响，庞弗雷女士瞪着门口。

"真是——他们会把人都吵醒的！搞什么名堂？"

哈利努力想听清那些声音在说什么。声音渐渐近了——

"他一定是幻影移形了，西弗勒斯。我们应该在屋里留个人看着他的。这要是传出去——"

"他没有幻影移形！"斯内普咆哮道，他现在已经很近了，"在城堡里不能幻影显形或幻影移形！这——肯定——又是——波特！"

"西弗勒斯——理智点——哈利一直被锁在里头——"

咣。

校医院的门被猛地撞开了。

福吉、斯内普和邓布利多大步走进病房。只有邓布利多一人镇定自若，实际上，他看上去好像兴致不错。福吉面带怒容，斯内普则是发狂一般。

"说，波特！"他吼道，"你干了什么？"

"斯内普教授！"庞弗雷女士尖叫道，"克制一些！"

"听我说，斯内普，理智点，"福吉说，"这门是锁着的，我们刚才看见——"

"是他们帮他逃走的，我知道！"斯内普指着哈利和赫敏大吼，他的脸都气歪了，唾沫星子乱溅。

"冷静点，先生！"福吉厉声说，"你是在说胡话呢！"

"你不了解波特！"斯内普尖叫道，"是他干的，我知道是他干的！"

"够了，西弗勒斯，"邓布利多轻声说，"想想你在说些什么吧。从我十分钟前离开之后，这扇门一直是锁着的。庞弗雷女士，这些学生离开过病床吗？"

"当然没有！"庞弗雷女士不悦地说，"不然我会听见的！"

"你看，西弗勒斯，"邓布利多平静地说，"除非你是说哈

第 22 章 又见猫头鹰传书

利和赫敏有分身术,否则,我想我们没有理由继续打扰他们。"

斯内普狂怒地站在那儿,瞪眼望望福吉,又望望邓布利多,福吉似乎对他的表现十分惊愕,邓布利多的眼睛在镜片后面闪烁着。斯内普猛然转身,袍子发出呼呼的声音,大步冲出了病房。

"这人好像有点精神失常,"福吉望着他的背影说,"我要是你,就会盯着他,邓布利多。"

"哦,他不是精神失常,"邓布利多平静地说,"他只是非常失望罢了。"

"不只是他,"福吉气哼哼地说,"《预言家日报》有事干了!我们抓到了布莱克,又让他从手指缝里溜掉了!那头鹰头马身有翼兽逃走的事再一泄漏,我就整个成为笑柄了!唉……我最好现在去通知魔法部……"

"那些摄魂怪呢?"邓布利多问,"它们可以撤出学校了吧?"

"哦,对,它们必须得离开,"福吉心烦意乱地用手指捋了捋头发说,"想不到它们竟会试图去吻一个无辜的男孩……完全不受控制了……不行,我要连夜把它们赶回阿兹卡班……也许应该考虑让火龙来把守校门……"

"海格会喜欢的。"邓布利多说,朝哈利和赫敏笑了笑。他和福吉走出病房,庞弗雷女士快步过去把门重新锁好,恼火地嘟哝着回办公室去了。

病房那头传来一声低低的呻吟,罗恩醒了。他们看到他坐了起来,揉着脑袋环顾四周。

"咦——怎么搞的?"他嘟哝道,"哈利? 我们怎么在这儿? 小天狼星呢? 卢平呢? 发生了什么事?"

哈利和赫敏对视了一下。

"你讲吧。"哈利说,伸手又拿起一块巧克力。

第二天中午,哈利、罗恩和赫敏走出校医院时,发现城堡里空荡荡的。天气炎热再加上考试结束,所有的人都到霍格莫德度假去了。但罗恩和赫敏都不想去,所以三人漫步到场地上,一边仍在说着前一天晚上的奇异经历,猜测小天狼星和巴克比克现在到了哪里。他们坐在湖边,看着巨乌贼懒洋洋地在水面摇动着触手,哈利的思绪游离开去。他望着对岸,就在昨晚,牡鹿从那边向他奔来……

一个影子落到他们身上,三人抬起头,看到了泪眼模糊的海格。他用那块桌布大的手帕擦着汗津津的面孔,朝他们笑着。

"我知道不应该高兴,昨晚出了那样的事,"他说,"我是说,布莱克又跑掉了,还有别的事情——可是你们猜怎么着?"

"怎么啦?"他们假装好奇地问。

"比克!它逃走了!它自由了!我庆祝了一晚上!"

"太棒了!"赫敏说,同时不满地瞪了罗恩一眼,因为他好像要笑出来了。

"是啊……可能没有拴好,"海格快活地望着场地说,"今天早上我有点担心……怕它会在场地上碰到卢平教授,但卢

第 22 章　又见猫头鹰传书

平说他昨晚什么也没吃……"

"什么？"哈利忙问。

"哎呀，你没有听说吗？"海格的笑容退去了一些，他把声音压得低低的，尽管周围并没有人，"呃——斯内普早上对斯莱特林的全体学生说了……我以为现在人人都知道了……卢平教授是狼人，昨晚跑到了场地上……当然，他现在正在收拾行李呢。"

"收拾行李？"哈利吃惊地问，"为什么？"

"走人啊，不是吗？"海格似乎很奇怪哈利会这么问，"今天一大早他就辞职了，说不能再冒这种风险。"

哈利站了起来。

"我要去看他。"他对罗恩和赫敏说。

"可是如果他已经辞职了——"

"我们似乎也无能为力——"

"我不管，我就是想见见他。我回来再来这里找你们。"

卢平办公室的门开着。他已经把大部分东西都收拾好了。格林迪洛的空水箱立在他那只破旧的皮箱旁边，箱子敞着，里面快装满了。卢平趴在桌上看着什么，哈利敲门后他才抬起头来。

"我看见你来了。"卢平微笑道，指了指他刚才看的那张羊皮纸，是活点地图。

"我刚才看到海格了，"哈利说，"他说你辞职了，不会是真的吧？"

"恐怕是真的。"卢平说，开始打开抽屉把里面的东西拿出来。

"为什么？"哈利问，"魔法部没有认为是你帮助了小天狼星吧？"

卢平走到门口，把哈利身后的门关上了。

"没有，邓布利多教授让福吉相信我是去救你们的。"他叹了口气说，"这让西弗勒斯忍无可忍——我想，失去梅林爵士团勋章对他打击很大。所以今天早餐时——呃——他无意中透露了我是狼人。"

"你不是就因为这个要走吧？"哈利说。

卢平苦笑了一下。

"明天这个时候，猫头鹰就会送来家长的信……他们不会愿意让一个狼人教自己孩子的。哈利，经过昨晚的事，我认为他们是对的，我很可能会咬伤你们……这种事绝对不能再发生了。"

"你是我们最好的黑魔法防御术教师，"哈利说，"别走！"

卢平摇了摇头，没有说话，继续清理他的抽屉。哈利正绞尽脑汁考虑怎么劝他留下来时，卢平说："今天早上听校长说，你昨晚救了好几条命，哈利。如果今年有什么事令我自豪的话，那就是你的长进……跟我讲讲你的守护神吧。"

"你是怎么知道的？"哈利问，感觉有些慌乱。

"还有什么能驱走摄魂怪呢？"

哈利跟卢平讲了当时的情形。他讲完后，卢平又微笑起来。

第22章 又见猫头鹰传书

"是啊,你爸爸总是每次都变成一头牡鹿。"他说,"你猜对了……他的绰号尖头叉子就是这么来的。"

卢平把最后几本书丢进箱子,关上桌子抽屉,转身看着哈利。

"给——我昨晚从尖叫棚屋拿出来的。"他把隐形衣还给了哈利,"还有……"他犹豫了一下,把活点地图也递了过来,"我不再是你的老师了,所以把这个还给你也不会感到内疚。它在我这儿没有用,我猜你和罗恩、赫敏会用得着的。"

哈利接过地图,咧嘴一笑。

"你说过月亮脸、虫尾巴、大脚板和尖头叉子可能想把我引出学校……你说他们会觉得这挺好玩的。"

"确实如此。"卢平说,一边弯腰关上皮箱,"我毫不怀疑地说,如果詹姆看到他儿子从没发现溜出城堡的秘密通道,他会感到非常失望的。"

敲门声响起。哈利赶紧把活点地图和隐形衣塞进口袋。

是邓布利多教授。看到哈利在这儿,他似乎并不惊讶。

"你的马车停在门口,莱姆斯。"他说。

"谢谢你,校长。"

卢平拎起旧皮箱和那个格林迪洛空水箱。

"好了——再见,哈利,"他微笑着说,"教你真的很愉快。我相信我们还会再见的。校长,不用送我到门口,我能行……"

哈利感觉卢平想尽快离开。

"那就再会了,莱姆斯。"邓布利多冷静地说。卢平把格林迪洛水箱稍稍移开一点，和邓布利多握了握手。接着，他最后朝哈利点了一下头，笑了笑，迅速离开了办公室。

哈利坐到了卢平的空椅子上，忧郁地看着地板。他听到关门声，抬起头来。邓布利多还在屋里。

"为什么这么不开心呢，哈利？"他轻声问，"你应该为昨晚做的事情而自豪啊。"

"没什么区别，"哈利痛苦地说，"小矮星逃走了。"

"没什么区别？"邓布利多轻声说，"区别可大了，哈利，你帮助揭开了真相，并让一个无辜的人逃离了可怕的厄运。"

可怕。什么东西唤起了哈利的记忆。比以前更强大、更可怕……特里劳尼教授的预言！

"邓布利多教授——昨天，占卜课考试的时候，特里劳尼教授变得非常——非常奇怪。"

"是吗？"邓布利多说，"呃——你是说比往常还要奇怪？"

"是的……她声音那么低沉，眼珠转来转去，她说……她说伏地魔的仆人午夜之前要动身去和他会合……还说那仆人将帮助他卷土重来。"哈利抬头望着邓布利多，"然后特里劳尼教授又恢复了正常状态，不记得自己说过这些话。会不会——会不会是她做了一个真正的预言？"

邓布利多显得有点惊奇。

"知道吗，哈利，我认为很有可能。"他若有所思地说，"谁想得到呢？这样她总共就做了两个真正的预言了。我该给她加薪……"

第 22 章　又见猫头鹰传书

"可是——"哈利诧异地看着邓布利多,他的反应怎能如此平静?

"可是——我阻止了小天狼星和卢平教授杀死小矮星!如果伏地魔卷土重来,那就是我的过错了!"

"不,"邓布利多轻声说,"时间转换器没有让你学到一些东西吗,哈利?我们行为的因果关系总是如此复杂、如此多变,所以预测未来是非常困难的……特里劳尼教授就是一个活的证明,愿上帝保佑她……你饶小矮星一命是非常高尚的行为。"

"可是如果他帮伏地魔卷土重来——"

"小矮星的命是你给的。你给伏地魔送去了一个欠你情分的助手……当一个巫师救了另一个巫师的命,他们两人之间就产生了某种联系……如果我猜得不错,伏地魔是不会喜欢他的仆人欠哈利·波特的情分的。"

"我不想跟小矮星有什么联系!"哈利说,"他出卖了我的父母!"

"那是最深奥、最不可捉摸的魔法联系,哈利。但相信我……有一天你会高兴你这次救了小矮星的命。"

哈利无法想象会有那一天。邓布利多似乎洞悉了他的思想。

"我很了解你父亲,在霍格沃茨和后来都很了解,哈利,"他温和地说,"他也会救小矮星的,我相信。"

哈利抬头看着邓布利多。邓布利多不会笑他的——他可以告诉邓布利多……

"昨天晚上……我以为是我爸爸招来的守护神。我是说，当我看到湖对面的自己时……我以为是看到了他。"

"很容易犯的错误，"邓布利多轻声说，"我猜这个话你已经听厌了，但你确实特别像詹姆，除了眼睛……你的眼睛像你妈妈。"

哈利摇摇头。

"真傻，我还以为那是他，"他喃喃地说，"我是说，我明知道他已经死了。"

"你认为我们爱过的人会真正离开我们吗？你不认为在困难的时候，我们会更清晰地想起他们吗？你父亲活在你的心里，哈利，在你需要他的时候他就会格外清晰地显现出来。否则你怎么会召来那样一个特别的守护神呢？昨晚尖头叉子再度驰骋。"

哈利好一会儿才领会到了邓布利多在说什么。

"昨天夜里小天狼星把他们成为阿尼马格斯的事全告诉了我。"邓布利多微笑着说，"真是了不起的成就——能一直瞒着我就不简单。然后我想起了你的守护神那不寻常的形状，它曾在你们对拉文克劳的魁地奇比赛中朝马尔福冲去。哈利，在某种意义上，你昨晚确实看到了你父亲……你发现他在你的心中。"

邓布利多走出了办公室，留下哈利去清理自己纷乱的思绪。

除了哈利、罗恩、赫敏和邓布利多教授之外，霍格沃茨再

第 22 章　又见猫头鹰传书

没有人知道小天狼星、巴克比克和小矮星消失那个晚上的真相。随着期末的临近，哈利听到了许多不同的说法，都是关于那天到底发生了什么的，但没有一个接近事实。

马尔福对巴克比克的事大为恼火，断定海格用某种手段把那头鹰头马身有翼兽偷偷送走了，他们父子居然被一个猎场看守给耍了，这简直是奇耻大辱。与此同时，珀西·韦斯莱则对小天狼星的逃脱有许多高论。

"我要是进了魔法部，一定会提出很多加强执法的方案！"他告诉唯一一个肯听他说话的人——他的女朋友佩内洛。

尽管天气好极了，气氛又这么愉快，尽管哈利知道救走小天狼星是完成了一件几乎不可能的事情，但在期末前的那段日子里他的情绪比以往期末前要更加低落。

当然，不只是他一个人为卢平教授的离开而难过，与哈利一起上黑魔法防御术课的同学都因卢平离职而感到沮丧。

"不知道明年会给我们派个什么样的！"西莫·斐尼甘郁闷地说。

"也许是个吸血鬼。"迪安·托马斯憧憬道。

让哈利心情沉重的不只是卢平教授的辞职。他无法不去想特里劳尼教授的预言，想小矮星现在到了哪里，有没有去投靠伏地魔。然而，最令哈利心情压抑的是想到要回德思礼家。在大约半小时——那美妙的半小时里，他曾以为今后可以跟小天狼星一起生活了……他父母最好的朋友……这件事太棒了，仅次于父亲重新回来。没有小天狼星的消息固然是好事，因为这意味着他隐蔽成功，但是哈利想到本来可以有的家，现在又成泡影，就觉得苦不堪言。

学期的最后一天，考试成绩出来了。哈利、罗恩和赫敏每门功课都通过了。哈利惊奇地发现自己的魔药课也及格了。他敏锐地怀疑是邓布利多进行了干预，使斯内普没能故意给他不及格。过去这一个星期斯内普对哈利的态度令人震惊。哈利想不到斯内普对他的厌恶还可能再增加，但事实就是如此。每次看到哈利，斯内普那薄嘴唇一角的肌肉便难看地抽搐起来，他还不停地屈伸手指，好像巴不得能掐住哈利的喉咙。

珀西拿到了终极巫师考试（N.E.W.T.）的高分，弗雷德和乔治的普通巫师等级考试（O.W.L.）也拿了些分。格兰芬多学院主要靠了在魁地奇杯中的出色表现，第三年蝉联学院杯冠军，这意味着期末宴会是在红金两色的装饰中举行，而且格兰芬多的桌子最热闹，人人都在庆祝。哈利也忘记了明天就要回德思礼家的事，跟大家一起又吃又喝，说说笑笑。

第二天上午，霍格沃茨特快列车驶出车站时，赫敏向哈利和罗恩宣布了一个意外的消息。

"我早上去见麦格教授了，就在早餐前。我决定不上麻瓜研究了。"

"可是你考了三百二十分呢！"罗恩说。

"我知道，"赫敏叹了口气说，"但我受不了再来这么一年。那个时间转换器快把我弄疯了。我已经把它交回去了。没有了麻瓜研究和占卜，我就又可以有正常的时间表了。"

"我仍然不能相信你竟然没把时间转换器的事告诉我们，"

第 22 章　又见猫头鹰传书

罗恩气鼓鼓地说,"我们还是你的朋友呢。"

"我保证了不告诉任何人的。"赫敏一本正经地说,扭头看看哈利,哈利正凝神注视着霍格沃茨消失在一座山的后面,他要过整整两个月才能再见到它。

"哦,开心点吧,哈利!"赫敏哀求道。

"我没事,"哈利赶快说,"只是在想假期。"

"是啊,我也在想,"罗恩说,"哈利,你一定要住到我家里来。我会跟爸爸妈妈说好的,到时候通知你。我会打串话了——"

"是电话,罗恩,"赫敏说,"说真的,你明年应该学一学麻瓜研究……"

罗恩没理睬她。

"暑假里有魁地奇世界杯!怎么样,哈利?住过来吧,我们一起去看!爸爸那儿一般会发票的。"

这个提议让哈利振作了很多。

"好啊……我打赌德思礼家会很高兴让我走的……尤其是在我对玛姬姑妈做了那样的事之后……"

哈利心情好多了,跟罗恩和赫敏玩了几局噼啪爆炸,当推餐车的女巫过来时,他给自己买了一份大大的午饭,可惜里面没有带巧克力的东西。

临近傍晚时,让他真正快乐起来的事情出现了……

"哈利,"赫敏突然叫道,盯着他的身后,"你的车窗外面是什么呀?"

哈利扭头望去,一个小小的、灰色的东西在窗玻璃外忽上忽下，忽隐忽现。他站起来定睛细看，发现是一只瘦小的猫头鹰，叼着一封对它来说显得过大的信。这只猫头鹰太小了，在空中不停地翻跟头，被火车气流冲得东倒西歪。哈利急忙拉下车窗，伸出手臂抓住了它，感觉像抓住了一个毛茸茸的飞贼。他小心翼翼地把猫头鹰拿了进来，它把信丢在哈利的座位上，开始在车厢里一圈圈地飞，显然对自己完成了任务感到非常满意。海德薇嘴巴发出咔嗒声，高贵地显示出一种不满。克鲁克山在椅子上坐了起来，黄色的大眼睛追随着那只小猫头鹰。罗恩看到了，把猫头鹰抓到了安全的地方。

哈利拿起信，是寄给他的。他撕开信封，叫了一声："小天狼星！"

"什么？"罗恩和赫敏兴奋地说，"快念！"

亲爱的哈利：

希望这封信能在你见到你姨妈和姨父之前送到。我不知道他们是否习惯猫头鹰信使。

我和巴克比克藏起来了。我不告诉你藏在哪儿，怕这只猫头鹰会落到坏人手里。我对它的可靠性有些怀疑，但它是我能找到的最好的一只了，而且它似乎很渴望承担这个任务。

我相信摄魂怪还在找我，但它们不可能找到这儿来。再过一阵子，我打算让一些麻瓜在远离霍格沃茨的地方看到我，这样城堡的警戒就可以解除了。

上次见面太仓促，有件事一直没能告诉你，火弩箭

第22章 又见猫头鹰传书

是我送给你的——

"哈!"赫敏得意地说,"看到了吧! 我说过是他送的!"

"没错,但他没有给它加恶咒呀,对不对?"罗恩说,"哎哟!"

正在他手中欢叫的小猫头鹰啄了一下他的手指,它似乎觉得那是一种亲昵的方式。

> 克鲁克山替我把订单送到猫头鹰邮局。我用了你的名字,但是让他们从古灵阁的711号金库——我自己的金库里取出了金子。请把它当作教父补偿给你的十三岁的生日礼物。
>
> 我还想为一件事向你道歉,去年你离开你姨父家时被我吓着了吧,我只是想在我去北方之前看你一眼,但我的样子好像让你感到恐慌了。
>
> 我附了一样东西给你,我想它会让你下一学期在霍格沃茨的生活更愉快一些。
>
> 如果需要我,就捎个信。你的猫头鹰能找到我。
>
> 我很快还会写信给你。
>
> 小天狼星

哈利急切地往信封里看,里面还有一张羊皮纸。他迅速扫了一遍,顿时像一口气喝了一瓶热黄油啤酒一样,浑身暖洋洋的,洋溢着心满意足的快乐。

> 本人小天狼星布莱克，哈利·波特的教父，同意他周末去霍格莫德。

"给邓布利多看这个就行了。"哈利高兴地说。他又看了看小天狼星的信。

"哎，这儿还有一句，又及……"

> 我想你的朋友罗恩也许愿意收养这只猫头鹰，是我害得他失去了那只老鼠。

罗恩瞪大了眼睛。小猫头鹰还在兴奋地大叫。

"收养它？"他半信半疑地说，仔细盯着那只猫头鹰看了一会儿，然后，大大出乎哈利和赫敏的意料，他把它递过去让克鲁克山嗅了嗅。

"你说呢？"罗恩问那只大猫，"肯定是猫头鹰吗？"

克鲁克山喵喵叫了两声。

"对我来说够好的了，"罗恩快活地说，"它归我啦。"

哈利把小天狼星的信读了一遍又一遍，直到列车驶进国王十字车站。他跟罗恩和赫敏穿过 $9\frac{3}{4}$ 站台的隔墙时，仍然把信紧紧攥在手里。哈利一下子就认出了弗农姨父。他站在离韦斯莱夫妇比较远的地方，怀疑地打量着这两个人。当韦斯莱夫人和哈利拥抱问候时，他对他们的怀疑似乎被证实了。

"我会打电话说世界杯的事！"罗恩在哈利身后喊道，哈

第 22 章　又见猫头鹰传书

利跟两位朋友道过别,用手推车推着行李箱和海德薇的笼子朝弗农姨父走去,弗农姨父用一贯的方式迎接了他。

"那是什么?"他瞪着哈利攥在手里的信封吼道,"如果又是要我签字的表格,你必须有——"

"不是,"哈利欣然说道,"是我教父的来信。"

"教父?"弗农姨父疑惑地问,"你没有教父!"

"我有,"哈利神采飞扬地说,"他是我爸爸妈妈最好的朋友,他被判了杀人罪,但他从巫师监狱里逃出来了,现在仍然出逃在外。他愿意跟我保持联系……了解我的情况……看我过得开不开心……"

看到弗农姨父脸上恐惧的表情,哈利开心地笑了。他迈步走向出站口,海德薇在前面发出咔啦啦的轻响,这个暑假看起来会比上一个美好得多。

格兰芬多

守护神

♦ 格兰芬多 ♦

一个摄魂怪逐渐靠近时的呼噜呼噜的喘息声和兜帽下的阴险面孔，足以让一位久经沙场的傲罗后背发冷。守护神咒作为巫师界所知最高深的魔法之一，是唯一能有效对付阿兹卡班摄魂怪的咒语："呼神护卫"，即"我在等待守护神"。

这条高度专业的防御咒，能产生一种魔法保护盾，抵御摄魂怪和其他邪恶生物。然而这种魔法靠的是调动愉悦的感觉和快乐的记忆——摄魂怪赖以为生的东西，因此，当那些吞噬灵魂的残忍怪物扑将过来时，你恐怕很难把守护神召唤出来。

事实上，巫师界很少有人能变出一个完整成形的守护神。这种魔法远远不是鲁伯·海格这种法力不够稳定的巫师所能掌控的。就连赫敏·格兰杰第一次在霍格沃茨特快列车上看到卢平教授召唤守护神时，也没能识别这种罕见的魔法类型。后来在这个学期里，在格兰芬多跟赫奇帕奇比赛魁地奇的球场上，当邓布利多不得不变出一个守护神去抵挡一大批摄魂怪时，赫敏也不知道那是什么。

资历浅的巫师尝试使用这个咒语时，或许只会在魔杖顶端变出一股银色的烟雾，所能提供的保护十分有限。真正的守护神，可以是体现施咒者性格中最核心本质的动物——成形的守护神，也可以是施咒者与之有密切关系的动物。具体的形状因人而异。例如，格兰芬多的阿不思·邓布利多的守护神是一只凤凰，这是一种魔法能力超强的稀有生物，邓布利多与之有着非常特殊的联系。他的弟弟阿不福思的守护神是一头山羊，他从小就特别喜欢这种动物。

不过，技艺高深的巫师为了掩饰其真正的守护神，可能会故意变出一个不成形的守护神。卢平教授就是这么做的，他的守护神是一只狼，他担心这会透露自己的狼人身份。应该指出的是，动物的大小并不能代表它的力量。一个小动物，比如西莫·斐尼甘的狐狸，所能提供的保护力量等同于一个较大的动物，比如金妮·韦斯莱的马。

召唤这个魔法护卫需要一段刻骨铭心的幸福记忆，爱经常是守护神赖以生成的记忆源泉。哈利的守护神牡鹿是从父亲詹姆·波特那里继承来的，体现了家人之间爱的纽带。正如邓布利多教授向哈利指出的那样，似乎他父亲的一部分从未真正离开过他。

在巫师的一生中，其守护神可能会因巨大的刺激或情感波动而改变形状。偶尔，守护神会突然变成代表你一生挚爱的动物形态，因为你的爱人成为了能产生守护神的快乐思绪，这象征着一种真挚而永恒的爱情关系。

HERMIONE CORPOREA

GRANGER

PATRONUS

赫敏·格兰杰的成形守护神

技艺高超的巫师能远距离地施展这个咒语——这是发送紧急情报的一个简便方法，比如，在阿不思·邓布利多死后，亚瑟·韦斯莱用他的守护神鼬鼠通知他的家人，鲁弗斯·斯克林杰将陪他一起回到陋居。

　　据说，心灵不纯洁的巫师是召唤不出守护神的。黑巫师不需要这个咒语，因为他们与这种魔法所对抗的那些生物是一类货色。对于那些与黑魔法作斗争的人来说，这是他们魔法武器库中必不可少的魔咒。在有求必应屋中，邓布利多军中的几位杰出成员在哈利的指导下学会了使用这个咒语，其中包括罗恩（一条猥犬）和赫敏（一只水獭）。不过，就连最优秀的学生在练习这个极具挑战性的咒语时也很吃力。能使用这个咒语的巫师被认为具有非凡的魔法能力，他们通常会去魔法部工作，比如毕业之后的哈利·波特和赫敏·格兰杰。